教育部人文社会科学研究一般项目资助（17YJA751041）

浙江省哲学社会科学重点研究基地浙江工业大学

浙江学术文化研究中心资助

浙江工业大学人文社科基金重点项目资助

左怀建　吉素芬　著

论中国现代文学中的异域都市想象

浙江大学出版社·杭州
ZHEJIANG UNIVERSITY PRESS

序

晚清以降，国门洞开，古老的国度面对一个完全异于自身的世界，开始置身于世界性的冲突之中，并开启了现代化的历史进程。如果说现代化是在工业文明基础上开启的，那么，对于长期根植于农业文明，有着悠久的农耕文化传统的古老中国来说，现代化所带来的完全不同于农业文明、农耕文化的各种景象，特别是现代都市景象，就引发了人们对未来中国发展前景的诸多新颖的想象。一些有识之士认为，面对现代化带来的日新月异的世界变化，古老中国有必要去重新认识世界，认识一个与自身历史、文化、思维方式、认识方式、生活方式等均完全不同的异域世界。当年，林则徐在广州主持禁烟期间，为了解异域世界的历史与现状，就让幕僚把英国人慕瑞的《世界地理大全》翻译出来，并亲自加以润色、编辑，撰成《四洲志》一书，向国人介绍世界各国地理，产生了很大的影响。后来，魏源在这个基础上又开始编撰《海国图志》，再次详细地向国人介绍了异域世界的地理、历史和文化。这部图志打破了传统的夷夏天下观，摒弃了以往的九州八荒、天圆地方、天朝中心的史地意识，树立了五大洲、四大洋的新的世界史地知识,传播了近代自然科学知识及世界各国各地的文化风俗、社会制度、风土人情,大大拓宽了国人的视野,开辟了近代中国向西方学习的新风气。在这种氛围中,晚清许多官员、学者也都开始编撰图志,撰写文章,旨在增强国人对世界的认识,像徐继畬的《瀛环志略》、斌椿的《海国胜游草》、张德彝的《地球说》、薛福成的《出使英法义比四国日记》、王韬的《法国志略》、黄遵宪的《日本国志》等,在介绍世界各国时,都表现出一种急切的认识世界、想象世界的心理渴求。

特别值得一提的是梁启超。1899 年岁末,他就创作了著名的《二十世纪太平洋歌》,展开了对异域世界的大胆想象。他写道:"乃于西历一千八百九十九年腊月晦日之夜半,扁舟横渡太平洋。……蓦然忽想今夕何夕地何地,乃是新旧二世纪之界线,东西两半球之中央,不自我先不我后,置身世界第一关键之津梁。"百日维新失败之后,流亡日本期间,他主编《新民丛报》(1902 年 2 月 8 日在日本横滨创刊),并连载《新民说》一文,认为重新定位和塑造中国新形象,重在"新民",而"新民"的目的,则在于"新国",而"新国"就必须要重新认识世界。在《爱国论》一文中,他指出:"彼其自希腊以来,即已诸国并立,此后虽小有变迁,而诸国之体无大殊,互相杂居,互相往来,互比较而不肯相下,互争竞而各求自存,故其爱国之性,随处发现,不教而自能,不约而自同。"他以对异域爱国之情的充分想象推论出:"我中国则不然。四万万同胞,自数千年来,同处于一小天下之中,未尝与平等之国相遇,盖视吾国之外,无他国焉。"受内陆性农业文明和文化影响,古老中国总是以"天下"自居,自认为"九州方圆"而"独居四方之中",故"吾民亦不以平等之国视之。故吾国数千年来,常处于独立之势,吾民之称禹域也,谓之为天下,而不谓之为国"。在这种文化规约之中,古老中国缺乏对外部世界的真实认识,更谈不上有相应的想象。梁启超认为,传统的大一统思想均是以"天下"观念来认识世界,处置与世界的关系,而绝非现代意义上的民族国家观念。为此,在《新民说》一文中,他提出了他的"国家思想",指出现代意义上的"国家"应是"一曰对于一身而知有国家,二曰对于朝廷而知有国家,三曰对于外族而知有国家,四曰对于世界而知有国家"。正是基于这种认知,1902年他创作了长篇小说《新中国未来记》,尽管只写了五回,但其中对于异域世界和未来中国的想象,则是充分的,大胆的,富有创意的,表现出了晚清以来"先进的中国人"对于建构与工业文明时代相吻合的新世界观的激情想象和热烈企盼,同时从中也传达出近代中国渴望摆脱贫困,迈入富裕、富强、自由、先进的民族之林的心理欲求,也为文学以想象方式描绘和塑造异域世界,提供了巨大的艺术表现空间。换言之,这种以想象方式描绘和塑造异域世界的文学创作,深深地影响了五四新文学,也即是深深地影响了中国现代文学的异域想象,特别是异域都市想象的创作,具有重要的文学史价值和意义。

怀建和素芬夫妇合著的《论中国现代文学中的异域都市想象》一书,以认真、严谨、细致的学术态度和治学精神,对中国现代文学中的异域都市想象进行了系统而全面的学术探讨和深入研究,提出了不少的学术新见,令人耳目一新,颇见他们长期致力于中国现代文学与世界文学之间关系研究所下的功夫,也颇见他们具有深厚的学术研究功底和新颖的学术研究理念、方式与方法,尤其是具有良好的专业理论素养和丰富的专业知识与运用技能。如同他们自己所说的那样,这部学术著作是在教育部课题基础上形成的,力图"从整体上系统探讨中国现代文学中的异域都市想象,对已有成果力求辨析、突破,研究再出新意,对少有人研究的作家作品进行细致梳理、分析,力求挖掘出其文学史价值。可以说,对于中国现代文学中的异域都市想象研究是一个较大的推动"。的确,基于课题研究而形成的专著,具有目标明确,视野广阔、思路清晰,聚焦精准,主旨鲜明,中心突出,系统深入的研究特点,能够对所探讨的问题进行全方位而又富有深度的研究。纵观全书,两位作者正是将所要集中思考和探讨的问题,置于近现代中国由传统向现代转型的特定历史时空中来进行广泛而深入的研究,不仅实现了课题设定的研究目标,取得了丰硕的学术成果,同时也更是将该成果转化成了一部厚实的学术专著,这是非常值得庆贺的,尤其是在前人对此类问题尚缺乏系统研究时,该专著对中国现代文学中的异域都市想象所作的系统、全面、广泛而有深度的探讨,是具有卓越的学术建树的,为后人继续深入探讨和研究此类问题打下了坚实的学术基础。

在我看来,两位作者这部学术专著的一个鲜明特点,就是在中国现代文学需要深入研究的诸多问题中,敏锐地发现了异域都市想象问题。而这个问题则是一个前人研究涉猎相对较少,但却关系到现代文学本质属性的问题。因为现代文学之所以能够以区区三十来年时间所取得的创作成就,与具有上千年的古代文学拉开距离,就是由于其自身的本质属性与古代文学有着质的不同。现代文学是在中国文学由传统向现代转型的历史时空中生成的,尽管从时间、形态等方面与古代文学有着内在的关联,但却在观念、性质等方面形成了自身特质的规定性,且是在与世界文学发展主流对接、对应当中获得现代性价值支持,进而成为中国文学发展史上的划时代标志,生成了自身独特的文学形态和样式。因此,对于现代文学产生的诸多问题,尤其是异域都市想象问题,就需要用一种新的学术观念来进行透视,需要遵循现代性价值理论来进行思考,这样方能将问题阐释清楚,并发现其内部的逻辑理路和构造特征。两位作者对现代文学中的异域都市想象进行全方位的探讨,是整体性的、系统性的、富有新意和深度的。在细读文本的基础上,他们抓住中国现代文学中对 20 世纪二三十年代公认的世界级大都市——东京、巴黎、伦敦、纽约的想象特点进行全面梳理,同时在时空的坐标系上,确定以现代性为价值尺度,认真审视中国现代作家是如何展开异域都市想象的全过程及其表现特征,其中更是对与都市文学相关的问题,如"欲望"叙述、流动的"新感觉"、启蒙视野下的"唯美"取向、对文明的批判、都市消费景观,以及文化认同及其超越等相关问题进行了深入研究,所提出的学术新见是令人信服的,对于推动中国现代文学更加广泛而深入的研究,尤其是对异域都市想象的深入研究起到了积极的作用,所具有的重要学术价值和意义,自是不言而喻的,是毋庸置疑的。

我认识怀建和素芬夫妇已近二十年了。光阴似箭,回头望去,时间过得真是快。记得怀建当年是作为高级人才引进的,夫人素芬随后调入杭州,后来到浙江大学跟我做访问学者。在我的印象中,当时的各方面条件都不如现在,夫妇俩刚来杭州时也是人生地不熟,但他们都十分勤奋、刻苦、好学,为人忠厚、真诚、热情。在繁重的教学工作之余,他们总是积极申报项目,承担课题研究,撰写学术论文,出版学术专著,很快地就融入了浙江省学界,且颇有名声,受到大家的赞许。这次夫妇俩通力合作,将论述中国现代文学中的异域都市想象的教育部课题,撰写成一部厚重、扎实的学术专著,并嘱我写序。说实在话,我虽曾涉及个别作家、诗人的异域都市想象的论述，但不是系统的、专题性的，也不够成熟，缺乏对此问题的深度研究，让我来写序，确实有点诚惶诚恐。然而，夫妇俩的热情和诚意又难以拒绝，恭敬不如从命。于是，就写下这点读后感。衷心地祝福夫妇俩，也期望他们更上一层楼，取得更大的成就。

是为序。

黄健

二〇二三年初冬于西子湖畔

目　录

绪论 中国现代文学中的异域都市想象及其文学史意义

　　有必要提前交代一下，这里所谓"中国现代文学"，还是遵从传统的界定，即指从 1917 年新文化运动的文学革命发生到 1949 年中华人民共和国成立这一历史阶段的文学。清朝末年，随着中国大门被迫敞开，文学作为社会、历史、人生的审美反应，已经开始对西方和西方都市进行审美想象，也取得了较丰硕的成果，对于 1917 年以后的现代文学产生过不同程度的影响；新中国成立以后，现代文学中活跃的异域都市想象一度中断，但是 20 世纪 80 年代改革开放以来，又在此前基础上得到广泛的实验和发展，按说也应该将此两个时间段的异域都市想象纳入探究范围，但是考虑到研究的条件有限而研究者的学力也不够足，此课题研究就只能框定在 1917 年至 1949 年这一历史阶段。另外，还需要说明，这里所谓"异域都市"也并非指中国以外所有国家、民族的都市，因为那也不是研究者所能驾驭的，好在这里所谓"都市"也并非指普通意义上的一个国家、民族的政治、经济、文化中心的都城，而是指进入现代历史阶段以来，现代性充分发展并趋于成熟的国家、民族的都市。那么，这样的都市，东方国家、民族

1

除中国的上海之外，非日本的东京莫属，西方国家、民族里，当然以法国的巴黎、英国的伦敦和美国的纽约为最典型。苏联的莫斯科情况比较复杂，这里也暂时不谈。如此，这里所谓中国现代文学中的异域都市想象则主要指中国现代文学中的东京、巴黎、伦敦和纽约想象，适当兼及其他，论题则大体应能成立。下面，为了正文中更好地开展讨论，先对以下几个问题予以澄清。

一、都市与现代都市

平时人们所谓都市，可以作广义的与狭义的两种理解。广义的都市就是指人口多的大城市，它一般情况下都是一个国家、民族或地区的首都，即政治、经济、文化中心。如唐代的长安，两宋的开封、临安，明代的北京等。这些城市在当时都是世界上人口最多的城市，也是当时世界上最大的都城。但正如众多学者所指出的，中国传统的都城更多体现"城"的意义，而很少体现"市"的作用。《墨子·七患》言："城者所以守也。"[1]《管子·度地》曰："内之为城，外之为郭"[2]。《吴越春秋》解释："鲧筑城以卫君，造郭以居民，此城郭之始也。"[3]也就是说，中国古代的城市包括都城，其主要功能在于政治军事需求[4]。《易·系辞下》中已有"市"的说法，所谓："日中为市，致天下之民，聚天下之货，交易而

---

① 方勇译注：《墨子》，北京：中华书局2015年版，第32页。
② 李翔凤撰、李运华整理：《管子校注》（下），北京：中华书局2020年版，第977页。
③ 查现行《吴越春秋》本，并无此言，这里见宋代977—984年（属太平年间）由翰林学士李昉等领诏主纂成书的《太平御览》第193卷引《吴越春秋》逸文。
④ （美）乔尔·科特金：《全球城市史》，王旭等译，北京：社会科学文献出版社2010年版，第76页。

退,各得其所。"①到东汉《汉书·食货志上》"晁错论贵粟疏"开始出现"都市"的名词,所谓:"而商贾大者积贮倍息,小者坐列贩卖操其奇赢,日游都市,乘上之急,所卖必备。"②后面《何武王嘉师丹传》也有"都市"这一名词,所谓:"丞相幸得备位三公,奉职负国,当伏刑都市以示万众。丞相岂儿女子邪,何谓咀药而死!"③这里,都市的商业功能渐渐显影,但是它改变不了"都市"作为传统城市的总体性质。马克斯·韦伯在《儒教与道教》中认为中国古代的商业已相当发达,但是中国的政治制度、社会组织和文化诉求决定中国没有产生资本主义(现代性)的条件④,即中国没有独立的商业经济,没有独立的市民社会,更不可能成为工业革命中心,所以中国也无法出现西方那样的以现代性为核心内容的都市。梁启超在《新大陆游记》里总结"中国人之缺点",其第一条即"有族民资格而无市民资格",因为"吾中国社会之组织。以家族为单位。不以个人为单位。所谓家齐而后国治是也"⑤。顾准也郑重指出:"中国从来没有产生过商业本位的政治实体,而且也不可能产生这样的政治实体。……中国从不缺少商业。……但是,中国的城市、市井、市肆,却从来是在皇权控制之下,是皇朝的摇钱树,皇朝决不允许商业本位的城市、城邦产生。"⑥

---

① 陈鼓应、赵建伟注译:《周易今注今释》,北京:商务印书馆 2005 年版,第650 页。

② (东汉)班固《汉书》第 24 卷(上),赵一生点校,杭州:浙江古籍出版社 2000年版,第 432 页。

③ (东汉)班固《汉书》第 86 卷,赵一生点校,杭州:浙江古籍出版社 2000 年版,第 1058 页。

④ (美)马克斯·韦伯:《儒教与道教》,洪天富译,南京:江苏人民出版社 2010年版,第 87 页。

⑤ 梁启超:《新大陆游记》,上海:商务印书馆 1906 年版,第 194 页。

⑥ 顾准:《顾准文集》,上海:华东师范大学出版社 2014 年版,第 104—105 页。

所谓现代都市,即指现代性特强的大城市。我们无法说现代都市之"现代"完全等同于西方的"现代",换言之,现代不等于西方,但是考虑到现代都市的起源,我们又无法否认,要想真正界定现代都市,还必须从西方说起。美国学者张英进指出:英文中"city"来自法语的 cité,后者又源自拉丁文 civitas,意为"城邦",本来指"罗马公民(civis)的权利和特权,扩展而言,就指把一个社会组织起来,并让其具备某种'品质'的社会原则的总和"。而"城市"一词又进一步与"文明"(civilization)联系在一起,表明"city"不仅指物理的城市,还指西方市民社会的组织原则和市民精神。"'都市'(metropolis)一词来自 meter(母亲)和polis(城市),在 16 世纪本指主教的治所,现在则指国家、州或地区的大城市或首府。"①英国学者 M. L. 芬利在《古代城市:从普斯特尔·德·古郎日到马克斯·韦伯及其他人》中解释:"在古代,单词 polis 既指狭义的'城镇',也指政治意义上的'城市国家'。当亚里士多德考察定位城镇的正确条件时,他提到了polis,他在《政治学》中为了他的中心主题而几百次地使用这个词,这个词在这里的意思是城市国家,而不是城镇。"②国内学者马长山也强调:"polis 原意即为'公民之家',希腊人的日常生活与其他公民是时时发生关系的,而没有现代人那种各自分离的家庭生活。他们的日常生活中心——市场就犹如一个大家庭。因此'对全希腊人来说,城邦就是一种共同生活','城邦的宪法

---

① (美)张英进:《中国现代文学与电影中的城市——空间、时间与性别构形》,秦立彦译,南京:江苏人民出版社 2007 年版,第 6—7 页。

② 孙逊、杨剑龙主编:《阅读城市:作为一种生活方式的都市生活》,上海:上海三联书店 2007 年版,第 87—88 页。

是一种生活方式'而不是一种法律结构。"[①]言中之意,在西方,城市同时就是市民、市场,城市发达成熟,市场和市民社会也发达成熟,二者互为因果。所以,西方城市是"以市、市民为主"的城市,到现代历史阶段,就发展成现代性(modernity)特强的大都市。具体分解如下:

首先,地理位置:港口化(口岸化),呈现全球化、开放性的特征。不难发现,世界上所有现代都市都处在内陆与海洋连接的地方,即可以向全世界开放的地方。这显然是 16 世纪以来以英国、荷兰为代表的西方强盛国家世界航海大探险的结果,是西方发达国家现代性扩张、寻找新的殖民地的结果。英国,本来就是海洋中的岛屿国家,伦敦又处于几乎贯穿英国南部的泰晤士河下游,海轮可直接抵达。巴黎,居于欧洲大陆西南部,距离海洋稍微远些,但是由塞纳河贯穿,也可以直接入海。纽约地处曼哈顿岛上,"拥有大西洋最开阔的和功能最强的海港。……1825 年开凿了伊利运河,把城市和美国西部连接起来"。[②] 日本,本来也是岛屿国家,东京(原名江户)处于本州岛东部,为日本最重要海洋港口。上海,居于中国最东部,位于长江入海口也是长江与其支流黄浦江的交汇处,海洋内外交通也极为方便。

现代都市可以突破民族主义的局限性,而趋向于世界一体化,这是最先能看到的特征。

其次,空间建构:外无城墙,内似迷宫,既呈现开放、民主、简洁、透明的特征,又规模巨大,结构复杂,令人深感迷惑与恐惧。"路易十四在法国历史上被认为是最有作为的一位国王,他让法

---

① 马长山:《国家、市民社会与法治》,北京:商务印书馆 2005 年版,第 17 页。

② (加)贝淡宁等:《城市精神》,吴万伟译,重庆:重庆出版社 2012 年版,第 304—305 页。

国实现了现代化。"①其功劳之一就是"下令拆除12世纪末到15世纪的城墙遗址,以取消城市的边界"②。之后,世界上所有追逐现代的城市也都陆续推倒了原有的城墙。具体到中国,民国元年,上海县就推倒了城墙,从此老中国城市融入租界为代表的现代都市。至于都市内部空间建构,恩格斯曾经说:"像伦敦这样的城市,就是逛上几个钟头也看不到它的尽头,而且也遇不到表明快接近开阔的田野的些许征象——这样的城市是一个非常特别的东西。"③1853年奥斯曼主政巴黎后,巴黎成为全世界街道最宽广的城市,也成为全世界结构最复杂、胜似迷宫的城市之一。有一幅图显示,奥斯曼一手拿三角板,一手拿圆规,下半身一圈一圈缠绕着肠子式的管道,其象征意不言自明④。总之,现代都市已经由"空间中的物品生产(因而,被间接地生产出来的空间,是作为物品的集合、总和与全体而建立起来的),过渡到了对这样的空间的直接生产"⑤。

再次,人口构成:巨量、剧增,且移民化。现代都市的人口规模往往很大,从历史发展进程看,基本在两百万人以上,但是人口规模还不能从根本上凸显现代都市的内在属性,其内在属性应该首先从移民化寻找。与传统都市相比,现代都市无不赖大

---

① (法)琼·德让:《时尚的精髓:法国路易十四时代的优雅品位及奢侈生活·引言》,杨冀译,北京:生活·读书·新知三联书店2020年版,第6页。

② (法)琼·德让:《时尚的精髓:法国路易十四时代的优雅品位及奢侈生活》,杨冀译,北京:生活·读书·新知三联书店2020年版,第170页。

③ (德)恩格斯:《英国工人阶级状况》,见《马克思恩格斯全集》第2卷,中共中央马克思恩格斯列宁斯大林著作编译局译,北京:人民出版社1957年版,第303页。

④ (英)安德鲁·哈塞:《巴黎秘史》,邢利娜译,北京:商务印书馆2012年版,第331页。

⑤ (法)列斐伏尔:《空间与政治》(第二版),李春译,上海:上海人民出版社2015年版,第74页。

量外来移民在短时间内流入都市而使都市的人口规模和社会成分发生巨大变化。伦敦"1800 年时,成为世界上第一个居民达到百万的大城市";到 1900 年,伦敦人口急增至 600 多万;"到 1940 年,大伦敦区有将近九百万居民。"①巴黎的人口"1800 年大约有五十五万,而后的增长速度骤然加快,1830 年是七十万,1846 年是一百万,1856 年是一百二十万,1872 年是一百八十万,而 1896 年达到了二百五十万"②。"巴黎的人口在整个 19 世纪中已经全国化了;到 1867 年,几乎三分之二的巴黎人出生在外省。"③此外,当然还有大量国外移民。纽约,"早在 1643 年,新阿姆斯特丹的五百个居民就已经讲十八种语言。从 1820 年至 1920 年,三千三百万移民从纽约港进入了美国。……1890 年,纽约五个行政区划中的人口,有百分之七十是由移民或移民的子女组成,到了大约 1910 年,纽约俨然是一座'无国籍的'城市④;"从 1900 到 1940 年,城市人口从 350 万增加到 750 万"⑤。"20 世纪初期,近四分之三的上海居民不是在上海出生的:他们来自中国各省、欧洲、美国和日本。上海居民之间分割成各自的社区,

---

① (法)帕特里斯·伊戈内:《巴黎神话:从启蒙运动到超现实主义》,喇卫国译,北京:商务印书馆 2013 年版,第 236 页。

② (法)帕特里斯·伊戈内:《巴黎神话:从启蒙运动到超现实主义》,喇卫国译,北京:商务印书馆 2013 年版,第 184 页。

③ (法)帕特里斯·伊戈内:《巴黎神话:从启蒙运动到超现实主义》,喇卫国译,北京:商务印书馆 2013 年版,第 302 页。

④ (法)帕特里斯·伊戈内:《巴黎神话:从启蒙运动到超现实主义》,喇卫国译,北京:商务印书馆 2013 年版,第 240 页。

⑤ (法)弗朗索瓦·维耶:《纽约史》,吴瑶译,北京:社会科学文献出版社 2016 年版,第 207 页。

……"①就外国移民言,俄国移民主要居于法租界,1936 年已占法租界外国移民的半数以上,日本移民主要居于公共租界,同时期也占公共租界外国移民人口的半数以上②。"到 1910 年时,上海的人口已达上 130 万"③,到 1930 年,达 300 多万,到 1940 年代,一度高达 600 多万。移民与移民之间没有血缘关系,只有合作关系,呈现原子化、无机化,如帕克等人所说:"城市生活的一个很大特征就是,各种各样的人互相见面而又互相混杂在一起,但却从未互相充分了解"④;"在城市中,尤其是大城市中,人类联系较之在其他任何环境中都更不重人情,而重理性,人际关系趋向以利益和金钱为转移"⑤。梁启超在考察过欧洲之后也说,"现在都会……聚了无数素不相识的人在一个市场或一个工厂内共同生活……除了物质的利害关系外。绝无情感之可言"⑥。同时移民又携带多种语言、文化、风俗,为都市带来"新鲜、陌生、神秘而丰富"(也可称为"丰富的异质性")。这是导致人在都市深感自由而孤独、倍感寂寞而不乏人生"传奇"机遇的主要原因之一。

又次,现代工商业发达。人类自古就有商业,中国唐代商业尤其发达,但是这不能算作现代的标识。现代的标识是工业及

---

① (法)白吉尔:《上海史——走向现代之路》,王菊、赵念国译,上海:上海人民出版社 2014 年版,第 61 页。

② 忻平:《从上海发现历史——现代化进程中的上海人及其社会生活(1927—1937)》(修订版),上海:上海大学出版社 2009 年版,第 44 页。

③ (法)白吉尔:《上海史——走向现代之路》,王菊、赵念国译,上海:上海人民出版社 2014 年版,第 72 页。

④ (美)R. E. 帕克、E. N. 伯吉斯、R. D. 麦肯齐:《城市社会学——芝加哥学派城市研究》,宋俊岭、郑也夫译,北京:商务印书馆 2012 年版,第 27 页。

⑤ (美)R. E. 帕克、E. N. 伯吉斯、R. D. 麦肯齐:《城市社会学——芝加哥学派城市研究》,宋俊岭、郑也夫译,北京:商务印书馆 2012 年版,第 23 页。

⑥ 梁启超:《欧游心影录节录》,上海:中华书局 1937 年版,第 10 页。

工业基础之上的商业。1783 年左右瓦特发现蒸汽机,开启西方第一次工业革命,1860 年后,科学研究开启西方第二次工业革命①。之后,全球化视野下,钢筋水泥、高楼巨厦成为都市空间建构的主要景观,规模大、技术先进、节奏快、效率高,一切均"在动里,在创造里""时空压缩"成为都市乃至整个人类生产和生活的方式——大机器工业生产:巨型工厂,先进机器;最先进最快交通运输:火车、汽车、巨轮、飞机等;最先进最快信息交流传播:电报、电话、收音机、电影、电视等。

如此经济组织下,现代都市不断推陈出新,产品极大丰富,能满足人类更多元的要求,确给人类带来前所未有的方便和幸福,但同时导致人类生存新的灾难和困境。其一,人类的生态从此越来越恶化,且距离大地越来越远。其二,人类从此失去大地的宁静,而骚动不安则成为人类生存的常态。其三,人长期与机械打交道,而机械的巨型与劳动的细致分工使每一个人都感到被肢解、无主、无助、无奈、渺小;机械的高速运转使每一个人神经高度紧张,精神几近崩溃;整齐划一的机械操作面前,久而久之,人又变得麻木不仁,毫无个性,同时,许多传统工商业和传统生存方式逐渐消失。其四,无限追求金钱和物质财富,一切价值均用金钱和物质衡量,那么,人一方面享受"金钱和物质民主"的自由,一方面成为金钱和物质的奴隶,所以如马克思所说,资本主义即现代历史阶段,人类出现了拜物教,必然导致人性的异化!20 世纪三四十年代的上海,作为西方现代性的垦殖场,虽然现代性不如西方都市那样全面、成熟,但也已经被西方观察者称为"东方的巴黎,西方的纽约"。

---

①　王毓敏:《科学管理的理论与实践——美国工业中的泰勒制》,北京:中国书籍出版社 2015 年版,第 22 页。

复次，法治社会和科层组织。此"法治"非彼"法制"。以现代市民为主体的都市社会是在法治保障下的自由、民主社会，它有极其完备的政治、经济管理制度及相应团体、机构和组织，其实质是张扬现代市民政治自然权益上的平等主义（民主、公平、公正、优待）和经济事实生存上的自由主义（差异、自由、不平等、虐待）。此乃现代都市最文明、富有魅力的地方，也是现代都市最残忍和不人道的地方。西美尔引英国宪法历史学家的结论言："通观英国的发展史，伦敦从来没有成为过英格兰的心脏，但经常充当英格兰的智囊和钱袋。"①其中就涉及到伦敦所代表的现代都市的法治、自由精神和新的危机。宗教改革促进资本主义发展，认为能赚钱就是上帝最好的选民，一切以法律为准绳，利益至上，理性至上，层层精密组织起来的社会架构在保证每个人的自然权益（生存自由）和社会权益的同时又压抑每个人的个性、情感。结果，平等中寄寓着极大的不平等，自由中蕴含着极大的不自由②；一方面"富者愈富，高高在上，享受社会的机会和尊荣，而且观念上承认了这些富有者是优越的人才，他们的享受是合理的和必需的"，一方面又导致更多的人破产、失业和贫困，凸显人性的荒漠③。20 世纪三四十年代的上海，虽然还没有西方都市那样健全的法治和那样精密的现代科层组织，但是租界内的洋人社会又确实体现了一定的西方现代政治和社会风气，从而给传统中国带来示范作用，当然现代社会组织的某些危机

---

① （德）齐奥尔格·西美尔：《大都会与精神生活》，见作者《时尚的哲学》，费勇译，广州：花城出版社 2017 年版，第 249 页。
② 李强：《自由主义》（第三版），北京：东方出版社 2015 年版，第 205—207 页。
③ 费孝通：《幸福单车的脱节》，见作者《初访美国》，重庆：美国新闻处 1945 年版，第 49 页。

如贫富悬殊、阶级区隔等也随之出现。

续次，世俗消费、享乐之风日盛。现代是一个不断大众化、世俗化的过程，而这一大众化、世俗化的过程也就是物质主义、消费文化逐渐占据都市空间的过程。消费是资本主义扩大再生产的直接动因，也是现代都市人享受现世人生的主要表征。现代都市作为现代"景观社会"的主要载体，极大地刺激和诱发了人的两大基本欲望：物欲和性欲。物欲支配下，现代都市成为人类生存的第二自然空间，购物天堂代替自然天堂。如本雅明笔下巴黎著名的拱廊街。左拉在小说《妇女乐园》里言，在巴黎，只要俘获了女人的心，什么东西都可以销售出去①。巴黎从 17 世纪（路易十四时期）就开始成为世界的不夜城。时尚，最初的意义就是指巴黎女人的服饰。桑巴特引用孟德斯鸠的一个惊人论点："富人不挥霍，穷人将饿死。"②都市富人的物欲、性欲挥霍，使英美清教伦理被突破；具有罗马天主教传统的巴黎更加自由、开放，女人情色与艺术美结合成为全世界最迷人的风景。现在看看 19 世纪末巴黎埃菲尔铁塔和红磨坊结合起来做背景的情色女郎的广告，一份辉煌而又淫靡的现代风情扑面而来，仍然能给人以强劲的现代性刺激感受③。关键是这种性欲的开放强化了现代自由的基础，深具现代消费文化的内涵，其性质与传统的被迫卖淫有了很大区别。美国学者罗兹·墨菲《上海——现代中国的钥匙》里披露了一个记载："1934 年，一家当地中文报纸（即

①　（法）左拉：《妇女乐园》，韩侍桁译，上海：上海译文出版社 1994 年版，第 58—59 页。

②　（德）维尔纳·桑巴特：《奢侈与资本主义》，王燕平、侯小河译，上海：上海人民出版社 2005 年，第 161 页。

③　李政亮：《光影巴黎》，南京：南京大学出版社 2011 年版，第 81—82 页。

《申报》——引者)估计：就卖淫业作为一种特色而论，上海走在全世界城市的最前列；在伦敦 960 人中有一人当娼妓，即娼妓占总人口的九百六十分之一；在柏林，娼妓占总人口的五百八十分之一；在巴黎，占四百八十一分之一；在芝加哥，占四百三十分之一，在东京，占二百五十分之一；在上海，占一百三十分之一。"①这里，娼妓的形成仍然是以生存逼迫为主要原因，但是这样大规模、全覆盖的卖淫现象，就不仅是一般的道德评判所能解决的。正如保罗·科利尔在《资本主义的未来》中所说："新伦理观认为尊严来自于自我实现。吸引女性的自我伦理观是女权主义，……以前被视为需要抵制的诱惑行为，现在被视为需要把握住的自我实现时刻。"②与此相适应，都市强调魅惑，大众文化传播和视觉文化兴盛③。

最后，必须指出，现代社会两种现代性的冲突在现代都市也最典型。所谓社会现代性，通俗地讲，可以称为法治现代性、科层现代性、科技现代性、理性现代性、商业现代性、金钱现代性等，属于法律建构、政府建构、资本建构。如卡林内斯库在《现代性的五副面孔》里概括："作为文明史阶段的现代性是科学进步、工业革命和资本主义带来的全面经济社会变化的产物。"④社会现代性推动社会科学化、规范化、高效率发展、社会财富极大丰

---

① （美）罗兹·墨菲：《上海——现代中国的钥匙》，上海社会科学院历史研究所编译，上海：上海人民出版社 1986 年版，第 8 页。

② （英）保罗·科利尔：《资本主义的未来》，刘波译，上海：上海三联书店 2020 年版，第 105 页。

③ （法）居伊·德波：《景观社会》，张新木译，南京：南京大学出版社 2017 年版，第 4 页。

④ （美）马泰·卡林内斯库：《现代性的五副面孔：现代主义、先锋派、颓废、媚俗艺术、后现代主义》，顾爱彬、李瑞华译，北京：商务印书馆 2002 年版，第 41 页。

富的同时导致人性的压抑、扭曲、变态，及人的美好情感的干枯和丧失。如美国学者丹尼尔·贝尔在《资本主义文化矛盾》里解释，在现代的初期，企业家和艺术家同是时代的新人，对于现代的开拓同样起先锋作用，但是在以后的发展中，企业家占了过多的生存空间，导致了人类精神的偏至，于是艺术家便与之分道扬镳，并对之所代表的人类精神的偏向进行积极的抵抗和颠覆①。这也就是审美现代性的发生。所谓审美现代性，就是对社会现代性反抗和颠覆在美学意识上的反映，表征在文学思潮上，就是浪漫主义、现实主义和现代主义。而现代都市文学，就其内在审美属性上讲，即在社会现代性与审美现代性的交叉地带产生。20世纪三四十年代的上海，两种现代性都不如西方现代都市发展成熟，但是全球化语境下，它还是显示了某些典型征兆，所以也有了中国的现代都市文学。

二、现代都市审美意识与现代都市文学

广义地看，都市有两种，那么都市文学也应有两种。这是今天中国古代文学研究界也要研究中国古代都市文学的理论前提。但显而易见，中国古代都市文学的内涵与现代都市文学的内涵有着多方面的质的差异性。中国古代都市文学相当于今天我们所谓一般意义上的城市文学，它只表明文学题材的分界，而不具有或极少有新的立场、观点和审美意识在其中。20世纪80年代初期，人们运用"城市文学"这一概念时，还主要是从题材的角度来考虑的。如1983年在北戴河召开的我国首届城市文学理论笔会给出城市文学的初步定义："凡以写城市人、城市生活

① （美）丹尼尔·贝尔：《资本主义文化矛盾》，严蓓雯译，南京：江苏人民出版社2007年版，第16页。

为主,传达城市之风味,城市之意识的作品,都可以称作城市文学。"①但到 80 年代后期,研究者们就认为,只有具备"现代都市意识"的城市文学才是真正的城市文学,只有"现代都市意识(才)是城市文学的灵魂"②。之后,"都市文学"的概念开始获得独立性,认识也越来越明晰,如戎东贵、陆跃文所阐释:"我们所说的都市文学并不等同于题材意义上的表现都市生活状态的文学,而必须是用现代意识关照现代都市生活,反映都市生活流向和价值变迁,刻画现代都市人格和心态,具有都市审美风貌和艺术表现特征的文学。"③司徒杰、钟晓毅的论文进一步指出:"在理解'都市文学'这一概念的时候,我们并不能把它仅仅看作是'都市的'文学,以期只在题材上和'乡土的'文学相对应,而应更多地把它理解为现代都市意识关照下的文学,以期在文化的指谓上和建立在自然经济基础上的传统意识关照下的文学相区别。"④如此,都市文学的概念就与中国古代城市文学包括中国古代都市文学区别开来,而中国现代都市文学研究也与中国古代都市文学研究拉开一定距离。

另外,不妨认为,现代都市文学不一定是现代都市题材的。无论写什么题材,只要具备现代都市审美意识就可以称为现代都市文学,如历史题材的、乡镇题材的等等。因为正如美国学者

---

① 幽渊:《城市文学理论笔谈会在北戴河举行》,北京:《光明日报》1983 年 9 月 15 日。

② 张韧:《现代都市意识与城市文学》,上海:《开拓》1988 年第 1 期。

③ 戎东贵、陆跃文:《新时期都市文学的发展和走向》,成都:《当代文坛》1990 年第 1 期。

④ 司徒杰、钟晓毅:《圆梦都市文学》,广州:《广州文艺》1995 年第 2 期。

路易斯·沃斯所说,"作为一种生活方式的都会主义"①不一定非要在典型的现代都市里才能发生,在历史上的城市里、在城乡接合部也可能发生,更重要的是作家在创作时选择什么样的生活内容,全在他采取什么样的价值立场和审美态度,是这种价值立场和审美态度决定作品的性质,而这种价值立场和审美态度就是作家的审美意识,表征在现代都市文学这里,就是现代都市审美意识(简称都市意识)。换言之,现代都市审美意识支配下的创作必然具有现代都市文学的质素,一定程度上就可以称为现代都市文学。中国现代文学史上,邵洵美的诗《花一般的罪恶》《蛇》,李劼人小说《死水微澜》、丁玲小说《阿毛姑娘》和施蛰存小说《石秀》等就属于后一种情况。

那么,什么又是现代都市审美意识?它又包括哪些具体内涵?至今为止,笔者很少见到这方面的专论。蒋述卓等人著《城市的想象与呈现》提出"城市审美意识"可以包括"理性化审美意识""女性审美意识""时尚审美意识""后现代审美意识"四个方面②,但其中前三个方面的概括未必全面和准确,后一个方面属于后现代历史阶段,也无法妥帖彰显都市审美意识的内在属性。刘士林等著《都市美学》在探讨"都市美感的内涵流变与生产机制"时,提出三个方面:一、都市快感的流变:从美感、丑感到欲望快感;二、都市审美信息接收系统的演变:从听觉、符号到视觉;三、都市美感的生产机制:从心意机能的协调、象征到肉体狂

---

① 汪民安、陈永国、马海良主编:《城市文化读本》,北京:北京大学出版社 2008年版,第 142 页。

② 蒋述卓、王斌、张康庄、黄莺:《城市的想象与呈现》,北京:中国社会科学出版社 2003 年版,第 25—39 页。

欢①，其中有些内容可以引起人们对都市审美意识的思索，但这仍然无法解答这里所提出的问题。相比之下，李俊国在《都市审美：海派文学叙事方式研究》的"前言"中对现代文学都市审美转型的探讨倒是具有重要的理论参考价值。

李著认为："伴随着 20 世纪中国社会的'现代性转型'，'都市化'已经或正在成为我们的社会物化形态和生命存在的经验事实。"那么，文学的审美也需要发生三个转向——"由农耕时代的'自然态审美'到'都市物态化审美'"的转向，即对作为第二自然的都市时空进行审美，包括物质审美、技术审美、速度审美、消费审美、情色审美、阶级区隔审美等；"从传统的道德性审美"向现代的人性化审美的转向，正视人性在超道德前提下的多元性与丰富性；从"都市恶"审美向都市"真"审美的转向，打破以往对都市审美"本质化的、单向度的思维方式"②。总而言之，现代都市审美意识，就是要承认现代都市是人类文明的高级形态，是人类聪明才智的创造物，是人类美好生活愿望和思想情感在高一级历史阶段的寄托之所在，无论它有多少弊端和缺陷，都只能是在肯定的同时质疑、批判，而不是站在传统价值标准特别是乡村化道德价值标准下进行简单质疑、批判甚至否定。如西方现代主义文学艺术的先驱波德莱尔之所以也是现代都市文学的先驱，就因为他在对 19 世纪中后期的巴黎进行质疑、批判的同时也在对它表示肯定和迷恋。他是第一个提出审美现代性概念的文学艺术家，言：所谓审美现代性，"就是过渡、短暂、偶然，就是

---

① 刘士林等：《都市美学》，上海：上海交通大学出版社 2016 年版，第 85—111 页。

② 李俊国：《都市审美：海派文学叙事方式研究·前言》，北京：中国社会科学出版社 2017 年版，第 5 页。

艺术的一半，另一半是永恒和不变"①。他特别强调现时、当下，实际上就是对现代都市快速变幻人生给审美上带来的新鲜、刺激、创造性、即时性的肯定。他的《恶之花》虽然揭示现代都市"恶"的一面，但是他要在"恶"中看出善来，在"丑"中看出美来，他在对巴黎批判的同时看出它的历史合法性。所以，他认为真正的现代（都市）诗人，不是远离都市人群，而是就生活在都市人群之中。

现代都市文学与传统城市文学和都市文学不同。传统城市文学在西方主要指中世纪市民文学，更多的是反映新兴市民思想感情的寓言故事和抒情诗章（如《列那狐传奇》和《玫瑰传奇》等），这时现代性还没有发展起来，无论是物态审美还是精神审美都不脱传统审美范围。中国传统里甚少现代性"异质"，所以几乎所有城市文学包括都市文学（如唐代李庾的《两都赋》、柳永的词，曹雪芹的《红楼梦》，历代宫体诗、艳情小说等等）都不脱传统审美范围。到了现代，随着时代的变迁，张恨水、包笑天和秦瘦鸥等市井小说作家的创作从取材到审美意识有了较明显的进步，体现了平民立场，有"五四"以来人道主义内涵，甚至彰显某些唯美主义特质，但是，道德劝诫、情感呼唤、文化守常依然是它们最主要的审美旨归；另一方面，不肖生、孙玉声、朱瘦菊等人的小说从取材到审美意识依然不脱明清以来的"狭邪"性质。而现代都市文学从取材、人物到审美意识和艺术表现则呈现全新的"现代"面貌。归根结底，现代都市文学既是社会现代性的曲折反映，也是审美现代性的典型体现。

---

① 郭宏安编译：《波德莱尔美学论文选》，北京：人民文学出版社 2008 年版，第439—440 页。

现代都市文学与现代通俗文学同中有异。同,在于与现代商业文化语境都有千丝万缕的联系,不少现代都市文学与现代通俗文学一样都有明显的商业功利需求,有些通俗文学也以某些现代都市生活作为审美对象,显现不同程度的现代都市审美意识(如英国作家皮尔斯·伊根的《伦敦生活》,法国作家小仲马的小说《茶花女》,中国作家不肖生的小说《留东外史》、周天籁的小说《亭子间嫂嫂》乃至程小青的小说《霍桑探案》和孙了红的小说《侠盗鲁平》等);异,在于现代通俗文学并不都以现代都市为审美对象,还有大量作品属于乡村、历史、科幻等题材,而且没有自觉的现代都市审美意识笼罩,甚至与现代都市毫无审美关系。如中国现代武侠小说,除了在现代都市商业语境中写作、发表、出版、传播外,其审美对象、审美趣味与现代都市文学有多少关联呢?与现代都市有关联,但与现代都市文学基本上没有关联。

与浪漫主义和现实主义文学相比,现代主义文学与现代都市的关系更加密切,因为现代主义文学产生于西方社会现代性的鼎盛时代,也是西方都市最发达的时代①,作为批判性的文学,它对西方发达的都市文明和都市人生产生了更多更及时的审美反应。马尔科姆·布雷德伯里在《现代主义的城市》一文中就说:"十九世纪世界兴起并发展到今天的实验性现代主义文学,从许多方面来看都是城市的艺术。""现代主义倾向深深根植于欧洲的文化都城。""现代主义是大城市的艺术。"②中国的现代主义文学虽然带有本土的特点,但也呈现大致相当的情况。尽管

---

① (美)李欧梵:《上海摩登——一种新都市文化在上海(1930—1945)·中文版序》,毛尖译,北京:北京大学出版社 2001 年版,第 3 页。

② (英)马·布雷德伯里、詹·麦克法兰编:《现代主义》,胡家峦等译,上海:上海外语教育出版社 1992 年版,第 76—83 页。

如此,并非所有现代主义文学都可称为现代都市文学。这二者之间也是同中有异。同,在于确有不少现代主义文学如波德莱尔的《恶之花》、王尔德的《道林·格雷的画像》、艾略特的《荒原》和乔伊斯的《尤利西斯》等本来就是对于现代都市人生的审美呈现,堪称经典的都市文学;异,在于现代主义文学并非都是以现代都市人生为审美对象,它也可能以乡村、城镇生活为审美对象;更重要的区别在于现代都市文学都有较自觉的都市审美意识,而现代主义文学只要对世界、人生有现代主义感受和理解或有现代主义艺术表现和艺术风尚即可。如卡夫卡的小说《乡村医生》《地洞》、福克纳的小说《喧哗与骚动》、萨特的剧作《禁闭》、鲁迅的散文诗《野草》、冯至和穆旦的大部分诗歌等,它们是现代主义的,但不一定是现代都市题材,更不将自己的审美目的仅归结在现代都市上——它们有更高远的审美诉求。

三、"想象的都市"与现代都市文学研究的转向

进入新世纪以来,中国现代城市文学研究包括都市文学研究出现了一个新的动向,即从反映论的"中国现代城市(都市)文学"研究转向表现论的"中国现代文学中的城市(都市)"研究。张鸿声认为:"传统的城市文学研究,强调的是城市之于作家的经验性,但是在文学与城市的关系中,城市文学之于城市,也绝非只有'反映'、'再现'一种单纯关系,而可能是一种超出经验与'写实'的复杂互动关系。何况,城市经验之于作家,也是千差万别。"①张鸿声这里所谓"城市文学之于城市,……可能是一种超出经验与'写实'的复杂互动关系",即指作家审美个性、主观想

---

① 张鸿声:《"文学中的城市"与"城市想象"研究》,北京:《文学评论》2007年第1期。

象与城市客体和城市经验之间存在复杂的对话关系。

十几年来,人们受美国学者博顿·帕克、利罕和意大利作家卡尔维诺等人影响,重点关注"文学中的城市"、"作为文本的城市"和"语词城市"等作家城市经验与主观审美想象融合后的文学建构。利罕在《文学中的城市:知识与文化的历史》中阐释:"有一段时间,我将叙事模式理论作了一番系统的梳理,从小说的兴起到喜剧现实主义、浪漫现实主义、自然主义、现代主义和后现代主义——每一种模式都提供了一种关于现实的完全不一样的观点,包括对城市的完全不同的看法。我渐渐发现,随着历史和文化发生变化,包括与城市发展密切相关的从商业、工业到后工业时期的变化,文学要素也被重新概念化。这样,当文学给予城市以想象性的现实的同时,城市的变化反过来也促进文学文本的转变。这种共同性的文本性——文学文本与城市文本的共性——成为本书方法论的基础。"①博顿·帕克进一步指出:"真实城市与词语的城市之间的联系是间接而复杂的。""在真正的城市生活体验与小说和诗歌中的词语城市之间存在着一个裂缝。……作家不是直接从他的经历与我们说话,而是通过语言、通过文学形式的修辞惯例,作家必须通过这些惯例、词汇和意象才能表达自己并被读者理解。"②卡尔维诺甚至担心,"记忆中的形象一旦被词语固定住,就给抹掉了。也许,我不愿意全部讲述威尼斯,就是怕一下子失去她。或者,在我讲述其他城市的时

---

① (美)理查德·利罕:《文学中的城市:知识和文化的历史·前言与致谢》,吴子枫译,上海:上海人民出版社 2009 年版,第 5 页。

② 转自陈晓兰:《文学中的巴黎与上海——以左拉和茅盾为例》,桂林:广西师范大学出版社 2006 年版,第 6—7 页。

候,我已经在一点点失去她"①。所以,卡尔维诺称自己所描述的城市为"看不见的城市"。美籍学者张英进从研究方法的角度阐释个人的经验:"我将不拘泥于某一作品所表现的城市如何写实传真,而只探讨在这种文本创作的过程中,城市是如何通过想象性的描写和叙述而被'制作'成为一个可读的作品。……我说的'制作'是符号性的,指的是将城市表现为符号系统,其多层面的意义需要解析破译,我将重点放在制作的过程而不是其最终的产品——作为文本的城市(或称城市文本)。"②

　　与此对应,国内学者如王富仁认为:"所有的艺术创作,开拓的都是一个艺术的空间;而艺术的空间说到底,是一个想象的空间。""想象的空间……以现实的空间为基础",但又是"对现实空间的超越"③。孙绍谊指出:"对都市景观的充分理解必须建立在景观(包括都市与乡村景观)本身并不生产意义、只有通过人类的阐释与想象、某一特殊的景观才与主体产生关系的认识基础之上。因此,以民国时期的上海为研究'客体',与其说是对老上海的怀旧'记忆',倒不如说是对以小说、电影、建筑、广告乃至时装等多重对话建构起来的关于上海都市之想象的考察。"④陈平原与陈思和分别从不同区域、视角推动"文学中的城市想象"研究。陈平原依托北京大学 20 世纪中国文化研究中心、中文系与

① (意)卡尔维诺:《看不见的城市》,张宓译,南京:译林出版社 2006 年版,第87 页。

② (美)张英进:《都市的线条:三十年代中国现代派笔下的上海》,北京:《中国现代文学研究丛刊》1997 年第 3 期。

③ 王富仁:沈庆利著《现代中国异域小说研究》"序",北京:北京大学出版社2009 年版,第 1—8 页。

④ 孙绍谊:《想象的城市——文学、电影和视觉上海·引言》,上海:复旦大学出版社 2007 年版,第 1 页。

美国哥伦比亚大学东亚语言文化系联合举办"北京：都市想象与文化记忆"等国际研讨会，催生出不少以研究"文学中的城市想象"为内容的著述；陈思和在其主编的"都市文学研究书系"总序里呼唤，与其从社会学角度、外部研究文学与世界怎样一一对应的关系，不如从文学自己角度、内部研究文学是怎样想象和表达世界包括都市的。他所主编的"都市文学研究书系"里的著作全是从"想象"和"书写"的角度命题、写作成书的，如王宏图的《都市叙事和欲望书写》、王进的《魅影下的"上海"书写》和陈晓兰的《文学中的巴黎与上海》等。

张鸿声在他那著名的《"文学中的城市"与"城市想象"研究》一文中总结："鉴于城市文学研究自身，逐渐以'城市性表述'涵盖了'文学再现城市'，从概念来说，'文学中的城市'这一概念，要比'城市文学'能够揭示更多城市对文学的作用与两者的复杂关联。"当然，"在'文学中的城市'研究中，关于想象性概念的介入，并非完全摈斥文学文本的社会客观性与创作者的经验性，而事实上，它是联结创作者的城市生活经验与文学文本经由创作而造成的生活呈现的一个中介，即任何关于城市的文本都不可避免地来自城市经验，但城市文本却绝不等同于经验，因为它经过了由经验到文本的过程，这个过程其实也是想象性城市叙述的过程，城市想象其实就是一种城市表述"①。毫无疑问，作为想象的"城市"之高级形态，想象的"都市"研究范型同样强调了作家主观审美想象在作家创作完成中的引导、涵融、酵发和制约作用，具体而言，更强调了每个作家由于其审美志趣、创作语境、创作动机、创作心理、创作思想、创作能力和方法的不同而产生的不同的

---

① 张鸿声：《"文学中的城市"与"城市想象"研究》，北京：《文学评论》2007 年第 1 期。

文学风貌,虽然是对同一个都市进行审美想象和书写,也具有不同的审美内涵和意义,从而更接近文学的内在个性和诉求。

四、中国现代文学中的异域都市想象及其文学史意义

限于研究条件和著作者的个人能力,本论著只就中国现代文学中的东京、巴黎、伦敦和纽约想象进行讨论,而事实上,也是这些都市最能代表东西方都市的基本走向和文化症候。

东京想象。1920 年郁达夫已经有几篇未完成的作品关涉东京,1921 年,又出版了中国现代文学史上第一部新小说集《沉沦》,叙写中国青年在日本东京及其他城市留学时的所见所闻、所思所感和人生命运,从而开启了现代作家日本都市审美想象和书写之旅。日本是后发达国家,东京的都市现代性发展并不成熟,但日本又是积极向西方学习的国家,西方的器物文明、制度文明、思想观念包括文学审美都全方位地引进日本,对于中国学子(无论是作为作家的中国青年和作为作品主人公的中国青年)来说,日本—东京就是现代人生和现代文学审美的样板之一,他们对东京及其他相近城市的现代人生和现代审美表示惊诧、恐惧之余又不免深深沉醉和迷恋,原也是可以理解之事。这方面,郁达夫、腾固的创作最具典型性。

郁达夫深感日本—东京的民族歧视和作为现代性之都的革新、开放、欧化,特别是看到东京的恋爱自由、性自由,作为现代生命意识的觉醒者,他形成强烈的"都市怀乡病",并流露出浓郁的世纪末唯美—颓废情调,其作品如《沉沦》《友情与胃病》(后名为《胃病》)《风铃》(后名为《空虚》)等可以视为作家独特的东京及其他相近城市生活经验与东西方现代文学审美复杂融合的结果。腾固的作品如《壁画》《石像的复活》等利用弗洛伊德理论,

深层地表达都市空间里人的自然欲望的敞开及其不能得到满足
所产生的可怕后果,与郁达夫的书写形成互补。陶晶孙的笔触
深入东京中产阶级生活内部,小说《木犀》《音乐会小曲》《两姑
娘》等夸张东京人生的多元性、流动性、传奇性,凸显东京人生开
放、前卫的审美面向,可视为稍后上海新感觉派小说的滥觞。郭
沫若的诗歌如《笔立山头展望》《日出》、小说如《残春》等并不以
具体客观的都市场景和空间为张本,而是将对日本工业文明的
肯定与其对惠特曼诗歌、未来主义和表现主义文学艺术的主观
借鉴结合起来,更充分地表达"文学中的城市想象"的特点。比
较写实的是成仿吾的书写。成仿吾的小说《一个流浪人的新年》
初步提供总观东京的轮廓和生活快节奏(虽然是模糊的)但总地
看,1920 年代创造社作家的都市想象多个人自传式的、内倾式
的,烙有鲜明的个人情感、心理印记,而彰显都市的独立意义不
足,带有明显的过渡性。稍后,白薇、庐隐、萧红、凌叔华、谢冰
莹、丰子恺、楼适夷、王礼锡和茅盾等作家都曾在日本留学、游学
或观光,并留下若干关于东京及其他相近城市的文学想象和书
写的作品。其中,庐隐的《东京小品》共 11 篇短文,从咖啡店写
起,涉及东京空间还有公园、庙会、澡堂、妓院、家庭等,重点指出
东京女性的商业化、女性在家庭和社会中地位的低下及没有个性、
公共澡堂中女性的躯体美和两性生活中女性的无羞耻感、下等妓
院里特殊的气氛和女性"灰白脸"式的装扮、普通大众的迷信等;丰
子恺从"日本的裸体问题"讲起,重点述说东京女子的无羞耻感、公
共澡堂里男女界限的模糊、日本允许女子实际生活中裸体但不允
许日本绘画中呈现女子裸体等等;左翼作家王礼锡指出日本是"封
建的资本主义"国家,因为即便是东京也还有许多封建落后的信
仰、习俗、景观;茅盾捕捉到东京普通人生活的寂寞;楼适夷则关注

东京工人阶级的处境和精神状态。

　　巴黎想象。中国现代文学中,笔者所见到的最早的巴黎想象开始于1920年。这一年,李劼人在《少年中国》发表《鲁渥的画》等散文作品,1922年继在《少年中国》发表散文《巴黎的大学城》《巴黎的高等教育谈》,1923年在《少年中国》发表中篇小说《同情》等。这些作品与稍后张竞生的学术随笔性作品《美的人生观》《美的社会组织法》和徐志摩的散文《巴黎的鳞爪》一起建构了现代文学史上的巴黎神话——美和艺术的神话、爱和自由的神话、发达高等教育和现代文明的神话等。这显然带有更多的梦幻与想象的色彩。到1930年代,左翼作家邹韬奋的游记集《萍踪寄语》(初集、二集)、王礼锡的游记集《海外杂笔》等开始强调巴黎不仅是天堂,也有地狱的一面,具体而言就是也有失业工人、讨饭乞丐、贫富悬殊,无数女性走向神秘之夜也多是为了基本生存,而不是想象中的爱情。宋春舫《巴黎》(一、二)、邵洵美散文集《儒林新史》和张若谷的游记集《游欧猎奇印象》等审视巴黎的消费空间,惊艳于巴黎女性之美的同时也不能不感慨她们命运的不幸。这些创作都有意无意颠覆了巴黎社会神话。刘海粟的游记集《欧游随笔》、艾青的诗《巴黎》《画者的行吟》等凸显了巴黎的艺术个性,特别赞美了巴黎的革命精神;巴金的小说《马拉的最后》《丹东的悲哀》《罗伯斯比的秘密》等叙写法国大革命领袖多舛的命运;艾青的诗歌还特别表现了巴黎在国际现代性与民族现代性和阶级现代性、社会现代性与审美现代性之间复杂矛盾中所形成的各种张力。

　　历史行进到1930年代末1940年代初,第二次世界大战彻底颠覆了巴黎的光辉形象,中国现代作家如徐讦的小说《蒙摆拿斯的画室:巴黎情调之一》《决斗:巴黎情调之二》《尼琴与沈沉之婚》（后名为《结婚的理由》）、其散文《论中西文化》（后名为《中西的电车轨道与文化》）《论中西的风景观》《西洋的宗教情感与文化》《论中西的线条美》等和辛笛的诗《巴黎旅意》等也由是进一步认清了巴黎的原貌，这时对巴黎的态度由仰视性迷思转变到平视式反思，认为巴黎的美和文明只是世界上无数美和文明的一种；它的美和文明不可替代，但它也无法代替别种美和文明。

显而易见，中国现代文学史上的巴黎书写经过了一个神话化、去神话化和非神话化的过程，在此过程中，中国现代作家的审美认知和审美主体都进一步成熟。

伦敦想象。一般而言，梁启超被看作中国近代文学作家，他1919年发表《欧游心影录》，语言已是现代白话，但标点还是只表暂时停留的顿点，不是人们所熟悉的现代标点符号，1937年他出版《欧游心影录节录》时，情况还是如此。但是由于梁启超视野之开阔、学养之深厚，所思所想往往有现代作家所不逮，这部作品就有了远远超出一般近代文学之意蕴。其中他对伦敦、巴黎所代表的欧洲文化文明的"一般观察及一般感想"尤具有反思西方现代（都市）文化文明危机的意义。不过由于"五四"以来科学、民主启蒙大潮势不可阻挡，这种企图以东补西、以传统救现代的思想和呼声暂时还是压下。如此也可以看出，中国现代文学的诞生和发展变迁是一个完整的不断追求现代社会人生目标、体现现代思想价值理念和审美诉求的过程，与在传统内反传统、因而不可能真正进入现代的近代文学还是有质的区别[1]。

1921年，徐志摩开始写诗，不过这时主要对伦敦以外的剑桥大学一带进行审美，真正对伦敦进行审美书写是到1924年老舍

---

① 以后，鲁迅、徐讦、林语堂等都企图融合中与西、传统与现代，以创造新的人生、审美境界，但都不是立足于传统内，而是超越于中西之外。

走上文学创作道路之后。1923年老舍应邀去伦敦大学东方学院做汉语老师,课余开始小说创作,其连载小说《二马》开头是对伦敦自由政治空间的赞肯,接着从平民日常生活视角叙写伦敦一面是天堂,一面是地狱。天堂性表现在伦敦一年四季如春,城区交通方便,干净卫生,科学文明,商业发达,市面繁荣,青年人充满独立、创新、实干精神,整个社会人道主义气息浓郁;地狱性表现在伦敦充满民族歧视和排斥,居住在伦敦东区的中国人成为真正伦敦人想象落后贫穷中国的"他者"形象代表,结果压得伦敦东区的中国人始终抬不起头来。作者由此流露出爱恨交加的复杂情感态度。从1920年代到1930年代,朱自清《伦敦杂记》强调伦敦丰富的历史文化内涵;老舍、徐志摩、邵洵美、徐讦等都回忆在伦敦求学时"我的房东",表达在伦敦学习生活其经济上的压力和生活的不易;左翼作家如王统照的《欧游散记》、邹韬奋的《萍踪寄语》(初集)和王礼锡的《海外杂笔》等,重点揭露伦敦社会的消极面(邹韬奋所谓"华美窗帷的后面"),如物价昂贵、工人失业、女人被迫卖淫、社会矛盾突出等。1939年,第二次世界大战在欧洲爆发,之后,德国法西斯对伦敦多次狂轰滥炸,这种情况下,伦敦就转换为受难者形象,在当时中国派往欧洲的战地记者萧乾的战地通讯《人生采访》中,留下一个个当时宝贵的历史细节和侧影,显示当时伦敦与巴黎不一样的遭遇和精神状况。

纽约想象。在中国现代文学史上,对纽约展开审美想象不晚于对以上都市的审美想象,甚至更早,如中国现代文学史上第一篇发难表示文学革命的文章——胡适的《文学改良刍议》里也有对纽约都市生活特点的曲折反映,其《留学日记》《纽约杂诗》里就有对纽约的直接书写,不过真正有文学成就乃在1920年代中后期,即孙大雨诗歌《纽约城》和《自己的写照》面世的时候。

孙大雨的《纽约城》写出纽约作为后来居上的欧美现代都市,其高度机械化的氛围、景观及给人心理上造成的巨大压力,《自己的写照》被徐志摩称为"奇迹",叙写纽约的崛起以当地土著民族的灭亡、黑人的被奴役和现代人人性的异化和精神的物化为代价。如果说,现代作家对东京、巴黎和伦敦均有仰视式迷思的一面,而到想象纽约时则完全是平视式反思了。邹韬奋的《萍踪忆语》审视纽约的各个方面,主要凸显纽约的地狱性。费孝通的《初访美国》《再访美国》从更深远的社会文化视角出发,揭示纽约所代表的人类科技进步和机械文明的沉重代价。林语堂的《唐人街》先表现对纽约机械文明和社会文明的认同,而后又转向对这种机械文明和社会文明的质疑,借助中国传统文化达到对纽约现代文明弊端的超越,也暗示一个中西融合的新时代的到来。

文学史意义。首先,开创性与示范性。打开中国现代文学史,不难发现,中国现代文学的诞生与留学生作家群体密不可分①,而留学生的创作往往成为今后国内创作的开端。文学革命的发动者胡适之所以强烈感受到中国文学是半死之文学,就因为他长期在纽约学习、生活,充分感到纽约所代表的现代人生和审美思潮,如《文学改良刍议》里举纽约的高楼大厦等现代建筑说明古典诗词语言表达之文不对题、无病呻吟,以当时纽约意象派的"六条原理"来倡导一种新的文学风尚和文学体式。他的大众启蒙初衷和"清楚明白、人人能懂"的文风就成为今后中国现代文学发展的基本诉求。鲁迅在日本东京弃医从文,并且站在"反现代"(当然是以反思西方都市为中心)的最高度写出《文

---

① 郑春:《留学背景与中国现代文学》,济南:山东教育出版社 2002 年版,第13 页。

化偏至论》《摩罗诗力说》等巨文,为中国现代文学的正式诞生打下坚实基础。郁达夫在日本东京创作《沉沦》,携带中西方文学文化资源并给予创化,开启中国现代文学最经典的浪漫颓废小说私人化叙事文体,在鲁迅的家国民族叙事之外开启新的文学路径,影响深远。老舍的创作起步于伦敦,《二马》是中国现代文学史上唯一一部书写伦敦的长篇小说①,也是最早提出反对西方之东方主义的小说,对后世自然具有巨大示范作用。进一步言之,其代表作《骆驼祥子》中主人公祥子的刻苦勤劳,某些意义上也可谓伦敦实干、创业精神的映照,而这一层意蕴至今尚无人讨论。艾青最早的诗歌创作起步于巴黎,以后正式走上诗歌创作道路,巴黎是其重要的审美对象;或者说在国民党监狱里,一方面是中国广大底层人民的苦难和朴素的爱给他创作灵感和冲动,一方面是巴黎所特有的自由、艺术、革命精神给他鼓舞和支持。解志熙认为他开创了"左翼现代主义"②的文学风格和范式。其他左翼作家如邹韬奋、王礼锡、王统照的域外游记散文也是因为亲身体验了异域都市生活才取得了如此丰厚的成绩,成为现代游记散文不可多得的典范。

其次,多样性和互文性。中国现代文学的异域都市想象,受作家生活体验的限制,与西方作家同样的创作如狄更斯、巴尔扎克、左拉、德莱塞和菲茨杰拉德等相比,表现生活面还不够宽广,触及社会文化肌理还不够深入,审美价值还不够充分,但是与国内都市题材(主要是上海题材)创作相比,涉及社会文化人生又

---

① 沈庆利:《现代中国异域小说研究》,北京:北京大学出版社2009年版,第104页。

② 解志熙:《摩登与现代——中国现代文学的实存分析》,北京:清华大学出版社2006年版,第138页。

明显丰富多样，有日常生活审美，更有国家民族层面重大境遇和走向审美，特别是关于自由、民主、工业、机械的审美，远非国内题材都市想象所能比附。这是国内外现代化历史进程的差异性决定的。域外题材的都市想象让中国读者提前看到西方都市所代表的西方现代的魅力和危机，对于中国人思考和选择适合自己的路径具有巨大借鉴作用。上海题材都市想象受国内社会现代性发展并不充分的制约，在表现生产性公共空间人生方面存在重大缺陷，而多在消费性公共空间和日常生活领域各擅其长，如此，文学想象的意义必大打折扣。而域外题材都市想象恰形成对比，也是互文，合在一起才形成中国现代文学都市想象的完整面貌。如郁达夫《沉沦》与丁玲《莎菲女士的日记》和苏青《结婚十年》构成对比和互文，张竞生、徐志摩和张若谷关于巴黎想象的散文与 30 年代海派文学构成对比和互文，邹韬奋、王礼锡等人关于巴黎、伦敦和纽约想象的散文与茅盾、殷夫、夏衍关于上海想象的作品构成对比和互文，艾青和孙大雨关于巴黎和纽约想象的诗歌与陈梦家、陈江帆关于上海想象的诗歌构成对比与互文等。异域都市想象的作品之间也可以构成对比与互文，如同出于 1940 年代的徐讦与林语堂的小说创作。一些文学意象，单独看海派文学作品并不能完全了解，但是结合异域都市想象的作品，则一目了然。如穆时英小说《上海的狐步舞》里出现的"revue"一词，看到郑振铎《欧行日记》中有关文字才能知晓其意。另一方面，中国现代异域都市想象虽然作品还不够多，艺术体式还不够丰富，仅有小说、诗歌、散文，其中小说还多是中短篇，散文还多是游记，但是贯穿"中国现代文学三十年"，不同作家也有不同追求，也都形成自己鲜明的个性、风格，合在一起，构成一个特殊的文学景观，填补了中国现代文学审美想象的空白，丰富了中国现代文学的内容,既暗合了世界现代都市文明发展的线索,表征了现代中国人从传统到现代、从本土到世界、从乡村到都市的复杂精神历程,也为今后中国人想象世界、想象西方、想象现代都市人生提供了宝贵的记忆和丰赡的借鉴,因此功不可没。

五、本课题研究的基本思路和方法

本课题的研究建立在充分把握当前有关课题研究历史和现状的基础上。本"绪论"里没有专门的研究现状综述、分析,但是几乎所有相关研究文献,笔者都搜集、阅览过,总体印象是专门的论著没有,专门的论文数量也极为有限,对于中国现代文学中异域都市想象的整体性研究更是付之阙如。这是本课题之所以能够立项的主要原因。一些相关研究成果,本论著中将会给以介绍,此处暂时略过。

本课题的研究拟在总的中国现代文学史理论框架里讨论中国现代文学中的东京、巴黎、伦敦和纽约想象,而不是笼统的异国形象。属于"文学中的都市"想象研究,而不是"文学中的异国"形象研究。这一点,与比较文学研究有明显区别。进一步,立足作家本体和民族本体,突破中国以往的"西方主义"和西方历来的"东方主义"之窠臼,重点探索中国现代作家异域都市想象中所蕴含的独特的审美心理、文化身份、精神诉求和文学价值及对异域都市形象建构之诸多诱导和影响,从而推动中国现代文学研究,对于今后中国作家如何进行异域都市想象并进一步进行异域想象、世界想象也提供一定的理论借鉴。

为此,本课题的研究将尽量避开理论先行模式,而将研究基础建立在广泛搜罗、阅读相关原版、原刊作品及相关研究资料之上,努力走近历史现场,争取凸显文学史框架与学术史框架的统一；另一面，也坚持学术自信，坚持自己对问题的看法和理解，保证研究的个人性和独创性（尽管也不一定能做到）。记得刘增杰先生曾经谆谆告诫笔者，你不要管别人怎么说，你只要谈你自己的想法和感受。钱理群先生在课上也特别强调研究者自己的阅读体验，认为这是文学研究的起点。对两位先生的教导，笔者将铭记在心，永志不忘。

本课题坚持整体研究与个案研究的统一。在纵的时间线索上，将照顾文学史前后的承继关系和影响关系，横的空间排比上，将照顾到各个具体研究对象的特点，争取纵横交错、点面结合，形成一个较严密的结构形式。好处在于可以将现代都市文学研究引向深入和细化，难点在于深入和细化过程中必然碰触到不少在整个现代文学框架中不大有机会露面的作家作品，如张竞生、王礼锡、邹韬奋、盛成、陈学昭、朱光潜、刘海粟、沙鸥、张若谷、费孝通、储安平、郭子雄等人的有关创作。那么，要想将研究引向深入，就必须引入"知识考古"学的方法，大胆突破以往现代都市文学研究的既成结论，坚持独立思考，且多处搜求有关作家作品及相关研究资料。

本课题坚持文学研究与文化研究的统一。都市文学这一概念本身表明这一研究属于文化研究。在研究中，我们将探讨中国现代文学异域都市想象里所蕴含的诸多文化审美元素，同时坚持文学本位，强调不同视角和方法下各异域都市想象之不同面貌及成败得失。

本课题属于跨学科研究，牵涉面较广，将会借鉴政治学、经济学、社会学（城市学）、历史学、文化学、哲学、宗教学、心理学、美学、比较文学和文艺学等各方面的知识和研究方法。

但愿我们的研究能够达到预期目的。

第一章　中国现代文学中的东京想象

日本是一个善于学习的国家,正如一篇 1930 年代的文章说:"日本人一般善于模仿,追逐时潮,采取外国的文化以发展自己的文化,这确是日本的特点之一。"①郁达夫也曾经指出:"日本的文化,虽则缺乏独创性,但她的模仿,却是富有创造性的意义的"②。它本来是学习中国的(所谓"唐化"),但是到 1868 年,日本历史发生了根本性变化。1868 年 10 月,日本明治天皇将都城由京都迁至江户,并改名为东京,开启日本全面学习西方的历史(所谓"西化"),史称"明治维新"。之后,日本迅速强大,1894—1895 年中日甲午战争,中国北洋舰队一败涂地,1904—1905 年日俄战争,日本再次彻底击败俄国太平洋分舰队和由波罗的海舰队部分战舰组成的新的太平洋分舰队。从此,日本成为世界东方最强国家。1912 年 7 月,明治天皇驾崩,接着,开启更加繁荣、自由、开放、和平的大正时期(1912—1926),文化上也从建国、强国到富国、享受、消费。正如郁达夫后来所回忆:"明治的

---

① 傅仲济:《日本民族底二三特性》,见陶亢德主编《日本管窥》,上海:宇宙风社 1936 年版,第 7 页。

② 郁达夫:《雪夜:自传之一章》,上海:《宇宙风》第 11 期,1936 年 2 月。

一代,已经完成了它的维新的工作;老树上接上了青枝,旧囊装入了新酒,浑成圆熟,差不多丝毫的破绽都看不出来了"①;"自从欧洲文化输入以后,各都会都摩登化了,跳舞场,酒吧间,西乐会,电影院等文化设备,几乎欧化化到了不能再欧,现在连男女的服装,旧剧的布景说白,都带上了牛酪奶油的气味;银座大街的商店,门面改换了洋楼,名称也换作了欧语,譬如水果饮食店的叫作 FruitsParlour,旗亭的叫作 CaféVienna 或 Barcelona 之类,到处都是"②。伊藤虎丸在《鲁迅、创造社与日本文学——中日近现代比较文学初探》里指出,鲁迅留学日本的时代,是日本国家民族层面群体创业富强的时代,而郁达夫、郭沫若他们留学日本的时代是日本已经进入个人消费、享乐的时代,但是作为"弱国子民",他们又很少能真正进入当时日本的都市生活。这是理解郁达夫等创造社作家东京想象的历史文化语境。

第一节　欲望的重新叙述:
郁达夫作品中的东京想象

郁达夫(1896—1945),浙江富阳人,1913 年 9 月随兄嫂去日本,1914 年 7 月入东京第一高等学校医学部特设预科,1915 年 9 月入名古屋第八高等学校医学部,1919 年 11 月入东京帝国大学经济学部,1922 年 3 月毕业,获经济学学士学位,次月,就读于东京帝国大学文学部言语学科未完,因为创造社编务和经济困难,同年 7 月归国。至此,郁达夫的留学生涯基本告一段落。前后将近 10 年的时间,郁达夫大部分时间是在东京度过,即使在名

---

① 郁达夫:《雪夜:自传之一章》,上海:《宇宙风》第 11 期,1936 年 2 月。
② 郁达夫:《日本的文化生活》,上海:《宇宙风》第 25 期,1936 年 9 月。

古屋学习时,他也经常会回到东京感受都市生活氛围,这便是他在《沉沦》中所谓"都市的怀乡病"①,与此相适应,他的早期创作也基本上都是围绕东京和东京附近展开想象和书写的,如袁庆丰所说:"郁达夫的这篇代表作(指《沉沦》——引者),固然取材于他在第八高等学校的生活经历,但考虑到小说经过多次修改,直到 1921 年才定稿发表,他将他在东京的生活与感受一并融入,也是可以肯定的"②。所以,本著作将郁达夫的日本都市想象统统称之为东京想象,是需要与读者说明的。

总括郁达夫关于东京的创作,可以发现,他对东京的审美想象不止于情色、欲望一面,他也写到东京的民族歧视;东京的现代物质文明(机械:火车、电车、游船;空间:公园、旅店、酒馆、咖啡店、医院、学校;街市空间的属性:热闹等);也触及到东京的现代性危机,感慨"社会呀!道德呀!资本家呀!我们少年人都被你们压死了"(《胃病》),也强调现代物质的昌盛反导致了人精神的坠落(《南迁》),但这一切叙述都围绕一个中心内容,就是凸显主人公现代生命意识的觉醒,在此基础上表现主人公性的苦闷、爱的焦渴及灵肉诉求都无法实现后所造成的精神的极度忧郁和颓废。如此一来,郁达夫的都市想象突破了清末民初以来通俗都市文学欲望叙事的窠臼,而开启了中国现代文学欲望叙述的新主题、新空间③,既提升了整个现代文学都市欲望叙事的审美内涵,也预示了今后整个现代文学都市欲望叙事的新方向,铸造

①　郁达夫:《沉沦》,见郁达夫《沉沦》,上海:泰东书局 1921 年版,第 30 页。

②　袁庆丰:《欲将沉醉换悲凉——郁达夫大传》,上海:华东师范大学出版社 2020 年版,第 138 页。

③　程文超等:《欲望的重新叙述》,桂林:广西师范大学出版社 2005 年版,第 122—124 页。

了新的都市文学类型,因而影响深远。

一、民族现代性与东京的民族歧视

如前所述,现代都市的崛起是在全球化语境下实现的,它体现出世界一体化的逻辑结构。现代都市的崛起带动世界上无数民族的现代崛起,其重要征候就是发达国家民族的全球化开拓和发展,体现出强烈的国际性和殖民性,但是也因此有了原落后国家民族的被迫觉醒和独立自主诉求,于是一轮又一轮的民族现代性先后产生。吴叡人在给安德森《想象的共同体——民族主义的起源与散布》中文版所作的长篇"导读"中指出:"民族主义"经历了四个阶段,"第一波"是"美洲模式",是一种不以语言为要素的民族主义;"第二波"是欧洲的群众性语言民族主义,人们通过阅读形成对民族的想象;"第三波"是"官方民族主义",即欧洲各王室不得不顺应历史潮流,积极归化民族,并控制对"民族想象"的诠释权;"最后一波"是"殖民地民族主义",也就是第一次世界大战以后在亚非殖民地掀起的民族主义,是对西方"官方民族主义"的另一面——帝国主义——的反抗,以及对先前百年间先后出现的三波民族主义经验的模仿与"盗版"①。显而易见,日本的民族主义属于第三波,即"官方民族主义",而中国的民族主义接近"最后一波"。所以,对外,日本开始向更落后国家民族推行殖民统治;对内,控制、镇压自由、独立思想。明治晚年,以莫须有之罪对包括作家幸德秋水、大石诚之助等在内的 11 名进步人士强行逮捕并处以绞刑,史称"大逆事件",就是一个典

---

① 吴叡人:(美)安德森著《想象的共同体——民族主义的起源与散布》中文版"导读",上海:上海人民出版社 2005 年版,第 8—11 页。

型例子①。因此，日本的现代市民社会远不成熟，就民族内部而言，个人与个人之间还达不到西方那样的自由、平等，对于来自落后国家民族的中国青年留学生，更是表现出明显的冷漠与歧视，乃至羞辱和伤害。如郁达夫在名古屋第八高等学校学习时，体操课主要为军训课，军人教官经常对体质相对柔弱、不擅运动的郁达夫怒吼、训斥②，有的老师课堂上公开发表侮辱中国的言论③；一次，他与日本同学一起去咖啡店，一日本人竟"瞪着郁达夫的脸，吐了一声'叭儿狗'"④。再加上这一时期，恰好是日本经过与中国的甲午战争的胜利、与俄国 1904—1905 年间战争的胜利，国力正迅速强大、民族野心和自傲心正高昂的时期（经过短暂的大正时期之后，日本又进入昭和军国主义时期），所以，"经验与想象"之中，其笔下主人公遭遇日本人包括东京人的歧视和羞辱，饱受"民族的苦闷"，就是不难理解的了。

就所能见到的资料看，郁达夫在日本留学时期，也并非像他小说中所想象的那样孤独可怜，仅在名古屋第八高等学校，他就有好几个亲近的日本同学朋友，大家回忆之中的郁达夫是："第一，大家一致认为郁文（达夫）日、英、德语的语学才能极高；第二，郁文好像不介意对方是否为日本人，跟大家有亲密的交往；第三，性格温和，是个很认真的爱好文学的青年。从日本学生的

---

① （英）斯蒂芬·曼斯菲尔德：《东京传》，张旻译，北京：中译出版社 2019 年版，第 86 页。

② （日）稻叶昭二：《郁达夫——他的青春和诗》，蒋寅译，见《郁达夫传记两种》，杭州：浙江文艺出版社 1984 年版，第 231 页。

③ 郁达夫《1917 年 3 月 15 日：日记》，见《郁达夫全集》第五卷，杭州：浙江大学出版社 2007 年版，第 3 页。

④ （日）稻叶昭二：《郁达夫——他的青春和诗》，蒋寅译，见《郁达夫传记两种》，杭州：浙江文艺出版社 1984 年版，第 263 页。

角度来说,对郁文,他们并没有抱有'中国是弱小民族'的偏见,而是把他当作一个语学才能优秀的同学,带着敬意和他亲切交往的。"①但即便他的日本好友也不能否定:"当时在一般人中确实是有蔑视中国的社会风潮"②。对于他的同学的友情,郁达夫也不否认,所谓:"有知识的中上流日本国民,对中国留学生,原也在十分的笼络",但是日本学生的坦然心态,郁达夫显然并不具备,相反,处于弱国子民的境地,他更多的是精神敏感,所以下面紧接着说:"但笑里藏刀,深感着'不及错觉'的我们这些神经过敏的青年,胸怀那里能够坦白到像现在当局的那些政治家一样;至于无知识的中下流——这一流当然是国民中的最大多数——大和民种,则老实不客气,在态度上言语上举动上处处都直叫出来说:'你们这些劣等民族,亡国贱种,到我们这管理你们的大日本帝国来做什么!'"郁达夫认为这"简直是最有成绩的对于中国人使了解国家观念的高等教师了"。郁达夫指出:"只在小安逸里醉生梦死,小圈子里争利夺权的黄帝之子孙,若要教他领悟一下国家的观念的,最好是叫他到中国领土以外的无论那一国去住上两三年。……/是在日本,我开始看清了我们中国在世界竞争场力所处的地位;……是在日本,我早就觉悟到了今后中国的运命,与夫四万万五千万同胞不得不受的炼狱的历程。"③作为新一代中国青年,在全球化、殖民化语境中,激发出新的民族意识和国家立场,并由此出发观看世界、中国、日本包括日本

---

① 高文君:《且吟且啸,斯文独行——郁达夫在名古屋》,南京:南京大学出版社 2005 年版,第 82 页。

② 高文君:《且吟且啸,斯文独行——郁达夫在名古屋》,南京:南京大学出版社 2005 年版,第 73 页。

③ 郁达夫:《雪夜·自传之一章》,上海:《宇宙风》第 11 期,1936 年 2 月。

的都市生活,如此的文学写作必然具有新的文学史意义。

在中国现代留日学生生活史上,有多少中国青年与日本女性成为夫妻,目前尚无具体的数字,但是就中国现代文学史而言,周作人、周建人兄弟与日本羽太信子、羽太芳子姐妹的婚姻、郭沫若、陶晶孙与日本佐藤富子(安娜)、佐藤操(陶弥丽)姐妹的婚姻等都是实在的例子。据 1930 年代中国作家的一些游记,也不难发现,日本包括日本都市普通女性是愿意与中国留学生发生恋爱并嫁给中国留学生为妻的,因为日本虽然已经进入现代文明阶段,但是日本包括日本都市女性婚后的家庭地位还远不如中国女性[①]。而在郁达夫的想象中,由于中国与日本国际地位的不平等、日本社会的偏见和日本家庭的反对,中国留学生与日本女性的恋爱往往不成功。《银灰色的死》写东京,一个女人因为曾在法国人开的酒馆里做过侍女,思想比较开放,所以允许自己的女儿静儿与小说主人公 Y 发生恋爱,Y 临死前还曾在静儿床上休息了一晚,但静儿还是嫁给了日本人。Y 正因为绝望,喝酒过量而死在有银灰色的夜晚的东京大街上。《胃病》里"我"与 W 看似两个人物,实际是一个角色的两个方面。作品写"我"与 W 都是中国留学生,都受过中国"专制婚姻的害",换言之,都有旧式妻子,但是置身东京,渴望自由恋爱,结果"我"因忧郁、痛苦而寝食难安,终于得肠胃病病倒了;W 来医院看"我",喜欢上看护妇,说"那一个女子真可以使人想死",但是看护妇哭红了眼睛对 W 说:"我虽然爱你,你却是一个将亡的国民! 你去罢,不必再来嬲我了。"言外之意是,看护妇接受 W 的爱情,但是日本社会、家庭不会接受。所以《沉沦》里主人公痛苦地呼叫:"我何苦

---

① 庐隐:《东京小品·樱花树头》,上海:《妇女杂志》第 17 卷第 5 期,1931 年 5 月。

要到日本来,我何苦要求学问,既然到了日本,那自然不得不被他们日本人轻侮的。""原来日本人轻侮中国人,同我们轻视猪狗一样。日本人都叫中国人作'支那人',这'支那人'三字,在日本,比我们骂人的'贱贼'还更难听"。《南迁》里,主人公伊人最后对善良、清纯的日本姑娘 O 的一往情深能否落在实处,也是一个未知数。所以,在这种"以情爱苦痛书写民族屈辱"①的叙述模式中,作为中国青年如果不像《沉沦》中主人公那样将个人命运与国家民族命运联系而对日本包括日本都市发出仇恨的诅咒和对祖国国力衰弱的哀叹,那反而是不符合历史事实和生活逻辑的;与此相关联,其思乡之情和家国情怀也必具有了崭新内涵。如其 1917 年 6 月 3 日"日记"所述:"予已不能爱人,予亦不能好色,货与名更无论矣。然予有一大爱焉,曰:爱国。……国即予命也,国亡,则予命亦绝矣。欲保命不可不先保国,……"②今后的郁达夫在国家与个人自由关系上,不像一般人那样机械恪守国家教条,但是在爱国这一点上却毫不含糊,最后也终于为日本帝国主义者所杀害。

二、身体现代性与东京的情色世界

身体不止于肉体,而是人的肉体与其置身其中的社会历史文化语境相互冲撞、适应、对话、融合的产物。换言之,"身体不可能存在于话语之外",而是一种社会历史文化建构。传统文化中的身体与现代文化中的身体,其区别就在于谁是身体的真正拥有者和自由取舍者,谁才能赋予身体以灵肉平等、灵肉一致的

---

① 沈庆利:《现代中国异域小说研究》,北京:北京大学出版社 2009 年版,第 107 页。

② 《郁达夫全集》第五卷,杭州:浙江大学出版社 2007 年版,第 4 页。

意义。显而易见，传统文化中，个人是丧失了自己身体的真正拥有权和话语权的，而且身体欲望也从来不被正视的，只有到了现代，个人才有机会收回自己身体的拥有权和话语权，而且正视自己的身体欲望，追求灵魂与肉体相偕、肉体与灵魂平等。但同时，现代都市的崛起也意味着现代大众社会的崛起，其具体表现是现代科技发展重创了传统神性，大众群体崛起排挤了精英主义，物质的丰富消解了精神的纯粹，照相、摄影、电影、画报、广告等视觉艺术崛起使人的身体成为现代审美重要内容，人的审美方式也从"听"转向"看"①。这时，不难发现，文学作品以前所未有的规模和丰富多样的方式表达对于人自身特别是对于女性身体的审美观看和描画；正如其他艺术样式一样，女性身体审美成为文学作品最重要、最常见的内容之一。具体到郁达夫的创作，人们就不难看到，主人公自我身体建构的失败与东京大众情色社会同时存在，二者构成相互呼应又相互矛盾的张力结构。

郁达夫在《沉沦·自序》里言，这几篇小说是写"现代人的苦闷"，说明其主人公已不是传统青年，而是现代青年。现代青年自然追求自我身体的现代属性，即追求灵魂与肉体的相偕、合一，但是这一身体现代性的实现在当时的日本东京及其他都市都是难以想象的。从小说看，其最直接的原因是日本的民族歧视，因为如上所述，日本的青年女性对于郁达夫小说中主人公也都并非无情，相反有的可能还很痴情，但是日本社会、家庭的阻挠使有情人终于难成眷属。而事实上，如果小说仅仅在这里下功夫，而不挖掘人物作为"现代人的苦闷"的更深层、内在的原因，那么这些小说就不可能具备如此丰富复杂的内蕴，也不会对

---

① 周宪：《视觉文化的转向》，北京：北京大学出版社 2008 年版，第 1 页。

后来的现代文学产生如此深远的影响。按照弗洛伊德的精神分析理论,民族身份认同属于超我的范畴,而超我是人的生命构成中最外在的部分,决定人的生命本质的本我尚在决定人的个体诉求的自我的潜在层面,而本我就是力比多(libido)。如此,郁达夫在《沉沦·自序》所交代作品"是描写着一个病的青年的心理,也可以说是青年忧郁病(Hypochondria)的解剖",这里,"青年忧郁病"的形成显然存在诸多复杂原因,而下面所说"也带叙着现代人的苦闷——便是性的要求与灵肉的冲突"①——正是其中一个最不可忽视的原因。这里,"性的要求与灵肉的冲突"是"现代人的苦闷"的内容,"现代人的苦闷"又是"青年忧郁病"的成因之一。这里,特别需要注意,"现代人的苦闷"以"性的要求与灵肉的冲突"为主要内容,这已经不是属于超我的民族苦闷问题,而是关乎个体生命更内在的诉求的问题了。再往下深入,"性的要求与灵肉的冲突"虽是并列表达,但"性的要求"在前,言外之意,"性的要求"是逻辑起点,"灵肉的冲突"是这一逻辑起点演绎下的结果。换言之,先有"性的要求",如果"性的要求"能够实现,就不会有下面的"灵肉的冲突"。这里,关键在于怎么理解"性"? 显而易见,这里所谓"性",应该主要不是指人的社会属性(超我),但也主要不是指人的生理属性(本我),而是主要指个体生命的自我建构属性(自我);作为理想的生命构成,应该包含"灵肉"两个方面,是灵肉高度融合而成的一个独立自足自主的生命整体。其实,这就是现代人身体建构的主要内涵。所以,郁达夫所谓"性的要求"完全可以转述为"身体的要求"。"性的"就是"身体的","身体的"也就是"性的"。那么,这样一个建构的理

---

① 郁达夫:《沉沦·自序》,上海:泰东书局1921年版,第1页。

想在现实中显然遭遇到失败的命运。因为他作品中主人公所能遇到的实现自我"性的要求"的条件不够,换言之,其作品主人公到处可遇到无法实现的爱情,或者到处可遇到无法称得上爱情的肉体欲望,而独独没有灵肉真正合一的两个独立生命之间的爱情实现。

　　行文至此,一个长期被误读的现象必须提出,即长期以来研究者总是抓住《沉沦·自序》中"灵肉的冲突"单独立论,以为这就是作品的核心意旨,其实整体意义看,作品根本不存在笼统的一般意义上的灵肉冲突,因为小说主人公呼唤得非常明白,他所要的就是既有灵魂也有肉体的现代式的爱情,如周作人所特别提醒,这里,"所谓灵肉冲突原只是说情欲与迫压的对抗,并不含有批判的意思,以为灵优而肉劣"①。《沉沦》出于被压抑的"人性的本然",取材和情调不免有"猥亵"、"放诞"的成分,但它并非"不道德的文学",而只是"不端方的文学"②。成仿吾也否定《沉沦》里有灵肉冲突,认为作品表达的是强烈的"爱的要求或求爱的心"及爱而不得所产生的"不自然的满足与变态的欢娱,引起了他多大的恐怖与不少的后悔"③。无须多辨,如果一定要说郁达夫这些作品存在"灵肉冲突",那么也只是揭橥"好灵魂与坏肉欲的冲突"(或称高雅灵魂与低俗肉欲的冲突、正常灵魂与不正常肉欲的冲突)。这一点,陈晓兰也看出来了,言:"在他人生观、世界观形成的重要时刻,他却只能通过日本的一些下等妓女或以色情为生的女子或者是旅馆酒店女招待,小商店的'看板娘'

---

① 仲密(周作人):《沉沦》,北京:《晨报副镌》,1922 年 3 月 26 日。
② 仲密(周作人):《沉沦》,北京:《晨报副镌》,1922 年 3 月 26 日。
③ 成仿吾:《〈沉沦〉的评论》,上海:《创造季刊》第 1 卷第 4 号,1923 年 2 月。

认识女人，并通过与她们的关系认识日本，并体验他与日本的关系。"①从此也可以理解，郁达夫为什么说自己原意欲写主人公的灵肉冲突，但"描写是失败了"②，——之真正的意旨何在③。接下来的问题是，怎么理解主人公与他置身其中的都市环境之间的关系？换言之，主人公置身其中的都市环境是否只是一个"坏肉欲"或称"低俗肉欲"的具体体现者，而不具有丝毫正面的都市审美意义？恐怕也不能做如此简单的评判。

郁达夫创作的时候，正是中国现代文化和文学的开创时期，也就是中国正处于普遍启蒙的时期，这时，中国的现代性远没有成立，那么，作为先走一步的日本，特别是日本都市社会、人生和文化，对于当时的中国就显示出多方面的启示意义。这也是1896年以来中国向日本派出大批留学生的基本出发点，也是此后更多青年愿意自费留学日本的主要原因。如此语境下，郁达夫对于日本包括东京的想象和书写就不可能仅仅是仇视、质疑和否定的，也必然具有艳羡、肯定和赞美的一面。事实上，郁达夫1936年所发表《日本的文化生活》就表达如下题旨：初到日本肯定不习惯其粗茶淡饭、生活艰苦，但是时间久了就会发现，日本有其特殊的优势："生活的刻苦，山水的秀丽，精神的饱满，秩序的整然，回想起来，真觉得在那儿过的，是一般蓬莱岛上的仙境里的生涯，中国的社会，简直是一种乱杂无章，盲目的土拨鼠式的社会。"日本人爱"洗澡"，也表示一种"清洁"的"美德"。这里，中日对比，褒贬倾向分明。这篇文章也肯定了日本的都市性

---

① 陈晓兰：《郁达夫小说中的日本女人》，上海：《中国比较文学》2004年第1期。

② 郁达夫：《沉沦·自序》，上海：泰东书局1921年版，第1页。

③ 何德功：《中日启蒙文学论》，北京：东方出版社1995年版，第247—248页。

（现代性）建设。具体到郁达夫作品对日本情色都市的想象不仅有向俗的成分，也有向雅的成分，不仅显示现代症候，而且深契日本文化传统。总之，是多种文化审美面向的复合体。

郁达夫的情色东京想象中，东京是不乏精神维度的。东京女性开放潇洒而又自尊自护，显示日本人所特有的"媚态""意气"之美。

厨川白村指出：日本是一个"自古至今……非女子不能到天明的国度，……男女的风纪之乱，几为别的文明国所仅见"①。相应地，日本的色情业兴盛于德川（江户）时代，而在郁达夫留学日本的大正（东京）时代达到峰顶②。日本不仅色情业特别发达，而且在近270年的历史文化语境中形成了特有的"色道"。色道理论的始作俑者藤本箕山认为，色道不是一般的好色之道，而是为人的好色人生寻求哲学、伦理和美学上的根据；往深层次言，"它是一种'色气'，即'色之气'，是色的普遍化、弥漫化和精神化，在这个角度上说，色'是对所喜所爱的追求，并不单单是淫欲'。……'色'是一种青春之美，故曰'年轻时无色，便没有青春朝气'；色是一种生命力，故曰'年老时无色，就会黯淡而怪癖'；'色'还是'士农工商'一切阶层和身份的人，乃至天地自然万事万物都必须具备的东西，没有'色'这种东西，各阶层的人便黯淡无光，无甚可观，天地间也死气沉沉"③。这种对"色气"的肯定很

① （日）厨川白村：《近代的恋爱观》，夏丏尊译，上海：开明书店1928年版，第8页。

② 池雨花：《雪国之樱——图说日本女性》，北京：团结出版社2006年版，第45页。

③ 王向远：(日)藤本箕山、九鬼周造、阿部次郎著《日本意气》中文版"代译序：日本'意气'论——'色道'美学、身体美学与'通'、'粹'、'意气'诸概念"，长春：吉林出版集团2012年版，第30页。

容易让人想起弗洛伊德的精神分析理论和英国劳伦斯在《性与可爱》中对"性"之价值的张扬。显而易见,这里,"色"不仅仅是纯生理性的身体指涉,更被从普通的男女两性关系上升到具有精神原典性的"色道"哲学、美学,也可以说是一种特殊的伦理学。"'色道'的实质就是'美之道',产生于色道的'意气'论,其实质是性爱美学或'身体美学'。'意气'是男女的魅力之美,是男女交往中互相吸引和意欲接近的'媚态',与自尊自重的'意气地'(傲气)交互作用而形成的一种审美张力,是一种洞悉情爱本质,以纯爱为指向,不功利、不胶着、潇洒达观、反俗而又时尚的一种审美静观(谛观)。"①对照这种理论,人们不难发现,《沉沦》中有段文字恰到好处地表现了东京青年男女这种独特的"媚态""意气"之美和精神魅力。一次,主人公与三个日本男同学在回"旅馆"(住宿处)的路上,遇到两个有"活泼泼的眼睛""穿红裙"的日本女学生,三个日本男生不禁问道:

> "上哪儿去?"
> 那两个女学生就作起娇声来回答说,
> "不知道!"
> "不知道!"
> 那三个日本学生都高笑起来,好像是很得意的样子。

这段文字不仅让人感受到东京女性的意态、声色之美,也让人感受到当时东京青年男女学生之间自然、开放的关系,彼此之间因好奇、友好而产生的亲近、爱娇的气息、状态。特别是女学生一方,连接两个故意的"不知道!"道尽她们在男学生面前的自

---

① 王向远:(日)藤本箕山、九鬼周造、阿部次郎著《日本意气》中文版"内容提要",长春:吉林出版集团2012年版,第1页。

尊、自护而又尽显撒娇、调皮、媚态、可爱,无异于对"意气"一次恰如其分的阐释。相互喜欢、欣赏而不思占有,这是一种充分的都市化的、开放的艺术态度和举动,这种男女同学关系,在传统乡土中国的男女相处中,是很少存在的。1920 年代朱自清的《女人》张扬对女人的这种艺术态度,但士大夫气息未免浓郁;1940 年代新一代海派青年作家令狐彗的《最快乐的与最寂寞的》等作品已能显示都市化的开放的姿态和潇洒的神情,但是相比之下,还是显得有些挂碍,有些放不下,而 1930 年代刘呐鸥们笔下的男女关系又不免流于"游戏"和轻薄。

与以上这段文字相近的还有主人公听说 N 市是"产美人的地方",就决意到 N 市进 X 高等学校,到那里,一次,偶尔发现房东家女儿在洗澡,他看到房东女儿的躯体之美:

> 那一双雪样的乳峰!
>
> 那一双肥白的大腿!
>
> 这全身的曲线!

这里,郁达夫小说主人公用一双情欲和好奇的眼睛直视日本都市女性的躯体之美,他被里面的日本女性发现之后:

> ……那赤裸裸的"伊扶"便发了娇声问说:
>
> "是谁呀?……"

这段文字里,这一日本都市女性也表现出了以上所述那种开放、大方、洒脱、"意气""媚态"之美,只不过这一日本女性的对面不是日本男性,而是中国男性,所以他无法像前一段文字里日本男生那样表现得洒脱、"谛观",而是一旦被发现,就急急忙忙躲藏起来,并表现出很强的恐怖。而事实上,这一日本都市女性对他并无任何报复的心思和行为。

郁达夫的情色东京想象中,东京女性可以毫无羞涩感地暴露自己的身体,显示一种特有的开放、自由、大胆。

丰子恺曾指出:"日本女子的服装结束,就不及中国这般严密。她们的胸部露出,通行赤足,而且不穿裤子。"[1]其不穿裤子的结果是,一旦摔倒或裙子被风吹起,裙底春光尽显[2]。无独有偶,《沉沦》也有相近的情节叙述:"原来日本的妇人都不穿裤子,身上贴肉只围着一条短短的围裙。外边就是一件长袖的衣服,衣服上也没有纽扣,腰里只缚着一条一尺宽的带子,后面结着一个方结。她们走路的时候,前面的衣服每一步一步的掀开来,所以红色的围裙,同肥白的腿肉,每能偷看。"日本女子刚刚洗完澡或正在洗澡,没有穿任何衣服就可以拿一块毛巾遮住私处出来迎接客人[3];至于男女同堂洗澡,那更是日本"民间日常生活之一部分,亦差不多是平民的一种娱乐"[4],没有什么道德问题,也不会引起大惊小怪。丰子恺认为"日本人的盛行洗澡也是使女子身体解放的一原因。他们的浴池,不分男女;或虽分男女而互相望见。……在小旅馆中,往往在同一浴池的中央的水面上设一块板壁,两方的洗浴者可从这隙处互相窥见其下体"[5]。更坦白的叙述是1935年左翼作家王礼锡以王捬今为笔名出版《海外杂笔》,其中比较东京与距离东京不远的热海的澡堂,指出热海的澡堂"那真是洋洋大观!男男女女都很大方地在一个大厅里脱衣服,一丝不挂地走进隔房的大池里。池的面积大约可以密密

① 丰子恺:《日本的裸体问题》,上海:《宇宙风》第25期,1936年9月。

② 丰子恺:《日本的裸体问题》,上海:《宇宙风》第25期,1936年9月。

③ 丰子恺:《日本的裸体问题》,上海:《宇宙风》第25期,1936年9月。

④ 知堂(周作人):《日本的混堂》,上海:《西风》第13期(国际风云特辑),1937年11月。

⑤ 丰子恺:《日本的裸体问题》,上海:《宇宙风》第25期,1936年9月。

地排一百人以上。四面装着镜子,高大和墙壁一样。池里满满的一池'赤裸相见'的男女。……四面的镜子下一排排坐着许多少女,在那里像匠人粉墙一般地把刷子在上半个身子上刷粉。……刷了粉又坐着梳头。差不多坐两三个钟头在那儿。于是乎大镜子里面就万象杂陈,有洗澡的,有刷粉的,有梳头的,……"①1917 年 12 月 19 日,郁达夫因为无法忍受性焦渴,偷偷乘开往东京的客车到离东京不远的小站雪夜宿娼后,也曾从东京到热海泡澡堂②。东京的澡堂考虑到国际影响(所谓"万国观瞻"),没有热海的澡堂那样自由,"不能不收敛些","男女分开",但是中间也仅隔着"一个公共柜台,……男女脱衣服的地方可以互相看见"③。1928 年 7 月茅盾避居日本东京,1929 年 2 月写《速写一》《速写二》,记述他在东京澡堂的见闻。前文写见到五六岁的小姐妹坐在池壁上,已有大人的"妩媚"风度;后文写女池里一个"倩影"通过男女池中间的温水槽里的水面(茅盾称之为"阴阳镜")映射过来,顿时"一种强烈的异样的情绪抓住了我"④。郁达夫《沉沦》中那个房东女儿面对洗澡时被偷看没有大惊小怪,也与日本存在这样一种开放风气有关。《风铃》写于质夫在日本 N 市(殆即《沉沦》主人公转学去的城市)读大学时,曾到 N 市附近的汤山温泉避暑,邻居家的一个女儿早晨去温泉洗澡,赤裸着全身,迎见男主人公,没有任何羞涩,反而很大方地与男主人公打招呼:你也醒了么? 至于《南迁》中东京女房东祖

---

① 王抟今(王礼锡):《海外杂笔》,上海:中华书局 1935 年版,第 33—34 页。
② 高文君:《且吟且啸,斯文独行——郁达夫在名古屋》,南京:南京大学出版社 2005 年版,第 145 页。
③ 王抟今(王礼锡):《海外杂笔》,上海:中华书局 1935 年版,第 26 页。
④ MD(茅盾):《速写(二)》,上海:《小说月报》第 20 卷第 4 号,1929 年 4 月。

露自己的肉体诱惑小说主人公,《胃病》中东京女人"赤裸裸的坐在窗口梳妆",更达到开放、自由、大胆之极致。显而易见,对于当时国内的读者来说,郁达夫这样的东京书写无异于离经叛道、匪夷所思、洪水猛兽,但是对于了解都市人生和日本文化的人来讲,则会明白这恰是现代都市文化和日本情色文化的综合反映。

郁达夫的情色东京想象中,东京男女之间的性关系也是极为开放、自由的,既体现一种民族传统,也彰显一种现代性风尚。

本尼迪克特在《菊与刀》中指出日本人没有性罪恶观念,不认为性是淫秽的;"我们对于性享乐的许多禁忌是日本人所没有的。日本人在这个领域不大讲伦理道德,……他们认为,象其它'人情'一样,……对性的享乐没有必要讲伦理道德"①。甚至"日本人对于自淫性享乐也不认为是道德问题"②。日本文化中,女子曾为太阳,影响所及,使日本长期盛行走访婚,甚至"直到明治时代(1868—1912),还有不少地区的男人在晚上走访自由的女子,他根本顾不上考虑对于他的妻子而言,他是否是第一个,或者是唯一的一个男人"③。"日本男子通常认为,妻子在与自己结婚之前不属于自己,她有她自己的自由,他不能够占领妻子的过去,也不企望拥有她的过去;男人对妻子的占有是在她和自己订立'契约'之后,也就是订婚之后。"④所以,日本女性"在结婚前尽

---

① (美)鲁思·本尼迪克特:《菊与刀——日本文化的类型》,吕万和、熊达云、王智新译,北京:商务印书馆 1990 年版,第 130 页。

② (美)鲁思·本尼迪克特:《菊与刀——日本文化的类型》,吕万和、熊达云、王智新译,北京:商务印书馆 1990 年版,第 130 页。

③ 郝祥满:《日本人的色道》,武汉:湖北人民出版社 2012 年版,第 24 页。

④ 郝祥满:《日本人的色道》,武汉:湖北人民出版社 2012 年版,第 23 页。

可以风流自赏，与人滥交"①，而任意与人"野合"也是得到默许的②。郁达夫在《雪夜：自传之一章》里也交代："日本……一般女子对于守身的观念，也没有像我们中国那么的固执。……/两性解放的新时代，早就在东京的上流社会——尤其是智识阶级，学生群众——里到来了。当时的名女优像衣川孔雀，森川津子辈的妖艳的照相，化妆之前的半裸体的照相，妇女画报上淑女名姝的记载，东京闻人的姬妾的艳闻等等，凡足以挑动青年心理的一切对象与事件，在这一个世纪末的过渡时代里，来得特别的多，特别的杂"③。如此背景下，人们就不难理解，郁达夫为什么在《沉沦》中写日本青年男女在郊外野合，《南迁》为何写东京年轻的女房东在家诱惑和勾引中国青年留学生。

郁达夫的情色东京想象也涉及到日本都市的消费空间，如旅馆、酒馆、咖啡馆等，但在作家的书写中，这些消费空间的女性并非利欲熏心、冷漠无情或者心理扭曲、人性变异，相反，她们表示出一种常态下的温情，乃至痴情。如郁达夫早期习作《两夜巢》《圆明园之夜》都写日本都市旅馆里侍女对主人公的感情，《银灰色的死》写酒馆侍女对主人公的感情，《风铃》写咖啡馆侍女对主人公的感情等。特别是《沉沦》中主人公醉身妓馆后，妓馆侍女并没有因此对他不管不问或者趁机敲诈勒索，而是将他搀扶到自己的房间休息，直到第二天早上，显示出人性纯良的一面，这种书写可能与作家自己曾经在东京等地与一堕落到红尘

---

① 　钱歌川：《日本妇人》，上海：《宇宙风》第 25 期，1936 年 9 月 16 日。
② 　冯玮：《日本"风情"志》，上海：上海文艺出版社 2020 年版，第 87—89 页。
③ 　郁达夫：《雪夜：自传之一章》，上海：《宇宙风》第 11 期，1936 年 2 月。

中的日本女性雪儿同居的经历有关①，既是对于这些女性生活实情的反映，也表明作家对于这类女性内在品质的理解，彼此都显示较鲜明的现代都市价值取向。

郁达夫的情色东京想象中，也有将东京妖魔化的成分，如《南迁》中那个东京女房东，先是整天赤裸着上身诱惑小说主人公，继而主动来与主人公同享男女之欢，正在主人公幻想爱情终于实现的时候，她突然重回丈夫的怀抱，令主人公自尊心受到极大伤害，伤心失望之际，忧郁病更加严重了。从此不难看出，形成郁达夫作品中主人公忧郁病的重要原因之一就是日本都市情色人生的启发、刺激和空有诱惑。灵肉合一的爱情本应是生命的自然需求，郁达夫作品中主人公反复呼唤如果"赐我一个伊甸园内的'伊扶'，使她的肉体与灵魂，全归我有，我就心满意足了"，表明他现代生命意识的觉醒，另一面，日本都市人生又无意于给他实现这一生命要求的条件，于是反抗传统性压抑与反思日本现代性诱惑便同时到来。尽管如此，日本"十年久住"，郁达夫也并非全无收获，所以他对日本的感情可谓爱恨难断。即将回国之际，他写《中途》（后改名《归航》），称日本女子"是轻薄淫荡的异性者"，她们"用了种种柔术……弄杀"过他，"愚弄"过他，至今心中还藏着"一段幽恨"，但他还是回忆起曾与他"共宿过"的日本女人；看到日本妓馆中"那些调和性欲，忠诚于她们的天职的妓女，都裸了雪样的洁白，风样的柔嫩的身体，在那里打扫"（卫生）的妓女，他不禁"啊啊"称赞"这日本的最美的春景"，感慨"我今天看后，怕也不能多看了"。从此不难发现，在郁达夫笔

---

① 高文君：《且吟且啸，斯文独行——郁达夫在名古屋》，南京：南京大学出版社 2005 年版，第 207—212 页。

下，色情日本包括色情东京具有复杂、多面的意义指向。

三、现代性危机与主人公的精神颓废

郑伯奇曾经说，创造社文学的崛起也是当时日本文化环境相应于资本主义现代性发展到全球化时代的产物①。这时，西方的社会现代性与审美现代性都已趋成熟，浪漫主义、现实主义及波尔莱尔对审美现代性的定义已为人们所普遍接受，就是继而崛起的西方唯美主义、颓废主义、现代主义思潮也已传播到全世界，当然也传播到日本，而日本的传播中心无疑是东京。这时，人们不难发现，郁达夫作品里日本社会现代性的具体轮廓并不清楚，但是传播到日本的西方唯美主义、颓废主义乃至现代主义思想情绪和审美取向与日本本土相应文学思潮和文学创作一起成为理解郁达夫东京想象的历史文化语境。郁达夫曾经自述，他在名古屋第八"高等学校里住了四年，共计所读的俄、德、英、日、法的小说，总有一千部内外，后来进了东京的帝大，这读小说之癖，也终于改不过来"②。如陈子善所提醒，"四年"之内，平均年阅读小说250部左右，这一统计数字不免有些夸张③，但其阅读量之大应是可信的；所阅读书籍不乏"软文学作品"，但纯文学作品还是主要的。仅仅从《沉沦》，人们就不难发现，小说的创作缘起除内心的孤独苦闷、现实的感发和一些"软文学作品"的诱惑外，还有大量纯文学作品——如英国浪漫主义诗人华兹华斯

①　郑伯奇：《忆创造社》，见饶鸿兢等编《创造社资料》（下），北京：知识产权出版社2010年版，第709页。

②　郁达夫：《五六年来创作生活的回顾》，上海：《文学周报》第5卷第11、12期合刊，1927年10月。

③　陈子善：《郁达夫：东瀛十年与"私小说"》，见陈子善《说郁达夫》，北京：华文出版社2020年版，第4页。

和颓废主义诗人道生的诗、唯美主义作家乔治·摩尔的回忆录、贫穷作家乔治·吉辛的小说,法国颓废主义诗人波德莱尔的诗、自然主义作家左拉的小说,德国启蒙主义作家歌德、浪漫主义作家海涅和现代主义作家尼采的作品,俄国现实主义作家果戈里、浪漫主义作家屠格涅夫的作品,日本唯美主义作家谷崎润一郎、佐藤春夫的作品,美国自然派爱迪生和梭罗的作品等——的启发和影响。可以说,小说主人公是一边感受和想象着日本都市现实人生,一边阅读对现代都市人生进行反思的文学作品,如此一来,他在阅读这些文学作品后,自然会用一种边缘于、超越于、反思于日本都市现实人生的眼睛来对待日本都市现实人生。人们常说郁达夫小说塑造了独特的零余者形象,这种零余者形象的出现,既可以理解为主人公难以进入当时日本都市人生中心(作为异国他乡的穷学生确实如此),也可以理解为主人公秉持当时文化包括文学已经全球化这一优势对于当时日本都市现实人生的自觉质疑和疏离。

从所能见到的资料看,当时的东京正处于社会现代性发展的新阶段。第一次世界大战主要在欧洲爆发,而日本正处于发展利好的态势之中,东京先后举办殖民展览会(1912.10)和大正博览会(1914.3)。大正博览会辟出工业馆、染织工业馆、染织别馆、机械馆、运输馆、卫生与经济馆、通信省展出馆、东京市特设馆、朝鲜馆、台湾馆、日华贸易参考馆、陆军飞机库、军舰博览会等 26 个馆舍[1],涉及政治、军事、经济、社会、文化、生活、环境等各个方面。这时,"日本经济摆脱了轻工业阶段,从明治末期到大正初期,大规模的银行业、海运、重工业、殖民地企业(如南满

---

[1] (日)竹村民郎:《大正时代:帝国日本的乌托邦时代》,欧阳晓译,上海:上海三联书店 2015 年版,第 27—31 页。

洲铁道株式会社)得到了显著发展。至大正二年(一九一三年),世界最大的生丝消费国——美国二分之一的生丝需求量由日本供应。同年,全世界四分之一的棉纱是从日本出口的。"①具体到东京,1919 年通过了《都市计划法》《都市建筑基准法》,两年后市长又发布《东京市政管理纲要》,落实到建设和发展中,除同样具有以上优势外,其人口已经突破 217 万;火车、电车外,汽车拥有量已达万部;电力自动扶梯已经安装到生意兴隆的三越百货公司之内;用电灯照明已经成为家家户户普遍的事情;银座已经成为"不夜"空间;日用煤气浴室、煤气暖气设备、煤气炉和城市污水处理系统已经设计成功。既显示日本的现代性国力,也预示东京的现代性未来。殖民展览会展出从朝鲜等殖民地俘虏来的 18 名土著民②。但这同时也意味着双重危机的到来。工业机械化电气化将预示着新的社会危机的到来,如导致工人失业、贫富悬殊、人性异化等,另一面,民族掠夺战争将导致殖民地人民的苦难。而郁达夫作品恰就这两个方面提出质疑,并将问题引向宗教哲学的高度。关于民族问题,前面已有所阐释,这里主要就社会、人生展开讨论。

　　鲁迅在日本弃医从文的时候,就撰写《文化偏至论》《摩罗诗力说》等文反思西方社会现代性的"偏至",主要包括两个方面:一是以科学、物质颠覆神性、精神性,一是以民主、平等排挤精英、精神贵族,二者加在一起导致物质化、平面化、世俗化、大众化时代的到来。鲁迅提出的抵抗方案是"一二哲人出"以张扬

①　(日)竹村民郎:《大正时代:帝国日本的乌托邦时代》,欧阳晓译,上海:上海三联书店 2015 年版,第 27—31 页。

②　(英)斯蒂芬·曼斯菲尔德:《东京传》,张旻译,北京:中译出版社 2019 年版,第 92 页。

"摩罗诗力"，从而达到"剖物质而张灵明，任个人而排众数"的目的。不待言，鲁迅的思考凸显了审美现代性的价值取向，而且还有更高远的社会人生诉求，即救国救民。鲁迅思想的理想化而又充满一大堆矛盾是显而易见的。郁达夫没有拯救众生的雄心，而只祈求个人的灵肉一致的爱情和幸福，但是在坚持审美现代性这一点上与鲁迅是相同的。或者这样说，相比之下，郁达夫思想及其写作更接近西方唯美主义、颓废主义作家，深感在都市如同置身沙漠，而又无力或说不愿离开都市。

本雅明说："波德莱尔喜欢孤独，但他喜欢的是稠人广座中的孤独"①。波尔莱尔在论述审美现代性时有一段文字非常形象地描摹了那种"从流行的东西中提取出它可能包含着的在历史中富有诗意的东西，从过渡中抽出永恒"的寻找者的身影，所谓："他就这样走啊，跑啊，寻找啊。他寻找什么？肯定，如我所描写的这个人，这个富有活跃的想象力的孤独者，穿越巨大的人性沙漠的孤独者有一个比纯粹的漫游者的目的更高些的目的，有一个与一时的短暂的愉快不同的更普遍的目的。他寻找我们可以称为现代性的那种东西，因为再没有更好的词来表达我们现在谈的这个观念了。"②如人们所熟知，波德莱尔这里所谓"现代性"就是指审美现代性，而郁达夫及其作品中的主人公恰是这样的审美现代性之寻找者。郁达夫小说《风铃》中也有这样一段文字："他坐了郊外电车，一直到离最热闹的市街不远的有乐町，才下车。在太阳光底下，灰土很深的杂闹的街上走来走去走了一

---

① （德）本雅明：《发达资本主义时代的抒情诗人》，张旭东、魏文生译，北京：生活·读书·新知三联书店 2007 年版，第 68 页。

② （法）波德莱尔：《波德莱尔美学论文选》，郭宏安译，北京：人民文学出版社 2008 年版，第 439 页。

会,他觉得热起来了。进了一家冰麒麟兼水果店的一层楼上坐下的时候,他呆呆的朝窗外的热闹的市街看了一忽,他觉得这乱杂的热闹,人和人的纠葛,繁华,堕落,男女,物品,和其他的一切东西,都与他完全没有关系的样子。吃了一杯冰麒麟,一杯红茶,他便叫侍女过来付钱。他把钞票交给那侍女的时候,看见了那侍女的五个红嫩的手指。一时的联想,就把他带到五年前头的一场悲喜剧中间去。"这段文字表明,郁达夫及其小说主人公所关心的主要不是都市世俗人生的繁荣和享乐,而是更具"唯美"愉悦的趣味和境界,所以下面追忆的就是当年他在 N 市高等学校学习时,邻居家一个女儿如何具有丰满的身体和单纯的心灵及其与自己的一段奇遇。

郁达夫及其小说主人公像波德莱尔一样都处于"在而又疏离"都市的"审美"状态,而不是都市"现实"人生状态。这方面,小说《南迁》的表达也许更具典型性。与郁达夫其他东京题材小说相比,《南迁》暴露东京社会现代性的弊端有更丰富的内容,主要包括两个方面:一是社会方面,机械的运用使物产丰富,利润增高,但是也导致失业和贫困,导致人的机械化和人性的异化,所谓:"这些好可怜的有血肉的机械,他们家里或许也有妻子的。他们的衣不暖食不饱的小孩子有什么罪恶,一生出在地上,就不得不同他们的父母,受这世界上的磨折!或者在猪圈似的贫民窟的门口,有同饿鬼似的小孩子儿,在那里等候他们的父亲回来。这些同饿犬似的小孩儿,长到八九岁的时候,就不得不去作小机械去。渐渐长大了,成了一个工人,他们又不得不同他们的父祖一样,将自家的血液,去补充铁木的机械的不足去。吃尽了千辛万苦,从幼到长,从生到死,他们的生活没有半点变更,唉,这人生究竟有什么趣味,劳动者吓劳动者,你们何苦要生存在世上？这多是有权势的人的坏处,可恶的这有权势的人,可恶的这有权势的阶级,总要使他们斩草除根的消灭尽了才好。"二是个人生活方面,世俗欲望的膨胀导致人精神纯洁的丧失,乃至人性的败落。所以主人公的忧郁病又严重了。要想得到精神疗救,就只有"出京",到"南方"疗养。可即便如此,灵魂还是无法安顿下来。因为他摆脱了他所恐惧的(如东京的 W 夫人),但还是无法得到他所欲求的(如这次南方之行中遇到的 O 姑娘)。那么,谁是主人公所期望的那个"肉体与灵魂,全归我有"的对象? 所以,主人公在周末祈祷后的演讲里特别强调,耶稣教义的核心在于:"心贫者福兮,天国为其国也。"

"心贫者"就是"精神上贫苦的人"。"纯粹的精神上的贫苦的人,就是下文所说的有悲哀的人心肠慈善的人,对正义如饥似渴的人,以及爱平和,施恩惠,为正义的缘故受逼迫的人,这些人在我们东洋就是所谓有德的人。"这是就人的社会群体性而言。就人的个体性而言,"精神上贫苦的人,就是有纯洁的心的人。这一种人抱了纯洁的精神,想来爱人爱物,但是因为社会的因习,国民的惯俗,国际的偏见的缘故,就不能完全作成耶稣的爱,在这一种人的精神上,不得不感受一种无穷的贫苦"。这是说个人精神的神圣和纯洁因为传统和现代的各种原因而无法实现。"另外还有一种人,与纯洁的心的主人相类的,就是肉体上有了疾病,虽然知道神的意思是如何,耶稣的爱是如何,然而总不能去做的一种人。这一种人在精神上是最苦,在世界上亦是最多。凡对现在,唯物的浮薄的世界不能满足,而对将来的欢喜的世界的希望不能达到的一种世纪末 Fin de siecle 的病弱的理想家,都可算是这一类的精神上贫苦的人。"①这段话实际上指出,现代人的生存"理想"因为全球化语境下物质化、世俗化、大众化和殖民化时代的到来而难以实现;更深层的原因在于,弗洛伊德理论背景下,人对自我的精神认知已经牢牢固定在肉体物质基础上,如古尔蒙所言:"我之所言是我身体无声的语言"②,而性别欲望(力比多)就是这肉体物质的特殊部分也是最核心部分之一,灵魂渴望肉体欲望喂养(成仿吾所谓"灵的要求只能由肉的满足间接地得到满足"③),但"世纪末"背景下,人的肉体欲望和灵魂都成了"病了的蔷薇",带着"病弱"的"理想家"又怎么可能走出困境?

　　这里,郁达夫的想象和书写实际上已经触及到一个后来的张爱玲所常提及的话题,即:"软弱的凡人"的悲哀④。如此,都市人生的荒漠性与小说主人公精神的颓废都昭然若揭。《南迁》看似是走出了东京这样的现代都市,但实际上是拉开距离、换了视角对它进行更深入的思考。

第二节　流动的新感觉:
陶晶孙作品中的东京想象

　　陶晶孙(1897—1952),出身于江苏无锡书香世家。1906年随家庭去日本,之后在东京读完中小学。1915年9月入东京第一高等学校医科,1919年9月入九州帝国大学医学部医科,曾为

---

① 郁达夫:《南迁》,见郁达夫《沉沦》,上海:泰东书局1921年版,第87—88页。

② (英)蒂姆·阿姆斯特朗:《现代主义:一步文化史》,孙生茂译,南京:南京大学出版社2014年版,第116页。

③ 成仿吾:《〈沉沦〉的评论》,上海:《创造季刊》第1卷第4号,1923年2月。

④ 左怀建:《论浙江现代文学的都市书写》,杭州:浙江大学出版社2019年版,第219页。

九州帝国大学管弦乐队大提琴手。1921 年 7 月成为创造社主要成员,并开始创作。1923 年 3 月帝国大学毕业后曾"到东北仙台市,开始医学研究"(实为音响生理学);"三年之后,不做博士论文,到东京,入帝大附属之慈善医院""实习一年"①,1929 年 1 月回国。由于在日本度过 23 年的春秋,对于日本包括东京的社会、人生、文化风俗等了解较深,有的中国留学生甚至"骂"他有"日本风"②,所以,相比之下,其创作与日本都市人生有更直接的关联,也寻找到了更有效地把握并表现这都市人生的艺术方式。

目前所见,陶晶孙最早的作品是 1920 年 10 月创作的短篇小说《木犀》。这篇小说原为日文,题名《Croireendestinee》,当时先在几个留日青年学生创办的同人杂志《Green》(《格林》)上发表,后在郭沫若建议下又翻译成中文,发表在 1922 年《创造季刊》第 3 号上。发表时,郭沫若在文后附一大段告白,高度评价这篇作品是具有"根本的美"的作品,"请读者细细玩味"。之后,陶晶孙的作品并不多,但其小说创作多与东京等都市相关,主要有《木犀》《温泉》《短篇三章》《理学士》《暑假》《音乐会小曲》《女朋友》《哈达门的咖啡店》《两姑娘》《两情景》《特选留学生》《女学校的访问》《独步》《大学教授》《Kissproot》(后名为《菜花的女子》)、《毕竟是 PetiteBourgeois 罢了》(后名为《毕竟是个小荒唐罢了》)等。这些小说最大的文学史贡献在于,第一次真正融入东京等日本都市,第一次捕捉日本都市新感觉,并以相应手法表现之,为 1930 年代上海新感觉派的崛起做了很好的铺垫。

---

① 陶晶孙:《晶孙自传》,上海:《一般》第 1 卷第 2 期,1943 年 3 月。
② 陶晶孙:《晶孙自传》,上海:《一般》第 1 卷第 2 期,1943 年 3 月。

一、都市畸形恋的表达

弗洛伊德精神分析指出,人类两性间的爱恋关系是错综复杂的,其中最特出的是俄狄浦斯情结(恋母情结)和厄勒克拉特情结(恋父情结)。此外,作为恋母情结和恋父情结的变体又有多种。就中国现代文学而言,作为恋父情结变体的有张爱玲小说《心经》中父亲与女儿同学之恋,作为恋母情结变体的有郭沫若《叶罗提之墓》中童年的叶罗提与其表嫂之间的恋爱、施蛰存《周氏夫人》中周氏夫人对作为儿童的"我"的恋爱等。这种错综复杂的恋爱并不专属于都市,人类早期即有,如索福克勒斯的《俄狄浦斯王》和《厄勒克特拉》就分别叙写了当时古希腊人的恋母情结和恋父情结,但有一点是肯定无疑的,即人类这种错综复杂的爱恋只有到现代都市阶段才有更正面化的自由表达空间,表现在文学书写中,也才成为一种典型的都市恋爱的症候。而陶晶孙的《木犀》就是这样一篇作品。

陶晶孙曾经不无自矜地说:《木犀》所写恋爱"有非古典的美,……亦有奇特可报告之处"[①]。它以凄凉中包蕴郁热、孤独中不乏甜蜜的叙述方式,回忆素威在东京读小学时,学校教英文的女教师 Toshiko 与他之间的一段情。老师为什么要恋爱素威呢?或者说,老师有什么生活中的困难和难言之隐呢?小说没有交代,而只非常深情地书写二人之间的爱恋。小说有两点值得玩味,一是抒情性与欲望性结合,二者的结合又以初秋木犀(桂花树)的花香为暗示、象征的载体。整篇小说流溢着浓浓的木犀花的香味,实际上也是浓浓的两性相吸引的性爱之香味,因

---

① 陶晶孙:《记创造社》,见陶晶孙《牛骨集》,上海:太平书局 1944 年版,第151 页。

为虽然素威尚在未成年之中,但是他也略知男女之事,何况每次见面,老师总紧紧将他拥抱,甚至"狂了一样把手搭在素威的肩上,在他颊上接连亲吻了好几下",这时,素威总能闻到老师身上浓浓的木犀花香味还有老师身上发出的香味,慢慢地,素威也懂得并敢于"把手伸到先生的胸里"去了。最具有性暗示的是"援助"一词:

> "先生,今朝你救了我,我以后不想那样受先生的援助了。"

> "但是呢,我不想把我的素威被什么老虎呀狮子呀的人责谴,你不要介意呢,我们两人一同做了不好的事来……但是呢;素威,我援助你的恐只有这一次,今后怕该你援助我了呢,总有那个时候,你不得不援助我的罢。"

日本后来有"援交"一词,最初指贫苦妇女和寡妇通过提供性服务而获取经济帮助,后专指中学生通过性服务而获取经济援助。这里,"援助"当然不能等同于"援交",但是它充满性需求的暗示则是勿庸质疑的。小说另一值得玩味之处在于,两人的爱终以失败收场。正在素威天天陶醉在老师奇特的爱情之中时,老师突然离开学校返回家乡。给素威留下的信里说,她感谢素威给她的爱,准备圣诞节之后再回来;给素威留下表和相片,并让素威"相信运命"。结果,圣诞未到,她又来信说,即将病危,不会再回来了,并再次告诉素威"相信运命"。这篇小说本来的标题就是法文的"相信运命",如此最后的安排让读者对小说中两个人物都充满同情,一种迷蒙惆怅之情氤氲在小说字里行间,且颇有点现代主义的况味。

二、都市错综恋的表达

畸形恋也是一种错综恋，这里所谓错综恋指另外一种情况：A 恋 B，B 恋 C，C 恋 D，D 可能又恋了别人。当然 A、B、C、D 之间的感情向度也可以更加复杂。钱锺书的《围城》中，赵辛楣喜欢苏文纨，苏文纨喜欢方鸿渐，方鸿渐喜欢唐晓芙，而唐晓芙又与别人恋爱。戴望舒的诗《雨巷》中，"我"恋着"她"，但是"她"却不一定恋着"我"，所以在"我"的焦渴等待中，"她"并没有丝毫停留，只"投出太息般的眼光"就又从"我"身边"飘过"去了。卞之琳诗《断章》里，"你站在桥上看风景"，就是说，"你"在向河里、船上寻找想要目睹、欣赏的对象，但是河里、船上的"风景"里人未必将欣赏、爱恋的目光投向"你"，而很可能投向河水更深处、更远处的"风景"里去了；其实，在"你"向河里、船上寻找时，岂不知"看风景人在楼上看你"，换言之，在"你"附近的"楼上"有人已经向"你"瞩目、恋爱"你"很久了。人生就是这样，人与人心灵总是难以真正沟通，人的感情总是寻找不到它想去的地方，最后每个人都是孤独的。这已经是非常典型的现代主义命题了。而陶晶孙《音乐会小曲》在 1925 年就触及到了这样的人生困境。

小说分三章。第一章"春"写"他"是一个比牙琴演奏家，演奏中间暂休的时刻，他无意间看到一个与自己旧时女友相貌近似的女子；演奏结束，他急忙走出音乐厅，渴望赶上那女子，想与之做一次谈话；随着女子走进咖啡馆，他想起旧时女友乃东京时的青梅竹马，不嫌弃他是中国人，但是东京大地震后，她就失踪了。现在看到的这女子是谁呢？他在痛苦的回想、"忧郁"之中，那女子早走远、不见了。现在只有他一个人"沿着市中的河谷旁高岸缓缓地走"。这一章颇有波德莱尔那首《致一位路过的女

63

郎》的风味。都市人生的流动性、匿名化使每个都市人都可能遭遇都市传奇,但是这传奇又往往是有始无终的[①]。都市人生的暂时性、碎片化也从此彰显。所以,第二章不是"夏",而是"秋",意味着急速流转的都市人生没有从容怒放的机缘和空间,而直接进入秋风萧瑟的落花时节。这一章的"他"是不是第一章的"他"? 是亦非。都市的一切都是可能的,但又都是不安稳、不可靠的。他另有名字"H"。H 是不是音乐家? 好像是的,但作品也没有明确指出。但他应该是日本社会的成功人士,所以他出乎意外地接到一封私人信件,邀请他去欣赏 G 氏的音乐会。结果,他的座位与音乐家 A 女士和她的侄女比邻,而且,A 半途退场,而将自己的侄女拜托给 H,音乐会之后,H 就有义务送 A 的侄女回家,从此他与 A 的侄女相识。送票人是他昔日的情人Muff 夫人,这夫人已有圆满的家,想在收拢自己的感情之前再见到一次当初那么赞美她的 H,不想 H 竟然又结交了比她更年轻、属于汽车阶级的女子。读者不难揣测,这 Muff 夫人本要平静的心里又该是怎样一种状态。人生就是这样命运多舛,阴差阳错,失之交臂,到处是没有完成的残缺状态,而现代都市人生尤甚。第三章"冬"几乎全是对话,写"他"遇到一个师从自己学比牙琴的女学生,女学生说她已有心仪的男子,要老师帮助促成,但她对老师又格外用情。老师说自己是一个"走来走去到处都没有家庭的放浪人,所以只会讲架空的恋爱——那是诗,是诗",让学生不必当真,不要受迷惑,但是学生不信。老师将学生送到家门口,学生抱着老师接吻,老师礼貌地退回原路。这一章是高明的恋爱艺术的展露,人物所说的话里都另有所指,另有含

---

① 张英进:《中国现代文学与电影中的城市——空间、时间与性别构形》,秦立彦译,南京:江苏人民出版社 2007 年版,第 179—180 页。

义,就如女学生所言:"现在是无论哪位美丽的人都要粉饰的时代了!"这"美丽的人"不仅指女性,也指男性。显而易见,小说中真正不可当真的不是男主人公的"架空的""诗"性的恋爱,而是女主人公非常务实的充满"粉饰"的恋爱。这也许正是这一章题名为"冬"的原因。现代都市阶段,传统恋爱的神话将要被颠覆了。这很容易让人想起后来刘呐鸥《热情之骨》中男女主人公的一段相遇及作品的寓意。

三、都市多角恋的表达

前面所谓畸形恋和错综恋,基本上都是一对一的恋爱,但是陶晶孙还有一些作品表现都市男女中一对多或多对一的恋爱关系。有的是婚外恋,有的婚前恋。显而易见,这种恋爱方式和恋爱关系更加凸显现代都市人的自由性和自主性,敞开了现代都市人感情方式的多面性,当然随着消费时代的到来,一种新的危机也相伴而生。

小说《暑假》写"他"是日本 S 市一位中国籍的钢琴家,其日本籍女学生爱丽热情邀请他去海边伯母家旅游、度假、疗养。他在东京转车,"在银座街买了少许音乐谱,还买了花和水果。然后又乘火车"。结果,他一到海边爱丽伯母家,爱丽伯母与爱丽一样也爱上了他。

> 他呢,他连他应该把什么样的好意给两人,都不能想了,他没有思考的工夫了。夫人也很趁心他了,夫人的有力的魅力里,他自然要被拉了进去,而他对爱丽又是——
>
> 所以他成了极淡泊的宾客,他替夫人弹许多他所记得的钢琴曲,又会教法国话给 A——夫人的男儿——又会同爱丽作无言的散步。

> 他成了这两个女性的珠玉，没有不安也没有不和，他竟住到了八月底。

最后，他与爱丽一起经东京转 S 市，但心里还在挂念着爱丽的伯母。

《两姑娘》多角恋的空间由家庭转向都市公共空间——银座大街，还有属于"自由职业者"的红尘女子的私人住房。小说主人公直接就叫"晶孙"，这可以视为日本私小说的影响，作家与虚构人物合一，也可视为作家对自己已经成功融入日本都市社会的自信和夸耀。晶孙是中国江南人，十五岁就来日本留学，先是在东京读中学，后去西部小都会读高等学校，常常回东京寻找少年的踪迹，在这里与来自浙江一位省长的千金相识相恋，但是，在中日对比下，这浙江姑娘显得高傲而呆板，她冷落了到东京的晶孙，结果晶孙孤独寂寞之中来到银座大街，遇到一个正在大街上寻找客人的交际花或称高级妓女（注意，空间、人物都已与郁达夫笔下大为不同）。原来这交际花当初也是好人家的女儿，晶孙中学时坐电车还曾迷恋过她，后来家庭出现变故，她继承下一幢洋房，嫁人后发现遇人不淑，就走入了今天这种生活。从小说看，作家并未对这交际花妖魔化，而是写得非常富有现代人间情味。她并不低俗诱惑晶孙，而是像老朋友一样对待之。她邀请晶孙到她家做客，她知道晶孙的爱好后，主动去向人借钢琴给晶孙；她知道晶孙的未婚妻是浙江姑娘后，按照晶孙衣兜中浙江姑娘的地址打电话让浙江姑娘来看望晶孙；她渴望晶孙能做她一个"救助者"，从今天她再不上街拉客，但是她并不要求晶孙钟情于她自己。"你要同她结婚，也随你便。"这时，她与晶孙有一段对话：

"那么你也是有钱的人了。"

"所以会住这屋子。"

"你为什么要上街去。"

"上街不过去散散步。"

"散步！你算是捉了个人回来。"

"啊,捉着你还不好么？我看你对她和我都很称意的。"

……

"你不想你有两个女人是很好么？"

……

"她的男朋友太多了,他们都因她是省长的姑娘,所以都去讨好她。"

注意,这里,这个日本姑娘并非贫穷者,但她仍然以"上街散步"的方式寻找男子,说明她的男女观和生活观都是非常态的,即极为大胆、自由、开放和前卫。中国浙江姑娘身边也有很多男朋友,但那与其说是对她的追求,不如说是对她背后的权势的贪恋,这种男女关系体现的是另一种社会风气和价值观。显而易见,男主人公对于这两个姑娘不同的态度则表明两种价值判断,他对日本姑娘的认可也就是对于日本姑娘多角恋要求的认可,也可以说是他自己对于多角恋观念和风气的认可。

陶晶孙走上文学道路不晚于郁达夫,但更多关于东京想象的作品还是发表在 1923 年东京大地震之后,这时的东京经过重建,现代性更强,"大量消费型社会"成熟①,所以陶晶孙笔下也开始出现消费性多角恋人物,这便与 1930 年代新感觉派作家笔下

---

① （日）竹村民郎:《大正文化:帝国日本的乌托邦时代》,欧阳晓译,上海:上海三联书店 2015 年版,第 75 页。

的饮食男女很接近了。《女朋友》写无量君在追求一个东京的女子,这女子将许多男子玩弄于股掌之中。《短篇三章》之二《表》写一个妻子吻着书呆子式的学者丈夫,心中却想着她的情夫;之三《胡乱和女学生》给男主人公取名就显示其情感取向的混乱,写他从书社到咖啡店,再到教会门前,再到郊外树林,再到香水店,他无处不在"胡乱"交往欢乐场、消费型女子。

四、都市新感觉的艺术呈现

创造社的这三位作家,相比之下,郁达夫最主观浪漫,所以在想象中国留学生的弱国子民之痛时,笔下不免过分强调之意;而陶晶孙获得了更好融入日本都市社会、更好适应日本都市人生的条件,所以其创作甚少涉及国族话题,他笔下男主人公可以走进日本中上层社会,并且往往得到日本都市这一阶层中女子的青睐。正如同在日本留学的郑伯奇所说:"他保持着超然自得的态度。生活的苦闷,至少,在他的学生时代是不会有的。"①日本学者滨田麻矢指出:"后来在上海认识的日本作家武田泰淳观察说'T先生(陶晶孙)对于日本女人喜欢得不得了。'/他对日本的好感当然不止于女人,对他来说,日本并不是不舒服的地方。他用的日语已经跟老东京一样,而不太习惯于中国话了。在日本虽然贫穷,但有东北帝国大学学生的身份,有日本的妻子,接近日本的创作,……他还在日本大学组织了一个交响乐团并出任指挥——他初期的代表作《音乐会小曲》就是在这个时期写

---

① 郑伯奇:《中国新文学大系·小说三集·导言》,上海:上海良友图书出版公司1935年版,第17页。

的。"①如此一来,郁达夫无暇顾及创作技巧,只是随感情大声叫喊,便成就了他无艺术的艺术②,陶晶孙则跨越"个人抒情"和"社会现状暴露",而向人的深层心理和精微感觉状态开掘而去,便成就了"他有点艺术至上的"③新感觉小说艺术。如果说郁达夫小说是浪漫主义或新浪漫主义的,那么,陶晶孙小说则可称为新感觉主义或现代主义的。

创造社作家很少提及受日本文学影响,这可能与当时日本新的文学刚刚崛起,而且也在西方文学影响下形成,根基尚不稳定有关,而事实上,如前所述,日本已经作为新的现代国家而屹立在世界东方,他们的文学也已经成为中国青年学子学习和模仿的范本,那么,正如新浪漫主义影响了郁达夫,现代主义也影响了陶晶孙。现代主义影响陶晶孙主要通过日本的新感觉派小说。正如有的学者所指出,陶晶孙创作深受当时日本文学的影响,有较浓厚的异国情调——"东洋风味"④。

新感觉派是日本最早的现代主义文学流派。作家主要有横光利一、川端康成、中河与一、片冈铁兵等,他们围绕《文艺时代》而形成相近的审美取向和文学面貌,1924年,当时日本文艺评论家千叶龟雄在《世纪》杂志发表《新感觉派的诞生》一文,称他们为"新感觉派",从此得名。千叶龟雄认为日本这群作家"是站在特殊视野的绝顶,从其视野中透视、展望,具体而形象地表现隐

---

①　(日)滨田麻矢:《文化的"混血儿"——陶晶孙与日本》,北京:《中国现代文学研究丛刊》1996年第3期。

②　郁达夫:《忏余独白》,上海:《北斗》第1卷第4期,1931年12月。

③　郑伯奇:《中国新文学大系·小说三集·导言》,上海:上海良友图书出版公司1935年版,第17页。

④　刘平:《陶晶孙的文学创作及文学活动》,北京:《中国现代文学研究丛刊》1992年第4期。

秘的整个人生。所以从正面认真探索整个人生的纯现实派来看，它是不正规的，难免会被指责为过于追求技巧。不过，我觉得这也不错。它不仅把现实作为现实来表现，同时通过简朴的暗示和象征，仿佛从小小的洞穴来窥视内部人生全面的存在和意义。这种微妙的艺术之发生，是符合自然规律的"①。

日本新感觉派否认所谓现实世界的客观性，认为主观是唯一的真实，要求在"新的感觉"基础上寻找新的人生内容、人生感悟、表现形式和艺术语言。川端康成在《新进作家的新倾向解说》中强调："没有新的表现，就没有新的文艺。没有新表现，就没有新的内容。而没有新的感觉，就没有新的表现。"②"新表现"从哪里来呢？川端康成在同一篇文章里又指出："表现主义的认识论，达达主义的思想表达方法，就是新感觉派表现的理论根据"③。他在《答诸家的诡辩》言："可以把表现主义称作我们之父，把达达主义称作我们之母，也可以把俄国文艺的新倾向称作我们之兄，把莫朗称作我们之姐。"④横光利一在《新感觉论》中也说："未来派、立体派、达达派、象征派、结构派，以及写实派一部分，都是属于新感觉派的东西。"⑤严家炎解释："这些作家不愿意单纯描写外部现实，而是强调直觉，强调主观感受，力图把主观

---

①　转自杨迎平：《永远的现代——施蛰存论》，北京：光明出版社 2007 年版，第 41 页。

②　转自杨迎平：《永远的现代——施蛰存论》，北京：光明出版社 2007 年版，第 41 页。

③　转自杨迎平：《永远的现代——施蛰存论》，北京：光明出版社 2007 年版，第 41 页。

④　转自杨迎平：《永远的现代——施蛰存论》，北京：光明出版社 2007 年版，第 41 页。

⑤　转自杨迎平：《永远的现代——施蛰存论》，北京：光明出版社 2007 年版，第 41 页。

的感觉印象投进客体中去，以创造对事物的新的感受方法，创造所谓由智力构成的'新现实'。横光利一的短篇小说《头与腹》、长篇小说《上海》，川端康成的《伊豆的舞女》，便代表了这种作风。……片冈铁兵曾说：'要使作者的生命活在物质之中，活在状态之中，最直接、最现实的联系电源就是感觉。'可见他们把追求新奇的感觉当做创作的关键。"①

作为现代派文学的一支，日本新感觉派的崛起显然受西方现代派文学的影响，而西方现代派文学的崛起又与当时西方的现代性（资本主义）危机有直接关联，同理，日本新感觉派文学的崛起也必然与日本当时的现代性（资本主义）危机有直接关联，同时，1923 年日本关东大地震又给日本造成极大的损失，强化了日本政治、经济、社会、文化危机，为作家们失望于所谓客观现实人生，而专注于人的内在心理世界和生命感觉提供了现实基础。陶晶孙曾经著文《日本新感觉派》，指出：新感觉派就是一种新罗曼派，"当中期罗曼派演变为后期罗曼派的时候，便忘去了烦恼与憧憬，略有些颓废的倾向"②。可见他对日本新感觉派知之甚详、断之精深，事实上其创作也深受新感觉派的影响。

首先，都市新感觉的捕捉。前面所述三小节都是都市新感觉产生的根源也是都市新感觉呈现的载体，此处不赘。这里只强调一点，陶晶孙作品里有大量花香的描写，而且这些花香与女人身上的香气融浸在一起，形成一种特殊的香氛气③，弥漫在陶

---

① 严家炎：《中国现代小说流派史》，北京：人民文学出版社 1989 年版，第 126—127 页。

② 陶晶孙：《日本新感觉派》，见丁景唐编《陶晶孙选集》，北京：人民文学出版社 1995 年版，第 264 页。

③ 郑伯奇：《中国新文学大系·小说三集·导言》，上海：上海良友图书出版公司 1935 年版，第 17 页。

晶孙作品中,着实给人以新鲜、奇幻、唯美的感觉体验。《木犀》整篇小说都弥漫着木犀花香与英文教师 Toshiko 身上香气混合的气息,充分写出一个中学生对于一个成年女子的爱、想念和回忆。一次,素威又来到老师家里,老师立马紧紧拥住素威,并且说:"啊啊,我等了你好一阵子了呀!"小说这时写:"把房门闭了的时候,素威感觉着一股不知道是从什么地方来的香气。"老师说:"你晓得是什么香么? 木犀呢!"老师的话显然是在回避她身上的香气,而恰恰这样的叙写含而不露,反而将老师身上的香气混合着木犀花香弥漫在整个房间,弥漫在整篇小说里,让素威无法从中解脱出来,给读者也留下极为深刻的印象。《短篇三章》之一写:"一不介意,女士的紧胀欲破的双手抱着他的颈部了。女士的脸上的粉香扑他的鼻子,他感着了眩晕";"女士的气息和脸粉香,从他脸上一直流到眼鼻,他的全身,正是被脸粉和气息和蔷薇和体臭和麝香,像浸在酒精里的一样了"。之三写男子要送女子香水,女子说"姑娘在点香水的时候,在开直她的胸脯"。《暑假》写钢琴家的女学生"她的红脸和近来格外近完美的她的头发,她全身上发出来的一种放射线,他被它们发了眩晕"。"她开门出去了,他从门缝看外面,看见她的后影,一种香气留在他鼻子里,不晓得是香水还是粉香,那只是她全身上发散出来的香味,尤其是那儿也混着洗浴出来时候的肌香"。《两姑娘》写"她的房间很美丽。……许多……水仙花,……他因为闻着许多女人的香味,醒了"。《两情景》里也有"蔷薇",有"女人香"。从这里,不难看到,陶晶孙笔下,自然香、女人香与消费市场里的脂粉香及香水所散发的香气还处于融合统一之中,其精神指向还没有发生彻底分裂和完全大众化、通俗化。

其次,快节奏、意识流式的表达法。陶晶孙在小说《毕竟是

Petite Bourgeois 罢了》里说："高等的小说，要有曲折，要有新颖的文句，要有曲折的文章结构，要有新的感觉，等等。"[①]其小说不仅追求表现内涵上的新感觉，且也追求艺术表现上的新感觉。叙述的快节奏，与都市人生的快节奏有关，与未来主义文学有关。马克思、恩格斯在《共产党宣言》里宣布：现代工业阶段，"一切等级的和固定的东西都烟消云散了"[②]；吉登斯认为，现代人生犹如装上了快速"动力机制"[③]；伊夫·瓦岱指出："现代性首先表现为一种动力，……另外，空间和时间上的宇宙定位基准的消失（或者说它们远离了人类群体的接受范围）使这种潮流失去了任何确定的发展方向。"[④]波德莱尔特别"重视转瞬即逝的现时和那些我们看到一次以后就再也看不到的事物"的审美[⑤]；马雅可夫斯基认为"未来主义诗歌——就是都市诗歌，现代的都市之歌……旧诗歌那种四平八稳、不慌不忙、不焦不急的节奏不适合现代都市人的心理"[⑥]。陶晶孙的《音乐会小曲》三章"春""秋""冬"没有完整的故事情节，都是情绪、心理飘忽的片段；时间跨度大，叙述内部过去时与现在时交叉，空间从音乐会到咖啡馆再

---

　　①　陶晶孙：《毕竟是 Petite Bourgeois 罢了》，上海：《乐群》第 1 卷第 7 期，1929年 7 月。

　　②　（德）马克思、恩格斯：《共产党宣言》，中共中央马克思恩格斯列宁斯大林著作编译局译，北京：人民出版社 1997 年版，第 31 页。

　　③　（英）吉登斯：《现代性与自我认同》，夏璐译，北京：中国人民大学出版社2016 年版，第 16 页。

　　④　（法）伊夫·瓦岱：《文学与现代性》，田庆生译，北京：北京大学出版社 2001年版，第 28 页。

　　⑤　（法）伊夫·瓦岱：《文学与现代性》，田庆生译，北京：北京大学出版社 2001年版，第 39 页。

　　⑥　转自袁可嘉：《欧美现代派文学概论》，桂林：广西师范大学出版社 2003 年版，第 173 页。

到市中心河岸旁不断变换；叙述的节奏也是跳跃式的，多位人物角色不断转换，充分写出现代都市人生的快节奏和错综复杂。有电影镜头不断推拉摇闪之妙。《短篇三章》之一写青年男女的跳崖之恋：

> "啊，我要像投花空中一般，从这儿飞下去。"
>
> ……
>
> "啊，轻轻地，像投蔷薇——"
>
> "好，轻轻地，像蔷薇花落向女人胸中去的时候一样，柔软地落下去，我来抱你了。"他抱起女士。松树飞出来了，松树梢在青空飞过去，他的气息向空中吹出去，她的双手抱牢他的颈项，他们是在跑起来了，那不用说。
>
> 他跌了，绝壁一面有草地，草地斜面上他们在滚下去了。天空，草，松树，松树，草，天空，草，松树，青天，青天，青天，青天，柔的草，青的天，松树梢；还有——
>
> 是，他，和她的白的足。
>
> ……
>
> 飞沫，飞沫，飞沫的白，白，白，白……

这里，就不仅是一般快节奏叙述了，而且是意识流式叙述、瞬间感受叙述、幻觉叙述，也有未来主义之风味。陶晶孙自己解释："这不是完全新感觉派的文章之标本，不过略微接近，意思是跳在水中者，在水中张开眼时的感触，在水中吐出水沫，看见一片青天，同时看见跳入水中的女子的白色。"[①]这样的叙述再如《两情景》的第二章，写东京帝国剧场里，"你可以看见白背心，白

---

① 陶晶孙：《日本新感觉派》，见丁景唐编《陶晶孙选集》，北京：人民文学出版社 1995 年版，第 264 页。

襟饰,白皮手套,黑的燕尾;那是男人。……"一个女人"手执一朵蔷薇,挥,挥,挥,那蔷薇好像她的嘴唇,红,红,红,红像她半醒的红唇,而她挥的是蔷薇,挥,挥,挥"。这样的叙述今后在穆时英——1930年代"中国新感觉文学圣手"的小说中大量出现。

再次,电影剧本那样的对话性叙述。这种文体叙述今后在穆时英小说中也将发扬光大。郁达夫在《关于小说的话》里说:"电影是最易于传播思想的现代新兴艺术。/所以现代的电影一出来,一切旧时的各种艺术的精华都被它吸收了去。熔成了一炉,造出了新样。于是演剧本的舞台,述情节的小说,挑拨肉感的跳舞,怡神悦耳的歌声——Sound Picture——奏送和音的乐器,甚至于抒写真情的诗句,都不得不受它的影响,完全屈伏在它的脚下。"就以小说言,"穷极则变",从内容到形式都需要革新;"新的小说的技巧,似乎在竭力地把现代人的呼吸,现代生活的全景和拍子,缩入到文学里去。最浅近的例,譬如所谓新感觉派与表现主义的技巧,就是如此的"①。显而易见,陶晶孙的小说也深受电影艺术的启发和影响。一个突出的例证是其小说大量采取电影剧本那样的对话性叙述,既彰显男女主人公的主体间性,也构成新的文本空间结构,形成一种新的都市感觉。如《音乐会小曲》之三"冬"里写女学生对老师的诱惑:

　　"啊啦,先生!"

　　从后面叫的是女子的声音。

　　此刻是音乐会散会的时候,叫他的是从他学比牙琴的一位女学生。

　　"冷得很呢!"

---

① 　郁达夫:《关于小说的话》,上海:《文艺创作讲座》第1卷,1931年6月。

"＿＿＿"

……

"今天先生能够送我到家里吗?"

……

"可是先生在家旁边的时候也很可爱的。"

"那是客气话了。今天你为什么这样起劲?"

"闲话别说了。先生说有许多话要说,是什么呢?"

走到架着一个板桥的河上了,H 伸出了手。

"啊啦,先生要对不起别的女子了。"

"没有的事! 要你跌到河里,然后我才下水捞你么?"

"＿＿＿"

再如小说《温泉》写"我"与当舞女的旧时女友在温泉里彻底跳舞狂欢,且意犹未尽:

——还是六点钟啊。

——六点钟的温泉!

——水的融感真可爱!

——吸水的嘴唇的触感也一样。

——水也不在颤动了。

——水也在感着六点钟的欢喜了。

这里,对六点钟的温泉水的感受与对六点钟的爱情的感受巧妙地融汇在一起,意味深长。

一般文学剧本可以是用来演出的,也可以是用来阅读的,所以,一般文学剧本的时空限制及情节设置还不像电影剧本那样有明确的"紧缩性"要求,而电影剧本基本上就是为电影拍摄用的,电影的拍摄时空限制和情节设置一般都要控制在一个半小时或两个小时之内,所以,如此一来,有限时空要表现更丰富、深厚的社会、历史、文化、人生含量,就必须在表现艺术手段上下工夫,除了布景、视野、气氛、色泽、背景音乐、人物动作等之外,故事情节推演里人物对话就成为揭示故事神魂、人物精神世界和人物个性的主要凭借,所以,有限时空内人物对话设置的高明与否(潜台词是否丰富,意蕴是否扩大)就成为作家极为重视的问题;另外,电影崛起于资本主义现代性鼎盛时期,也是资本主义时空大扩张而又高度压缩的时期,电影剧本之所以重视人物的对话,是对全球化语境下人物心理世界和精神世界的尊重,也显示一种强烈的空间性建构。对话体,人物对话并置,具有空间延展性,也就是具有想象的余地;对话体,一般都是用最少的语言表达最丰富的意旨,潜台词暗示性和象征性强,易于揭示人物复杂微妙的心理世界和精神世界——对于都市人而言尤其如此。都市人文化水平相对高,心理更加微妙复杂,主体意识鲜明,既善于语言表达又遭遇在主体间性制约下如何得体、含蓄地表达自我的问题。应该说,陶晶孙小说通过巧妙的人物对话设置很好地解决了这样的问题,也给其创作带来了新的感受、新的艺术色泽。

最后,陌生化和感觉化的语言。1920 年代初中期,中国现代文坛上有两个作家创作的语言具有较明显的非中国化倾向,一个是法国留学生李金发,一个是日本留学生陶晶孙。李金发这里不论,就陶晶孙而言,他留学日本 20 多年,"讲不清楚的中国话"①,而"用日本文写作恐怕比用中国文字还要方便些"②,表现

① 陶晶孙:《到上海去谋事》,上海:《乐群》第 1 卷第 4 期,1929 年 4 月。
② 郑伯奇:《中国新文学大系·小说三集·导言》,上海:上海良友图书公司1935 年版,第 17 页。

在其创作中,就是自觉不自觉地借用日语的表达法来写他汉语的小说,造成其汉语的日语化和陌生化,形成其独特的语言风味和审美新感觉。陶晶孙自述,他回国后发现他的作品在中国并不受欢迎①,但是日本人却认为就中国现代作家讲,在中日现代文化交流史上,他是"除鲁迅之外……唯一的人物"②,这应该与其语言风格和能用纯熟的日语对日本近代文化进行清理、批判有关。如小说《理学士》开头一段的语言表达:

> S 的三月还有陈雪积在门前的一夜,无量君的家里有在理科大学比他高级的 A 来访他。原来他们是理科大学,只有三个中国留学生中的两个人,A 初进三年级后就因他的夫人的病而回到家里去,到了翌年一月才回来,只是 A 已考满单位数,所以这三月就可以毕业。

蒋磊认为:"对于中国读者来说,这段小说人物的介绍性文字最突出的特点,就是语序的颠倒,表意的混乱,不符合汉语的惯用表达方式,给人以莫名其妙之感,造成了阅读的障碍。作者用'S 的三月还有陈雪积在门前'这一长串修饰词来修饰'一夜',稍嫌啰嗦;而'无量君的家里有在理科大学比他高级的 A 来访他',更是汉语文学中极少见到的句式;'原来他们是理科大学,只有三个中国留学生中的两个人'这句话,其实表达了两重意思,一是'原来他们是理科大学的留学生',二是'理科大学只有三个中国留学生,他们是其中的两个'。但是,作者偏偏要用一

---

① 陶晶孙:《毕竟是 Petite Bourgeois 罢了》,上海:《乐群》第 1 卷第 7、9 期,1929 年 7、9 月。

② 伊藤虎丸:《致夏衍的信》,见张小红编《陶晶孙百岁诞辰纪念集》,上海:百家出版社 1998 年版,第 142 页。

句话来集中表达这两种含义，导致整个句子读来十分生硬。/其实，这些在中国读者读来犹如神经错乱的句子，或许更符合日语的语法规则。在名词前不计数量地累加修饰词或将主语后置，这些都是日语的惯用表达方式。"①蒋磊是从缺陷的角度论及陶晶孙小说语言的，但这恰恰是陶晶孙小说语言的特点和风格。再如《音乐会小曲》第一章"春"的开头：

> 他宽敞地对比牙琴坐下，独奏家坐在舞台中央，会场的视线都集向独奏家。
>
> ——伴奏暂在休止符里，他放双手在膝上，落视线在键盘上——这时候，台下的会众要映进他的眼睛里。
>
> 'cello 的 Cadenza 好像小流瀑的摇飞——他的视界之中，比牙琴，独奏家以外，还看得着注意凝息于音乐的人们。
>
> 忽然他的眼睛视映着一个有记忆的相貌，他的心中动摇了！
>
> "莫非要是她？——"

这段话里，不仅同样存在蒋磊所指出的那些毛病或说特点，而且还有将语言感觉化的用法。"'cello 的 Cadenza 好像小流瀑的摇飞"，这是典型的感觉式表达。小说《温泉》写"我"与旧女友在温泉彻夜跳舞狂欢，叙述"两人在跳舞，青玉和白玉的跳舞"。小说《毕竟是 Petite Bourgeois 罢了》如此写东京："上野公园的十二点钟的秋晴……透明的空中，一切都在发亮，早晨的化妆把雪才纳的面加添了许多神色，她的雪白的面看得见些薄毛，头发带些金色，在她的眼睛里也可以看见一片青天，在山下面的咖啡

---

① 蒋磊：《在东方与西方之间：现代旅日作家的文化体验》，北京：社会科学文献出版社 2014 年版，第 26 页。

店里,对坐着细细地看她眼睛里的青色"。这段文字也是既有日语表达法,也有感觉化表达法。下面形容雪才纳的字句:"她的青色眼睛是一颗青玉,她的一件淡红新装是流行杂志的封面,她的嘴是处女的,她的细脚是两根麦秆子。"《毕竟是 Petite Bourgeois 罢了》写在 1929 年,这就接续上了刘呐鸥、穆时英的新感觉派小说。

第三节　女性视角:庐隐作品中的东京想象

庐隐(1898—1934),福建省闽侯县南屿乡人。从小在家庭遭受不公平待遇,成长过程中历尽坎坷。1919 年进北京国立女子高等师范学校,被选为福建同乡会代表,带头参加各种进步学生运动。1920 年开始发表文学作品,1921 年成为文学研究会唯一的女性成员,发表作品更多,从此成为"五四"著名女作家。1922 年即将毕业之际,与同学一起去日本参观,曾写散文《扶桑印象》《离开东京的前一天》和小说《或人的悲哀》等表达对日本和东京的初步感受。1923 年与郭梦良在上海成婚。1925 年郭梦良病逝,也是这一年出版第一个小说集《海滨故人》。1928 年结识小于她九岁的清华大学学生李唯建,1930 年秋两人结婚,为了逃避国内强大的舆论压力,与李唯建一起二次东渡,在东京度过了几个月轻松甜蜜的生活,于 1930 年底归国①。其间,在日本友好团体和中国留学生团体的引导和帮助下,几乎参观了东京"所有的学校",也写了很多日记和游记,这里准备讨论的《东京小品》就是其中最突出的成就。

----

① 肖凤:《庐隐评传》,北京:中国社会出版社 2008 年版,第 85 页。

据庐隐忆述，当初的《东京小品》拟了 20 个篇目，实际写成 11 篇，1930 年初期陆续在上海的《妇女杂志》上发表①，个别篇什也在北京的《北平晨报》副刊《学园》上发表过。查阅民国报刊和 1936 年北新书局出版的《东京小品》集，今日能见到的"东京小品"之作仅有 9 篇，分别是《咖啡店》《庙会》《邻居》《沐浴》《樱花树头》《那个怯弱的女人》《柳岛之一瞥》《井之头公园》《烈士夫人》。另外，1936 年北新书局出版《东京小品》集里不仅收有以上 9 篇"东京小品"作品，还收有作者的其他小说、散文，其中《异国秋思》显然是《井之头公园》的异文。不难发现，《东京小品》里的作品比她第一次体验东京生活时所著之都市审美意识更明确、对都市人生的认识更深入、内容更丰赡、艺术水准也更高。

一、女性被物化的都市

1923 年关东大地震给东京带来巨大灾难，此后重建完成于 1930 年②，这时东京人口接近 550 万③，远远超过了巴黎。现代都市给女性解放带来诸多便利条件，但是现代都市也给女性生存带来新的困境。其最突出的危机在于女性重新被物化。

"物化"，在中国古代（农业文明时代）有"万物一齐"、精神自由的意义。如《庄子·齐物论》言："昔者庄周梦为蝴蝶，栩栩然蝴蝶也，自喻适志与！ 不知周也。……不知周之梦为蝴蝶与？ 蝴蝶之梦为周与？ 周与蝴蝶则必有分矣。此之谓物化。"王安石

---

① 黄庐隐：《庐隐自传》，上海：第一出版社 1934 年版，第 86 页。
② （美）爱德华·塞登史迪克：《东京百年史：从江户到昭和 1867－1989》（下），谢思远、刘娜译，上海：上海社会科学院出版社 2018 年版，第 323、403 页。
③ （美）爱德华·塞登史迪克：《东京百年史：从江户到昭和 1867－1989》（下），谢思远、刘娜译，上海：上海社会科学院出版社 2018 年版，第 323、403 页。

诗《庚申正月游齐安》中所谓"未即此身随物化,年年长趁此时来",也是此意。但在现代语境里,"物化"具有新的内涵,最初指马克思、卢卡奇等人所谓商品生产过程中人的存在方式的物质化和商品流通(消费)过程人的价值的商品化,其深层意蕴是指对人的精神存在的忽略和伤害,最后导致人的生存本质的异化;后来"物化"的内涵进一步扩大,泛指现代社会里人之生存所普遍遇到的物质化、商品化、无主化、异化等等。作为具有鲜明女权意识的作家,在《东京小品》的创作中,庐隐首先敏感到东京女性的被物化。

《东京小品》中,叙述者同样在观察、凝视女性,但这位观察者、凝视者不再是男性,而是女性。这种观察、凝视女性的叙述者不再是他者化女性、享受女性的男性,而是反过来凝视和审判男性、同情同性的女性。此种前提下,庐隐笔下的东京女性可能还摆脱不了男性对女性的欲望化、物质化、商品化处境,但是作家在审美凝视和观照时,其价值判断则截然相反了。

1930年庐隐对东京的感受是:"动的……大街上……那样拥挤紧张"①。开始住在比较繁华的闹市——神田区一家铺面的楼上,因此《东京小品》以《咖啡店》开篇,想必是很自然的。"通常而言,咖啡馆是这么一个地方:虽说它们中有些小而精致、环境私密,有些则宽敞而喧嚣,店铺规模和氛围各不相同,但总是——如果经营得好的话,满座。在那里,人们或喝点小酒,或吃点简餐,与漂亮女孩们共度悠闲时光。就像荷风,还有其他人记叙的那样,这些女孩大多与另一种'江户之花'——高级妓女无异。只要条件合适,她们的陪伴可以持续整夜。荷风小说中

---

① 黄庐隐:《庐隐自传》,上海:第一出版社1934年版,第73页。

的咖啡馆女郎们，就因为应承了太多下班后的约会，而使自己的生活变得复杂又混乱。"①从日本的永井荷风、谷崎润一郎，到中国的郁达夫、陶晶孙，无不受现代都市文学之开山祖波德莱尔影响而推崇这些红尘女郎，但是在庐隐看来，这种生活对于真正有自尊的女性无疑是巨大的伤害。作品从酷暑季节太阳（男权之隐喻？）的暴烈给"我"（女性）脆弱的神经造成的剧烈"压迫"引出下宿处附近咖啡馆女招待无尊严、痛苦的生存状况。说，"我"忽然听到隔壁咖啡店里有一种非常"奇异"的声音，它"不像幽谷里多灵韵的风声，不像丛林里清脆婉转的鸣鸟之声，也不像碧海青崖旁的激越澎湃之声……而只是为衣食而奋斗的劳苦挣扎之声"，是一种被"压迫"而发出的"无告的呻吟"，"我"的"神经"因此"起了一阵痉挛"。显而易见，这里女性发出的声音已不属于自然生命状态，而是为生存所迫发生扭曲以至于异化。为了进一步凸显这一点，作品接着叙写临近黄昏，三个年轻女子对镜梳妆打扮，"远远看过去真是'肤如凝脂，领如蝤蛴'，然而近看时就不免石灰墙和泥塑美人之感了"。这是典型的物化，或者用后现代之语，庶几可称之为仿真。这些女性一切准备齐全，而消闲、享受这些女性的男子们就来了，"从此冷清清的咖啡店里骤然笙箫并奏，笑语杂作起来"。这些咖啡店里的女侍者们是否懂得她们被物化的文化意旨？无法判断。但是作者作为一个深深懂得"女权的学说"的现代女性，对于物化女性的男性表示愤怒，对于被物化的女人投以同情，虽然明知自己的"牢骚"不过是"自讨苦趣"罢了。庐隐与"五四"以来多数女作家一样，观察都市人生时，往往不将视线投射在公共消费空间上，即便投射在公共消费

① （美）爱德华·塞登史迪克：《东京百年史：从江户到昭和1867—1989》（下），谢思远、刘娜译，上海：上海社会科学院出版社2018年版，第361页。

空间上，也不去笼统写全景、写狂热的消费群体，而是抓个别、找细节，在别人不注意的边缘空间反开掘出不一样的审美意蕴。女作家独特的生命体验和审美意向，于此可见一斑。

二、女性被"囚禁在十八层地狱"的都市

现代物化本身就是一种精神上的变异和囚禁，而这里所谓女性被"囚禁在十八层地狱"，还不是仅指平面意义上女性被物化的处境，而是指在社会分层结构中，女性所处的位置。显而易见，在东京的成人世界里，女性依然是处于社会结构最下层的，因而也引起庐隐最深沉的理解和同情。

《东京小品》里，《樱花树头》《烈士夫人》和《柳岛之一瞥》分别写家庭内外东京女性的社会地位。《樱花树头》叙写一个东京人明明知道中国留学生陈某在中国已有家室，但仍然鼓励自己的妹妹在樱花盛开的时节与陈某接近，深层意图是希望陈某能将其妹纳为妻或妾。并诱导陈某说，两处都有家不是很好吗？正如另一中国留学生张某所言，在日本（当然也包括东京），"他们对于女人的贞操根本没有这个观念。日本女人的性的解放在世界上可算是首屈一指了，并且和她们发生关系之后，只要不生小孩，你便可以一点责任不负的走开，而那个女人依然可以光明正大的嫁人。"①这看似体现出女性在家庭和社会上的自由，其实是对女性最任性、最不尊重的症候。《烈士夫人》就写一个东京女人不顾家庭反对，与一中国留学生自由相爱生子，结果不为家庭和社会所接纳，人到老年还要以未嫁身份再嫁一次，以取得家庭和社会的谅解。难怪庐隐在《樱花树头》中感慨："女权的学说

---

① 关于这一点，还可参考池雨花编著《雪国之樱——图说日本女性》，北京：团结出版社 2006 年版，第 5-6 页。

尽管海潮般涌了起来,其实只是为人类的历史装些好看的幌子,谁曾受到实惠?——尤其是日本女人,到如今还只囚禁在十八层地狱里呵!难怪社会永远呈露着畸形的病态了!……"

《柳岛之一瞥》取材独特,开篇即交代:"我到东京以后,每天除了上日文课以外,其余的时候多半花在漫游上。"为了摆脱在北京"旧都"时所积郁的困苦,作者要充分"享受"在东京的自由和现代都市风光。但是,如世界上所有现代都市一样,东京既是天堂,也是地狱。出于"好奇心"和对女性命运的关切,作者请交游广泛的朋友引导去参观东京的妓院。朋友说:东京上层妓院在"新宿这一带",下层妓院则在柳岛等处。要看"下等娼妓……生活的黑暗面,还是那里(指柳岛——引者)看得逼真些。"于是,一行人"坐了一段市外电车,到新宿又换了两次的市区内电车才到柳岛,那地方似乎是东京最冷落的所在,当电车停在最后一站——柳岛驿——的时候,我们便下了车。""沿着荒凉的河边前进",穿过工人居住区,来到一个庙宇,据说这里是人们进香拜佛的地方,也是妓女们寻觅诱惑客人的地方。朋友看到一个女人穿着结婚时的礼服,就认定那女人就是妓女,"因为她们天天要和人结婚,所以天天都要穿这种礼服"。再往前走,找到五六条街的日式木房,但见"许多阶级的男人,——有穿洋服的绅士,有穿和服的浪游者,还有穿制服的学生,和穿短衫的小贩。人人脸上流溢着欲望的光炎,含笑的走来走去",最后消失在一个个房屋的黑暗处。当年,波德莱尔在巴黎红灯区"巡礼",常常有震惊体验,这里,庐隐也表达了相似"震惊"的感受,但如果说,波德莱尔笔下的红灯区主要是巴黎天堂性与地狱性并置的象征,那么,庐隐笔下的妓院则主要是女性坠入十八层地狱的隐喻。因为,庐隐笔下,这里的妓女没有呈现任何平静接受或享受这种生活的气息,而是表现出面对蹂躏的惊恐、精神怪异和痛苦。她们"露出一个白石灰般的脸,和血红的唇的女人的头。谁能知道这时她们眼里是射的那种光?她们门口的电灯特别的阴暗,陡然在那淡弱的光线下,看见了她们故意作出的娇媚和淫荡的表情的脸;禁不住我的寒毛根根竖立了起来。"显然,这不像是"所谓人间",而更像"地狱",仿佛作者曾经梦见过的:"脓血腥臭的院子里……无数艳丽的名花……后面,都藏着一个缺鼻烂眼,全身毒疮溃烂的女人。她们流着泪向我望着,似乎要向我诉说什么;我吓得闭了眼不敢抬头。……在我回头再看时,那无数株名花不见踪影,只有成群男的女的骷髅,僵立在那里。"这不正仿佛是十八层地狱的惨景吗?陶晶孙笔下的男主人公陶醉于与日本都市中产阶级女性的周旋,郁达夫笔下的男主人公所接触的风尘中女子也是都市繁华地带的风尘中女子,至少是生存条件高出穷大学生之上的女性形象,但在庐隐笔下,这种女性身上所有的光环和浪漫都被拆解,而裸露出最底层女性最悲惨生存的原色。作品结尾处说:"这虽然只是一瞥,但在心幕上已经留下不可磨灭的印象了"。显而易见,作家这种都市体验和女性想象表达了对男性中心社会里底层女性处境和命运最深刻的理解与最强烈的同情。

三、女性坚强、善良、正义的都市

张爱玲在《谈女人》中说,男人的拳头在女人头上挥舞了几千年,压制之下,女人形成了"小性儿,矫情,作伪,眼光如豆,狐媚子"等等缺陷,"女子的劣根性是男子一手造成的,男子还抱怨些什么呢?"女人固然有很多缺点,但"女人纵有千般不是,女人的精神里面却有一点'地母'的根芽"①。在《自己的文章》里又言,我发现,弄文学的男人总喜欢写"超人",其实,代表时代总量的是普通人,特别是"妇人",她们代表四季循环、生老病死、饮食繁殖——那"人生安稳的一面"②。同样作为女性,庐隐也敏感到这一点,所以,女性在她笔下虽然属于弱者,但却是东京优良品质的代表者、体现者,东京作为现代都市的内在属性也因此变得多元、复杂起来。

日本包括东京女性的温顺贤良天下皆知。徐志摩那首著名小诗《沙扬娜拉》形象地凸显了日本包括东京女性的温柔美:"最是那一低头的温柔,/像一朵水莲花不胜凉风的娇羞,/道一声珍重,道一声珍重,/那一声珍重里有甜蜜的忧愁——沙扬娜拉!"正因为日本包括东京女性的这一独特品性,所以有世间那句颇流行的戏言:住美国的房子,吃中国的饭菜,娶日本的老婆,人生足矣。这是典型的男性对女性柔顺美的欣赏,而庐隐作为一名现代女作家,显然并不接受女性这一形象定位。在《庐隐自传》里,作者说:"到了日本第一使我感觉得憎恶的,便是那木屐的繁响,和那些女人屈背弯腰的卑微样子"③。在《东京小品·邻居》里也指出:不少日本女人"柔顺如一只小羊",成为"世界上最没有个性的女性"。尽管如此,作家并不否定这些女人,因为作家也洞察作为人类文明史上的女性不是天生的,而是后天形成的,是千年男权压抑、控制和愚弄的结果,何况即便如此,她们也并不仅仅"做男子的奴隶和傀儡",她们也还有更宽广的胸襟和更善良的品性,表达着对周围世界的善意、关怀和帮助。《邻居》叙

---

① 张爱玲:《谈女人》,上海:《天地》第 6 期,1944 年 3 月。
② 张爱玲:《自己的文章》,上海:《新东方》第 4 期,1944 年 7 月。
③ 黄庐隐:《庐隐自传》,上海:第一出版社 1934 年版,第 72 页。

写由于经济原因，作者和李唯建不得不离开"繁华的闹市"而搬到郊区居住，结果百事不便，连一日三餐都构成"严重"的事件和巨大的挑战。怎么煮饭？特别是怎么去后院用很大一个铅桶到井里取水？正"不知所措的时候"，那个邻居的日本女人出现了。据说她对中国人特别有感情，她曾嫁过一个中国人，"她自从认识我们以后，没事便时常过来串门。她来的时候，多半是先到厨房，遇见一堆用过的锅碗放在地板上，或水桶里的水用完了，她就不用吩咐的替我们洗碗打水。有时她还拿着些泡菜，辣椒粉之类零星物件送给我们。这种出乎我们意外的热诚，不禁使我有些赧然。"因为在此之前，"我对日本人从来没有好感，豺狼虎豹怎样凶狠恶毒"，但是"东京住了两个礼拜"之后，作者就知道是自己误会了日本人。"日本人——在我们中国横行的日本人，当然有些可恨，然而在东京我曾遇见过极和蔼忠诚的日本人，他们对我们客气，有礼貌，而且极热心的帮忙，的确，他们对待一个异国人，实在比我们更有理智更富于同情些。至于作生意的人，无论大小买卖，都是言不二价，童叟无欺，——现在又遇到我们的邻居胖太太，那种慈和忠实的行为，更使我惭愧我的小心眼儿了。"对比中国现代文学史上其他作家的审美想象，这样客观、细腻而又极具精神文明内涵的东京书写确实不多。男作家如郁达夫不屑于写，陶晶孙也不写，而庐隐却别具匠心，细细描画，并将女性这种品质升华到可以代表人类"丰富的同情和纯洁的友谊"的高度，却是独具审美价值的。

《烈士夫人》与《邻居》写的应该是同一个东京女人，写她经人介绍与"我们"相识，之后就善良忠厚地帮助"我们"料理家务，看到"我们"是可信赖之人，就拿出她年轻时的照片让"我们"欣赏，告诉"我们"她年轻时曾给两个中国留学生做家务，并与其中一个相爱继而生子，然这青年后来回国参加辛亥革命，成为"七十二烈士"之一（即喻培伦），她从此成为寡妇、"烈士夫人"。由于她的家庭和社会不承认她的这次结婚，为了摆脱这种名誉上的尴尬处境，她最近还要再与一个日本男人结婚一次。这篇作品算是《东京小品》里篇幅较长的，传达的信息有三个方面：一是这一东京普通女人支持了中国的革命青年，二是她在日本家庭中没有地位，三是她并不因此丧失做人的忠厚、善良和坚强。自从中国革命青年归国，她被家庭抛弃，儿子也只好交给妹妹抚养之后，她自己一个人默默生活了 20 多年。对比《东京小品·那个怯弱的女人》里那个在东京结婚，而经常被丈夫家暴，却又始终没有勇气离开丈夫的中国女人，"烈士妇人"的坚忍和宽广的胸怀尤显得难能可贵。

四、女性摆脱不了传统迷信束缚的都市

如孟悦、戴锦华在《浮出历史地表——现代妇女文学研究》里所言，庐隐是一个感情特别丰富、而认知结构又充满张力（二律背反）的女作家①。她的作品中，人与自然的对话常常显示某种神性。如《井之头公园》《异国秋思》对繁闹的东京里井之头公园的静谧、神秘做了生动的礼赞。《洗浴》对于东京人男女同堂洗澡充满好奇也不乏惊恐。在此语境下，不难看出《庙会》客观审视了迷信对于东京人特别是对于东京女性精神上的复杂作用。作为现代都市人，还摆脱不了传统迷信的束缚，显示现代都市人心理的裂变和精神上的迷茫。

19 世纪末 20 世纪初，尼采大声疾呼："上帝死了！"上帝是人

---

① 孟悦、戴锦华：《浮出历史地表——现代妇女文学研究》，北京：中国人民大学出版社 2004 年版，第 28-29 页。

创造的，也是人杀死的。现代都市崛起的过程就是人间日益世俗化——诸神远去的过程，但是人类的精神并不因此得救，恰恰相反，人类精神危机更加严重了。应该说，这是进入现代历史阶段后人类仍然摆脱不掉"迷信"的主要原因。鲁迅开始弃医从文时即言"迷信可存"[①]，意指现代日益物质化、民主化、均质化语境下，人类的精神、神性、个性需要被肯定和崇拜；都市大众所推崇的"迷信"虽然达不到精英知识分子所期许的精神高度或曰深广度，但也不能不说是他们企图逃离生存困境的一种努力。也许正是因为基于这种认知，庐隐在《庙会》里感慨道："迷信——具有伟大的权威，尤其是当一个人在倒霉不得意的时候，或者在心灵失却依据徘徊歧路的时候，神明便成为人心的主宰了。"

《庙会》开头叙写"东京市内"燃起"万家灯火"，连庙会里也"照耀如同白昼"，这是典型的现代科技基础上的物质景观，但是广大市民——那些善男信女们，无论男女老少——总还是离不开庙会及里面的神龛（佛龛）。在这些市民中，有三种女性特别引起作者注意：（一）普通市民女性。"一个年纪二十多岁的女人，身上穿着白色的围裙，手里捧着一个木质的饭屉，满满装着白米，向神座前贡献。礼毕，那位道袍秃顶的执事僧将饭屉接过去，那位善心的女施主便满面欣慰的退出。"这是最纯粹、最虔诚的膜拜者。（二）风尘中市民女性。"许多靓装艳服，然而脚着木屐的日本女人，在那里购买零食的也有，吃冰激凌的也有。"这些女性除了来进香拜佛、祈求福祉以外，应该还有一种意图，即招徕顾客。这些女性可视为一种特殊的普通市民女性。（三）新女性。"其中还有几个西装的少女，脚上穿着长统丝袜和皮

---

① 鲁迅：《破恶声论》，见《鲁迅全集》第 8 卷，北京：人民文学出版社 2005 年版，第 30 页。

鞋，——据说这是日本的新女性，也在人丛里挤来挤去，说不定是来参礼的，还是也和我们一样来看热闹的。"作为一个现代知识女性、"无神论者"，作者对这三种东京女性的价值态度稍有不同，比较之下，应该是更认同第三种女性，表达了对以上两种普通市民女性的疏远，但是作者并无意于否定"迷信"对于女性的价值。作者无法走进东京女性的内心世界，但是她通过追忆一段自己的童年经历想象之。言，那时候自己在北平一个教会学校读书，一次礼拜时，校长朱老太太"紧紧的把我搂在怀里说道：'不要伤心，上帝是爱你的。只要你虔心的相信他，他无时无刻不在你的左右……'最后她又问我：'你信上帝吗？……好像相信我口袋里有一块手巾吗？'我简直不懂这话的意思，不过这时我的心有些空虚，——想到母亲因为我太顽皮送我到这个学校来寄宿，自然她是不喜欢我的，倘使有个上帝爱我也不错，于是就回答说：'朱校长，我愿意相信上帝在我旁边。'她听了我肯皈依上帝，简直喜欢得跳了起来，一面笑着一面擦着眼泪……从此我便成了耶稣教徒了。"作者由此想象东京的女性摆脱不了迷信，应该也是相近的缘故所致。不是迷信有多么神奇的力量，而是在传统加现代日益繁重的生存压力面前，广大普通市民特别是女性普通市民这些"怯弱可怜的不能自造命运的生物"一种聊胜于无的精神寻找和寄托罢了。仿佛"冥冥之中真有若干神明，他们的权威足以支配昏昧的人群，……不然，自己劳苦得来的银钱柴米，怎么便肯轻轻易易双手奉给僧道享受呢"？

第二章　中国现代文学中的巴黎想象

　　巴黎原为上古凯尔特—帕里西人居住地,公元前 54 年被罗马帝国占领后称为"卢特西亚",公元 360 年开始尤利安统治时期,巴黎被改为今天的名字,意为"帕里西人的城市"(Civitas Parisiorum)①。作为"现代性之都"的典范,巴黎的真正历史开始于 1853 年奥斯曼被路易·拿破仑任命为塞纳省省长主政巴黎之后。至 19 世纪末,巴黎已经迎来它的"美丽时代"。这时,法国的民主共和制度已经稳定下来;巴黎的工商业虽不如伦敦繁盛,但从 1855 年到 1937 年,已经举办世界博览会七次,期间还有各种世界性或全国性的展览;1900 年那次世博会的主题词是:"巴黎,世界文明之都。""就如同本雅明所指出的,'万国博览会将商品的交换价值神圣化了!'博览会的空间里,被观赏的物品被摆设到前所未有的崇高地位,此时的物,不仅是为人所使用的东西,还包含许多人们所赋予的价值。/'物'从使用价值位移到交换价值,正是一个消费社会的形成过程。"②作为大众消费

---

　　① 　(英)安德鲁·哈塞:《巴黎秘史》,邢利娜译,北京:商务印书馆 2012 年版,第 4—10 页。

　　② 　李正亮:《光影巴黎》,南京:南京大学出版社 2011 年版,第 45—46 页。

空间的代表,大道、广场、百货公司、舞场、咖啡馆、酒馆、歌剧院等兴盛于巴黎,与此相伴,巴黎成为典型的"不夜城"。巴黎人口到 1899 年达 250 万①;拥有车辆 1891 年为 4.5 万辆,1910 年拥有 43 万辆②。巴黎通过塞纳河可以直接入海;地面铁路兴建于 1871 年,地铁 1900 年正式开通。第一次世界大战,巴黎所受"创伤较小"③,它"与美丽时代联系在了一起,并超过了它的另一个竞争对手维也纳。在平复了战争所带来的重创之后,巴黎在 1920 年重新站在了世界前列,凭借其战胜国的美誉,将世界之都的美名一直维系到 1931 年,直至经济危机爆发"④。伊戈内将 19 世纪中下期到 20 世纪初期的巴黎时期称为"巴黎神话"兴盛并逐渐衰落(走向魔幻)的时期("巴黎——艺术之都的神话一直延续到 1940 年")⑤。

相对而言,巴黎神话最大的特色在于它是世界革命之都、自由之都、女性之都和文学艺术之都。法国大革命为世界提供了不同于英国光荣革命的革命新类型,吸引世界后发展国家民族的革命者前来膜拜和朝圣。列宁、托洛茨基在回俄国发动十月革命之前曾在巴黎生活多年;中国老一辈革命家也纷纷来巴黎学习革命经验。法国大革命的主题词是"自由、平等、博爱",

①　(法)贝纳德·马尔尚:《巴黎城市史(19—20 世纪)》,谢洁莹译,北京:社会科学文献出版社 2013 年版,第 164 页。

②　(法)贝纳德·马尔尚:《巴黎城市史(19—20 世纪)》,谢洁莹译,北京:社会科学文献出版社 2013 年版,第 163 页。

③　(法)贝纳德·马尔尚:《巴黎城市史(19—20 世纪)》,谢洁莹译,北京:社会科学文献出版社 2013 年版,第 197 页。

④　(法)贝纳德·马尔尚:《巴黎城市史(19—20 世纪)》,谢洁莹译,北京:社会科学文献出版社 2013 年版,第 131 页。

⑤　(法)帕特里斯·伊戈内:《巴黎神话:从启蒙运动到超现实主义》,喇卫国译,北京:商务印书馆 2013 年版,第 14—15 页。

1871 年巴黎公社的主要目的在于争取国家民族自由、城市自由和公民自由①，之后，自由成为巴黎文化的主要元素之一。"从 1780 年到 1960 年，在大约两个世纪的时间里，巴黎在北美人的思想中占有很重要的位置。自由，宝贵的自由：这基本上就是巴黎神话在美国的基准点，从奴隶主杰弗逊，直到本世纪非洲裔美国作家第一人詹姆斯·鲍德温莫不如此。许多美国人认为（亨利·詹姆斯非常明确地认为，詹姆斯·鲍德温是基本上认为），在巴黎逗留是一种启蒙与解放的旅行。这是去寻求和探索生存与思想的自由，是丰富内心世界的机会。现实主义小说家威廉·迪安·豪威尔斯(1837—1920)赞叹道：巴黎是'一个神奇的地方(a wonderful place)'，唯一真正的世界之都"，其最主要的优点十分明显，那就是：'自由，自由……'"②路易十四曾经说："国王在上，这个国家其实是由女人统治的。"③法国历史学家埃马纽埃尔指出："法兰西首先是女性。漂亮的女性。"④德拉克洛瓦的名画《1830 年 7 月 28 日：自由女神引导人民》揭示了女性与政治、社会、文化、风俗、艺术的密切关系。世俗生活中，巴黎女人重化妆、服饰、时尚、风姿、女人味、被陪伴，尤其喜欢自由恋爱、被调情、做自由性伴侣（情人制），即使是红尘中女子也不失"巴黎风情"。儒勒·瓦莱斯说："巴黎的女性以她的典雅与魅

---

① （法）贝纳德·马尔尚：《巴黎城市史(19—20 世纪)》，谢洁莹译，北京：社会科学文献出版社 2013 年版，第 99—111 页。

② 转自（法）帕特里斯·伊戈内：《巴黎神话：从启蒙运动到超现实主义》，喇卫国译，北京：商务印书馆 2013 年版，第 310—311 页。

③ 转自（美）戴布拉·奥利瓦：《好一个法国女人》，史国强、由元译，北京：现代出版社 2010 年版，第 2 页。

④ 转自（美）戴布拉·奥利瓦：《好一个法国女人》，史国强、由元译，北京：现代出版社 2010 年版，第 25—26 页。

力，以她们化妆的天赋，雅致的花饰及从衣领和裙下散发出的性感体香胜过伦敦女人……［这个］好像邪恶天使的马路美人，的确要比在道德魔鬼手中的英国女人更有素质。"①美国人认为："巴黎就像一个高级妓女：用诗人 E. E. 卡明斯的话来说就是：巴黎，是'the putain wih the ivory throat'（象牙嗓子的妓女）并且还'是温柔的美人儿'（此处用法文）。"②19 世纪末 20 世纪初巴黎郊区的蒙马特和蒙巴纳斯先后成为全世界精英文学艺术家的精神家园和创作园地，法国籍之外，艺术界如西班牙的毕加索、意大利的塞弗里尼、俄国的夏卡尔等，文学界如英国的王尔德、俄国的屠格涅夫和马雅可夫斯基、美国的菲茨杰拉德和海明威等。德国社会学家和文艺批评家本雅明将巴黎视为自己的第二故乡③；美国小说家施坦贝克说："回到巴黎，我相信就是找到了自己的家。"④这种情况下，不难发现，中国现代文学史上的巴黎想象自然具有与东京想象不一样的面貌。

第一节　启蒙视野下的唯美：
张竞生、徐志摩作品中的巴黎想象

"启蒙"，在西方历史上是 18 世纪启蒙主义的核心词，"唯

---

① （法）帕特里斯·伊戈内：《巴黎神话：从启蒙运动到超现实主义》，喇卫国译，北京：商务印书馆 2013 年版，第 120 页。

② 转自（法）帕特里斯·伊戈内：《巴黎神话：从启蒙运动到超现实主义》，喇卫国译，北京：商务印书馆 2013 年版，第 311 页。

③ 上官燕：《游荡者，城市与现代性：理解本雅明》，北京：北京大学出版社 2014 年版，第 177 页。

④ 转自（法）帕特里斯·伊戈内：《巴黎神话：从启蒙运动到超现实主义》，喇卫国译，北京：商务印书馆 2013 年版，第 313 页。

美",在西方历史上是 19 世纪唯美主义的核心词。在西方语境中,唯美主义作为一种新浪漫主义恰是对启蒙主义以来社会理性建构的反思和批判,但是在中国——作为后发展国家、民族,它们同样构成具有启蒙主义内蕴的课题。具体言之,启蒙主义启示社会理性建构,唯美主义启示个人感性建构。经典浪漫主义是对启蒙主义的第一波反思和批判,唯美主义是对启蒙主义的第三波反思和批判,但是在反思和批判启蒙主义这一点上殊途同归。"启蒙"与"唯美"本身具有矛盾性,可是这样跨越两个世纪的两个概念放在一起,就构成中国现代文学早期巴黎想象和书写的核心词。这是全球化语境下空间扩张、历史错位、影响与被影响的结果,也是中国作为后发展国家、民族文学的一大特点,而巴黎想象和书写也不例外。

　　张竞生(1888—1970),广东饶平人。1912 年 12 月,他作为民国第一批留法学生成员来到巴黎。1915 年巴黎大学文学院毕业后,因欧战影响,转入里昂大学哲学系继续深造,1919 年 4 月获哲学博士学位,同年 9 月回国。近 10 年的留法生活深刻铸造了他的思想、审美和生命存在方式,表现在其著述上,就是终生不遗余力地比照巴黎的社会、人生提倡"美的人生观""美的社会组织法"等极具他个人色彩的"唯美主义",由此流露出明显的巴黎欣快症,他也成为一个颇有"诗人的天分"[1]的"广义的艺术家"[2]。张竞生说:"故我主张美的,广义的美的,这个广义的美,一面即是善,真的综合物;一面又是超于善,超于真。读《水浒传》后,谁不赞叹鲁知深及李逵行为的美丽,而忘其凶暴;读《三

---

①　开明(周作人):《沟沿通信之二》,北京:《晨报副镌》,1924 年 8 月 27 日。
②　张竞生:《新淫义与真科学》,上海:《新文化》月刊第 1 卷第 1 号,1927 年 1 月。

国志》后,谁不赏识诸葛孔明的机巧而忘其诈谲。大美不讲小善与小真;大美,即是大善,大真。故美能统摄善与真,而善与真必要以美为根底而后可。由此说来,可见美是一切人生行为的根源了,这是我对于美的人生观上提倡'唯美主义'的理由。"①由此不难理解,张竞生的唯美主义非西方原始的唯美主义,而具有鲜明的启蒙主义和人道主义色彩。他在《美的人生观·导言》中说:"人生观是什么? 我敢说是美的。这个美的人生观,所以高出于一切人生观的缘故,在能于丑恶的物质生活上,求出一种美妙有趣的作用;又能于疲弱的精神生活中,得到一个刚毅活泼的心思。他不是狭义的科学人生观,也不是孔家道释的人生观,更不是那些神秘式的诗家,宗教,及直觉派等的人生观。他是一个科学与哲学组合而成的人生观,他是生命所需要的一种有规则,有目的,与创造的人生观。"②与此相适应,他自述:"我自知我所提倡的不是纯粹的科学方法,也不是纯粹的哲学方法,乃是科学方法与哲学方法组合而成的'艺术方法'。凡不以艺术方法的眼光看我书者,自然于许多地方难免误会我所用的方法为'非科学'与'非哲学'的了。"③由此可知,张竞生是从"高出于一切"的美学角度大谈其对社会、人生的思想认识和追求的,具有明显的理想色彩或说空想成分。这应该是其今后在中国水土不服、屡屡遭受坎坷命运的重要原因。

徐志摩(1897—1931),浙江海宁人。他是留学英国的学生,但在《巴黎的鳞爪》等文中也对巴黎进行唯美主义式的盛赞,极力称颂巴黎是比"天堂"还好的地方,"整个的巴黎就像是一床野

---

①　张竞生:《美的人生观》,北京:北新书局 1926 年版,第 212 页。
②　张竞生:《美的人生观·导言》,北京:北新书局 1926 年版,第 2 页。
③　张竞生:《美的人生观·序》,北京:北新书局 1926 年版,第 6—7 页。

鸭绒的垫褥,衬得你通体舒泰,硬骨头都给熏酥了的"。巴黎到处是"香草""春风""微笑""温存的臂膀""招逗的指尖",到处是爱、自由、美(美的人、事和艺术)[①]。以往总是强调英国剑桥文化对徐志摩人生信仰的影响,其实,没有巴黎一维是不可能的[②]。

一、恋爱美的巴黎

巴黎历来被称为"花都",其主旨之一是表明巴黎女人美丽、聪明而开放、多情。"的确,不论是在巴黎的传说还是现实中,爱情都居于中心地位"[③]。1923 年,身在巴黎的李劼人在小说《同情》里言:"法国女人——或者也可以说是欧洲女人——从她们老祖太太以来,心里只以为女人是为爱情而生的,男子是为供给女人的爱情而生的,假若男子把爱情冷落了——且不必说是牺牲——便是十恶不赦,死后也必是堕入泥犁地狱的罪人"[④]。为此,巴黎还开办有专门的"恋爱大学"[⑤]。具体到张竞生的创作,不难发现,从其早期的《美的人生观》《美的社会组织法》到晚年的《浮生漫谈》《十年情场》《爱的漩涡》等,无不津津乐道于他在巴黎的恋爱生活。由于他一生创作的表现内容、思想观点和艺术风格基本上没有什么变化,所以,这里不妨将它们综合在一起分析、论述。

---

① 徐志摩:《巴黎的鳞爪》,上海:新月书店 1927 年版,第 1—2 页。

② 左怀建:《论浙江现代文学的都市书写》,杭州:浙江大学出版社 2019 年版,第 290 页。

③ (英)安德鲁·哈塞:《巴黎秘史·前言》,邢利娜译,北京:商务印书馆 2012 年版,第 3 页。

④ 李劼人:《同情》(续),北京:《少年中国》第 4 卷第 5 期,1923 年 7 月。

⑤ 《女界新闻·国外之部·巴黎的恋爱大学》,上海:《女铎》第 25 卷第 2 期,1936 年 6 月。

　　《美的人生观》共两章,第一章就人生各个方面的事功论述其"美的"必要,包括七个方面:美的衣食,美的体育,美的职业,美的科学,美的艺术,美的性育,美的娱乐;第二章是讨论"美的思想""美的宇宙观(美间——美流——美力)""极端的情感——极端的智慧——极端的志愿",其"总论"重申他在《爱情的定则与陈淑君女士事的研究》里所提出的"定则",即"爱情是有条件的,是比较的,可变迁的,夫妻为朋友的一种"①。具体如下:

　　(一)爱情是有条件的。——什么是爱情? 我一面承认他是神圣不可侵犯,一面又承认他是由许多条件所组成。这些条件举其要的:为感情,人格,状貌,才能,名誉,财产等项。凡用爱或被爱的人,都是对于这些条件,或明较,或暗算,看做一种爱情的交换品。那么,条件愈完全的,爱情愈浓厚。条件全无的,断不能得多少爱情的发生。

　　(二)爱情是可比较的。——爱情既是有条件的,所以同时就是可比较的东西。凡在社交公开及婚姻自由的社会,男女结合,不独以纯粹的爱为主要,并且以组合这个爱情的条件多少浓薄为标准。例如甲乙丙三人同爱一女,以谁有最优胜的条件为中选。男子对于女人的选择也是如此的。因为人情对于所欢,谁不希望得到一人极广大的爱情呢? 所以把爱情条件来较,做为选择的标准,这是人类心理中必然的定则。

　　(三)爱情是可变迁的。——因为有比较自然有选择,有选择自然时时有希望善益求善的念头,所以爱情是变迁的,不是固定的。大凡被爱的人愈有价值,用爱的人必然愈

①　张竞生:《美的人生观》,北京:北新书局 1926 年版,第 119 页。

多。假使在许多用爱中，被爱的暂是择得一人，而后来又遇了一个比此人更好的，难保不舍前人而择后的了。在欧美社会上，常有许多男女挑择所欢，至于若干年，改变若干次。已定婚的则至解约，成夫妻的或至离婚。若就我辈顽固头脑看去好似多事，但就爱情可变迁的定则说来，实在是很正常的事情。

（四）夫妻为朋友的一种。——"夫妻为朋友的一种"这个定则，与上说的三个定则有互相关系。爱情既是有条件的，可比较的，可变迁的，那么，夫妻的关系，自然与朋友的交合有相似的性质。所不同的，夫妻是比密切的朋友更密切。所以他们的爱情，应比浓厚的友情更加浓厚。故夫妻的生活，比普通朋友的越加困难。因为朋友可以泛泛交，夫妻的关系若无浓厚的爱情就不免于解散了。欧美离婚案的众多即是这个道理。别一方面，夫妻的关系在社会上，家庭上，子女上及经济上有种种的胶葛，也是不能做朋友的关系一样看的。但这些乃为夫妻结合后所生出的问题，与我所说的定则是二件事不相同。①

下面张竞生进一步言之："依上的四个定则说来，凡要讲真正完全爱情的人，不可不对于所欢的——或在初交，或已定约，或经成婚——时时刻刻改善提高彼此相爱的条件。一可得了爱情上时时进化的快感，一可杜绝敌手的竞争。同时，夫妇的生活上，道德上，也极有巨大的影响。试看欧美人的夫妻不得不相敬如宾，彼此不得不互相勉励竭力向上。因为他们知道爱情是可

---

① 张竞生：《爱情的定则与陈淑君女士事的研究》，北京：《晨报副镌》，1923 年 4 月 29 日。

变迁的,夫妻似朋友是可离开的。知道彼此二人中有一感情不好或人格堕落,虽前此所爱的匹偶,也不肯宽恕姑容,必至反目离婚,于他的幸福及名誉上必受莫大的损失呢。"①。这里,需要注意的有两点:一是他的"爱情定则"表明爱情不是一成不变的,现代的爱情呈现"动"的状态,这是典型的现代都市审美取向。他在《美的人生观·结论》里说:"看我书者,已能逆料我所主张的必为动美,为宏美,与美为一切行为的根本了,……我看动是人类本性……。可惜东方人不知道这个动美的道理,而误认以静为美了。西洋人又不知道动美的真义,以致一味乱动而无次序了。"②这里,张竞生从"唯美"出发,以"动美"为根本,企图规避东西方文化的弊端,而获取动中有静、静中有动、动静合一的爱的理想状态,实为难得。其实,鲁迅小说《伤逝》所谓"爱情必须时时更新,生长,创造",其所强调的爱情观不就是"有条件的比较的可变迁的动态的"爱情观吗? 这种爱情观是反传统的,所以也是中国人极不习惯、很难接受的,一旦张竞生"爱情定则"之"不定性"发表出来,遂引起思想文化界舆论大哗。二是行文中,张竞生两次以"欧美社会""欧美人"为参照阐释其"爱情定则"的意义,可见其爱情观与欧美社会当然主要是巴黎社会的特殊关系。这在《美的社会组织法》里有更清晰的交代。

《美的社会组织法》共三章,第一章,"情爱与美趣的社会";第二章,"爱与美的信仰和崇拜";第三章,"美治政策";第四章,"极端公道与极端自由的组织法"。不难看出,其"社会组织"的中心内容就是"爱、美、自由",而这恰是巴黎都市文化精

---

① 张竞生:《爱情的定则与陈淑君女士事的研究》,北京:《晨报副镌》,1923 年 4 月 29 日。

② 张竞生:《美的人生观》,北京:北新书局 1926 年版,第 207—208 页。

神的体现。

该著作最耀眼之处乃在于大力提倡"新女性中心论"和"情人制"。他认为"一个美的社会必以情爱,美趣,及牺牲的精神为主。可是,这些美德不能从男子方面求得的。男子对于这些美德本来无多大禀受,故自从男子为社会中心之后,把情感代为理智,美趣代为实用,牺牲的精神代为自利的崇拜了。这样的偏重于理智与经济的营求,结果,一面虽能产生了科学的光明,而一面免不了资本的流毒。至于女子本性最富有情爱,美趣,及牺牲的精神,但自女子不为社会中心之后,失了这三种美德的统御,同时而使男子不能受其影响,以致男子不能不专门从理智,实用,及自利,诸方面讨生活,由是女子的地位一落千丈,人类的生趣也弄到不堪问了。今后进化的社会,女性必定占有莫大的势力,但与先前女性所得的权威不相同。先前女子为社会的中心仅在性交的选择,母性的保护,及家庭的经济,诸范围之内而已。今后女性的影响则在于普遍的情爱,真正的美趣,及广义的牺牲精神"①。从此不难发现,张竞生是关注到男性中心社会之现代性的流弊的,他渴望通过发扬女性的优势来纠偏。

具体怎么做呢?就是确定女性在社会上的中心地位,而且"使女子担任各种美趣的事业",如艺术、慈善、教育、新闻、游历、装饰等,特别是要大力推行情人制。

"情人制当然以情爱为男女结合的根本条件。他或许男女日日得到一个伴侣而终身不能得到一个固定的爱人。他或许男女终身不曾得到一个伴侣,但时时反能领略真正的情爱。他或许男女自头至尾仅仅有一个情人,对于他人不过为朋友的结

---

① 张竞生:《美的社会组织法》,北京:北新书局 1926 年版,第 47 页。

合。……爱的真义不是占有，也不是给与，乃是欣赏的。……情人制自然与人间一切制度一样有利又有害，但他的利多而害少，不比婚姻制度的害多而利少，故情人制是男女结合最好的方法。"①"情人制的社会，男女社交极其普遍与自由，一个男人见一切女子皆可以成为伴侣，而一个女子见一切男人皆可以为伊情人的可能性。"②

　　显而易见，这种基于"女性中心论"的"情人制"思想观点和人生愿景也来自巴黎，或说是巴黎情人制的艺术映照。如张竞生自述："从这样情人制的国土，我归回本国，以为情人制比婚姻制为好，我就想在本国考验这个事实是否行得通。"③而事实上，巴黎是"马儿的地狱，男人的炼狱，女人的天堂"④。巴黎有"它独具一格的对女性的崇拜"⑤。巴黎女子多不愿结婚，而愿意做情人，特别是上层社会高级情人的位置早就占满了⑥。"结不结婚对法国人来说都无所谓，这在根本上与美国人不同，因为如法国人口统计研究院主任弗朗茜所说：'法国人排斥确立的东西。这是法国人的天性，是法兰西精神。结不结婚，社会上对此没有意

---

①　张竞生：《美的社会组织法》，北京：北新书局 1926 年版，第 17—18 页。

②　张竞生：《美的社会组织法》，北京：北新书局 1926 年版，第 29 页。

③　张竞生：《浮生漫谈·怀念情人》，见江中孝主编：《张竞生文集》（下），广州：广州出版社 1998 年版，第 9 页。

④　（法）贝纳德·马尔尚：《巴黎城市史（19—20 世纪）》，谢洁莹译，北京：社会科学文献出版社 2013 年版，第 18 页。

⑤　（德）爱德华·傅克斯：《欧洲风化史：资产阶级时代》，赵永穆、许宏治译，沈阳：辽宁教育出版社 2000 年版，第 179 页。

⑥　（美）大卫·哈维：《巴黎城记：现代性之都的诞生》，黄煜文译，桂林：广西师范大学出版社 2003 年版，第 198 页。

见。整个社会生态图谱就是如此。如今大家在问：为什么要结婚？'"①"据统计，这座城市比北美和西欧任何地方的单身都要普遍"②；至今为止，"有超过50％的法国女人选择同居，但不选择结婚。"③张竞生在《十年情场·法国盛行猎艳的风俗》里指出："巴黎男女在青年时（当然是以青年时，若是老年，这个猎艳的行为就变成为野狐狸了），可说是无一个无情人的。"④在《爱的漩涡·美的性欲》里，他又说："我在巴黎时所听到所见到的，可以说没有一对夫妻能够严格地相爱一气，而不另外去求得一位或多位的情人的。"⑤

恩格斯在《家庭、私有制与国家的起源》中强调：在信奉天主教的法国，"丈夫方面是大肆实行淫游婚，妻子方面是大肆通奸"。恩格斯从阶级批判角度重点揭示法国资产阶级男女婚姻道德的堕落，但实际上所谈也是情人制的症候。在恩格斯看来，天主教法国的婚姻堕落，而新教英国和德国的婚姻又不免枯燥⑥。在"情人制"这一节里，张竞生也曾两次援引巴黎的实例给以说明，一是达·芬奇为他的情人做《蒙娜丽莎》，这是巴黎卢浮宫的镇馆之宝，给巴黎人及世界人带来多少情爱的启示；二是法国女子为了情人竞争千方百计打扮自己，美化自己。如果说这

---

① （美）戴布拉·奥利瓦：《好一个法国女人》，史国强、由元译，北京：现代出版社2010年版，第117页。

② （法）帕特里斯·伊戈内：《巴黎神话：从启蒙运动到超现实主义》，喇卫国译，北京：商务印书馆2013年版，第213页。

③ （美）戴布拉·奥利瓦：《好一个法国女人》，史国强、由元译，北京：现代出版社2010年版，第116页。

④ 江中孝主编：《张竞生文集》（下），广州：广州出版社1998年版，第105页。

⑤ 江中孝主编：《张竞生文集》（下），广州：广州出版社1998年版，第204页。

⑥ （德）恩格斯：《家庭、私有制与国家的起源》，中共中央马克思恩格斯列宁斯大林著作编译局译，北京：人民出版社1999年版，第72页。

些论说还比较抽象，那么，张竞生晚年所写的有关作品则较详细叙写了巴黎文化空气的开放、自由及他在巴黎怎样与各种女子产生情人关系的事情。

民国教育界著名人士侯鸿鉴称誉："巴黎……男女交际自由，为各国之冠。"①在英国，一个男子跟踪自己喜欢的女子，往往会被警察请到警局去询问，而在巴黎，则又往往得到警察默许。所以，张竞生在《浮生漫谈·玻璃宫中》里说："凡在巴黎留学的，必是下下等的人才去逛妓。因为满地随时可结交情人。"其另一篇文章中指出："在法国别有一种特殊的'学术'，即是：情感满天飞，满地融溢磅礴的感受。……/在法国，不论老少男女的相与，又不论对白种人与任何种人，都是表示一团热烈的和气与亲爱。……/当我在德国一年多，回到巴黎时，坐在电车上好似有一股热烈的气氛，如水蒸气一样在围绕我！我看到那些人们在街中旁若无人地尽情亲吻与拥抱；我看到那些娇滴滴的妇人们，与黑人或别种外国人那样携手同行的调情；我又看到那样特别的步伐——法国式的女子步伐，那样窈窕温柔，又娇捷又婀娜的脚步，与她们素朴和谐服装，所谓，'满脸堆着俏，一团尽是娇'。这是美的女儿国的气氛。你如一入其中，就被这样如火般的气氛所包围，所焚烧！任你怎样冷酷无情，在不知不觉中也就不免和那些风流仕女们同样销魂了。"②就这样，如他自述，"两次在欧洲，十余年遇到许多情人"③。"初到巴黎住在一位教授的家庭"，

---

① 侯鸿鉴：《寰球旅行记》，无锡：竞志女学校1925年版，第52页。
② 张竞生：《浮生漫谈·法国猎艳》，见江中孝主编《张竞生文集》(下)，广州：广州出版社1998年版，第26页。
③ 张竞生：《浮生漫谈·恨不敢娶欧妇》，见江中孝主编《张竞生文集》(下)，广州：广州出版社1998年版，第30页。

跟一位法国北方女子学习"接吻的艺术",并"同住数个月,不过终是保持了普通的友谊"①。巴黎遭受德军轰炸,来到里昂与一位十六七岁的瑞士少女相恋,但因她年龄小,不忍破坏爱情的清白②。"当瑞士女郎去时,又来了一位中年与我年纪相近的小学女教师",应对方的要求,两人也一直保持肉体的纯洁③。"曾与一法女,同居年余,并生了一个女孩;但入巴黎国立育婴院而夭折了。""我们本是一对好夫妇的。可是我不敢,因为家中有父母之命所给我的黄脸老婆。"作为学生,也无法负起家庭的重责;又遭遇第一次世界大战,"巴黎已有陷落的危险,我就单身避到伦敦",以后两人就分散了。"这就是我薄幸的一端!"④但是也曾有一法国中年女教师,主动投怀送抱,因她"举动极端男性",过于放诞,而被他拒绝了⑤。《十年情场》除了与以上重复的外,还有增加,而且笔底更开放,直接书写彼此的性爱场面,文学色彩也更强。粗略梳理,增加有以下几位情人:曾与一巴黎女儿同住巴黎近郊"玫瑰区",同去舞场后同居,"彼此全身已酥软了"⑥;大战期间,躲避在伦敦,曾与一伦敦女性同居数月,但"总觉得这样古

① 张竞生:《浮生漫谈·接吻的艺术》,见江中孝主编《张竞生文集》(下),广州:广州出版社1998年版,第98页。

② 张竞生:《浮生漫谈·和瑞士女郎的情爱》,见江中孝主编《张竞生文集》(下),广州:广州出版社1998年版,第28—29页。

③ 张竞生:《浮生漫谈·法国情人》,见江中孝主编《张竞生文集》(下),广州:广州出版社1998年版,第29页。

④ 张竞生:《浮生漫谈·恨不敢娶欧妇》,见江中孝主编《张竞生文集》(下),广州:广州出版社1998年版,第31页。

⑤ 张竞生:《浮生漫谈·法国情人》,见江中孝主编《张竞生文集》(下),广州:广州出版社1998年版,第30页。

⑥ 张竞生:《十年情场·彼此全身都酥软》,见江中孝主编《张竞生文集》(下),广州:广州出版社1998年版,第127页。

典的性行为,不能满足我那少年时浪漫派的性格"①;从伦敦回到
巴黎,先后相遇一位"民间女诗人"(如"香妃再世")和一位女职
员(如"西方的史湘云")②,两人都很有人生见地和浪漫情趣,从
而将作者的巴黎情人生涯推向至幻至美的峰巅。

　　通读张竞生的作品,不难发现,他显然将巴黎"神话化"了。
其前期作品启蒙意识最强,动辄中西对比,扬西而贬中。如在
《美的人生观》里,总论过其"爱情定则"后,说:"世人都是不会用
情的,而中国人更不知有情感一回事。俗所谓'感情作用'即是
不应用情而用情的代名词。善用情者把心力用到恰到好处,如
父母与子女,夫和妻,朋友的相与,仇人的相待,都要各依其相关
的地位,去用相当的情感。不会用情的中国人,每把夫妻做极无
趣味的伴侣相对待,而以朋友为仇人,仇人为朋友的更不知若
干!"③他因此被时下人称为"中国发起爱情大讨论的第一人"④。
《美的人生观·结论》里提倡过"动美"后马上检讨中国专制制度
扼杀了中国人好动的天性,使中国人思维及语言表达能力极差,
"无逻辑";"优美有余,而宏美不足"⑤。《美的社会组织法》第一
章认为巴黎那些"野花"也是巴黎情人的一部分,"伊们是法兰西
的灵魂,全地球的安慰者。伊们不单卖肉,并且卖灵魂。……伊
们不是一帮自由不自由的私娼及公妓。伊们是自由的女子,是

---

① 张竞生:《十年情场·伦敦的一次奇遇》,见江中孝主编《张竞生文集》(下),
广州:广州出版社1998年版,第136页。

② 分别见《十年情场》第六章"欧洲大战时的奇遇"和第七章"人有悲欢离合"
第八章"三个月的情侣",见江中孝主编《张竞生文集》(下),广州:广州出版社1998年
版,第138—146、147—160页。

③ 张竞生:《美的人生观》,北京:北新书局1926年版,第199页。

④ 江中孝主编:《张竞生文集》上下册后封,广州:广州出版社1998年版。

⑤ 张竞生:《美的人生观》,北京:北新书局1926年版,第210页。

实验结婚的妇人，伊们是多情者，是经济压迫下的牺牲。伊们多有一个或超过一个以上的'情人'，但总想伊的情人是有爱情的，不专为肉欲而来的。伊们把肉体与灵魂一齐给与人了。故在巴黎的社会，有了这班为情爱而牺牲的女子，觉得格外生色，格外活动，觉得男女间彼此生出极大的情感与美感"。下面接着言："狼一般冷酷的英美人，豹一般凶的德种人，似熊的俄罗斯种，又脏又蠢如猪一样的东亚人，他们这般宝贝一到巴黎后虽骂为肉坑的生活，但终是流连不肯去的。"①这里，"又脏又蠢如猪一样的东亚人"当然也包括中国人。这一章最后的总结是："女子受了数千年压制之毒，已变成为奴隶了，尤其是我国的女子。今要使这般奴隶去干主人的事务，势必不能胜任，或则奴性未除不免滥用其威权。就我所知的，我国新女子已不少犯了这些流弊了。故在这个过渡时代，怎样使女子成为情人，美人，及女英雄，与怎样使伊们能够影响男子，……这些皆须有一种练习与养成的准备，故我们于后三章特地从这些要点多多去留意。"②

徐志摩离世较早，关于巴黎的文字也不多，但一篇《巴黎的鳞爪》已足以表明他对巴黎的复杂态度。徐志摩显然比张竞生视点高、眼界宽、思想深。他看到"巴黎却不是单调的喜剧。赛因河的柔波里掩映着罗浮宫的情影，它也收藏着不少失意人最后的呼吸。流着，温驯的水波；流着，缠绵的恩怨。咖啡馆：和着交颈的软语，开怀的笑响，有踞坐在屋隅里蓬头少年计较自毁的哀思。跳舞场：和着翻飞的乐调，迷醇的酒香，有独自支颐的少妇思量着往迹的怆心。浮动在上一层的许是光明，是欢畅，是快乐，是甜蜜，是和谐；但沉淀在底里阳光照不到的才是人事经验

---

① 张竞生：《美的社会组织法》，北京：北新书局 1926 年版，第 24—25 页。
② 张竞生：《美的社会组织法》，北京：北新书局 1926 年版，第 55 页。

的本质:说重一点是悲哀,说轻一点是惆怅:谁不愿意永远在轻快的流波里漾着,可得留神了你往深处去时的发见"! 尽管如此,作品开头还是把持不住地流露出对巴黎作为"人间天堂"更多的赞美和欢爱,而之所以赞美和欢爱巴黎,除了巴黎的自然美、艺术美之外,就是巴黎的女人美、爱情之美了,所谓:"香草在你的脚下,春风在你的脸上,微笑在你的周遭。不拘束你,不责备你,不督饬你,不窘你,不恼你,不揉你。它搂着你,可不缚住你:是一条温存的臂膀,不是根绳子。它不是不让你跑,但它那招逗的指尖却永远在你的记忆里晃着。多轻盈的步履,罗袜的丝光随时可以沾上你记忆的颜色!"这段文字将巴黎女性化、爱情化其实也是一种"神话化",则可以断言的。

二、性爱美的巴黎

霭理士指出:"充分发展的恋爱当然不止是单纯的性交行为而已,而是扩充得很广与变化得很复杂的一种情绪,而性欲不过和许多别的成分协调起来的一个成分罢了。"[1]周国平也认为:"好的爱情是性的吸引与人的吸引的统一。"[2]两位学者的话均表明,爱情包括灵肉两个方面,但是决定其本质的不是肉,而是灵[3]。所以,"爱情"作为一种理想,对有条件实现的人来说是追求的目标,对于没有条件实现的人来说则成为一种奢望(一种神话),对于一个社会来说,则可能成为一种意识形态。郁达夫小

---

① (英)霭理士:《性心理学》,潘光旦译,北京:商务印书馆 1987 年版,第434 页。

② 周国平:《爱情不风流》,见《周国平散文精选》,杭州:浙江文艺出版社 2004年版,第 184 页。

③ 周国平:《爱情不风流》,见《周国平散文精选》,杭州:浙江文艺出版社 2004年版,第 184 页。

说《沉沦》中主人公就高悬这么一个神话式的追求目标，而事实上他又朝着爱情的反方向"沉沦"，终于跳海自毁。当年，沈从文追求张兆和，在情书中表达："我不仅爱你的灵魂，我也要你的肉体"①，也是强调灵魂对于爱欲的领先作用。可是，如果谈到"性爱"，灵与肉所占的比重则大大不同。如果说"爱情"主要是灵——精神性的，那么，"性爱"则大大加重了感觉——心理性和肉欲——躯体性的成分。"性爱"里也有精神性，但更多是心理性，最后落实在躯体性。换言之，"爱情"往往有一个精神性价值目标，但是"性爱"不一定，而可能仅仅是被他（她）的相貌、气质、气味、眼神、风度及由此形成的特有的美感或性感吸引住了。在"爱情"里，身体是精神性躯体，而在"性爱"里，精神往往变为躯体性精神。"爱情"不像婚姻那样郑重、需要负终生的责任，但也不像"性爱"那样随时随地可爱可分。"爱情"里，爱的感情是有较长尺度的，甚至是永恒的，但是，"性爱"可能是有较长时段的，然也往往是临时性的②。"爱情"犹如大家闺秀，主要看重的还是"情"的内容（内质）——"亲密、激情和承诺"③，但是"性爱"可能就犹如摩登女郎，更多看重的是外表、即时、兴尽——生命的纯粹的即兴的审美愉悦形式，或者说形式就是内容。如此，传统的线性时间统摄机制被打断了，"性爱"成为"爱情"的碎片。这是"爱情"的退化，或说它另有系统，但是它经过现代风气的淘洗，而也变成现代的风尚了。事实上，"爱情"神话属于资产阶级上

① 梁实秋：《忆沈从文》，见刘天华、维辛编《梁实秋怀人丛录》，北京：当代世界出版社 2007 年版，第 144 页。
② （美）辛迪·美斯顿、戴维·巴斯：《女人的性爱动机》，海兰译，北京：中信出版社 2014 年版，第 97 页。
③ （美）辛迪·美斯顿、戴维·巴斯：《女人的性爱动机》，海兰译，北京：中信出版社 2014 年版，第 59 页。

升时期①,也就是西方现代性上升时期,而现代都市阶段,资产阶级已经达到鼎盛时期,"爱情"神话与现代性神话一样遭遇危机,动态、瞬间、即时、物质性、世俗性一一侵入"爱情","爱情"就像曾经领风骚于一时的英雄而现今被"性爱"推向了后台或边缘,而"性爱"则成为现代都市人生的新宠。

张竞生在巴黎留学时,巴黎尚处于"美丽时代","爱情"固然"满地飞",但"性爱"也是举世闻名的。巴黎素有罗马天主教传统,淫逸之风源远流长,到现代,经与爱的自由权利的结合,遂成为个人表达生命存在的一种独特方式,何况张竞生在那里留学时正是欧洲特别是巴黎盛行性解放之时②。20 世纪前后,美国人之所以迷恋巴黎,就因为巴黎有自由,而这个自由里最迷人的就是性爱的自由。"巴黎——性之都与巴黎——自由之都,这就是那些严肃的美国人所想象的一种永远不变的巴黎魔幻,20 世纪 30 年代的亨利·米勒曾写道:'巴黎最动人心弦的是它的空气中都弥漫着性欲。'"③邹韬奋《性的关系的解放》一文也提示了这一点。张竞生提倡情人制,这里"情人"即有"性"之人。他"把两性关系的问题和美学思想结合起来,仿照西洋社会的习惯来批评中国社会的封建性、落后性,趁了新文化运动的大潮,……得到当时新派人士的赞扬"④。其晚年所著《浮生漫谈》将在巴黎

---

①　(德)爱德华·傅克斯:《欧洲风化史:资产阶级时代》,赵永穆、许宏治译,沈阳:辽宁教育出版社 2000 年版,第 179 页。

②　李洪宽:《中国性教育的先驱——张竞生》,见江中孝主编《张竞生文集》(下),广州:广州出版社 1998 年版,第 448 页。

③　转自(法)帕特里斯·伊戈内:《巴黎神话:从启蒙运动到超现实主义》,喇卫国译,北京:商务印书馆 2013 年版,第 312 页。

④　章克标:《张竞生与〈性史〉》,见张培忠、肖玉华主编《张竞生集》第十卷,北京:生活·读书·新知三联书店 2021 年版,第 438 页。

寻觅情人表述为"法国猎艳";《十年情场》表述为"法国盛行猎艳的风俗"、"在巴黎惹花拈草"。无疑,这些表述都强调其"性爱"的意旨。

出版《美的人生观》《美的社会组织法》时,张竞生为北大哲学教授。其间,他又征文、组织出版《性史》第一集,遂在全国引起轩然大波。从此他离开北大教职,到上海创办《新文化》月刊和美的书店,研究和宣传性学,而他的名遂与"性博士"连在一起①。

张竞生曾自述他组织编写《性史》的三个原因:"第一,我当时是'北大风俗调查会'主任委员",征文调查"性史"是风俗调查的一部分,虽然是特殊的一部分;"第二,我当时受了英国大文豪霭理士(Haveloke, Hellis)那一部六大本世界闻名的性心理学丛书极大的影响";"第三,确是我在法国习惯了性交的解放与自由后,反观了我国旧礼教下的拘束,心中不免起了一种反抗的态度,所以我想提倡性交的自由。在我当时以为这样可以提高男女的情感,得到美满的婚姻。"②有人就此认为他"是巴黎长期的学生,习染了法国的淫风",有人直呼他为"大淫虫"③。对此,在《新淫义与真科学》里中西对比举例,他分辨道:"我在巴黎住居,常在五层楼上,闻隔壁极远的二层中,一房内,一对男女正做'好事',尽情地叫:'快乐呵!快乐呵!'这样才是不淫。若现在我的友人在北四川路住在夹在成双成对的两房间的一房,隔壁不过

---

① 郁慕侠《张竞生的"性史"》,见张培忠、肖志华主编《张竞生集》第十卷,北京:生活·读书·新知三联书店2021年版,第273页。

② 张竞生:《十年情场》,见江中孝主编《张竞生文集》(下),广州:广州出版社1998年版,第104页。

③ 张竞生:《十年情场》,见江中孝主编《张竞生文集》(下),广州:广州出版社1998年版,第103页。

一层薄板，上面尚是空隙，而住若干时久总不闻那两对男女有什么声音，这样的男女真是天下的淫人也！他们两个不得尽其情，完全看至宝贵的射精为至平常与极无聊的了，这样还不是淫人吗？"这里，他对"淫"与"不淫"的判断不是根据世人所谓道德，而是根据个人对自我生命的忠实程度，其精义还是指向"性爱"是否饱满和自由①。相近的例子他在晚年写的《爱的漩涡》里又列举过一次②。

　　张竞生认为，中国人的两性生活未免太压抑了，而其结果是性欲不发达，性征不突出，民族优生优育的目的无法达到，民族的强盛也陷入艰难。"一对无聊赖的男女，愁闷闷，黑漆漆，碰到就干起来，在无声无息中偶然间就成起胎了。这个胎孩生出来当然是男不男女不女了。"③这种情况下，人一生出来自然就"丑"，也不会强大！为此，1927年前后，他集中撰写《怎样使性欲最发展——与其利益》《第三种水与卵珠及生机的电和优生的关系》《性教育运动的意义》《性部呼吸！》《大奶复兴》《性美》等多篇文章，根据他在巴黎的所见所闻所历，大力研究和提倡"性美""性欲的发展"问题，认为性欲问题不是一般的个人生理行为问题，而关乎一个民族的健康、美观和生活幸福问题。首先，"性欲不发展，或不正当而发展，遂使我国男女的生理起了极大的变化而生出种种的丑状。此中最显著的为面部、奶部与阴部"。中国人的面部扁平，鼻子不高大，缺乏立体感，牪欲也不发达；女人的胸部也扁平，"阴部不发达，直接使臀骨盘不宽大，而臀部遂而狭

---

①　张竞生：《新淫义与真科学》，上海：《新文化》第1卷第1号，1927年1月。
②　江中孝主编：《张竞生文集》（下），广州：广州出版社1998年版，第103—104页。
③　张竞生：《性美》，上海：《新文化》第1卷第6号，1927年9月。

小瘦损。间接地,在上面则使奶与胸部不发展而下面脚腿不壮健。以是足极小,脚腿无力量。行起路来,脚跟不灵便矫捷,臀部不成波纹形,胸不突前,所以我国女子行步的状态与男子的不相差异。可说比男子行步更迟重,其迟重缺乏活泼性,等于'行尸走肉'一样。从男子说,男性的不美也由于性部不雄伟,以致四肢无力,精神疲惫,以致男性美表现不出,而成为女性化的男子的丑状。"①从优生学的角度看,是不利于民族发展的。其次,"性欲发展……又为情爱的源泉。有一派人干脆说男女情爱不过性欲的一种表示而已。这虽不免稍偏一点,但性欲发展之人,同时,确实也是富于情感之人。再者,性欲发展之人同时也富足诗性及创造性之人。他对于事物总有十分亲切的领会,不是如无情感者的对付一切事物皆是讨厌与望望然而去也。自来一切诗人、文学家、艺术家,大都是富于性欲之人呵!末了,凡性欲发展之人,同时也是勇于改革与建设社会一切事物之人,自来一班大政治家、大军事家、大社会家等皆是富于性欲之人"②。

显而易见,张竞生受弗洛伊德精神分析理论和蔼理士性心理学影响,而认为一切的社会、人生、艺术创造包括情爱的艺术和美都建立在"性交的自由"和"性欲的发展"基础之上,这是一种十足的唯"性"、唯"欲"而又唯"美"的主义,但是如果强调过头和神秘化,就会变成一种低级趣味乃至误导,而这正是当年鲁迅、周作人、周建人三兄弟所最担心的。

按照张竞生的理论,他自己应该是一位性欲饱满之人,因为如前所述,他在巴黎遇到很多情人,而且多半有实际的两性关

---

① 张竞生:《性美》,上海:《新文化》第 1 卷第 6 号,1927 年 9 月。
② 张竞生:《怎样使性欲最发展——与其利益》,上海:《新文化》第 1 卷第 1 号,1927 年 1 月。

系,最重要的是他与对方的性关系还是如此水乳交融,从而将他们的性爱推向高潮。这方面,写得最动情、最有诱惑力的莫过于《十年情场》里的第五、六、七、八章。

第五章"留学时代的浪漫史"写道,张竞生像许多巴黎人一样来到法国东部海边度暑假,在这里认识了一位法国不过十六七岁的少女,身材娇小玲珑,颇符合东方人的审美标准,两人除学习法文外,就是海边乘凉,海里游泳,有时也在海里发生性爱。"我们常到那远远无人到的海石上,身上只穿游泳衣。就这样在蔚蓝色的天空中,在海潮怒号叫嚣之中,在鹰隼飞鸣上下的翱翔中,我们紧紧地拥抱,发泄我们如潮如电的精力。在石头崎岖中,在海藻活滑中,我们在颠鸾倒凤时,有时东斜西歪,如小孩们的戏玩于摇床一样的狂欢。海景真是伟大呵!我们两体紧紧抱成一体时也与它同样的伟大。有一次,天气骤变雷电闪烁于我们的头上。我们并不示弱,彼此拥抱得更坚固,性欲发泄得与天空的电气一样的交流。我们遍身也是电一样的奔放。可说是:'天光与性电齐飞,欲水与海潮一色。'你想象我们那时的性欲真是色胆包天了!当我写至此时,现在尚觉得赫赫然有余威!"①这段文字真正写得想象力丰富、文采斐然,触及到了性爱之美!

第六章"欧洲大战时的奇遇"写到第一次世界大战期间,许多巴黎人都避到山间乡下,张竞生却与"邂逅"的巴黎民间女诗人在森林里谈情说爱。由于两人都比较有文化,想象力丰富,暂时的情人生活中,两人想方设法调节性爱生活。如两人都用法文作情诗,赞美对方,赞美他们的爱。女的将张竞生比作"一个采花的虫儿",将自己的阴处比作花心。虫儿尽情摇动花心,"在

---

①　江中孝主编:《张竞生文集》(下),广州:广州出版社1998年版,第132页。

花心内竭力舐钻。钻出那些花蜜来始罢休！女的花姐姐好似说：'虫儿！我不把蕊放开，你怎样能够采我花蜜去？'那个虫儿似乎说：'我有毅力呢，我的针是尖锐的，我的心情是极热烈的，任你的花心怎样不肯放松，怎奈我那枝针的尖锐，我的热力那样热烈，你的花心是终要献出，给我尽量的嚼。不但你的花心开放了，你尚要流出了那浓厚的蜜汁来，给我饱饱的满足！'花姐又笑说：'虫儿，不错，实在你的尖针打碎我的花心了！在你，固然是取得我的甜蜜汁；在我呢，也算是全身骚动了。当你在用尽气力向我花心进攻时，我则觉得小痛中又带痒，痒痒中满身麻醉起来了！我在不知不觉中全量泄出我所有的蜜汁了！虫儿！我的性命！我的宝贝的虫儿！你不知我怎样爱你。纵然把我的整个花心给你舐碎，我也是甘愿的！虫儿！我的性命已交给你了！'虫儿说：'好吧！我的花姐姐，你的情意，我已领受了，我总要尽我的力量，把我那枝针儿，温柔与热烈地轮流进攻，使你又痛又痒，痒痒中又带上麻醉，终要把你的花心周围以及底里无处不吮过舐过的，使你好好地全量把蜜汁交出来。我这个虫儿并不是单方面的满足，你也同时得到周身迷醉的满足呢。我尚要在你花心中放入些雄粉，使你受孕呢。'花姐听到受孕这话时，就忧愁起来，笑中带哀音向虫儿说：'我的宝贝呵！你勿太多情了。请你只好好享受我的花蜜吧。你如出力太多到疲倦时，也请你在我花心中睡眠一觉，但切勿，切勿把那些雄粉射入我的花苞内吧……'"①这段文字像通俗小说，格调似不甚高雅，但是考虑到张竞生是卢梭的信徒，这里，大自然与人的性爱的合一，也颇有浪漫主义之神韵；另外，英国劳伦斯《查泰莱夫人的情人》中也有

---

① 江中孝主编：《张竞生文集》（下），广州：广州出版社1998年版，第140—141页。

相近的想象和书写,这里只表明张竞生作品"性爱美"的想象和诉求与世俗大众读物还是有较大分别。

第七章"人有悲欢离合"和第八章"三个月的情侣"写张竞生在巴黎北火车站遇到一法国女子,两人走进古堡,走进山林;女子好似"山林中的女神",两人发生性爱时她要成为主宰;三个月后回到巴黎,她又坚决告别,说:"永久相守,易生厌恶与冲突。……两个个性极强之间,彼此(怎能)长时间相爱下去呢?……别了,我的心肝儿,我俩就从此分手,永无再见的日期了!"①忽一日,书摊上真的见到她的作品:《三个月的情侣》。如果说与前一个女子的相恋相爱有些"不能承受之轻"的感觉,那么与这个女子的一段遭遇又增加了颇多的"不能承受之重"。

三、艺术美的巴黎

巴黎的美包括自然美、社会美、艺术美等多个方面。自然美方面,巴黎近郊的布洛涅森林和枫丹白露森林是现代中国作家屡屡赞美的地方。关于前者,李劼人在散文《正是前年今日》里中西对比,盛赞"薄罗腻""处处都合人意,处处都熨帖入微,处处都有令人驻足欣赏的价值,除了这三句,我实在不能再赞一词"②;关于后者,徐志摩在散文《巴黎的鳞爪》里借人物之口说:"我们一同到芳丹薄罗的大森林里去,那是我常游的地方,尤其是阿房奇石相近一带,那边有的是天然的地毯,这一时是自然最妖艳的日子,草青得滴出翠来,树绿得涨得出油来,松鼠满地满

---

① 江中孝主编:《张竞生文集》(下),广州:广州出版社 1998 年版,第 158—159 页。

② 李劼人:《李劼人说巴黎》,成都:四川文艺出版社 2018 年版,第 107 页。

树都是,也不怕人,……"①朱自清在散文《巴黎》中称"巴黎的野色在波隆尼林与圣克罗园里才可看见。……但真有野味的还得数枫丹白露的林子。枫丹白露在巴黎东南,一点半钟的火车。这座林子有二十七万亩,周围一百九十里。坐着小马车在里面走,幽静如远古的时代。太阳光将树叶子照得透明,却只一圈儿一点儿地洒到地上。路两旁的树有时候太茂盛了,枝叶交错成一座拱门,低低的;远看去好像拱门那面另有一界。林子里下大雨,那一片沙沙沙沙的声音,像潮水,会把你心上的东西冲洗个干净"②。其实,作为"人化的自然",这些森林都原为法国王室服务,其本身就是艺术品。

列斐伏尔言,现代空间的特点在于空间本身的生产,而不是空间内的生产。20世纪上半期,作为全世界最大的文化艺术中心,巴黎拥有全世界最大的艺术博物馆——卢浮宫,它兴建于中世纪后期,十七世纪路易十四时即已成为欧洲著名的艺术品收藏中心,法国大革命后开放为艺术博物馆,以后经拿破仑一世和拿破仑三世(巴黎的奥斯曼时代)的进一步扩建,收藏进一步丰富,迎来它最辉煌的时期。这一时期之所以被称为巴黎的"美丽时代",与卢浮宫、卢森堡博物馆等众多艺术博物馆的建设分不开,与本雅明所称赞的巴黎的拱廊街包括艺术品展览和销售的场景分不开,与全世界文学艺术家云集巴黎所开创和带动的浓郁的文化艺术气氛分不开。李劼人《鲁渥的画》是一篇全面介绍卢浮宫绘画收藏盛况的文章。他先概括地说,卢浮宫里的名画有三千件之多,法国画占三分之一,其次是意大利画,再次是荷

①　徐志摩:《巴黎的鳞爪》,上海:新月书店1927年版,第32页。
②　朱自清:《欧游杂记》,上海:开明书店1935年版,第130—131页。

兰画、比利时画、德意志画、西班牙画,最少是英国画,然后分门别类按照展室(共 39 个)——介绍各国画特别是其中代表作的特点,最后提出问题:"鲁渥博物馆,不仅是欧洲有名的博物馆,就在全世界上,也是数一数二的地方",但是东方的名画收藏品为什么这么少? 日本还有一个专门的展室,而中国为什么只有几幅品质低俗的"三家村赏识的作品"? 作者感到这是"奇耻大辱",但是作品并没有因此引出民族仇恨之类的话题,而是认为中国过于封闭,没有自觉与海外交流的意识,所以没有主动将自己民族的名画赠予展出①。朱自清的《巴黎》写自 1933 年,这时,他笔下不再有 1920 年代作家笔下那种对巴黎的迷思和膜拜,尽管如此,他还是称赞道:"我们不妨说整个儿巴黎是一座艺术城。……公园里,大街上,有的是喷水,有的是雕像,博物院处处是,展览会常常开;他们(指巴黎人——引者)几乎像呼吸空气一样呼吸艺术气,自然而然就雅起来了。"②19 世纪末 20 世纪初,云集于巴黎的文学家不算,仅美术家就有马奈、莫奈、高更、梵高、塞尚、毕加索、夏卡尔、塞弗里尼、莫迪里阿尼、马蒂斯、曼·雷、苏丁、达利、罗丹、布朗库西、马约尔等。《巴黎的鳞爪》里提及的除文艺复兴以来的名家外,晚近的有马奈、高更、西涅克、波纳尔、马蒂斯等。中国现代早期象征主义诗人李金发到法国留学,本要学飞机制造的,可是在卢森堡博物馆参观,受到女神雕像美的极大震颤,从此改专业为雕塑与绘画,在法国最高艺术学府——巴黎美术学院深造,接着又成为"爱秋水与美女"之诗人。就与徐志摩关系比较密切的画家言,也有常玉、徐悲鸿、林风眠、潘玉良等。其中,常玉被世界绘画艺术界称为"中国的莫迪里阿

---

① 李劼人:《鲁渥的画》,北京:《少年中国》第 2 卷第 4 期,1920 年 10 月。

② 朱自清:《欧游杂记》,上海:开明书店 1935 年版,第 94—95 页。

尼"。对比常玉在巴黎的经历,可以断定,《巴黎的鳞爪》所写穷画家身上不免他的影子①。

　　常玉(1900—1966),四川顺庆(今南充)人,1920年以勤工俭学的名义留学巴黎,专攻绘画。开始,其兄拥有四川最大的丝厂,家境富足,所以他有条件一头扎进巴黎的艺术生活和情爱生活而不可自拔。当时,李金发、徐悲鸿、林风眠、潘玉良等都先后入巴黎美术学院,而他则始终沉醉于巴黎的咖啡馆、酒吧,一面读《红楼梦》、拉小提琴,一面作画。后来,其兄破产,他的经济来源成了问题,但他仍坚持自己的生活及艺术追求。他的绘画对象主要是女人,奇幻的色彩和光影之中,其笔下女性裸体造型简约而奇特,线条轻曼柔婉,质感特别柔靡唯美,确有莫迪里阿尼之风。有人认为:"作为常玉好友,徐志摩早先在欧洲游学时便常去常玉家看望"②,有待进一步落实,但是1925年6月,徐志摩第二次到巴黎,常去拜访常玉,之后欣然撰写《巴黎的鳞爪》并于同年12月发表于《晨报副刊》上,应是不争的事实。1929年2月徐志摩将常玉的油画代表作之一《花毯上的侧卧裸女》名《裸》刊登在《新月》第1卷第12期上,推介其作品至国内;作为回报,常玉则寄了一幅素描给徐志摩。徐志摩称赞常玉画中女性的腿为"宇宙大腿",并肯定其作品能够摆脱学院派的写实主义,转向现

①　顾跃:《常玉》,石家庄:河北教育出版社2007年版,第41页;张寅德:《波德莱尔与徐志摩之巴黎》,见杨振主编:《波德莱尔与中国》,上海:华东师范大学出版社2021年版,第273页。

②　《光明日报》记者殷燕召、《光明日报》通讯员许文静:《常玉所画徐志摩像北京亮相:一幅画见证中国近代两位艺术家的交往》,北京:《光明日报》2019年11月26日。

代极简主义与抽象①。1931 年,常玉为徐志摩画像,托人带回国内,而志摩这时已经坐飞机遇难了②。1927 年 8 月,徐志摩将《巴黎的鳞爪》收进同名散文集里,今后的研究者也都将这篇作品视为散文,但是 1930 年 4 月,徐志摩出版小说集《轮盘》时,也曾将《巴黎的鳞爪》的第二章以"肉艳的巴黎"为名收入,可见这篇作品在生活真实性与艺术想象性之间充满丰富的不确定性。

　　西方艺术与东方艺术有一个重要的不同,就是西方艺术源于古希腊,对于人自身的认识和审美非常彻底、坦然,往往以裸体绘画或裸体雕像的方式呈现出来。丹纳在《艺术哲学》里指出:古希腊"雕塑家必须使雕塑的躯干与四肢显得和头部同样重要,必须对肉体生活像对精神生活一样爱好——希腊文化是唯一能做到这两个条件的文化。文化发展到这个阶段这个形式的时候,人对肉体是感到兴趣的;精神还不曾以肉体为附属品,推到后面去;肉体有其本身的价值。"③换言之,在古希腊人的审美观念中,人的灵肉是和谐一致、不分高低等级的,所以马克思认为古希腊神话是人类最健康、最美好时代的艺术结晶,"就某方面说还是一种规范和高不可及的范本","显示出永久的魅力"④。

---

　　① 《光明日报》记者殷燕召、《光明日报》通讯员许文静:《常玉所画徐志摩像北京亮相:一幅画见证中国近代两位艺术家的交往》,北京:《光明日报》2019 年 11 月 26 日。

　　② 《光明日报》记者殷燕召、《光明日报》通讯员许文静:《常玉所画徐志摩像北京亮相:一幅画见证中国近代两位艺术家的交往》,北京:《光明日报》2019 年 11 月 26 日。

　　③ (法)丹纳:《艺术哲学》,傅雷译,北京:人民文学出版社 1962 年版,第 269 页。

　　④ (德)马克思:《政治经济学批判·导言》,见北京大学中文系文艺理论教研室编译《马克思恩格斯列宁斯大林论文艺》,北京:北京大学出版社 1980 年版,第 83 页。

中世纪之后，文艺复兴继承了古希腊传统，继续以人自身为模特儿，而且模特儿越来越女性化，这种传统到 20 世纪初始的巴黎时代达到高潮。艺术家们先后在蒙马特和蒙巴纳斯聚集。咖啡馆、文学艺术家和女模特儿，成为当时巴黎左岸最耀眼的景观。资料显示，"在 1880 年代末，有将近 500 名意大利人在巴黎以当模特儿为生，但实际需求量更大，因为当时至少有 6000 名艺术家在巴黎工作，每年举行的沙龙要展出 4000 多幅绘画作品，这些画大多是历史或文学主题的，而且需要使用各类模特儿"①。这促使模特儿职业化，且市场化。当时巴黎的女性不仅想成为张竞生笔下那种情人，也欲成为艺术家们所青睐的模特儿，很多人是两种身份兼而有之。其中最著名的是格格："这个感情奔放且生性自由的女子熟知蒙巴帕斯所有的名人，凭借她的爱恨情仇及长袖善舞，格格成了瓦梵街口这个社交圈的灵魂人物。"②她被称为"蒙巴纳斯的女王/先锋运动的缪斯/女性解放的前驱"③。她先后为莫迪里阿尼、于特里、曼德斯基、基斯林、藤田嗣治、曼·雷、科克托等画家做过模特儿，也先后做过曼德斯基和曼·雷的情妇，与画家毕加索、杜尚和文学家布勒东、海明威等也是好友；后来，自己也作画，也曾举办过画展，还是电影和歌舞演员，并参加过巴黎著名服装设计师香奈儿的酒会。她原名 Alice Prin，之所以被译为"格格""吉吉""基基"或"凯凯"，应该与她在当时巴黎的雅号"Kiki de Montarnasse"有关。理解了这一点，就

---

① （美）比利·克卢韦尔、朱利叶·马丁：《巴黎模特儿的艰辛历程》，封一涵译，北京：《世界美术》1992 年第 1 期。

② （法）贝纳德·马尔尚：《巴黎城市史（19—20 世纪）》，谢洁莹译，北京：社会科学文献出版社 2013 年版，第 200 页。

③ （法）若泽—路易·博凯文、卡特尔·穆勒绘：《巴黎艺术女神：吉吉画传》，王怡静译，上海：文汇出版社 2013 年版，前封。

不难理解徐志摩《巴黎的鳞爪》中穷画家为什么竟能轻而易举地请到那么多女模特儿。

《巴黎的鳞爪》是启蒙主义与唯美主义相结合的典型文本。说它是启蒙主义的,因为作品中显示鲜明的中西对比视角,而且西优中劣。(一)巴黎人不势利,巴黎人不会因为中国画家穷就看不起他。"你看像我这样子,头发像刺猬,八九天不刮的破胡子,半年不收拾的脏衣服,鞋带扣不上的皮鞋——要在中国,谁不叫我外国叫化子,那配进北京饭店一类的势利场;可是在巴黎,我就这样儿随便问那一个衣服顶漂亮脖子搽得顶香的娘们跳舞,十回就有九回成,你信不信?"(二)巴黎女人对艺术家更不势利。艺术家都是"波希民"即波希米亚人,巴黎女人对他们都是欣赏由自、垂青有加。"至于模特儿,那更不成话,那有在巴黎学美术的,不论多穷,一年里不换十来个眼珠亮亮的来坐样儿?屋子破更算什么?""别看低我这张弹簧早经追悼了的沙发,这上面落坐过至少一二百个当得起美字的女人!别提专门做模特儿的,巴黎那一个不知道俺家黄脸什么的,那不算希奇"。可刚从中国来的,则不免大惊小怪,形同"乡下老憨"。(三)中国人不懂得"人体美"。"我学画画原来的动机也就是这点子对人体秘密的好奇。……这对人体美的欣赏在我已经成了一种生理的要求,必要的奢侈,不可摆脱的嗜好;我宁可少吃俭穿,省下几个法郎来多雇几个模特儿。你简直可以说我是着了迷,成了病,发了疯,爱说什么就什么,我都承认——我就不能一天没有一个精光的女人耽在我的面前供养,安慰,喂饱我的'眼淫'"。"在我这双'淫眼'看来,一丝不挂的女人就同紫霞宫里翻出来的尸首穿得重重密密的摇不动我的性欲,反面说当真穿着得极整齐的女人,不论她在人堆里站着,在路上走着,只要我的眼到,她的衣服的障碍就无形的消灭，正如老练的矿师一瞥就认出矿苗，我这美术本能也是一瞥就认出'美苗'，一百次里错不了一次；每回发见了可能的时候，我就非想法找到她剥光了她叫我看个满意不成，上帝保佑这文明的巴黎，我失望的时候真难得有！"可是对于中国人来说，"人体美，究竟是怎么一回事？我们不幸生长在中国女人衣服一直穿到下巴底下腰身与后部看不出多大分别的世界里，实在是太蒙昧无知，太不开眼"。"人体美！这门学问，这门福气，我们不幸生长在东方谁有机会研究享受过来？"以上所引是《巴黎的鳞爪》第二章的核心部分，当时国内由刘海粟引起的模特儿风波还远没有结束，徐志摩这篇作品的写作无疑是对刘海粟大胆的艺术更新和审美追求的有力支持！另外一面，这篇作品又具有鲜明的唯美主义倾向。

巴黎之美甲天下："美酒。美人。美术品也。"①美，是文学艺术的内在属性，自古皆然，但是"唯美"，作为一种文学价值理念和文学艺术思潮，却是现代历史阶段的产物。戈蒂耶是法国唯美主义的先驱，波德莱尔《恶之花》出版时，扉页上写明献给他"最亲密最尊敬的导师和朋友奥泰菲尔·戈蒂埃"②。戈蒂耶在《莫班小姐·序言》中宣称，艺术的目的就是它自身；艺术与有用无关，凡是有用的都不是美的，美的往往不是有用的③。言外之意，艺术家就是创造没有用处的东西的人。可以说，后来的波德莱尔就是这种人的典范。本雅明在《波德莱尔笔下的第二帝国

---

① 侯鸿鉴：《寰球旅行记》，无锡：竞志女学校 1925 年版，第 31 页。

② （法）波德莱尔：《恶之花·献辞》，杨松河译，南京：译林出版社 2003 年版，第 1 页。

③ （法）戈蒂耶：《莫班小姐·序》，艾珉译，北京：人民文学出版社 2008 年版，第 21—22 页。

的巴黎》中，开篇即讨论"波希米亚人"和"游荡者"。其实，"游荡者"也是"波希米亚人"的一种①。在波德莱尔看来，具有广泛意义的"波希米亚人"和具有特定意指的"游荡者"都是现代社会最后的"英雄"，或说最后具有"英雄"特质的人，因为此后人类将不再有"英雄"。波德莱尔就看重这些人身上的"英雄"特质，如敢于特立独行、坚持个性、追求美和自由等。显而易见，波德莱尔的评判标准不是道德和历史，而是审美—唯美。因为他不相信人类的承诺进化和幸福。他要捕捉的是历史颓败中人性"最后的"闪光②。常玉所钟情的莫迪里阿尼就是这样的人。进而言之，《巴黎的鳞爪》中所描写的画家不也是这样的人吗？在巴黎这个"理想的地狱"③里，他住着最简陋的房子，"光线暗惨得怕人，白天就靠两块胰子大小的玻璃窗给装装幌。……照例不过正午不起身，不近天亮不上床"，作者称他的住处为"艳丽的垃圾窝"。这是典型的"波希米亚人"的生活状况。生活简陋凌乱不堪，但追求女性美和艺术美一刻也不放松；"十年来"，凭着他那双"淫眼"，他已经临摹"千把张的人体"。可以说，他那双"淫眼"就是一双"唯美"的眼，因为他发现的巴黎女人（如文中所述"马达姆朗洒、马达姆薛托漾"等）之"太美"，"那妙是一百个哥蒂蔼（即戈蒂耶——引者）也形容不全的"④。最后，应叙述者"我"之请求，画家第二天邀请其第一个女模特儿爱菱一起去"芳丹薄罗"即枫丹白露大森林即兴展示、欣赏女体美，如作品最后一段

---

① （德）本雅明：《发达资本主义时代的抒情诗人》，张旭东、魏文生译，北京：生活·读书·新知三联书店 2007 年版，第 98 页。

② （德）本雅明：《发达资本主义时代的抒情诗人》，张旭东、魏文生译，北京：生活·读书·新知三联书店 2007 年版，第 115—116 页。

③ 徐志摩：《巴黎的鳞爪》，上海：新月书店 1927 年版，第 22 页。

④ 徐志摩：《巴黎的鳞爪》，上海：新月书店 1927 年版，第 30 页。

所言："隔一天我们从芳丹薄罗林子里回巴黎的时候，我仿佛刚做了一个最荒唐、最艳丽、最秘密的梦。"如此，自然美、人体美与艺术美在"唯美"的基础上真正渗透、交融在一起了。在西方，这种种美构成对西方现代性的一种矫正和抵抗，但是对于中国而言，它又构成一种启蒙；所以，作品也不忘记让画家发誓要带着他的"淫眼"去发现东方女性之美，为振兴东方艺术而奋斗；而事实上，像这样游离于社会大潮的"唯美"艺术之徒能否在中国得到认可，尚是值得考量之事；现实生活中，常玉 1938 年曾短期回国，之后，转往纽约，1948 年返回法国，直至 1966 年在巴黎因煤气泄漏而辞世。

第二节　消费景观：张若谷作品中的巴黎想象

张若谷（1905—1967），江苏南汇（今属上海浦东）人，出身于天主教背景的家庭。从小喜爱音乐，1918 年入震旦大学西洋文学系，大学期间即开始文学创作兼音乐评论。1926 年任上海艺术大学教授，1927 年任南京《国民革命军日报》编辑。1927 年 11 月曾朴主编的《真美善》创刊，他成为其文人圈子中的一员。全面抗战爆发前，是张若谷事业走向峰巅的时期，这时，不仅创作、评论和翻译多产，还先后为《大晚报》《时报》等报刊新闻记者。就文学创作言，主要有：小说集《都会交响曲》（1929）、《儒林新史·婆汉迷》（1933），散文集《文学生活》（1928）、《异国情调》（1929）、《珈琲座谈》（1929）、《新都巡礼》（1929）、《战争·饮食·男女》（1933）、《游欧猎奇印象》（1936）、《当代名人特写》（1941），文艺评论集《艺术三家言》（1927，与傅彦长、朱应鹏合作）、《从嚣俄到鲁迅》（1931）、《十五年写作经验》（1940）等。

张若谷从小习法语，是法国生活方式的热爱者和法国文化的崇拜者。他最喜爱坐咖啡馆、听法国歌剧和交响乐、读法国原版文学作品，并且因为坐咖啡馆而爱上了新亚咖啡馆里一个法国女青年。后来虽然与中国姑娘结婚，但是"会做法国料理"依然是他择偶的重要标准。

张若谷没有前往欧洲"猎奇"之前，就已经在上海法租界想象法国"异国情调"。1933 年终于有机会到欧洲"游学"，他当然不会轻易忽略巴黎的每一个角落，在那里通过亲身感受、充分了解，尽力捕捉原汁原味的巴黎风情，并写下一篇篇内容特异的作品，先在《申报》《时报》《大晚报》等报刊发表，1936 年 12 月出版《游欧猎奇印象》。总地看，由于张若谷属于海派作家，他最关心的是巴黎的消费景观，所以，他的创作面貌和艺术风格就与同时期左翼作家及其他精英知识分子作家拉开了距离。可以说，他的创作满足了当时上海中产阶级市民读者对情色巴黎的好奇心和艺术想象。

一、"不夜城"的巴黎

远古时代，人类的生存是纯天然的，也是最原始的。古来所谓"日出而作，日落而息"，就是在说，传统的人类生存完全依靠自然的原始状态。随着人类认识自然、改造自然的能力的增强和人类自主性、创造性的提高，人类越来越有能力摆脱纯自然亦即纯原始的生存条件而向一个自主性、创造性小即人工性、机械性的时空—世界转向，以至于到了现代鼎盛时期，人类生存的时空竟会出现吉登斯所谓"脱域"现象①。就法国而言，"路易十四

①　（英）吉登斯：《现代性的后果》，田禾译，南京：译林出版社 2011 年版，第 15—18 页。

在法国历史上被认为是最有作为的一位国王,他让法国实现了现代化"①。而法国的现代化首先是巴黎的现代化。路易十四让巴黎成为世界上第一个推倒城墙的城市,第一个具有林荫大道的城市,第一个"不夜城"。"路易十四拥有至高无上的权力,外交上法兰西获得了超级大国的地位,这对塑造巴黎的街道环境,有着决定性的意义。同时,法国国土防卫思想也发生了很大变化,巴黎不再需要城墙。新的防卫思想是将敌人阻止在国境线外,而不是等敌人兵临城下,因而像圈住鼹鼠一样围绕首都的厚城墙就完全失去了意义。于是,从 1670 年到 1676 年,巴黎城墙被拆除,其遗址变成了树木成行的宽阔的'林荫大道'(boulevard)。19 世纪后半叶起,世界上流行的林荫大道的原型就来自这里。"②

就"不夜城"而言,1662 年路易十四授意私人企业成立"巴黎灯笼与火把中心",安排 1500 个身强力壮的男人举着火把在巴黎街头照明,随之,新任巴黎市市长兼警察局长尼古拉斯·德·拉·佩内决定在固定地点设置 3000 盏带有玻璃罩的灯笼;"1818 年时,巴黎有了第一盏汽油灯。1843 年,协和广场终于有了电灯"③。1853 年奥斯曼主政巴黎时,电灯并没有普及,汽油灯依然是主要照明工具。"1861 年,《巴黎煤气灯》(*Parisau Gaz*)的作者是这样描述的:'闪闪发光的商店,夸张的展示,镀金的咖啡厅,永恒的光明……商店里光线如此充足,以至于人们可

① (美)琼·德让:《时尚的精髓:法国路易十四时代的优雅品位及奢侈生活·引言》,杨冀岚译,北京:生活·读书·新知三联书店 2020 年版,第 6 页。
② (日)三宅理一:《巴黎的宏伟构想:路易十四所开创的世界之都》,薛翊岚、钱毅译,北京:清华大学出版社 2013 年版,第 151 页。
③ (美)琼·德让:《时尚的精髓:法国路易十四时代的优雅品位及奢侈生活·引言》,杨冀岚译,北京:生活·读书·新知三联书店 2020 年版,第 162—166 页。

以边闲逛边读报,如果步行的人流没有干扰他们的话.'1883 年当巴黎春天百货公司把煤气灯换成电灯时,一家报刊是这样报道的:'这巨大的玻璃殿堂真是留给人们惊人的印象。电灯的强光使整个区域充满生机.'左拉就描述了蒙马特街一家大型珠宝店将货物展示在'商店橱窗外悬挂的反光灯的璀璨光线之下',使顾客眼花缭乱。"①

正如有的学者所指出:"从某种程度上讲,只有被照亮的夜空间才成为其公共空间,才使得夜间的街道具有了现代意义上的公共性。……街灯是巴黎真正进入现代城市的根本标志。"②"街灯不仅重塑了城市的空间形态,也重塑了城市的时间经验。煤气灯的出现,使得黄昏的经验发生了变化。……黑夜不再是自然降临,夜空也不再是可以发光体来照亮,而是通过人工照明设备的点亮或熄灭来控制。……时间均质化了。也就是说,通常意义上的'白昼—黑夜'的分离不再明晰,白昼和黑夜的功能区分也被消弭。"③从路易十四开始,巴黎努力成为彻夜通明的"灯之城""光之城",同时巴黎也成为世界上最著名的消费、时尚、华奢、典雅之城。普通的传统的"消费"仅指为了满足生命基本的需要而产生的消费行为,而现代的文化意义上的"消费"则已经不是为了满足生命的基本需要,而是为了满足生命的文化需求包括生命的声誉需求、地位需求、审美需求、心理需求等。"今天的巴黎在时尚方面依然代表着的一切都基于路易十四的

① （美）露丝·E.爱斯金:《印象派绘画中的时尚女性与巴黎消费文化》,孟春艳译,南京:江苏美术出版社 2010 年版,第 168—169 页。
② 上海博物馆编:《三十二个画展:印象派全景》,北京:北京大学出版社 2013 年版,第 29 页。
③ 上海博物馆编:《三十二个画展:印象派全景》,北京:北京大学出版社 2013 年版,第 29 页。

庇护下便已形成的奢侈商业的价值理念。价值主要依靠的不是价格和功能,而取决于各种无形的因素:这是关乎审美和高雅的事。那些在法国文化的标志性时代里取得成功的人们所销售的远远不只是美食和服装:他们'出售'着人们以及购物场所的外观和感觉,这为他们的商品增了值。他们将日常生活变成了行为艺术。"①现代社会真正的主宰是金钱,金钱的根本目的在于消费,即通过货币流通购买、拥有或享受各种各样的精神和物质。在此情境下,金钱消费有无或多寡就成为人在社会上声誉、地位的象征和代表。凡勃伦就此提出"明显消费"(又译"炫耀性消费"等)的概念,认为"有闲又有钱的阶级"——资产阶级上层或贵族就通过远远超出商品使用价值的交换价值来与大众相区别②。西美尔认为,"时尚是阶级分野的产物"。"它提供了一种把个人行为变成样板的普遍性规则,但同时又满足了对差异性、变化、个性化的要求。……当较低阶层开始模仿较高阶层的时尚时,较高阶层就会抛弃这种时尚,重新制造另外的时尚。因此,时尚只不过是我们众多寻求将社会一致化倾向与个性差异化意欲相结合的生命形式中的一个显著的例子而已。"③对于大众而言,在消费社会里,"人们所消费的,(也)不是商品和服务的使用价值,而是它们的符号象征意义。……一瓶饮料简单至极,但人们往往可以从广告之中察觉到,种种精美的商品周围还附有一张社会环境、生活观念或者特定文化价值组成的网络。异

---

①　(美)琼·德让:《时尚的精髓:法国路易十四时代的优雅品位及奢侈生活·引言》,杨冀译,北京:生活·读书·新知三联书店 2020 年版,第 16 页。

②　(美)凡勃伦:《有闲阶级论》,蔡受百译,北京:商务印书馆 2011 年版,第66—67 页。

③　(德)齐奥尔格·西美尔:《时尚的哲学》,费勇译,广州:花城出版社 2017 年版,第 96 页。

国风情的沙滩、蔚蓝色的大海、高楼林立的城市、宽敞明亮的居室、激情四溢的男女主人公,这一切时常被无言地注释为现代社会的基本图景。这就是说,在商品消费的同时还会有另一种生活的想象。于是,占有或享有这些物质,便成为确认自我价值的一个重要指标。……这是一种感情、观念和私人生活等方面的全面物化"[1]。消费作为一种文化,主要发生在后现代时期,即第二次世界大战之后,但是,桑巴特在 1913 年出版的《奢侈与资本主义》里已经将巴黎视为"纯粹的消费城市"[2],可见,张若谷从消费角度把握巴黎作为"不夜城"的特点也是无不道理的。

　　《游欧猎奇印象》里有一篇《巴黎一昼夜》完整叙写了一对青年男女游荡者(虽然与波德莱尔所言不同)在巴黎一天二十四小时内的消费活动和消费感受。开头言:"如果欲在巴黎过整个二十四小时的生活,有几个必须遵守的条件。第一,必须年纪轻;第二,须有女伴,最好已经结过婚的;第三,最好袋里藏着来回车票;最要紧的条件,便是应该有康健的身体和饱满的精神。"为什么要有这几个条件呢? 年纪轻、身体和精神好,是因为巴黎昼夜生活丰富,作为体验者应该能经受住消耗和磨练。袋子里准备来回车票,是因为渴望体验巴黎生活的人很多,来回车票都不容易买到,而且一旦进入巴黎生活也来不及再去购买车票。要有女伴,这说明在巴黎没有女伴几乎是不成行的,最好是已经结过婚的,说明这样好抵抗各种内在的诱惑。这些交代,已经能让人感到巴黎昼夜生活的独特性和丰富性。下面,随着人物的行踪

<hr>

　　[1]　陈龙:《传媒文化研究》,北京:中国人民大学出版社 2009 年版,第 92—93 页。

　　[2]　(德)维尔纳·桑巴特:《奢侈与资本主义》,王燕平、侯小河译,上海:上海人民出版社 2005 年版,第 39 页。

读者可以看到巴黎昼夜生活的一些面向。

首先，关乎餐饮。伊戈内《巴黎神话》里指出："布里福特认为，美食是巴黎——19 世纪之都神话的组成部分，但是后来，到了 19 世纪下半叶，关于巴黎的美食理论，像社会新闻一样，骤然变得商业化了。"①消费意义上的日常生活首先就是"吃、喝"，所以这方面的书写原不可避免。

先去咖啡馆体验生活。巴黎第一家咖啡馆 1672 年由一位叫做帕斯卡尔的亚美尼亚人创建，到 1900 年已经有两万七千家，即每一百个巴黎人即拥有一家咖啡馆②。巴黎的"咖啡馆不仅提供了酒肉饭食和性交易（大部分咖啡馆都有），而且还提供思想、见解和伙伴，不仅是一个休闲的好去处，而且是见面、找工作的理想地点，更不用说其中的灯光和温暖了。政府当局对巴黎的咖啡馆总是心存怀疑，他们非常清楚，自从 1789 年以来它们就是革命火种的点燃地。卫生保健专家、医生以及那些容易小题大做的慈善家们怒斥酒精的罪恶和合法卖淫的致命后果，但是乐在其中的人们对此都置若罔闻"③。这表明，巴黎的咖啡馆具有多重文化寓意——是革命的空间，思想的空间，求职的空间，休闲的空间，填充饥饿的空间，也是性交易的空间。而看张若谷的想象和书写，只有休闲的空间和填充饥饿的空间两种意涵。可见，张若谷的审美关注点不高，但也不至于过低。《巴黎一昼夜》以第三人称叙写笔下一对青年男女上午"九点钟"去和

① （法）帕特里斯·伊戈内：《巴黎神话：从启蒙运动到超现实主义》，喇卫国译，北京：商务印书馆 2013 年版，第 290 页。

② （法）帕特里斯·伊戈内：《巴黎神话：从启蒙运动到超现实主义》，喇卫国译，北京：商务印书馆 2013 年版，第 296 页。

③ （英）安德鲁·哈塞：《巴黎秘史》，邢利娜译，北京：商务印书馆 2012 年版，第 312 页。

平咖啡馆(Cafédela Paix)吃早点。和平咖啡馆原是规格最高的"巴黎宾馆"的一部分,位于巴黎第九区,靠近巴黎歌剧院,1862年开业,是巴黎最具有皇家气派的咖啡馆。它曾吸引到的客人,政治家如英国威尔士亲王爱德华即后来的英国国王爱德华七世、时装设计师如皮尔·卡丹,文学艺术家如马斯内、左拉、龚古尔兄弟、都德、莫泊桑、王尔德等。在张若谷笔下,和平咖啡馆是这样的:"在行人道上,咖啡馆老班为了要吸引外国旅客及从乡村出来的外地人,布置着田园风味的花草景饰,咖啡馆的墙壁上画着很鲜艳的蔷薇花图案,对面是歌剧场,两相对照,正像是乡间的市政局管理峙立在田园中一样。""一对青年的夫妻""在蔷薇花底下,两杯冲牛奶的咖啡杯前",边品味咖啡,边观看风景,边商议下面"二十四小时周游"、观赏和"猎奇"的计划和路线。显而易见,在张若谷笔下,和平咖啡馆缺乏皇家气派,而更具平民精神。从此不难发现,时代在悄悄发生变化。下午"四点三十分"到"富有变幻"色彩的"香海丽榭去饮茶或喝咖啡";下午"五点三十分"又到巴黎"另一个幻异的区域""蒙巴纳斯(Montparnasse)……那一家叫作'圆屋顶'(Coupole)的咖啡馆,是艺术家,优伶,娼妓们聚集的中心地。你坐下不到半点钟,便可以看见全世界各国各民族的代表典型。形形色色,比日内瓦开国际联盟会时还要热闹好看。"这里,咖啡馆作为公共空间的属性有所显露。

中午和晚上去餐馆就餐。"十二点三十分",这"对青年男女,安步的走到拉吕(Larus)饮料店里,……在店前人行道上拣两人合坐的小桌子坐下";"下午一点……午餐时间,我们的青年主人公,可以跟他们的口味随便拣一家餐馆。在星角场凯旋门附近,有一家叫做高尼老夫(Karnilof)的,是保存着纯粹俄国烹调的风味。或者到'勒陶亚洋'（Ledoyen）那一家去，他四面装着玻璃的窗户，无论那一个时节，都像坐在香海丽榭（Champs Elysées）的花园中一样。外国的旅客们，如其欲一尝法国历传庖厨的风味，最好是到'大滑蛋'（Grand Vatel）去。如要价廉物美，则莫如到'公使们'（Las Ambassadeurs）那里去。在这里，有红的玫瑰，蓝的墙壁，女人的嘴唇是红的，女人的衣袍是蓝的。"晚上"八点钟，晚餐。……'路易伯伯'的那一家，原来是从前王家的驿站逆旅。'高利大'（Corrida）是专门烹制西班牙庖厨者。如其要吃远东的风味，'巴斯加'（Paacal）的中国菜还不坏。这里有一家可以尽兴到第二天早上的，是叫做'马克西姆'（Maxim），那里的管弦乐队，常常演奏'风流寡妇'的乐曲。跳舞厅完全给快乐的女人们占居了，虽则她们并不完全是寡妇，但是可以说都是非常爱干风流事的。至于男人们，也为了要保存古风起见，都喜欢穿镶嵌金钮子的红色制服。……年轻的外国男女，都喜欢到这里来享受这一世纪前的逸乐生活。"这些书写中，巴黎餐馆的国际性（异域情调）、地方性（民族传统）和娱乐性（情色诱惑）都昭然若揭。

次晨"五点钟"，街头找咖啡摊坐下，一面呼吸新鲜空气，一面看着乡下的菜农来赶早市。"六点钟，……如果肚里要放一点热东西，不妨到'和气伯伯'那里去吃碗大蒜汤，喝一盏锌杯的白酒，一只月弦形的热面包，一杯奶末咖啡。一夜的疲倦，靠这一顿热食，又把精神振作起来了。"相对于穆时英《上海的狐步舞》中孤身青年昼夜间的境遇，这里确实增添了温暖和柔情。

其次，关乎逛商场、购物、散步。本雅明将19世纪中后期建造的巴黎拱廊街看成现代巴黎的象征物。稍后，百货公司产生，拱廊街则逐渐丧失其优势。同时，巴黎还有许多著名特色商店，如珠宝专卖店和时装专卖店等。张若谷就想象其笔下青年男女在和平咖啡馆用过早餐之后，去和平街等购物、逛街、散步的情景。

　　和平街初名"拿破仑街"，位于巴黎第二区，是巴黎历史最悠久、时尚购物最著名的街道之一，以珠宝买卖闻名的卡地业就坐落在这里。"在夏天时节，早晨的太阳光，照射在宝石上发出炫目的光彩。到了冬天，晚上的电灯光，朗耀若画，玻璃窗变成了水晶宫，一切灿烂的珍珠钻石，缭乱人眼，只有真正的老巴黎，可以在这条首饰店的街道上安详地散步，不会受那些发亮东西的诱惑。但是在外国旅客看来，好像是踏进了金玉宝库一样。因为那些雪亮的金刚钻，白热的灯光，红宝石和绿翠玉，可以命令每一个女人驻足不前。在世界上，没有其他的街路可以同样地使她们流连忘返。在一百年前，巴黎的金银首饰店，都集中在王宫左右。到了今日，都迁移到这条不很广阔的和平街来了。"

　　从和平街珠宝商店出来，时值"十点三十分"，又去女帽商店选帽子。乔治·摩尔曾经说："商店橱窗介入艺术也许是最震颤人心的一场革命。可以想象，一个巨大的玻璃橱窗，陈列的全是女帽，女孩迫不及待地弓身向前想去够到一顶！"[1]张若谷笔下就呈现相近情景："虽则离开换帽时节还早，年轻的女人不妨为保护她的美丽的头发起见，到店里去拣选一只流行的小帽子或大帽子。在兰蒲（Reboux）那一家帽铺的大镜子前，女人只看见那顶漂亮的大阔边帽儿，男人只看见他的美丽的女人。"

　　时值"十一点"，女人又去时装店买衣服。"二十年来，自从欧战以后，世界上各大都会大大地改变了面目，不消说得，她们

---

①　（美）露丝·E.爱斯金：《印象派绘画中的时尚女性与巴黎消费文化》，孟春艳译，南京：江苏美术出版社 2010 年版，第 72 页。

还要层出不穷地变化下去;可是只有巴黎,她永久是世界流行时装的策源地。那些专做衣装活动展览广告的年青姑娘们,在主顾面前,故意装腔作势做出种种优美的姿势,看得男人眼红心跳,女人生出妒忌。结果,是女人夺得了那件动人的美丽衣裳,命令被雇的少女把衣样脱卸下来,披在她那个并不配合身材的身上。男人呢,掏出皮袋数钞票。"

　　巴黎的林荫大道最早建于路易十三时期,路易十四时期开始扩建①,奥斯曼时期全面扩建、重建,通过种植树木花草等实行人车分离,两旁有商店、咖啡馆、公司、电影院等建筑,体现现代交通功能与人文主义的统一,是穷人、边缘人目击"梦幻世界"的最佳场所,但它也是以牺牲老巴黎的独特风光和广大工人阶级的利益为代价的,因此在当时为人们所赞叹也为人们所诟病②。如波德莱尔和龚古尔兄弟就表达了对新巴黎的质疑。但对于来自东方的张若谷而言,它依然是人间乐园。如作品中所描绘:"正午十二点钟"是"亚加雪亚大道……最热闹的辰光",两个青年人在这里"散步""可以看到巴黎最漂亮的马,最名贵的狗。有钱的巴黎男女,差不多都有声色狗马之好。还可以看见受保姆监护的婴孩们,戴独片眼睛的绅士,阔人的汽车,小孩子的睡车,巴黎的绅士淑女等等"。

　　再次,观看世俗艺术展和歌舞表演。19 世纪末 20 世纪初的巴黎不仅是世界先锋艺术、精英艺术(高雅艺术)之都,而且也是大众艺术、通俗艺术之都。1881 年,画家鲁道夫·萨利斯

---

　　① (日)三宅理一:《巴黎的宏伟构想:路易十四所开创的世界之都》,薛翊岚、钱毅译,北京:清华大学出版社 2013 年版,第 153 页。

　　② (英)T.J.克拉克:《现代生活的画家:马奈及其追随者艺术中的巴黎》,沈玉冰、诸葛沂译,南京:江苏美术出版社 2013 年版,第 61—77 页。

（RodolpheSalis）创办"黑猫夜总会"，引入世俗元素大获成功之后，1889 年圣心大教堂对面的世俗夜总会红磨坊盛大开业，从此引领一个世俗歌舞表演的时代①。这方面，张若谷笔下青年男女观赏、领略还比较多。

　　这对青年男女下午"三点三十分"先去观赏蜡人馆，晚上"九点钟，到香海丽榭看俄国舞蹈。……许多跳荡的肉腿，红的缎鞋，……在中间休息的时候，……对面大阳台上，可以看见另一个美丽的舞台幕景。巴黎最时髦的女人，穿着最漂亮的服装，在那里开时装展览会。单是她们各种头发的颜色，已足令人欣赏不已，金黄的，雪白的，栗棕的，个个是齿白唇红，眉开眼笑"。"午夜三十分，……最足以发挥法国人诙谐性的艺术表演，莫如'法国的喧嚣舞'（French Can Can），既发噱，又狂热，而且都是含着幽默快乐的成份。"凌晨"一点三十分，……如果有兴致继续穿过蒙马德（Montmartre）的不夜区，这里有许多的半夜舞场。一家叫做'希海刺若德'（Sheherezade）的，是一家充满匈牙利风味的舞场，常聘请匈牙利的土风音乐家表演各种乡土音乐。一家叫做'佛罗棱萨'（Florence）的，是意大利舞场，在香海丽榭附近有一家叫做'老海口'（LeVieuxPort）的，完全是海滨的情调，每夜从十点起到第二天清晨，表演各种水手热舞，其中以'法国的喧嚣舞'为最有精彩"。凌晨"三点钟，……蝙蝠舞场，是戏馆散场后唯一可以消夜的场所，……可以跳舞，可以打趣，可以大笑。音乐来自匈牙利，还有许多消魂荡心的特别余兴节目"。

　　如此"猎奇"之中，一天 24 小时很快过去。作品最后一句是："下次再见！ 不分昼夜的巴黎呀！"伊戈内认为："真正的神话

----

① 　（英）安德鲁·哈塞：《巴黎秘史》，邢利娜译，北京：商务印书馆 2012 年版，第 313—314 页。

是以参考神圣的事物,以超越性来解释世俗的事物"[1],而"魔幻更主要地是让人'认出'或者使人愉悦"[2]。显而易见,张若谷笔下的巴黎镜像基本上不属于前者,而多属于后者。

二、情色消费的巴黎

美国学者丹尼尔·林茨(Daniel Lize)和尼尔·马拉姆(Neil Malamuth)在《传播概念》里辨析了"色情""淫秽"和"情色"三个概念及其在传播中的异同。其中,他们认为,"'色情'一词则分别来自希腊语中的 porne 和 graphein,其词义分别是'娼妓'和'书写'。因而'色情'的字面意思就是'对妓女的书写'或者'对卖淫活动的描述'(《韦伯斯特新词典》,1900)。而'情色'则是从希腊爱神的名字厄洛斯(Eros)衍化而来,意指性爱。情色一词常用于指涉含有性的主题或性质的文学艺术作品"[3]。区别"色情"与"情色"的前提是,前者基于保守—道德主义立场,后者则基于自由主义立场。但事实上,如果"情色"基于公开的或半公开的与任何无名的男性发生商业意义上的两性关系,那么,它的意义则与以上所论述的张竞生笔下的"性爱"还是有较大的距离。张竞生笔下的"性爱"虽然与"恋爱"有别,但是这种"性"爱的基础还不是金钱,而是两"性"相悦;它虽然有感情之爱的时间是短暂的,但它还是有感情之爱包含在里面的。而张若谷笔下的"情色","情"的成分更少,或说简直匮乏,而"色"的成分大大

① (法)帕特里斯·伊戈内:《巴黎神话:从启蒙运动到超现实主义》,喇卫国译,北京:商务印书馆 2013 年版,第 9 页。

② (法)帕特里斯·伊戈内:《巴黎神话:从启蒙运动到超现实主义》,喇卫国译,北京:商务印书馆 2013 年版,第 15 页。

③ (美)Daniel Lize 、Neil Malamuth:《传播概念》,张淑娟译,上海:复旦大学出版社 2009 年版,第 2—3 页。

加重,或说"色"的成分简直大大笼罩了"情"的成分。因此,也可以说,张若谷笔下的巴黎就是色情的,只是考虑到丹尼尔·林茨和尼尔·马拉姆两位学者所谓考察"色情"活动的自由主义立场,更何况在巴黎,几乎所有妓女的色情活动均是在自愿(自由)基础上进行的,故也可以称张若谷所想象为"情色消费的巴黎"。如按照巴塔耶对"色情"类型的划分,则张竞生所想象的巴黎偏于"情感色情(érotisme des coeurs)"之巴黎,而张若谷所想象的巴黎偏于"肉体色情(érotisme des corps)"之巴黎①。

在关于巴黎的一组文字中,张若谷开头即言,没来巴黎时,自己将巴黎想象成"一处仙境,一座天堂,一块乐园",但是真到了巴黎,才发现"巴黎不是天堂,不是仙境,不是乐园,而是人间的欢乐乡"。这里所谓"人间的欢乐乡"就是指这里有男女世俗欢情,但是与天国的纯洁、精神无关。接着,张若谷让读者随着游荡、观光者看到几个如此"欢乐乡"的空间镜像。

"放浪杂剧场。到巴黎欢乐乡的第一步,……女优们都是袒胸裸腿,在美玉宝珠般的肌肤上,披着稀薄灿烂的衣饰,而美其名为'音乐厅'(Music-Hall)。其中最著名的红女优,芳名迷死登凯德,是一个半老徐娘,因为擅长化妆,而又工于媚术,巴黎人受她诱惑的不可胜计。尤其是来自美国的富豪,为了要博她魅惑的流盻,不惜一掷千金……"这里的女人,"贵妇与娼妓,个个都是盛装而往,个个都是娇媚万态",所以身份难明。"舞台上且歌且舞的女优们,都穿炫人心目的豪华绢裳,缀着宝石羽毛……在舞台上,陈列了百人以上的裸体美人,她们都是半裸体或全裸,有腿与腰均齐的曲线美,圆滑的肚皮,饱满的乳房,不啻举行裸

---

① (法)乔治·巴塔耶:《色情》,张璐译,南京:南京大学出版社 2019 年版,第14 页。

体展览会"。看着"那些人体曲线所鼓动的波浪,和明眸脸部的优美表情,……鲜有不为隔座娼妇肉体的温味所征服的。""这种场合的娼妇,出五十方至百方之数,便可以满足男人的雅兴。"这里,"方即佛郎之简称"①。

"蒙马德之夜箱。……巴黎夜生活的中心,在蒙马德一区。……你若使从放浪杂剧场出来,脑袋中还留着那绚烂绮罗的布景,轻罗半裸乱舞女优的群像,使你神经异常兴奋,不能回寓安眠,不妨到蒙马德区的几家大小欢乐场中去过一次夜生活。/那些欢乐场所,都是有舞蹈表演的食堂,场所并不广大,每夜从十点起开始营业,所以有'夜箱子'的别称。到这些'夜箱子'里去最好是男女两人,占居一小桌,两人持盏依偎,倾听高台上管弦乐队的伴奏,那出神入化的美妙旋律,激动着两个青年恋人的心弦。……要博得这些人间天使的宠爱,全夜的代价,是法币二百方。"若再开特别密室,其中"香槟的代价,从百方至三百方间。"

"法国是一个不禁娼妓的国家……但是仍有许多好色的登徒子,不愿在公开的人肉市场中出入,他们喜问津私娼,于是'秘密之家'便应时产生了。……问津的客人,可先在一间四面挂着镜子的密室里,窥视女人的光泽的肉体,而后再和那个贵妇人接洽条件,代价大约自二十方起至一百方止。……秘密活动电影,也常假'秘密之家'开映。这不是寻常的春宫电影,是一种变态的性的享乐。映演时,在一间六角形或八角形的密室中,壁上描绘各种艺术的春画,主持者雇用一个富于肉体美的女人,扃居室内,接待临时不速之客。壁为特制,可供人在壁孔窥视,无异看

---

① 丁作韶:《巴黎中国留学生生活漫谈》,南京:《教与学》第 1 卷第 1 期,1935 年 7 月。

西洋镜。"这大概就是张竞生所津津乐道的巴黎"玻璃房子"的情景。"还有一种变态性的表演,叫做'拷问室'。在一间密室中,四壁张挂红色的天鹅绒,象征罪恶的血污。室中设一高台,敷黑色天鹅绒,另置黑色长椅,及木制十字架一。表演时,将一全身赤裸的女人,手颈缚在十字架,另一裸体黑奴,持白桦制的乌羽柔鞭,向女人全身笞击,或将女人仰卧长椅,鞭笞胸腹各部,女人辗转乞怜,使参观的人,觉得一种莫可名状的快感。"

"结婚媒介业。……最初的动机,是在调查男女双方的年龄,趣味,志望,从中介绍,指导促成理想的和合法的结婚,……原是值得赞美的",但无论当初的动机怎样纯正,最后总不免商业化,以至于在这里,"无论你希望娶得一金发少女,大家闺秀,或小家碧玉,甚至于要求一个变态性欲的对象",都可以得到满足,"不过,你须缴付介绍手续费,费额最低五十方,最高五百方。/在男当事人方面,十人中有十人,他所要求的女人,是要美貌而且绝对的处女。/这是一个非常微妙的问题。出入于结婚媒介业事务所的男人,他明知这里是一个商业化的机关,在商品化的女人中,要去物色绝对的处女,这不是故意和媒介人开玩笑吗?但是聪明的'月下老人',都是具有巧妙的手腕,只要你肯破费最高的代价,缴纳介绍费一千方至二千方,他会使一个在一周前失身的少女,依然不失她的处女性。有时,也会特地到贫民窟中去诱致真的处女,以满足委托当事人的要求"。

英文 Advertising 的本意就是"注意""诱导"。贝尔也说:"作为一种时尚,广告强调魅惑。"[①]那么直接用来情色消费的广告更是如此。正如鲍德里亚所指出:"性欲是消费社会的'头等

---

① (美)丹尼尔·贝尔:《资本主义文化矛盾》,严蓓雯译,南京:江苏文艺出版社年版,第69页。

大事',它从多个方面不可思议地决定着大众传播的整个意义领域。"①张文叙述:"外方旅客,孑然一身,作客巴黎,如感到孤寂无聊的时候,想和放纵的爱情接触,不妨利用色情'小广告'来解岑寂。这些所谓'小广告',并刊入日报的分类广告栏中,另有专门的图书杂志登载。最著名的有'巴黎生活''巴黎杂志''色狂之页''性之叫喊'等等。/在这许多色情狂的小广告中,大半都是男人出钱刊登的,譬如你出了十方一行的代价,拟了这几行启事:/'某东方青年,年三十岁,体格健全,受高等教育,富于爱情,征求一相当年龄的淑女,作为伴侣。通讯处由邮局某号信箱转交。'这样几行广告,登出不到两天,你便可以收到这几种内容不同的复信。/第一封信,是衣装店里女售货员寄来的,她是一个廿二岁的职业少女,生活独立,富于现代的快乐趣味。每逢星期假日,空闲寂寞,理解爱情,能迎合男人的欲望及兴味。/第二封信,是一个有夫之妇寄来的。她告诉你,她的丈夫是一个精力消耗的老年人,而且生性吝啬多疑,她的年龄很青,愿意无条件接受你的一切要求。/第三封信,是一个被人遗弃的女人寄来的。她说二年前她苦恋着一个男人,男人负心,不别而行。她今日无所依归,君如能担负每月三百方的房租,她肯和君同居,肉艳与爱情,全归君有。/第四封信,是法国外省某餐馆侍女寄来的。她因为厌恶当地的生活,有志到巴黎的影戏院做卖票员。如其你肯寄她六十方的旅行费,必定赶到巴黎你的寓所来面谈一切。"不难发现,这些随着小广告写信欲前来应征的女性所需要的不仅是"色",还有"情",但这"情"又建立在"利"的基础上。

①　(法)鲍德里亚:《消费社会》,刘成富、全志钢译,南京:南京大学出版社 2014 年版,第 137—138 页。

　　勿须怀疑,张若谷这里所叙不免"奇观化"的情色消费场所更多只能是男性单方面巡礼的对象。这不禁让读者想起清末民初以来狭邪小说中男主人公观光、体验上海各秘密艳窟的场景;就是郁达夫、章克标的小说中也偶有相近叙述。所以,这里同样不自觉地暴露男性对女性玩赏的心态,实值得警醒。问题在于,中国现代文学史上,通俗作家多旧式文人出身,留学国外多不可能,想象异域都市当然也不够现实,只有陈辟邪小说《海外缤纷录》等给读者提供了情色消费的巴黎形象,但是与张若谷所叙写相比,审美理念更通俗甚至低俗,而新文学作家又不屑于此道,因此,张若谷的叙写也有了特殊的价值。

三、女性商品化的巴黎

　　情色消费,从男性角度言,就是将女性商品化而消费之。显而易见,这是男权社会的一种产物。哈维在《巴黎城记》里言,很多巴黎女人想"成为殷实的寡妇"而未果[1]。"从下层阶级的舞厅到上层阶级的歌剧院与戏剧院,卖淫与其他活动的界限越来越模糊,并且逐渐与'情妇'这个职业混同。……高级妓女与资产阶级生活的好位置早就被占满了。"[2]爱德华·傅克斯在《欧洲风化史:资产阶级时代》里也指出:"对于这个时代的妇女来说,淫荡是生理的需要,同时又是她获得不肯须臾或离的奢侈生活的手段。"[3]到19世纪末,"美丽时代的巴黎,性工作者的出身已经

---

　　① (美)大卫·哈维:《巴黎城记:现代性之都的诞生》,黄煜文译,桂林:广西师范大学出版社2010年版,第196页。

　　② (美)大卫·哈维:《巴黎城记:现代性之都的诞生》,黄煜文译,桂林:广西师范大学出版社2010年版,第198页。

　　③ (德)爱德华·傅克斯:《欧洲风化史:资产阶级时代》,赵永穆、许宏治译,沈阳:辽宁教育出版社2000年版,第139页。

普遍化、全国化,甚至国际化了"①。难怪鲍德里亚就此感慨:"在消费的全套装备中,有一种比其他一切都更美丽、更珍贵、更光彩夺目的物品——它比负载了全部内涵的汽车还要负载了更沉重的内涵。这便是身体(CORPS)。……特别是女性身体"②。在此语境下,不难发现,张若谷的作品为读者提供了当时巴黎女性商品化的一种类型——"出差姑娘"其实就是"出租姑娘"的生活剪影。

《巴黎的出差姑娘》一文首先交代,作者不会跳舞。这让人想起施蛰存经常与戴望舒、穆时英一起去舞场,但仍是不会跳舞。张若谷最喜欢的就是坐咖啡馆,曾经出版《珈琲座谈》一书,说明他的审美志趣确有趋雅的一面。但是他在巴黎听说"出差姑娘"一事,记录在此,以饷国内读者。言:"在巴黎,近年来流行一种新名词,应用英国话中的'祖克西狗儿'译成中文,便是'出差姑娘'。这里所讲的'出差姑娘'并不是上海妓院中出堂差的姑娘,而是巴黎舞场中一种舞女的别称。因为有一种舞女,在她们身上挂着有特殊的标识,是一只用珍珠镶成号码的饰针,正好像汽车上的照会号码一样。舞女的职业是迎接客人,谁都可以和她亲近,正像出差汽车专供大众乘用一样。'出差姑娘'这个新名词,正可以日本东京银街头的'手杖座娘'(斯的克狗儿)互相比美。/……'出差姑娘'的总制造厂,设在亚美利亚。善于作企业的美国人,收罗大批年轻貌美的姑娘当作原料,加以人工的训练,结果大量生产出一般没有灵魂的舞女,一批一批输运到欧

① (法)帕特里斯·伊戈内:《巴黎神话:从启蒙主义到超现实主义》,喇卫国译,北京:商务印书馆 2013 年版,第 303 页。
② (法)鲍德里亚:《消费社会》,刘成富、全志钢译,南京:南京大学出版社 2014 年版,第 32—33 页。

洲大都会的舞场中廉价出租。/当'出差姑娘'们没有输出美国的时期,在罗施福上台以前,租一名'出差姑娘'的代价是美金一元。到了今天,自然更加便宜。/后来在美国市场上,发生'出差姑娘'过剩的现象,后起的姑娘们,不得不另求新出路,于是第一次出口,运输到了英国。/最近,又推销到法国,巴黎人士非常欢迎这种迎合时间经济的出产品。虽则'出差姑娘'们已在纽约伦敦出过了风头,可是在巴黎的号召力,仍旧非常盛大。"可见,"出差姑娘"已经国际化了。

　　张文具体叙写一个称作"老九"的出差姑娘的生活片段,说:"'老九'是隶属于一组舞女中的第九名,全组共有舞女十二名。""在巴黎舞场进出的人,都久闻'老九'的芳名。她是一个温柔沉静的少女,富于神经质,她有苗条的腰身,喜欢穿袒裸胸背和双臂的黑缎衣裳,右腕带着两副白金的巨镯,衬出冰雪肌肤诱魅的肉色。左胸脯前插着一只钻针,作名片式,缀着一个'九'字。""每夜从九点起至十二点半,常出现于蒙买德的某舞场。这家舞场有双层门户,严禁一般抱揩油主义的恶少们闯入。一个面相和善可是臂力过人的男子守在门内,这便是舞场的老班。入场者,在一张玻璃柜台上,先付一法郎五十生丁,买一张有号码的蓝票子。若使要跟'老九'跳舞,便买九号票子。在后再向舞女们胸襟或背上挂着的钻针对号,便可以找到舞客们所选择的意中人。/'老九'收到了九号蓝票子,她便先向你送一个微笑,把票子一折为二,撕下一半,投入一只柜内,其余一半,放进到手提袋里。在六分钟内,她便把整个柔软的身体出租给你。/在这六分钟内,你不必客气,可以搂抱着她,她是全部归属于你,你便暂时占有了她。你可以和她说着最大胆的话,最刺激的事件,或者施展诱惑的手段,但是不能越出跳舞的范围。/'老九'每夜平均出差四十次，都是在光滑地板溜步。若使要她出差到舞场之外，当然须另缴付保证金，数目是由老班临时规定。不过每次回舞场时，须检查一次。因为，主持这种'出差姑娘'的主人，正像经营出差汽车的经理一样，常常须检查车身漆色是否有损害，机器是否洗涤干净。因为有关主顾的安全问题，不得不防前善后。可是伶俐的车夫，每乘车主不备，常会很巧妙地揩油。即使察出破绽，最多出一笔赔偿金便可了事。"言外之意，这些"出差姑娘"时时遇到被管理员揩油、占便宜而又无可奈何的情景，但作品并没有因此引出阶级对立的话题。

第三节　左翼批判：
王礼锡、邹韬奋作品中的巴黎想象

　　根据张纯厚的梳理，"左翼""右翼"的概念均来源于法国大革命中的"左派"和"右派"，而作为一种社会文化思潮，则滥觞于欧洲文艺复兴运动。"回顾文艺复兴以来的西方政治意识形态的发展变化，我们可以看到，左翼思潮经历了三次高潮。第一次高潮是发生在15世纪到18世纪的文艺复兴、宗教改革和启蒙运动中的追求平等、自由，要求改变封建等级制度、人身依附关系和教皇神权统治的资产阶级自由主义，以及农民、城市平民追求平等的政治思潮，其共同的右派对立面是封建保皇势力。第二次高潮出现在19世纪，即以科学社会主义为主导的要求政治经济平等的政治思潮，包括马克思主义、空想社会主义和无政府主义。这一时期，封建势力衰落，资产阶级要求维持现状，代表资产阶级主流思想的古典自由主义从左翼走向右倾和保守。第三次高潮在20世纪60年代开始出现，表现为各种批判资本主义制度、要求实现社会文化领域的平等自由甚至人与自然的平等和谐的新左派和新社会文化运动。这三次高潮既有思想来源上的关联性和传承关系，又有各自的特点，与特定的社会历史条件紧密相关。"①表现在文学上，在左翼思潮的第二阶段，即催生世界各国左翼文学运动和左翼文学。无疑，中国 1930 年代的左翼文学运动和左翼文学则成为世界左翼文学运动和左翼文学的一部分。事实上，1927 年大革命失败后，中国共产党单独打出自己在文学文化上的旗帜，大批追求进步的文艺界工作者包括作家均发生路向的转换；1930 年中国左翼作家联盟的成立更是将无数这样的文艺工作者包括作家紧紧团结起来，掀起中国现代左翼文学运动和左翼文学创作的大潮。可以说，王礼锡和邹韬奋的创作也就是这时显示其特殊的意义。

王礼锡（1901—1939），江西安福人，现代政治活动家、出版家、编辑、学者、爱国诗人、左翼作家。1925 年 5 月南昌心远大学肄业。1926 年曾与毛泽东、陈克文等在武汉筹备中央农民运动讲习所，后因意见不合而离去。1927 年 4 月赴南京北伐军总政治部宣传处任职。1928 年初在上海参加《中央日报》编辑工作。1929 年 5 月参加孙中山总理奉安委员会，护送国父灵柩移葬于南京。同年，受爱国将领陈铭枢邀请，主持上海神州国光社工作，支持左翼作家的文学活动。1931 年 4 月创办《读书杂志》，并发起"中国社会史论战"，吸引广大学者、专家和文化界人士参加关于当时中国社会性质的大讨论，构成中国社会文化史上的一个著名事件（也是茅盾写作《子夜》的具体背景）。"1930 年以来，王礼锡主持的神州国光社出版了许多马克思主义书籍和进步文

---

① 张纯厚:《论西方左翼思想的三次高潮》,济南:《文史哲》2014 年第 1 期。

艺作品,触怒了国民党政府当局,遂于1933年3月由铁道部部长顾孟余派给王礼锡一个专员的名义,送他出洋,去英国考察。"①当时,他遍访欧洲,于是便有了其1935年8月出版的《海外杂笔》和1936年6月出版的《海外二笔》里关于伦敦、巴黎等都市记游的文章。

邹韬奋(1895—1944),江西余江人,出生于福建永安,现代出版家、爱国和民主人士、左翼作家。1921年7月上海圣约翰大学毕业,之后经朋友介绍,在黄炎培支持下长期在上海的中华职业教育社工作;1926年10月担任《生活》周刊主编,兼中华职业学校的英文教师和教务主任。开始,邹韬奋信奉孙中山的三民主义,也写过肯定蒋介石和国民党政绩的文章,但是1929年之后,随着对国民党反动本质认识的深入,他开始转向。1931年面对"九一八"事变,他更看清了国民党政府的卖国行径,继而经胡愈之等共产党人引导,开始在《生活》周刊发表大量关于马克思主义和苏联无产阶级革命的文章,引起国民党政府忌恨和震怒,屡遭威胁和警告。1932年12月,中国民权保障同盟在上海成立,次年,主持这一同盟的杨杏佛被杀害;邹韬奋参加这一同盟之后,连续发表《民权保障同盟》《经理刘煜生被枪决案》《廖案的印象》等文,阐发民权保障同盟的信仰、原则、对时政的看法及对当时几件反民权事件的质疑和抗议,最终导致《生活》周刊于1933年8月被彻底查封,他自己也于同年7月被迫出国考察②。在国外两年,他坚持为国内报刊撰写游记,足迹遍及亚、欧、北

---

① 潘颂德:《王礼锡传略》,见潘颂德编著《王礼锡研究资料》,北京:知识产权出版社2010年版,第13页。

② 沈谦芳:《邹韬奋传》,北京:生活·读书·新知三联书店2016年版,第182—183页。

美,留下大量篇什,这便是 1934 年出版的《萍踪寄语》初集、二集和 1937 年出版的《萍踪忆语》等著作的由来。其中,涉及巴黎想象的作品,《萍踪寄语》初集里分别是《巴黎的特征》《性的关系的解放》《瑕瑜互见的法国》《操纵于资产集团的巴黎报界》《再谈巴黎报界》《法国教育与中国留学生》《法国的大学教授》《在法的青田人》等,《萍踪寄语》二集里主要是《再到巴黎》。作为左翼文学的重要组成部分,这两位作家的巴黎想象自然与此前此后作家的巴黎想象均呈现明显的不同。

一、繁华背后的社会阴影

王礼锡和邹韬奋都是马克思主义的信奉者,而马克思、恩格斯早在《共产党宣言》就说:"资产阶级在历史上曾经起过非常革命的作用。/资产阶级在它已经取得了统治的地方把一切封建的、宗法的和田园诗般的关系都破坏了。它无情地斩断了把人们束缚于天然尊长的形形色色的封建羁绊,它使人和人之间除了赤裸裸的利害关系,除了冷酷无情的'现金交易',就再也没有任何别的联系了。它把宗教虔诚、骑士热忱、小市民伤感这些情感的神圣发作,淹没在利己主义打算的冰水之中。它把人的尊严变成了交换价值,用一种没有良心的贸易自由代替了无数特许的和自力挣得的自由。总而言之,它用公开的、无耻的、直接的、露骨的剥削代替了由宗教幻想和政治幻想掩盖着的剥削。/资产阶级抹去了一切向来受人尊崇和令人敬畏的职业的神圣光环。它把医生、律师、教士、诗人和学者变成了它出钱招雇的雇佣劳动者。/资产阶级撕下了罩在家庭关系上的温情脉脉的面纱,把这种关系变成了纯粹的金钱关系。"①资产阶级靠现代工业革命造成超过人类此前所有世代生产力总和的巨大能量(表现在物质形态上就说资本的集聚),其结果是,一方面是带来社会的巨大进步和繁荣,一方面带来广大无产阶级和其他下层人的失业和贫困,"于是,随着大工业的发展,资产阶级赖以生产和占有产品的基础本身也就从它的脚下被挖掉了。它首先生产的是它自身的掘墓人。资产阶级的灭亡和无产阶级的胜利是同样不可避免的"②。按照伊戈内的观点,1890年之后,巴黎开始走上魔幻化路程③。他所谓魔幻化,笔者理解,就是神话意义翻转,而趋向于大众化、世俗化。同时,巴黎的阶级分野也始终存在。按照马克思主义观点,资产阶级登上历史舞台之后,工人阶级被压迫剥削的命运就开始了。那么,表现在消费领域里,也存在明显的阶级区隔。"实际上,(单纯的)'物质丰盈的社会'并不存在,也从来没有出现过。因为不管哪种社会,不管它生产的财富与可支配的财富是多少,都既确立在结构性过剩也确立在结构性匮乏的基础之上。过剩可能是上帝的那一份、献祭的一份,是奢侈的开支、剩余的价值、经济利润或享有盛誉的预算,但无论如何,正是这种奢侈的提取,在确立一个社会财富的同时,也确定了其社会结构。因为它总是少数特权派的特有财产,其功能确切地说是重新产生等级或阶级特权。从社会学角度看,平衡是不存在的,平衡是经济学家理想的神话。……增长既没有使我

---

① (德)马克思、恩格斯:《共产党宣言》,马克思恩格斯列宁斯大林著作编译局译,北京:人民出版社1997年版,第29—30页。

② (德)马克思、恩格斯:《共产党宣言》,马克思恩格斯列宁斯大林著作编译局译,北京:人民出版社1997年版,第40页。

③ (法)帕特里斯·伊戈内:《巴黎神话:从启蒙运动到超现实主义》,喇卫国译,北京:商务印书馆2013年版,第12页。

们远离丰盛,也没有使我们接近它。从逻辑概念上来说,增长和丰盈被整个社会结构所分离。整个社会结构在这里起到了决定性作用。"①正是基于相同或相近的认识,王礼锡和邹韬奋都看到巴黎表面繁华背后底层人的贫穷或失业。

巴黎大街小巷都是露天或不露天的咖啡馆,那是巴黎作为人间天堂、"不夜城"的主要景观之一,但是在王礼锡和邹韬奋的书写中,这里也显示地狱、魔都的一面。王礼锡 1934 年 2 月在《新中华》发表《巴黎漫笔》,后收入《海外杂笔》,其首篇"从咖啡馆谈到巴黎之夜"就明确地表达:"法国的咖啡馆很可表现资本主义的两面。有一种咖啡馆,一进门就横着一个柜台,柜台里面站着服役的人,顾客在柜台外面要了一杯热咖啡,站着喝,或者加吃一块面包,匆匆地就走了。这些人是别人要求他们的劳力的,不愿意他们去多费时间吃东西,妨碍工作时间;他们自己也被迫着非这样不足以维持他们的最低生活,好像美国近来鼓励工人在街上走路时吃面包一样。另一面是有闲阶级消磨他们的有余时间,几个人在街角上一坐,可以看人,可以谈天,一坐就半天过去了。"显而易见,同样到咖啡馆喝咖啡,工人阶级与有闲阶级的出场是不一样的。进一步言之,巴黎的咖啡馆也是有阶级分野的,为有钱人服务的咖啡馆装饰得金碧辉煌,任有钱人在那里尽情享受,为工人阶级服务的咖啡馆则不重装饰,几十个生丁就可以在那里消磨"永夜"以"榨尽"他们可怜的仅供维持生命的工资。作者观察到,巴黎有两个咖啡馆的命名很能说明巴黎人贫富悬殊的人生状况,"一个叫天堂(Ciel),一个叫地狱(Enfér)","多少资本家们在过着天使般的生活;多少劳动者的

---

① (法)让·鲍德里亚:《消费社会》,刘成富、全志钢译,南京:南京大学出版社 2014 年版,第 32—33 页。

膏血送进了魔鬼的口中"。这是笔者所见较早将巴黎视之为"地狱"的书写。性质已定,那么,作者就让人们看到,巴黎许多下层咖啡馆里那些参加裸体跳舞和其他色情服务的女子都是不得已才来到咖啡馆工作的,因为她们没有本钱去做其他的工作。作者特别强调:她们的吐露"是多惨的一个供词"!而"不看这些就不算全部了解巴黎的社会"。作者和欧阳予倩一起由法国左倾女子引导参观,那么这些叙写自然也都显示左翼倾向。

相比之下,邹韬奋的书写更强调巴黎的阴暗面。在《巴黎的特征》中,他认为巴黎作为"繁华作乐的世界"只是"表面","表面"之下,巴黎有三个特征值得注意:(一)是巴黎底层人的贫穷化。巴黎繁华的街头时常会看到一些"衣服褴褛蓬头垢面的老年瞎子,手上挥着破帽,破喉咙里放出凄痛的嘎噪的歌声,希望过路人给他几个'生丁'(一个法郎等于一百生丁)";一些"白发瘪嘴,老态龙钟"的卖报老太婆"一面叫卖一面叹气";无数花枝招展的少女被迫做了"野鸡",她们为了兜揽生意,千方百计讨好、诱惑路人、客人,可是并非时时得逞。"她这'嫣然一笑'中含着多少的凄楚苦泪啊!"可以作为旁证的是,同一时期,去巴黎考察的黄士谦也撰文指出:"巴黎是欧洲繁盛的中心,也是人类罪恶的渊薮。……巴黎正面的东西很容易看到,黑暗的东西却非有久居巴黎者的引导不行……她们挣扎于经济压迫下,强作欢容,利用仅有的神秘的机能,引客欢笑,藉此取得佛朗,以延续她们可怜的生命。"①另外,长期在法国勤工俭学并一度参与创建法国共产党的著名作家、学者盛成在《海外攻读十年纪实》(二)中

---

① 黄士谦:《世界一周之实地观察》,上海:上海世界出版合作社 1933 年版,第67 页。

也详细记述了一个巴黎女子如何被迫走上卖身道路的辛酸经历①。(二)是巴黎女人的商品化。"现代刘姥姥"所宣传的"玻璃房子"的公娼虽然有自由身,但是"在经济压迫下的'自由'"改变不了她们作为商品的性质,相反她们却"足以表现资本主义化的社会里面的'事事商品化'的极致。这种公娼当然绝对没有感情的可言,她就是一种'商品',所看见的就只是'商品'的代价——金钱。"(三)巴黎存在大量失业工人。说:"法国在各帝国主义的国家中,受世界经济恐慌的影响,比较的还小,(但)据我们所知道的,法国失业工人已达一百五十万人",其中巴黎应该也不在少数。政府虽然向已经注册的失业工人每月发放三百法郎津贴,"但在生活程度比我们高的法国,这班工人又喜欢以大部分的收入用于喝酒,所以还是苦得很,而且领了若干时,当局认为时期颇久了,不管仍是失业,突然来一个通知,把津贴停止,那就更尴尬了。这失业问题,实是帝国主义的国家'走投无路'的一件最麻烦的事情",自然也是巴黎一件最麻烦的事情。

二、艺术的罪恶和堕落

几乎所有自由主义、民主主义作家都在惊叹巴黎卢浮宫艺术收藏之丰富,艺术价值之独特,但是秉持阶级立场和民族立场的左翼作家的观感就颇为不同。王礼锡在《巴黎漫笔》"二　艺术"里说:"法国是艺术之邦,在艺术这方面当然是非常可观。一到罗浮宫(Louvre Palace),简直会使你目迷五色。尤其是无数的殖民地掠夺艺术,战争艺术,非常动人。香率利色(Champs-

---

① 盛成:《海外攻读十年纪实》(二),上海:中华书局 1932 年版,第 200—204 页。

Elysie)的埃及碑,是何等的壮伟!/凯旋门下的无名英雄墓,摇闪于门中间的年年不熄的火焰,正在鼓励着帝国主义所统治的群众准备作再而三的战争的牺牲。军器陈列馆也画着一幅极煽动的画——德意志的暴徒夺去了法国的情人——亚尔萨斯·劳兰。这已经激发了第一次世界大战了。啊,伟大的战争艺术!伟大的对殖民地的掠夺的艺术!"显而易见,这里的叙说,不是在赞扬,而是在讽刺,在揭露和批判。艺术建立在殖民地掠夺基础之上、战争罪恶之上,如此的艺术的价值就很值得怀疑了。这是典型的第三世界国家民族话语的征兆。同样的质疑在另一左翼作家郑振铎《欧行日记》里言,凯旋门固然"雄奇、伟大",但它是"以战胜者百万人,战败者千万人的红血和白骨所构成的纪念物",又有何可称道的!

　　另一面,王礼锡在揭示巴黎艺术的大众化趋势。大众化,是现代民主的积极成果,也是现代民主的严重后果。1908年,鲁迅发表《文化偏至论》,提出"剖物质而张灵明,任个人而排众数",这里,鲁迅要排的"众数"即精神低迷的都市大众。正如霍克海默和阿诺多所认为,"文化工业"前提下,19世纪末以来出现的大众化艺术只能是一种背弃生活真实、忽略精神品格的商品艺术。具体到巴黎,1889年红磨坊开业之后,影响所及,"有大约三十家脱衣舞会以及数量相等的(如果不是更多的话)妓院……1893年,当石英艺术舞厅里的大学生们'慢慢地推出一个一丝不挂而迷人的莫娜'时,当时的警察局长实在难以接受:发生了斗殴、抓人以及死人的情况。但到了1919年,第一次没有因为在弗利贝尔热歌舞厅有裸体女人表演而引起任何麻烦。……事实上,所有与首都的娱乐相关的机构或多或少都会以性来牟利,在谈到歌舞—咖啡馆的时候,让·洛林写道:'这是展台,是枯燥无味的性展览……是光天化日之下的丑陋,是丑陋的东西在夜间通过灯光变幻来加以美化.'"① 上一节所述张若谷所谓"滑稽舞""喧嚣舞"、同一时期郑振铎《欧行日记》里所谓"revue"②——穆时英在《上海的狐步舞》里所曾惊叹的③,应该也属此类。对此,王礼锡的叙写是:"一般市民的兴趣,全在 Foolies-Bergire 及 Casinade Paris 之类地方,里面有极华丽的配景,极短极紧张的歌舞剧,各种无聊的市井滑稽,有全裸的跳舞。这些现代都会风行的艺术是最能吸引群众的。在这些戏剧里面甚至比罗克开汽车还要无聊,用'撒小便'之类来做滑稽的材料,真是'牛溲马勃,并蓄兼收',此举一端,已可想见他们取材的广博与乱七八糟。"

王礼锡的价值判断是显而易见的。更可喜的是,他看到由杜尚所开启的后现代艺术的萌芽。至于新兴电影艺术,王礼锡指出有一种左翼大众电影,还有一种普通市民大众电影。左翼大众电影凸显政治意识形态性,强调阶级压迫与阶级反抗。说:"有一次,我在法国去看一个俄国电影,电影院在一个天主教区的地下层,设备很不坏。那天的电影是两个片子。一个叫《渴壤》(The Land of Thirsty),描写一个沙漠地方,水由一个地主垄断了,几千万农民没有水喝,并且地主用武力征服农民的暴动。终于农民胜利了。水的暴流的声音,民众狂欢的声音,把胜利描写得非常有力。第二个片子是朵思退益夫斯基(Dostoievski),描写他由贵族文学家转变到革命文学家,终于被压迫苦难以及

---

① (法)帕特里斯·伊戈内:《巴黎神话:从启蒙运动到超现实主义》,喇卫国译,北京:商务印书馆 2013 年版,第 295 页。

② 郑振铎:《欧行日记》,上海:上海良友图书印刷公司 1934 年版,第 201—203 页。

③ 穆时英:《上海的狐步舞(一个断片)》,上海:《现代》第 2 卷第 1 期,1932 年 11 月。

威胁利诱而变节了。这里面的布置自然与好莱坞式不同，没有硬插的歌舞，没有无聊的玩笑，没有灯红酒绿的资产阶级的欢笑。在《渴壤》有一个女角，但是素朴可爱，不像那些克莱拉宝之类以扭扭身子为艺术的最高的表现。但是却能表现出很沉重的力。我并不是以为这有绝顶的价值，不过比之好莱坞风行的恶心的电影要高出万倍而已。"政治化的大众电影强调反抗的"力"，而普通市民最喜欢的电影是美国好莱坞那种宣扬资产阶级世俗幸福观和艺术观的作品，所以，巴黎的市民大众可以不为《渴壤》之严肃的阶级压迫和阶级反抗所感动，却一味沉醉于美国好莱坞电影的"俗雅"之中出不来。

三、报纸传播业的资本化

现代都市文化的重要表征之一即传播文化。传播不止报纸一种形式，但报纸无疑是现代传播最基本、最重要的一种形式。作为资深报人，邹韬奋对巴黎报界的考察甚为详细，分析亦比较透彻。他在《萍踪寄语》初集里，有《操纵于资产集团的巴黎报界》一文，指出："巴黎是世界政治的一个重要中心，它的报纸不但执法国全国的牛耳，好像上海的报纸之于全中国一样，（虽则天津的《大公报》在华北近已渐占较大的势力，）而且是国际上所严重注意的，但是巴黎的重要报纸全在资产集团的掌握之中。这个集团就是法国特有势力的资本家所组织的'铁业委员会'（Comité des Forges）。这个把持法国舆论机关的'铁业委员会'虽号称铁业，并不限于铁业资本家，像香水大王古推（François Coty）也是其中重要的分子，这大概是因为最初范围较狭，后来逐渐扩充，而会名却仍旧保存着。/巴黎报纸有一千六百种之多，其中有六十种是含有政治意味的。在这许多报纸里面，最重要的也不过二十家左右。关于巴黎的报纸,征言先生从前在《生活周刊》通讯里曾有一文说得颇详,记者现在只谈谈尤其重要的几种报和值得注意的一些情形。"下面,作者为读者介绍了巴黎的《时报》《雄辩报》《巴黎回音》《光明周刊》《人民之友》《小日报》《小巴黎人报》《日报》《晨报》《巴黎晚报》等。

邹韬奋指出:久闻大名的政治性报纸《时报》"最大特点就在能做法国外交部的'先声'。每遇法国外交部方面将有什么举动,它就先在外面造空气,所以看《时报》得窥见法国外交的趋势。……/法国报纸,除左派如社会党及共产党的机关报对中国不说坏话外,其余报纸对中国的态度没有不是坏的,尤其是在'九一八'之后受了日本的收买。像上面所说的《时报》,虽偏助日本,还不怎样明目张胆,还有和《时报》差不多的晚报,名叫《雄辩报》(Journaldes Débats)就更公开的骂中国而袒护日本。但《雄辩报》还不及早报名叫《巴黎回音》(Echo de Paris)对中国更坏,在中日事件发生后,该报天天骂中国,把中国骂得太坏了,……以致引起一般读者的怀疑,最后甚至不能相信他们的话"! 这些报纸"都是些有名的报纸,但因受日本'经济运动'的结果,竟颠倒是非,一至于此,岂不可怪"! 难怪"社会党所办的《光明周刊》(La Lumière)老实公开的说法国报都被日本人买去了"! 作为旁证的是,稍后的报界著名人士詹文浒在《欧美透视》里也指出:"法国的个人主义,影响于新闻事业,形成无数唯利是图的报家,单就巴黎一城而论,日报多至 102 种。最使人惊奇的,就中仅勤王党的 Action Française 和共产党的 Humantié 稍忠实些,能尽新闻界的职责,其他的日报,都有新闻篇幅出售。据说,每次有各国的使节到了巴黎,定有报馆的代表前去接洽。

那时，倘能稍出点钱，以后这个报纸，就会处处捧场，官誉大为增高。"①

邹韬奋对于法国巴黎报纸受资本控制对中国的歪曲和污蔑固然颇为愤慨，但是也不能不佩服巴黎报纸特别是生活类报纸自我宣传和推销的手段及能力。说："巴黎报纸销路最大的有四家，都是早报，它们销路所以比别报多，因为不但本埠读者多，外埠读者尤多。一个是《小日报》(Petit Journal)，一个是《小巴黎人报》(Petit Parisiens)：这两家报每天销路各近二百万份。它们的名字上虽各有个'小'字，其实是大报，并非小报，虽则欧洲报纸的形式多巧小玲珑，和美国大而且多的不同。此外有一个是《晨报》(Le Matin)，一个是《日报》(Le Journal)：这两家的销路每天各近百万份。……"

《再谈巴黎报界》重点介绍巴黎各报高效的采编和印刷，特别指出新近出现的《巴黎晚报》之所以达到"婆婆妈妈，弟弟妹妹，都喜看，一般成年人和青年人更不必说"的局面，是因为它"优点就在社会新闻特详，插图佳妙，编法又能处处引人入胜"。它"有个很大的特色，那便是有关新闻的相片的多而明晰。它每遇有一重要的社会新闻，就有一二十帧的相片插图，夹在文字里面，使读者如亲历其境。它的相片插图不仅仅是登出几个有关系人的肖影，也不仅仅是和新闻有关系的呆板的房屋，尤其难得的是常能把当场发生事故的活动的人的举动情形摄入，这样的摄影记者的艺术和机敏就难能而可贵了。例如有一天的社会新闻里，其中有一幕是几个妇女在街上攘臂握拳打架，警察很尴尬地夹在中间解劝，被他们完全摄入，相片上的标题是'太太们开

---

① 詹文浒:《欧美透视》，上海:世界书局 1938 年版，第 113 页。

战'！他们看了相片里的那样憨态可掬，再看到这幽默的标题，没有不失笑的"。"《巴黎晚报》初办时，在推广方面也常有独出心裁的方法。例如先在报上声明第二日在某条热闹街上有特别事故发生，谁记得最详投稿该报，由该报选取的，有特酬数百法郎。第二天该报即雇人在该条街上作吵嘴或其他引人注意的表演，详记投稿者果得重酬。有一次忽于报上登一个年月日，如有人适遇该日是生辰，可持该日该报去领酬若干法郎。又有一次忽于报上载一地道车车票的号码，谁能拿那张号码的地道车票赴该报馆的，也可得酬若干法郎。诸如此类的小玩意儿很多，总之引起人的注意罢了。"

四、教育的过剩与保守

20 年代，李劼人在《巴黎的高等教育谈》里盛赞："巴黎是世界的花都，同时是法国的学府，高等以上的学校可以说四分之三都集中在巴黎。"其中，"巴黎大学是世界上大学之母，自罗马帝政衰落，从十二世纪起，在欧洲，在法国，差能把一点星星的科学之火保存在积灰中的就要算他，至于今日科学之火熊熊烧起，而能把天色烘染鲜红，火焰独高的也得算他……法国人把科学施诸实用自然是大革命以后的事，然而法国人精神上的科学修养却很古很古了。我觉得实用的科学比较的容易学得，比较的容易搬家，至于科学精神的修养便不免困难；中国人要安心发展物质的文明，我想只要小康数年多养成一般工程师很可以坐享别人发明之赐，但要使大多数人都带三分科学的头脑，看见飞机潜行艇汽车而知是摩托的作用，力的运行，这不免还要许多年的努力"。这里在表明巴黎是当之无愧的科学之都、知识之都，而且特别指出，中国借鉴西方科学技术投之于应用并非难事，也可很快达到一定程度的物质文明,然而要想培养真正的科学精神、从根本上解决问题绝非一日之功。作者的这种思辨分析显然具有鲜明的启蒙意义。无独有偶,侯鸿鉴也指出:"从巴黎为世界繁盛之区之一大都会,在学术方面,固无论为物质科学、精神科学,均有独到之处,足以自存于此万国竞赛时代者。"①但是到 30 年代,邹韬奋的书写则呈现另一种面貌。

邹韬奋在《瑕瑜互见的法国》中指出,虽然法国包括巴黎城市建设井井有条,"巴黎……地道车的办法,据说被公认为全世界地道车中的第一",但这仅仅是看得见的机械物质生活的改善而已,还是表面现象,"如作深一点的观察,资本主义的社会里常会拿这样的小惠来和缓一般人民对于骨子里还是剥削制度的感觉和痛恨"。"资本主义的国家原含有种种内在的矛盾,它的破绽,随处可以看见"。具体到教育上,《法国教育与中国留学生》一文承认法国的教育,无论中小学还是大学,其教育理念都是很先进的,教学管理和要求也是颇严格的,但问题在于,社会是不平等的,不同阶层所能享受到的教育资源也是不一样的。譬如中小学阶段,前七八年都是免费的,但再往上升,没钱的人家的孩子就无法升入更好的学校,只能进职业培训学校;至于高等学校,"法国有国立大学十七所,及独立的学院若干所",其中,最有代表性的,"当然以巴黎大学为巨擘",但是"在旧社会制度下"即资本主义制度下,高等教育也明显地"资本主义化"了,出身贫穷的学生很难考进,而且即使考进,由于资本主义国家正处于经济恐慌以至于"日趋没落,日向穷途末路上跑"的处境中,这些人才"商品"也遭遇"生产过剩,到了后来连贱卖都卖不出去!……大

①　侯鸿鉴:《寰球旅行记》,无锡:竞志女学校 1925 年版,第 52 页。

学毕业生的'位置荒',也渐露端倪了"。言外之意,很多大学生毕业即失业。"得着'硕士'头衔而无事可做,只得做汽车夫的已不乏其人,这比之日本的大学毕业生有的只得干倒垃圾桶的事业,固似乎胜一筹,但在素以在欧美各国中犹得'繁荣'自傲的法兰西,也渐有捉襟见肘的窘态了。"《法国的大学教授》一文肯定法国大学教授资格认定的严格和认真、自然科学的发展及其对当时中国的启发意义,但同时指出:"而在社会科学方面,大学教授却是很守旧的,他们所教的内容,根本上还都是帝国主义的传统学说:他们认法国为上国,为最无比的上国。对于法国的现社会制度,对于伪民主的政治都表示十二万分的满足!来法国学社会科学的人,一不留神,便受尽他们的麻醉,思考越弄越糊涂起来了。法国青年的思想多偏于守旧,一部分固由于环境的比较的安定,不像我国青年之日处水深火热之中,处处受着惨酷的痛苦,但是一部分也未尝不是因为这班守旧教授所广布的毒素在那里作怪!"而这班教授之所以"守旧",是因为他们"要保持他们在社会上所已得的权威地位"。显而易见,在邹韬奋看来,相对于无产阶级和社会主义学说,资产阶级和资本主义的学说就是因循、守旧、不再有价值的。如此,巴黎作为世界现代文明之引导者的形象又打了折扣。

如果说李劼人的观察不仅从技术层面肯定了法国包括巴黎的大学教育,而且更重要的是从本体上肯定了法国包括巴黎的大学教育,那么,邹韬奋的观察大体只肯定其技术层面的建构,而对于其深层价值理念和精神建构则表示质疑和批判。

第四节　真正的艺术及其精神：
刘海粟作品中的巴黎想象

这里所谓"真正的艺术"是指高雅艺术。高雅艺术一般包括公共艺术和个人化艺术两种形态，前一种主要表现国家民族和社会的道德、精神诉求，目的在于国家民族和社会的整合及精神提升，后一种主要表现先锋知识分子对于国家民族和社会习俗弊端的反省和批判，表达高雅知识分子对于精神自由、人生审美的前卫性追求和个人化探索。显而易见，1930 年代刘海粟对巴黎的想象就正好包括这两个方面。

刘海粟（1896—1994），江苏常州人，现代著名绘画艺术家、教育家。1912 年与友人合作创办上海图画美术院（后改名为"上海美术专科学校"即"南京艺术学院"前身），首创男女同校，最先在绘画中使用人体模特儿，在当时社会引起轩然大波，以至险有牢狱之灾。1920 年，代表中国新艺术界，曾去日本参加帝国美术院开幕大会，与日本绘画界进行广泛交流。1927 年因为遭受直系军阀孙传芳通缉，逃亡日本。1928 年底受蔡元培关照，经教育部派遣奔赴法国，1929 年 3 月至巴黎，继而比利时、德国、意大利等，1931 年秋回国，其使命是考察欧洲艺术，并构想民族艺术的未来；1933 年 12 月又先抵柏林，继而巴黎、伦敦等，1935 年 6 月返回上海，其使命是在海外举办中国民族艺术巡展，过程中也举办了个人绘画艺术展。初次访欧洲，"兴之所至，辄将所见所闻，信笔漫记，陆续发表于国内各大刊物"（主要是《申报・自由谈》等），1935 年 3 月又在友人催促下将部分内容以《欧游随笔》为名结集出版。不难发现，《欧游随笔》最大的特点就是带着明确的使命感，以一个真正艺术家、行家的眼光观察、欣赏欧洲主要是巴黎的高雅艺术——作为公共艺术的建筑、雕刻和作为个人化艺术的绘画等，并注意揭示其特有的精神文化价值，从而使中国现代文学中的巴黎想象趋于丰赡和完整。

一、公共艺术及其精神的巴黎

伊戈内说："巴黎的历史（几乎从来未中断过）是镌刻在石头上和记忆里的。它与圣安德雷艺术小街——过去也称为拱形门小街，都是起始于新石器时期的那条从巴黎通往奥尔良的小路。它还把我们从克吕尼和异教徒朱利安的古罗马公共浴场（朱利安于公元 360 年称帝，是三位在巴黎称帝中的第一位）引向了塞纳河两岸鳞次栉比的中世纪教堂和皇家宫殿"①。无疑，在这些宫殿和教堂中，卢浮宫、凡尔赛宫、巴黎圣母院等是最突出的代表。巴黎不仅有丰富的古典建筑艺术，而且它本身就是一个艺术的结晶。正如朱自清在《巴黎》一文中所赞叹："我们不妨说整个儿巴黎是一座艺术城。……你瞧公园里，大街上，有的是喷水，有的是雕塑，博物馆处处是，展览会常常开；他们（指巴黎人——引者）几乎像呼吸空气一样呼吸着艺术气，自然而然就雅起来了。"这样的世界是每一个追求人生美好的人都渴慕的。就刘海粟而言，他在《欧游随笔》开篇《巴黎初旅》中即表白："愚渴慕巴黎久，今亲履之，乃急睹卢森堡、罗佛宫两美术馆，所藏宏伟繁赜，目不暇接；曩在书本研究者，今皆一一亲证如旧识。""巴黎繁丽闻于天下，而又为今世文艺中心地，夙昔相思甚殷，今将最初印象略缀数语，今后当源源述所见以告国人。"到《巡礼意大

---

① （法）帕特里斯·伊戈内：《巴黎神话：从启蒙运动到超现实主义》，喇卫国译，北京：商务印书馆 2013 年版，第 2 页。

利》，还在盛赞："在欧洲，近代的美术是集中于巴黎。在巴黎看惯的人们，到任何一国去看近代的绘画或雕刻甚至建筑、工艺美术，总是十分不满足的。"

就公共艺术而言，《欧游随笔》主要展示了对卢浮宫、凡尔赛宫、巴黎圣母院、巴黎电影院、香榭丽舍大道等建筑和雕刻艺术及其精神的想象和赞叹。

巴黎之所以能成为全世界的艺术中心，首先因为卢浮宫的存在。它 13 世纪初兴建于塞纳河北岸（右岸），原为抵御敌人的堡垒，后来巴黎城市扩建，卢浮宫所在地由城外变为城内，偶尔成为国王巡游时的行宫。14 世纪，国王查理五世（1337—1380）第一次在巴黎周围修建城墙，并正式将卢浮宫作为王室宫殿。法王弗朗索瓦一世（1494—1547）时期，曾对卢浮宫进行大规模修建和改建，并开启卢浮宫收藏艺术品的历史。以后，从路易十四（1638—1715）时期，经拿破仑（1769—1821），到拿破仑三世（1808—1873），卢浮宫都经历重建或扩建，且艺术品收藏也迎来三次高潮。法国大革命后，卢浮宫全部成为艺术品的收藏地，并于 1793 年 8 月 10 日向全世界人民开放。在《为办理中法交换展览会致蒋梦麟函》一文中，作家这样描叙之："遍观各美术馆博物院名作，及大小展览会无数，而尤以罗佛宫（Le Museeie Du Louvre）之宏规大气为可惊。此院以故王宫为之，宫皆石筑，雕刻甚精，万国博物院以法国为最，法国各博物院以此宫为最。所藏瑰宝异器，冠绝各国，珍异填凑，应接不暇。名画名石刻，堆积骈比，在他处为稀世之珍，在此宫亦了不之觉，西洋美术史上之珍品，半在于此矣。若欲按图研究，非一年不能得其梗概，……"卢浮宫的艺术深具历史渊源，且富国际精神，作家受此感染，也是为了开创中国现代艺术的道路，当时曾邀请 10 余位同行每天去那里临摹文艺复兴以来世界名作，以解国内缺乏艺术范本之急需。

凡尔赛宫苑（Versailles）是法国最大的皇宫，也是世界最大最负盛名的皇宫之一。它位于巴黎西南 18 公里之处，1624 年路易十三时开始兴建，1661 年路易十四开始真正大规模扩建和重建，"30 年的时间基本建成；于 1682 年路易十四政府机构迁到这里；若以礼拜堂 1710 年建成年限计算，此宫苑的建设花费了半个世纪。……该宫苑反映了 17—18 世纪法国建筑园林艺术与技术的最高文化成就，同时它也代表着欧洲的最高水平。这个宫苑满足了体现至高无上绝对君权思想的需要，因而其模式影响到整个欧洲，各国纷纷效仿，远至俄国、瑞典，近有德国、奥地利、英国、西班牙、意大利等地都陆续建造了这种类型的宫殿园林。它在欧洲整整流行了一个世纪左右。……1715 年路易十四过世后，路易十五、路易十六仍在此宫苑执政，直至 1789 年法国大革命爆发，革命者将路易十六带离凡尔赛宫苑，此宫苑中的陈设被洗劫一空，只留下废弃的建筑物。19 世纪初拿破仑使用特里亚农宫，未在凡尔赛宫执政。到了 1833 年'七月王朝'领袖路易·菲利普下令维修凡尔赛宫苑，并于 1837 年完工，将其作为国家历史博物馆使用"①。此后，凡尔赛宫苑就成为世界旅游胜地。具体到刘海粟的记游，《欧游随笔》里有一篇《游梵尔赛宫》，叙写作者于"春假晴光明媚的时候"，与友人凡尔赛宫苑两日游的总体印象。

关于凡尔赛宫，作家着力于三个方面：

首先，凸显其建筑规模的雄奇伟大、结构复杂、气象万千。远眺："梵尔赛宫苑的全景，你最好是站在那正殿的最高层去俯

---

① 张祖刚编著：《法国巴黎凡尔赛宫苑·概况》，北京：中国建筑工业出版社 2014 年版。

瞰。你看那正殿前面的白石大平台,仿佛像北京太和殿前那样:前部有两个大喷池,这池是被许多男的女的老的小的种种水神的铜像环绕着的;水花怒喷如云雾,左右繁殖异卉奇木,缀成各样不同的形象。降十级而至平地,正中是腊东大喷池(Bassinde Latone),中间最高处立裸体女像,这就是女神腊东的像。腊东是阿博洛神的母亲……腊东池是很宏大的,那中间圆形的石台有五层,每层上面都立着石雕的天使,和铜铸的怪兽自口里都喷出不同方向的如雾如浪的水花。几十枝水花同时喷涌,无论是谁,总要叹为奇观的。周环又立石像无数,繁华石磴,上下环绕,花外环树,树高数丈剪齐作平形,极望十余里,森郁如一。腊东池前方那边,绿茵十里,白石夹道,每十武列石像,绿茵尽处,则是所谓阿博洛池了(Bassind'Apollo)。湛了漫漫的清水,映着蔚蓝的太空。中间阿博洛神驾了四匹奔马,这是法国有名的雕刻;这雕像的特色,在表出阿博洛神瞬间的动作,他那身体倾斜前向,头面仰起,像注视着日轮的光明那样,右手紧握着六辔,左手朝后与右手成正反对的姿势。因此身体的急激运动,都表现出来了。四匹马受着阿博洛神急激的驾御,便暴怒地在水面上狂奔。这姿势是表现一瞬间的活动,极能得到充分的效果。路易十四的全盛时代,梵尔赛宫中齐集雕刻家达五十余人之多,专门制作宫苑所御用的装饰。所以现今我们无论在梵尔赛的那里,总是看见很美很宏大的雕刻,我以为在欧美无论那一个的皇宫都不能比得上。就是中国北京的紫禁城,虽然是崇大、庄严,也到底不及这梵尔赛宫苑的满布着雕刻的光景。"近观:"好一个宏崇壮丽的宫殿:地板是用无数的不同颜色的小木块所砌成,结构起种种图案,显出光明的色泽,长二十余丈;藻井都是壁画,盘饰着的是灿烂辉皇的雕金;门窗都是厚玻璃,左右列白石雕像无数。这是从前路易十四的舞殿。那路易全盛时代，聚着诸侯贵族曳着绮罗的美女和名优，踏了这光耀的地板歌舞着的光景，还可以使人推想的。"

其次，凸显法国开明君主的伟大形象，但也尊重历史事实。路易十四历来被称为法国历史上最伟大的君主，既专制又开明。宫殿里有路易十四办公、接待大臣和就寝的地方，而无论哪个地方皆金碧辉煌，非常人所能想象。如作品叙述他召见群臣的大厅里，"四面刻金，设宝座，上有华盖，外面有铜栏，……灿然的金的色调"，"足以"使后人"想象当时的严肃和荣华"。楼上宫殿里是三幅壁画巨作，画的内容乃拿破仑的授鹰式及其马上雄姿。只见"拿破仑站在左面，身上被着红绒的外衣，举起双手，正在那里训话似的。环绕着的有几十个的人物，手里执着鹰头旗帜都显示十分虔诚的样子。"这显然是"供给世人瞻仰那大英雄的威仪的，同时也是美术史家们可贵的资料"。另一面，宫殿里还有许多壁画，都"密密层层地排列着……你看这一张是大革命那时迫路易十六签字退位之图。哦，那张不是革命后两党相杀之图吗？其中有罗兰夫人的像，罗兰夫人秀美如兰，令人倾倒。而焚香碎玉，芝艾同焚，无论贤愚才士，皆投一烬，我们俯仰其下，还觉得不胜惨痛哩！其他有路易十四即位图，临议院仪式图，会西班牙王菲腊第四渡莱茵河图，拿破仑会俄王亚历山大图。又一殿悬路易十六阅兵图，一千八百五十六年各国使臣大集图，拿破仑第三登位图，我们仰观于其间，有难于言表的一种庄严之感。他不论是生冤家死对头，英帝霸王，贤主暴君，只要在历史上闯过大祸的，他们就一一将他表现出来，这实在是一部严正的历史啊"。显而易见，刘海粟注意到，法国人不仅崇尚凡尔赛宫建筑和壁画艺术之庄严，更赞肯这些建筑和壁画艺术所蕴藏的社会历史文化精神之庄严，因为所涉及各历史人物无论其功过是非，均深刻影响了法国历史的走向，均应给予严正对待，而不能回避，这才是真正尊重历史的态度，而事实上，传统中国往往根据统治者的好恶拆解、回避历史，结果也埋没了历史，需要历史提供足够的借鉴时，历史却缺席了。这无疑是传统中国历史发展的一大危机。

再次，凸显凡尔赛宫所体现的古希腊精神。上面所引描述凡尔赛宫苑全景的那段文字里，"腊东"和"阿博洛神"的故事就来自古希腊。在古希腊神话体系里，阿波罗是光明、预言、音乐和医药之神，消灾解难之神。他强调自己的威严但给人间带来光、热、力、智慧和安全等。路易十四自称"太阳王"，实际上是以人间的阿波罗自居[1]。他的历史功过非这里所能评定，但大量资料表明，他是第一个将法国带入现代的君王；正是在他的敕令下，巴黎最早成为"艺术之都""消费之都""世界之都"[2]。换言之，他的领导也一定程度上体现出古希腊的健康精神，作家因此将他与"伟大的思想家"并列，与此相适应，凡尔赛宫建筑得"辉煌、开朗"，而非"北京的故宫"所可比拟，也就不难理解了。

卢浮宫是艺术之宫，凡尔赛宫是君权之宫，巴黎圣母院则属于宗教之宫。在作者看来，巴黎圣母院的建造显然由于人类对苦难、恐惧、悲哀的体认和精神上想象性的超越及心理上救赎的需要。巴黎圣母院是巴黎又一伟大的公共建筑艺术。不过，《巴

---

[1]　（韩）李真淑：《艺术的记忆：名画背后的世界史》，刘玮婷、高莹译，北京：化学工业出版社2021年版，第120页。

[2]　可参（美）若昂·德让：《巴黎，现代城市的发明》，赵进生译，南京：译林出版社2017年版；（日）三宅理一：《巴黎的宏伟构想：路易十四所开创的世界之都》，薛翊岚、钱毅译，北京：清华大学出版社2013年版。

黎圣母院》一文结尾处进一步言之,说,巴黎圣母院"下临赛河,明灭如一线,汽船往来寸许,车马如织,行人如蚁,远眺则天地氤氲沉澪。沉澪之气,以息相吹,野马耶?尘埃耶?茫茫无所止极矣!俄而声起空中,其响轰如,盖本院之晚钟也。断续不息,更唱互答,清越节奏,镗鞳幽妙,钧天之乐,无以为过。……拿脱大姆(Notre Dame 的音译——引者)大寺之建筑与雕刻固足不朽,而其周围之天然景色,更能令其伟大与庄严"。这里,作者显然感觉到了宗教艺术的深邃、邈远和伟大,但也没有忘记都市现实人生与超越性精神建构之间复杂紧密的关系。

如果说,以上建筑和雕刻艺术都偏于古典,那么下面要叙写的巴黎电影院和香榭丽舍大道等则基本上属于现代。

电影最初的发明者是美国的爱迪生,但是真正发明完成是巴黎的卢米埃兄弟。1895 年 12 月 28 日,卢米埃兄弟在巴黎卡普辛大街 14 号的大咖啡馆地下室放映自己制作的影片《火车到站》,虽只有 1 分钟的时间,但标志着电影艺术的正式诞生。之后,以百代公司为代表,巴黎始终是世界电影艺术的中心之一,同时,美国波士顿的好莱坞将世界电影艺术带入大众化时代的最高峰。刘海粟在《巴黎的电影院》一文中交代,他对电影艺术本来无甚关心,但在巴黎,受环境影响,偶尔也去看电影,并且进一步了解到:"巴黎的电影院共有一百四十几家",其中,不同社会阶层对应不同的电影院,不同电影院放映的电影也有明显的新旧之别。"Madcleine 和 Marivaux-Pathé 等……真是贵族极了,豪奢极了。……里面的装潢真是庄丽而宏伟,而且实在奇拔得可观","门票卖得很贵,至少也要二十佛郎以上",但"坐位也极舒服","他们所演的片子总是巴黎第一次出映的崭新的美国片子,一张片子至少要连映一个月"。另一方面,"无数门口叮……响着电铃的区电影院"——就是那些散布于各区的小电影院，座位很便宜，专备工人及小商人们享用，不过所放映的影片总是别的影戏院早放映过的旧片。居于中间，"派拉蒙（Paramount）是最新建筑的……专演美国 Paramount 公司的影片的。它那建筑的崇宏，装潢的新式，大概在巴黎也很出风头吧。但是它的门票却不很贵，最便宜的十佛郎，所以一般人都欢喜去"。而"Gaumant-Palace 是欧洲最大的电影院，可以容纳五千人，是跑马场改造的。建筑设备虽然旧式，但是极其庄丽。每演一片以后，总是插几幕跳舞。应用的背景和电光也极巧妙，尤其是他们的乐队，是巴黎最著名的，音乐家大概在八十人以上"。特别需要强调的是，"最近又有几个新的电影院，完全是适应新的艺术运动而诞生的，其中最著名的，是 Oeilde Paris，可译作'巴黎之目'。场所极小，至多只能容三百人左右。内面的装潢，真新得有点彻底。两面壁上画着未来派那样的壁画，真像小孩子们所描的，纯用线的表现法，非常痛快、自由、无拘束。他们画的裸体女神，一只腿比身体还要粗，地面和周围的背景，都是依着线的势力，描着大胆的远近法。在这里又使我联想到中国画的表现法。它所演的片子也多是哲学的、科学的，还有宣传立体派、未来派的诸种新艺术的；它并不如普通电影院之专演迎合一般心理之爱情、侦探、滑稽等剧"。这又是在表明，巴黎的电影院和放映的电影也很快进入先锋艺术的前列。作者由此提出今后电影艺术发展的"理想"，认为电影作为打破传统时空、表现"最普遍的人生"的新艺术和"近代科学与近代艺术的双生子"，它不应仅满足大众娱乐需求和商业目的，还要肩负起"指导民众，使人类向至高之目的，而归根于内面的自我的完成"之伟大使命。如此，作家对巴黎电影院和电影的想象就超越了一般的消费层次而趋向于严肃、高雅的艺术指涉。

前面已经多次言及巴黎的林荫大道，刘海粟也惊叹于此，但其着眼点还在于建筑、雕刻艺术及其体现出来的时代文化精神。《巴黎初旅》叙述"自罗佛宫绕道至凯旋门，中间数里临塞纳河，历次万国博览会皆设其地"。大道两旁是为了迎接 1900 年世博会而建造的"大宫（Gand Pales）小宫（Petit Pales）"，二者"巍然对峙，掩映塞纳河，大宫以玻璃为瓦，长圆穹形屹屹，周以秀木异卉，壮丽无匹，法国春秋二季沙龙，均在其地展览，平时亦时为各种展览会会场；小宫前临绿茵千步，四角崇穹，中为圆穹，金顶烨烨有光，巍峨之至。其中陈列近代名画雕刻无数（此亦当另文记之）"。借此可以想见当年世博会的繁华和历次艺术展览会的盛况。两宫南临的是为了俄法两国友谊，俄国君主尼古拉二世赠送的以其父亚历山大三世命名的大桥。"桥广二十丈，当孔道，夹桥两边雕刻无算，两端四角皆有数丈之华表。雕斫极精，皆出名手。表顶各立金色飞马一，金人举手高呼，大丈余，光采照耀，奇丽甲天下矣。……（北）至凯旋门，……沿途名人雕像之多，诚足夸炫各国也。Etails 凯旋门高六十余丈，……望之凛然，足以代表拿破仑之英雄主义。雕刻尤精……四面群像，为浪漫主义雕刻家 Francois Rude（一七八四——一八五五）所制。自由神扬手高叫，具有强烈之创作欲与健全之感受性，能以坚固之意志鞭策为理解之群众。……凯旋门至 Effel 铁塔……塔下为公园，士女游憩其间，塔前度桥有博物院，据冈营构，亦庄严，亦伟丽……"这段文字里，世界和国家意识、大众游乐、城市建设与先锋艺术等均有所涉及，但其赞叹的重点还在国家的强盛、社会的繁荣和艺术的崇高。如此的城市空间及其艺术表现很容易激发国民（市民）崇高的生命感、丰富的历史感和宏大沉实的民族精神。

这种文化价值判断与左翼作家的政治价值判断在审美上显然同中有异。《尚若丽遂》集中呈现香榭丽舍大道的车马与行人空间布局、树木花草培植及对人的生活之重要作用,言:"道广二千余米突,中为车马道,两旁为行人道。此外左右二丈许夹以"树木花草,"花木外左右又为车马道,旁近人家处,铺石丈许又为行人道。道凡树木二行,道路七行,用松木填,立于道右不见道左,广洁清丽,足以夸炫诸国"。大道上士女如云、车马疾驰而行人自由舒畅,赞叹其"于人为美中寓自然美,在极繁华中有清雅味,确如大家淑女活泼中而寓庄严。……巴黎所谓繁华,尽于此矣。睹此而回想上海之所谓繁华,真有霄壤之别也。……(及至)灯光渐明,树荫之下,咖啡座上,随处皆是男女在隐约中互相搂抱,互相接吻,不以为奇,此诚非旅人之所能深识也"。自由的大道与自由的精神,人文与自然的融合确实达到极致。

二、个人化艺术及其精神的巴黎

从 19 世纪末到 1940 年巴黎陷落于德国侵略者之手为止,巴黎不仅是世界古典——公共艺术的中心,也是世界现代—个人化艺术的中心,特别是世界现代—个人化绘画艺术的中心。"无论如何,在 17 世纪和 18 世纪的罗马与二次大战后的纽约这二者之间,恰恰主要是在巴黎相继出现了各种画派(新古典主义、浪漫主义、现实主义、印象主义、象征主义以及各种形式的现代主义——立体主义、奥菲主义、野兽主义、超现实主义),他们的大量创作丰富了我们的空想美术馆并构成了 19 世纪艺术史的脉络,从某种意义上说,也是当今艺术史的脉络。"[1]这里,"新

---

① (法)帕特里斯·伊戈内:《巴黎神话:从启蒙运动到超现实主义》,喇卫国译,北京:商务印书馆 2013 年版,第 387 页。

古典主义"还属于国家民族社会公共艺术范围,而从浪漫主义开始,就属于充分个人化的现代艺术的范畴了。法国浪漫主义绘画的问鼎之作是德拉克洛瓦的《自由女神引导人民》,它表现的是大无畏的革命精神;现实主义绘画的奠基人是库尔贝,他曾经说:"国家在艺术方面是无能的……它对艺术的干预极不道德,是灾难性的,艺术被局限在官方的行为准则中,它的干预把艺术变成了最枯燥的低俗玩意。"马奈是印象主义的开拓者,马蒂斯是野兽主义的急先锋。未来主义、立体主义和超现实主义等都以极端个人化的方式反对国家民族社会的世俗价值取向,艺术上大胆探索新的技法、新的形式和新的审美风格。具体到刘海粟对巴黎现代绘画艺术及其精神的想象,则可从现实主义画家库尔贝(Gustave Courbet 1819—1877)述起。

《写实派大师高尔佩纪念展》一文叙述"今年法政府以长时间之筹备","以崇宏壮丽之小宫为会场,""郑重举行高尔佩展览会,先期赞力无数,将德、英、美、瑞士、瑞典、丹麦、挪威、匈牙利诸国美术馆所珍藏之高尔佩杰作,全数移借,运法为有系统之展览。"画幅共计"一三一:一至三五为肖像画,三六至五六为人物画,八九至九七为静物画,九八至一〇六为素描,一〇七至一〇九为雕刻,一一〇至一三一为其他。"展期"自五月二十四日起讫七月九日止"。作者盛赞"高尔佩是一个英雄,是一个牺牲者,今已成为历史之光荣矣! 其影响于现代欧洲艺术,极深刻而宏大,启二十世纪之新运,而为近数十年美术运动之萌芽者,高尔佩一人而已"。库尔贝的绘画贡献在于,作为法国艺坛"有社会主义者的色彩"的现实主义大师,第一个"完全脱离"西方宗教画和"意大利古典(画)的传统","而展开自由之写实主义者"的创作,直接影响了魏司莱(Whistler)和莫奈的艺术求索。特别是积极呼应时代的感召,"描写一般民众之苦痛与社会应有之平等,其杰作《磐石》《画家之画室》,即为试行平民生活之写实表现",尤为难得。其代表作"《奥南之葬仪》……以朴素之技能,表现社会最深之情绪。在艺术上,给吾人莫大之教训;此种新艺术生命,亦即新人道之生命也。呜呼!高尔佩实为近代最大之艺人,乃亦指引群众之导师也"。1855年,第二次世界博览会在巴黎举办,库尔贝提出以其杰作《磐石》《奥南之葬仪》参展而被拒绝,他一气之下竟在博览会入口附近自费举行个人画展,标明"写实主义者高尔佩",引来无数震惊、震怒、谩骂,但也成为西方现代绘画史上的佳话。

对于现代绘画艺术,刘海粟记述和想象最多的还是印象派和野兽派的绘画艺术。

印象派酝酿于马奈(1832—1883),而崛起于莫奈(1840—1926)。1873年下半年,莫奈与雷阿诺、毕莎罗、西斯莱、塞尚、莫里索和德加等在巴黎成立"无名画家、雕塑家和版画家艺术协会",在1874年第一次"无名画家、雕塑家和版画家协会展览"上,莫奈展出其成名作《日出·印象》,由于作品典型地呈现了重视主观感觉、印象的特点,而被正统派讥讽为"印象派",从此成为现代绘画的开路先锋。

印象派画家就是波德莱尔在其著名的艺术评论中所推介的"现代生活的画家"。以往的绘画题材主要是《圣经》、神话和历史,当下生活题材主要是静物和肖像,而直接描绘现代(都市)生活甚少,真正洞察画家主观精神世界更少。这种状况从印象派开始转变。面对节奏加快,一切都失去其稳定的基点,转瞬即逝的都市人生,印象派画家不再追求传统现实主义的真实,而是捕捉人的内心世界与现实中光的运动和物的模糊不清的形象的契合,以至于画出的作品不为正统派所接纳①。而事实上,作为一种"都市现象"②,"正是因为诞生于 19 世纪的巴黎的印象派艺术,才赋予感性在人的精神结构中的重要地位,并使之成为现代艺术的美学价值的核心范畴之一"③。"在巴黎,绘画的伟大时刻与巴黎——现代性之都及其成长(大卫和大革命)的伟大时刻完全巧合(我想说这是必然);与现代性的孕育期(印象主义者以及巴黎的欧斯曼化)完全巧合;正如在神话的另一个极,巴黎的自我退缩(1931 年的殖民地博览会和 1940—1944 年的被占领)与巴黎——艺术之都的终结以及纽约的繁荣完全巧合。"④波德莱尔强调审美现代性的特质是"瞬间的、短暂的、偶然的",而印象派绘画就是以生活的这些特点为审美内质。现代生活是工业—机械的、人工的、时尚的、快速的,譬如煤气灯、电灯、火车、汽车的发明彻底改变了人类生存的时空及其审美体验,与此相适应,"印象"成为印象派的风格标志,既区别于学院主义也区别于现实主义。

"印象派的技法包括几个方面,这些方面不仅是印象派技法的主要特征,也直接对立于学院主义传统:1. 厚涂的笔触,短促密集的笔触表现对象的基本特征,而不是精确地描绘细节。时间的变化使对象在每一刻都发生光线和颜色的变化,快速的笔触适应印象记录的需要。……2. 印象派的颜色不是反复调和后

---

① (英)安德鲁·哈塞:《巴黎秘史》,北京:商务印书馆 2012 年版,第 309 页。

② (美)理查德·利罕:《文学中的城市:知识与文化的历史》,吴子枫译,上海:上海人民出版社 2009 年版,第 100 页。

③ 上海博物馆编:《三十二个展览:印象派全景》,北京:北京大学出版社 2013 年版,第 27 页。

④ (法)帕特里斯·伊戈内:《巴黎神话:从启蒙运动到超现实主义》,喇卫国译,北京:商务印书馆 2013 年版,第 409 页。

均匀地涂抹,而是不同颜色(色相)的小笔触密集地排列,通过观众在一定距离外的视觉调和,产生明快颤动的色彩效果。……3.环境色的运用。在光线的作用下,一个物体受光部的反光反射在另一物体的背光处,光源色与环境色彩形成强烈的色彩对比。同样的原理适合于天光与投影的关系,印象派画家大量描绘阳光透过树叶在地面上形成的光点效果,也是基于这个原理。4.印象派的构图具有强烈的现场效果,完全破坏了古典绘画的戏剧性向心式结构。印象派的构图都是不完整的,如同摄影的抓拍,画家似乎是任意截取一个生活的片断,没有把散乱的人物或景物纳入预先规定的构图规则。事实上,印象派的绘画也确实受到摄影的影响,没有摄影,任何构图都难以摆脱古典图式的束缚。"①印象派因为对于现代巴黎生活的密切关注和大胆创新的艺术表现技法而被称为西方现代主义绘画的滥觞。

莫奈曾有不少描绘巴黎都市生活场景的绘画作品,其中想象圣拉扎尔火车站的 11 幅作品成为他今后构设连续画幅的起点,他也因此被称为"描绘蒸汽的灵魂"的画家。左拉认为"这是今日的绘画……我们的艺术家必须要在火车站里找到诗,就像他们的父辈从森林和河流之找到诗一样"②。但晚年,经过第一次世界大战,其精神上显然超越了现代(都市)人生,所以有被称为其一生艺术峰巅的连作巨制《睡莲》(八幅)。刘海粟在《克罗特·莫奈画院》中盛赞:《睡莲》"不仅为新创之手法,打破传统之约束,抑亦为一意外之惊喜,在美的领域内辟新境界,……用其

---

① 上海博物馆编:《三十二个展览:印象派全景》,北京:北京大学出版社 2013年版,第 6 页。

② 上海博物馆编:《三十二个展览:印象派全景》,北京:北京大学出版社 2013年版,第 57 页。

热情克制一切困难与烦闷。……与其谓莫奈之《睡莲》,画面是'诗的',不如谓之'音乐的'愈觉切当。……所谓绘画的,在于颜色,在于光滑灿烂之调子,所谓音乐的,在于笔触上现出之韵律,与色调施用上富于节奏之意味;所谓诗的,在于将一切景物投入'光'中,显现十分深密之趣味。因其又用色调区分之手法,故又可称为科学的;而其又能不滞于物质形体,破除视官认识之迷惑,在感觉上更赋与精神上之意会,故又可谓之哲学的。"法国批评家勒孔特(Georges Lecomte)说:"这样一位处在孤独中而又对其时代的所有希望和恐惧保持激情的画家……乃是我们纪元中皇冠上的宝石之一"①。法国美术史家路易·吉莱(Louis Gillet)认为,与其说《睡莲》体现了西方的逻各斯中心主义,不如说是表现了东方的神秘主义。后来他又评论到:"也许,有必要认识'莫奈的艺术'这样独一无二的欧洲作品是与中国的思维,远东对水、云雾、万物的转瞬即逝、超然、涅槃、荷花的宗教等的朦胧赞美真正联系在一起的。"②考虑到印象派崛起和发展的现代语境,我们不妨认为,莫奈晚年的"睡莲"审美无疑是带有以自然救人间、以东方救西方、以传统救现代的复杂意向,也难怪作为东方人的刘海粟会对此幅巨制产生如此大的共鸣。

野兽派可谓是法国第一个真正的现代派绘画流派。刘海粟《野兽群》一文记述:"二十世纪法国的艺坛,早已为野兽群(Fauves)所占据了。就是秋季沙龙(Salon D'Automne)和独立沙龙(Salondes Artistcs Indépcndants),或者沙龙蒂勒黎(Le

---

① 转自上海博物馆编:《三十二个展览:印象派全景》,北京:北京大学出版社2013年版,第70页。

② 转自上海博物馆编:《三十二个展览:印象派全景》,北京:北京大学出版社2013年版,第71页。

Salon Des Tuileries），他们虽然各有不同的性质，代表着现在法兰西的艺术；但是你仔细看那里面的重要作品，大都是野兽派人物的手笔。"

野兽派崛起于 1905 年巴黎秋季沙龙，代表人物有马蒂斯（1869—1954）、布拉克、凡童根、特朗、弗拉芒克等人，强调更大胆的艺术创新，具体表现在绘画中，突出绘画用色的亮丽感、整体感（纯色感）、原色感和个性色彩，力争"热情"地"表现"出"美术家面对自己选择的客观对象时他那深沉的感受，依赖美术家凝聚在其上的注意力和对其精神实质的洞察"①。西方著名的《现代艺术史》解释："'野兽'这个词原来特指这些艺术家所采用的明亮而主观随心的色彩，这些色彩的强烈程度胜过新印象主义的'科学'色彩，也胜过高更和凡·高的非描绘性色彩。这个术语也用来特指马蒂斯和他的艺术家友人们于此前一年在法国南部里维埃拉地区的圣特罗佩和科利乌尔一带所实验的直接而颇具活力的画面用笔。野兽主义画家以各种不同的方法，完成了塞尚、高更、凡·高、修拉和纳比派艺术家试图做到的对色彩的解放。"②应该说，刘海粟上文中的阐释具有更宽广的艺术史视野："这是对学院派的陈腐以及印象派新印象派甚至后期印象派所起的以规律为本的反动。那备受嘲笑惯的'野兽群'的人们，如同后来立体派一样，很明白地看透新印象派的科学化，不惟技术上显得局促，而且在艺术的趣味上也暴露其贫乏的弱点。这种缺少高超和深味的新印象派，很显然地走到装饰的时髦和纯

① 蒋长虹编著：《色彩的叛逆：野兽派》，天津：天津科学技术出版社 2011 年版，第 73 页。

② （美）H. H. 阿纳森、伊丽莎白·C. 曼斯菲尔德：《现代艺术史》，钱志坚译，长沙：湖南美术出版社 2020 年版，第 122 页。

粹学院主义一样讨厌的新学院主义上面去,因此,'野兽群'感到了有开辟一个比较高超的理想之必要。他们倾向于自然的印象的传统以外的东西,这种观点是根据视官的混合的对象,就是从那已纂集的对象来研究的。换言之,以前艺术家是看了自然的表面的形,而从其中描画出所谓宏大、优美来作画。'野兽群'的人就不同了,他们是要捉取在于自然的奥处或他们所认为在于自然的奥处的一种不可思议的情绪或情调”,而“对于轻视个性而描写自然的表面的形是反对的”。另一面,“'野兽群'倾向于形体的新精神化,专心创造建筑风的结构,……他们主张的是一种强而显的‘以少道多’的东西,而反对印象派的散乱、沉赘和重复”。

《玛谛斯六十生辰》具体记述野兽派代表人物马蒂斯“六十诞辰的翌日,在巴黎拉司巴伊大路九十九号的那画廊举行玛谛斯杰作展览会,陈列着这位‘生活的享乐’的大师的杰作”。其中有素描、油画等,共六十多幅,著名画作有《跳舞与音乐》《红色的房间》《奥达利司克》《人物》等。文章认为:“玛谛斯的艺术,是有光辉一致,无破绽的完全的艺术,这也是现今欧罗巴人所一体称赏的。就是对于绘画没有相当研究的人,也能一眼辨别出玛谛斯的画的情味来。因为他那画面都有他的不可模拟的特性,他的作品里投射着他更深一层的生命和体魄。换言之,我们在观赏他的画的时候,就像见到他本身的投影。……他的作品中的一切都是形的机能,美学的实质,没有悲剧或喜剧般的记录,没有温柔或严肃的表情,毫无何种表情的露泄。纯艺术的想象之用于实际,再没有较他更为彻底了。……这是伟大的纯正的艺术……”《安特莱·特朗》叙说,安特莱·特朗与弗拉芒克(Vlaminck)同为野兽派鼎盛期的两个天才,二者的距离是“一个有大理想的艺术家和一个本能的富于天才的艺匠之间的距离"。"如果说玛谛斯创造了一种以装饰家完成……画幅的风格,则特朗实为从装饰的缠绕之解放出来的第一人,他把当日在野兽派之所实习的技术很灵巧地表现出来,而寻找显露的色调。他步趋塞尚之后尘,而发现人所未曾觉知的奇迹。于融会贯通了'爱克司大师'(爱克司[Aix]系塞尚的故乡——引者)的一切修炼之术,再自己窥探艺术史上最奥妙的所在。从此人们不绝地议论他的对于难解的推理和古义的亲近。有人说,那是混沌的才具,欲熔古典的传统与原始的稚拙于一炉;那是错杂的智力,一种变调的知识主义。他把十九世纪之末的颓废派艺术家的精炼的审美观念混入古人的爱好之中。原始的艺术有时以其模样的均衡来催眠他,他则再予以某种艳媚。""总之野兽派和立体派对于美学的感觉,……初在文学上发现,随后也走到绘画上来了。"不难发现,刘海粟的叙述凸显了野兽派与社会现代性的复杂关联及终于对科学—机械—世俗主义的疏离、反叛和超越。

刘海粟不仅让读者看到巴黎个人画展的景观,也让读者看到巴黎群体画展的景观。《一九二九年春季沙龙》主要介绍了1929年春季官方沙龙画展的情况,《一九二九年秋季沙龙》主要介绍了1929年秋季先锋派画展的情况。春季沙龙,"所谓官学派美术之总汇也"。"沙龙会场之宏大,布置之清丽,实甲天下",但是"今亲历之,乃无所睹:绘画多庸劣,雕刻未见奇伟,工艺未见瑰丽,遍观全部作品,亦不过与日本之帝展相类耳。"作者最赞赏的无疑是同年同在巴黎大宫举办的秋季沙龙展览,说:"那气象实在庄严,我想凡是看过秋季沙龙的人,终能感到那样伟大的生命。"

秋季沙龙所展出的都是独立艺术家、先锋艺术家——如印象派、新印象派、野兽派的绘画作品，这些艺术家有"亨利·玛谛斯（Honri Matisse），安特莱·特朗（Andro Dorain），梵钝根（Van Dongon），佛拉孟克（Mauricodo Vlaminck），篷娜（Bonnard），拉丕拉特（Pierre Laprade），玛格（Marquet），盖朗（Charles Guerin），欧司班牙（D. Espagnat），克司林（Kisling），迦孟（Camoin），佛利士（Othon Friesz），阿斯朗（Manrice Asselin），梵洛登（Vallotton）等。这辈人都是二十世纪艺坛的急先锋，他们各自放射自己的光辉，走不同的道路，是值得我们赞肯的"。"概括说一句，印象主义新印象主义都是种感觉的写实主义，主张直接描写映在视觉上的自然外相，所以排斥'固有色'的观念——印象派更注重时时变化色相的光线和空气，新印象派注意装饰的效果。他们的方法专依赖感觉，详细分析，和当时科学的世界观十分调和。但到十九世纪末叶，那样的世界观渐渐动摇，对实在的内面的憧憬便萌芽了，同时美术上也就有反印象主义的倾向。于是一辈醒觉的作家更向开辟的路上进行，在一九〇六年就有'秋季沙龙'的诞生。集合其中的同志们，就是后来被人称做'野兽群（Fauves）'的一辈人。"在作者看来，秋季沙龙里"艺术上的转变；整个地观察起来，是思想上的转变。现代人的生活，总是向着'动''活'的方面进行，我们虽然自己不懂得，但我们终是向新的方面而活动；我们希望着前途的荣光的时代，所以我们就拼命要向'生'的方面走。……所以现代的、真的、有深味的艺术，必定是向着'动的'、'活的'那里进行，由创造的方面建立一种人生"。不待言，这种"动的"精神与整体社会的现代性有关，这种"活的""创造的"精神则更多与审美现代性相契合。最值得称道的是，作者也有作品入选这次"秋季沙龙"，可见作家作为绘画艺术家其审美志趣和精神价值取向。

第五节 左翼现代主义：
艾青作品中的巴黎想象

施蛰存在晚年回忆说，上个世纪 30 年代，世界流行两种现代文学，一种是"新兴文学"，一种是"尖端文学"。"新兴文学是指十月革命以后兴起的苏联文学。尖端文学的意义似乎广一点，除苏联文学之外，还有新流派的资产阶级文学。"①如果说，茅盾、夏衍为代表的偏于"新兴文学"，那么，戴望舒和新感觉派等为代表的偏于资产阶级流派的"尖端文学"。而艾青（1910—1996）同时期的诗歌创作则做到了这种"新兴文学""尖端文学"的合一。解志熙在《精深的冯至与博大的艾青：中国现代诗两大家叙论》中称之为"左翼现代主义"，言："当左翼文学和现代主义文学在 20 世纪 30 年代同时成为国际性的文学思潮时，就颇有一些倾向左翼的现代主义诗人，如法国现代诗人阿拉贡、艾吕亚和英国现代诗坛的奥登一代等。艾青与他们的情况类似，也是一个具有开放的现代艺术意识的左翼诗人，甚至竟可说他是一个'左翼现代主义诗人'。所谓'左翼现代主义'当然与'纯粹'的现代主义不同，因为艾青为之注入了左翼文学的革命性、现实性及其政治理想，但同时它也突破了单纯的左翼文学的艺术教条，而自由地吸纳了现代派、先锋派的艺术因素，所以在艺术上显示出不同于一般左翼文学的开放性、现代性。"②可以说，这是理解

---

① 施蛰存：《我们经营过三个书店》，见施蛰存《沙上的脚迹》，沈阳：辽宁教育出版社 1995 年版，第 13 页。

② 解志熙：《摩登与现代——中国现代文学的实存分析》，北京：清华大学出版社 2006 年版，第 138 页。

20 世纪 30 年代艾青诗歌中巴黎想象的关键入口。艾青一生诗歌除了乡村—土地形象系列、太阳—光明形象系列，还有城市—现代性形象系列。城市—现代性形象系列里面，关于巴黎想象和书写的就有 15 首之多，其中，写自新中国成立之前的有《会合——东方部的会合》（后改名为《会合》）、《芦笛》《巴黎》《ORANGE》《画者的行吟》《古宅的造访》《雨的街》《欧罗巴》《哀巴黎》《溃灭》（包括《哭泣的老妇》《玛蒂夫人家》和《赌博》三个片段），写自上个世纪七八十年代诗人"归来"之后的有《巴黎》《香榭丽榭》《红色磨坊》《巴黎，我心中的城》和《敬礼，法兰西》等。限于研究范围，这里只就其新中国成立之前的巴黎想象和书写进行讨论，新中国成立之前的想象和书写也主要以上个世纪 30 年代的想象和书写为根据。

一、左翼意识观照下的巴黎

张纯厚在《论西方左翼思潮的三次高潮》中指出，历史上，左翼思潮经历过三次高潮，一次是文艺复兴、宗教改革和启蒙运动的资产阶级自由思潮，其对立面是保皇党和古典保守主义；二次是 19 世纪空想社会主义、科学社会主义和无政府主义，其对立面是古典自由主义；三次是 1960 年以来，新左派和新社会运动派，其对立面是新右派。第二次左翼思潮主要针对自由主义资本主义，呼唤社会公正和民主自由，发源地是欧洲，第三次左翼思潮"则寻求广泛领域的社会改革，重点是性别、种族和性关系倾向，试图发动一场依靠社会活动分子而非产业工人的社会斗争，被称为社会行为主义"，发源地是美国。显而易见，第二次左翼思潮是左翼思潮的核心阶段，第一次是其前奏，第三次是其普及和深入①。按照这样的梳理,我们可以明晓,20世纪前期世界上许多文学艺术家如法国的罗曼·罗兰、法朗士、巴比塞、阿拉贡、艾吕亚等都倾向于左翼,甚至直接参加共产党,参与社会主义运动,也是必然的逻辑。俄国未来派诗人马雅可夫斯基则激情地创作了《列宁》《好!》等长诗,讴歌伟大的十月革命领袖列宁和新诞生的苏维埃革命政权。中国在世界革命形势影响下、中国共产党领导下,也成立了中国左翼作家联盟及其他左翼文化团体。只是有一点需要分辨,作为普遍的思想文化的左翼与作为直接的政治分权的左翼还是有区别的,前者的视野显然比后者宽广得多,关注的重心也不一样,但是后来苏联和中国的历史证明,后者压制了前者。1923年,深刻影响过艾青的马雅可夫斯基在莫斯科组织"左翼艺术阵线"并出版同名刊物,大声疾呼文学艺术要为无产阶级革命事业服务,为现实斗争服务,为未来的共产主义服务。"这也许是世界上第一个采用政治上左翼激进派的概念来标榜自己的革命政治色彩的文学组织。"②但是1930年在苏联政治意识形态的召唤越来越紧张的情况下,他自杀了。在中国,深为艾青所敬仰的鲁迅及其追随者也频频遭遇坎坷命运。尽管如此,指认艾青为一名优秀的左翼诗人,依然是符合历史实际的。

　　1937年,杜衡说艾青有两个,一个是在《大堰河——我的保姆》里的艾青,一个是在塞纳河畔的艾青。在《大堰河——我的保姆》里的艾青又分成农妇大堰河的乳儿和地主的儿子的艾青,在塞纳河畔的艾青又分成"暴乱的革命者"的艾青和"耽美的艺

---

　　①　张纯厚:《论西方左翼思潮的三次高潮》,济南:《文史哲》2014年第1期。

　　②　艾晓明:《中国现代左翼文学思潮探源·序言》,北京:北京大学出版社2007年版,第5页。

术家"的艾青①。就塞纳河畔的艾青言,笔者以为,杜衡所指认这两个方面均有不确之处,难怪艾青对这样的评价并不认同,但又都有一定道理,因为视角的独特和言说的大胆,照样可以给人以丰富的启发。众所周知,艾青受波德莱尔影响颇深,而波德莱尔确是一个暴乱的革命者。波德莱尔曾经解释:"我说'革命万岁',一如我说'毁灭万岁、苦行万岁、惩罚万岁、死亡万岁'。我不仅乐于做个牺牲品,作个吊死鬼我也挺称心——要从两个方面来感受革命!我们所有人的血液里都有共和精神,就像我们所有的骨头里都有梅毒一样;我们都患有民主与梅毒的感染。""一切政治我只懂得反抗"②。不待言,波德莱尔这种对革命的理解来自对资产阶级现代人生的彻底失望和极大蔑视。从这一点看,笔者也认同本雅明的研究,认为波德莱尔是西方"纨绔主义"的一个代表。"在波德莱尔看来,那种纨绔子弟是某个伟大祖先的后裔。对他来说,'纨绔主义'是'堕落时代的英雄主义的最后闪光'。"③而艾青一生从没有过这种艺术身份预设。面对中华民族落后、愚昧的现实及其危机四伏的国际处境,出身内地农村普通家庭的诗人不可能有那样的艺术态度;相反,他"对生活,对人世都很倔强地思考着",他以"一个纯真的灵魂之对于世界提出责难",所写下的"这些警句的性质,它们包括了对于资本主义世界所显露的一切矛盾:恋爱、政治、经济、文化、艺术……的矛盾

---

① 杜衡:《读〈大堰河〉》,上海:《新诗》第 1 卷第 6 期,1937 年 3 月。

② (德)本雅明:《发达资本主义时代的抒情诗人》,张旭东、魏文生译,北京:生活·读书·新知三联书店 2007 年版,第 33 页。

③ (德)本雅明:《发达资本主义时代的抒情诗人》,张旭东、魏文生译,北京:生活·读书·新知三联书店 2007 年版,第 115 页。

以及对于革命的呼喊"①。与之相适应,其诗歌创作从开始就给我们提供一个身处下层,自觉将自己的命运与弱小民族、底层阶级的命运结合在一起的左翼抒情主人公形象。

据诗人后来回忆,最初发表的《会合——东方部的会合》就是"记录了他参加反帝大同盟开会的情景"②。诗篇写来自日本、越南、中国的留法青年学生为了"虔爱着自由,恨战争"而秘密会合。他们热烈地议论着,规划着,表现了作为弱小民族成员强烈的自尊意识和对西方列强质疑、批判和反抗的激烈倾向。在"东方"的眼光下,巴黎就成了"死的城市——巴黎,/在这死的夜里"。在这首诗里,巴黎显然是一个带有消极意义的都市形象。实际上,这里触及到社会现代性与审美现代性冲突之外的民族现代性及其困境——为了强国保种,需要向发达国家、民族学习,而为了学习就不能不向发达国家、民族"臣服"。不然何以要远离故国来到巴黎? 因此之故,《画者的行吟》中,抒情主人公作为弱国子民的一员,渴望"在色彩的领域里/不要有邦国和种族的嗤笑"。《古宅的造访》里,诗人给读者提供一个充满爱意的"中世纪的巴黎",但也是一个无法实现的巴黎。《雨的街》表达一个东方青年置身巴黎街头的惆怅和失落。《巴黎》准确把握巴黎生动性和创造性的个性中又有疯狂性、怪诞性的一面,美丽、辉煌的巴黎中又有一个冷酷、傲慢、社会不公平的巴黎:"巴黎/你这珍奇的创造啊/直叫人勇于生活/像勇于死亡一样的鲁莽! /你用了/春药,拿破仑的铸像,酒精,凯旋门/铁塔,女性/卢

---

① 艾青:《我怎样写诗的》,见《艾青全集》第三卷,石家庄:花山文艺出版社1991年版,130页。

② 艾青:《〈域外集〉序》,见《艾青全集》第三卷,石家庄:花山文艺出版社1991年版,第584页。

佛尔博物馆，歌剧院/交易所，银行/招致了：/整个地球上的——/白痴，赌徒，淫棍/酒徒，大腹贾，/野心家，拳击师/空想者，投机者们……/啊，巴黎！/为了你的嫣然一笑/已使得多少人们/抛弃了/深深的爱着的他们的家园，/迷失在你的暧昧的青睐里，/几十万人/都花尽了他们的精力/流干了劳动的汗，/去祈求你/能给他们以些须的同情/和些须的爱怜！/但是/你——/庞大的都会啊/却是这样的一个/铁石心肠的生物！/我们终于/以痛苦，失败的沮丧/而益增强了/你放射的光彩/你的傲慢！/而你/却抛弃众人在悲恸里，/像废物一般的/毫无惋惜！"表明，巴黎也与世界上其他都市一样，有天堂性的一面，也有地狱性的一面。所以，抒情主人公说要暂时离开它，等磨练好筋骨，再"兴兵而来""攻打"它。《芦笛》歌颂了法国大革命，说要"像一七八九年似的"送出"对于凌辱过它的世界的/毁灭的诅咒的歌"。《巴黎》将大革命与巴黎公社结合在一起讴歌："路易十六的走上断头台/革命/暴动/公社的诞生/攻打巴士底一样的/具有不可磨灭的意义。"也就是说，巴黎的激情也包括革命的激情、反叛的激情；巴黎的现代性也催生了民族现代性和阶级现代性。

20 世纪 30 年代末期，以希特勒为代表的法西斯德国企图成为世界的霸主，疯狂发动第二次世界大战，将铁蹄踏遍大半个欧洲，包括法国和巴黎，这时的巴黎在诗人笔下就成为受难者的形象。《欧罗巴》主要控诉德国侵略者对于欧罗巴和巴黎犯下的罪恶，《哀巴黎》《哭泣的老妇》《玛蒂夫人家》和《赌博》除揭露侵略者的罪恶外，特别控诉卖国投降者的阴谋、昏庸及懦弱，感叹"法兰西——/这被赞颂民主的诗人/赞颂为'世界上最美丽的名字'"将要被玷污，作为"文化与艺术的都市"的巴黎将遭受莫大的耻辱，接着真诚讴歌有着光荣的革命历史的法兰西人民（曾经创造了巴黎公社的人民），相信他们必将唱着《马赛曲》《国际歌》，"在街头/重新布置障碍物/为了抵抗自己的敌人/将有第二个公社的诞生"！如此，巴黎作为一个具有鲜明左翼特征的国际大都市就得到肯定和召唤。这就是艾青与波德莱尔同中有异的地方。就此而言，与其说艾青是一个"暴乱的革命者"，不如说艾青是一个严肃的左翼立场的坚持者①。

二、现代主义书写中的巴黎

按照伊戈内的归纳，巴黎在现代神话谱系中，是科学之都、知识之都、工业之都、女性之都、自由之都、艺术之都、革命之都，到了 20 世纪又是娱乐之都，但其总体文化个性还是"审美现代性"②。事实上，当伦敦（继而是纽约）成为全世界经济金融中心时，巴黎成为全世界的文化艺术之都。巴黎也并非全是天堂，巴黎也有罪恶（地狱性）的一面，如哈维《巴黎城记——现代性之都的诞生》所指出的，依然存在工人阶级的贫困问题，下层妇女的出路问题，大工业生产前提下传统光晕的丧失问题等，然而正是巴黎人天才地敏感到这一点，并及时给以艺术的表现。其前驱就是雨果、巴尔扎克、波德莱尔等。特别是波德莱尔，第一个提出审美现代性问题，第一个自觉从"人性之丑"中寻找"自由之美"，实际是彻底蔑视资产阶级的虚伪文明和道德，而从最边缘最底层的人们那里寻找人生的真实和人性的真实。他以惊世骇俗的《恶之花》对资产阶级社会现代性进行讽刺和批判，并开启

---

① 左怀建：《开放的现代意识与严肃的左翼立场——论艾青早期诗歌中的巴黎书写》，北京：《中国现代文学研究丛刊》2017 年第 3 期。

② （法）帕特里斯·伊戈内：《巴黎神话：从启蒙运动到超现实主义》，喇卫国译，北京：商务印书馆 2013 年版，第 42 页。

了现代唯美—颓废主义文学之路。应该说,如此种种,在艾青早期对巴黎的想象和书写中都有不同程度的艺术映照。因为我们可以轻而易举地发现,艾青这些诗歌彻底打破了传统农业文明形态下人所形成的封闭、保守、因循、宁静、单一的审美格局,而礼赞和趋向于一种开放、自由、激情、创造、动态、繁复的审美格局。前一种是安稳的,可把握的,早已被人们纳入所谓道德的范围,而后一种则是动荡的,不好把握的,至今还使人们为这样的审美格局是否合乎道德而伤尽脑筋。而艾青则毫不犹豫地选择了后者。

在艾青早期的巴黎之歌中,"自由"是一个神圣的目标,而巴黎又几乎成为自由的代名词。《芦笛》一诗是为纪念法国已故立体派诗人阿波利内尔而作,诗的前面引阿波利内尔的两句诗作为题记:"当年我有一只芦笛,拿法国大元帅的节杖我也不换。"在这里,"芦笛"显然是自由、个性、尊严的象征。由于巴黎是自由的,生存在巴黎是惬意的,所以感到"我曾在大西洋边/像在自己家里般走着"。艾青就曾说他在巴黎的三年是"精神上自由,物质上贫困的三年"[①]。艾青写作这首诗时是否想到美国前总统杰弗逊、小说家施坦贝克等人对"每个人都有两个祖国——自己的国家和法国","回到巴黎,我相信就是找到了自己的家"[②]的表白,我们无法知晓,姑且不论,但是它至少表明酷爱自由的中外文学艺术家都将巴黎看作自己的灵魂之家、精神之家。有坚信,就有坚执,所以诗篇接着歌吟:"人们嘲笑我的姿态,/因为那是

---

① 艾青:《母鸡为什么下鸭蛋》,见《艾青全集》第五卷,石家庄:花山文艺出版社 1991 年版,第 250 页。

② (法)帕特里斯·伊戈内:《巴黎神话:从启蒙运动到超现实主义》,喇卫国译,北京:商务印书馆 2013 年版,第 313 页。

我的姿态呀！/人们听不惯我的歌，/因为那是我的歌呀！"如此，一个追求自由，早已把世人的误解、指点、斥责置之度外的反叛者形象跃然纸上。

艾青一生诗歌中都有"燃烧—太阳"意象，就早期而言，如其第一首诗《会合——东方部的会合》渲染来自东方的一群留法青年在一个秘密的夜晚会合表达强烈的反帝情绪，他们的心"燃烧着，/燃烧着，/燃烧着……"《巴黎》写整个巴黎都处于激情燃烧之中："愤怒，欢乐/悲痛，嘻戏和激昂！"连妓女都是那样激情地摆出自己的人生姿态，所谓："或者散乱着金丝的长发/澈声歌唱，/也或者/解散了绯红的衣裤/赤裸着一片鲜美的肉/任性的淫荡……你！/……/巴黎，你患了歇斯底里的美丽的妓女！"《太阳》一诗极力渲染太阳所能给人类带来的巨大的能量。对此，以往总是从一般政治社会学的角度释之为对政治层面的光明、自由、翻身解放的诉求，其实从都市文化审美的角度看，它恰恰是社会现代性及其审美效果的一个体现。工业革命以来，大机器生产和运输，现代科技传播，给人类生产方式和生活方式都带来根本性的改变。农业文明时代的宁静、清凉、单一被彻底打破，而代之以燃烧、喧闹、繁复。燃烧实际上意味着动力，意味着生产力及其自身的生产。马克思、恩格斯在《共产党宣言》中说，资产阶级必须不断革命下去，在它所统治的近百年里所创造的生产力超过以往历代生产力的总和。所以西方现代文学总是喜欢用靠燃烧发动的火车、巨轮来表征现代人生。如法国诗人阿尔弗雷德·德·维尼的诗《巴黎》(1831)："我看到的是一只火轮呢，还是一个火炉？/是的，这就是一只车轮；那是上帝之手。/它抓着无形的车轴，推动它前进。/车轮朝着未知的目标不停地前进。/我们称它为'巴黎',它是法国的支轴。"①而太阳则是所有燃烧的源头。历史学家称路易十四时代是法国现代性的起点,而路易十四自称是"太阳王"。20世纪三四十年代,艾青写下大量赞美"黎明""太阳""阳光"的诗作;新时期"归来"之后又写《光的赞歌》,大声歌唱:"太阳啊,我们最大的光源/它从亿万万里以外的高空/向我们居住的地方输送热量"。太阳带来燃烧,燃烧带来激情。所以激情是人类现代人生成型的重要支援。

以往人们也不大理解"动"在美学上有何意义,主要障碍在于以往我们缺乏对现代性的认识和感受,缺乏现代都市美学。在现代都市美学看来,"动"恰恰是现代都市文化审美的根本特性,因为工业革命以来,"动"恰恰是人类生产和发展的动力形态,是现代都市产生和发展的重要保证,也是重要征兆。机器在动,人心在动,社会历史在动,人类所赖以生存的一切都动,人类的审美也形成了动态的模式②。本雅明在揭示波德莱尔的审美现代性之概念时就说:"现代性的本质是心理主义的,即根据我们内在生活(实际上是作为一个内在世界)的反应来体验和解释这个世界,在躁动的灵魂中凝固的内容均已消解,一切实质性的东西均已滤尽,而灵魂的形式则纯然是运动的形式。"③如此说来,1923年闻一多发表《〈女神〉之时代精神》,其中谈到,"二十世纪是个动的世纪。……这种动的本能是近代文明一切的事业之母,他是近代文明之细胞核",郭沫若的诗歌就表现了这种精神,

---

① 转自(法)伊夫·瓦岱:《文学与现代性》,田庆生译,北京:北京大学出版社2001年版,第46页。

② (美)丹尼尔·贝尔:《资本主义文化矛盾》,严蓓雯译,南京:江苏人民出版社2007年版,第48页。

③ 转自刘波:《波德莱尔:从城市经验到诗歌经验》,北京:北京大学出版社2016年版,第7页。

这种"表现"也不仅是对于外在的"动的世纪"的机械反映,更是诗人"动态的灵魂的形式"的最好表达。"郭沫若底这种特质使他根本上异于我国往古之诗人"①。以往的研究者无法从都市审美的角度明了闻一多这一评价的深远意义,而只是强调《女神》是"五四"时代精神的最强音,因为它表现了"五四"狂飙突进、除旧布新的精神,这显然是没有抵达郭沫若诗歌审美内蕴之最深层次。同理,以往人们对艾青诗歌的理解只强调其"人民""民族"的政治意义,所以大量研究精力投入到其农村题材的创作中,而对其现代都市题材的创作则几乎视而不见。现在我们从都市文化审美的角度来审视,则发现艾青早期诗歌《巴黎》等就充分地表现了巴黎的动态人生、动态景观,也体现了诗人前卫的都市动态美学。

在诗人笔下,巴黎的一切都在动,"群众的洪流/从大街流来/分向各个小弄,/又从各个小弄,折回/成为洪流/聚集在/大街上/广场上/一刻也不停的/冲荡! /冲荡!"冲击的/巨大的力的/劳动的/叫嚣——/豪华的赞歌,/光荣之高夸的词句,/钢铁的诗章——/同着一篇篇的由/公共汽车,电车,地道车充当/响亮的字母,/柏油街,轨道,行人路是明快的句子,/轮子+轮子+轮子是跳动的读点/汽笛+汽笛+汽笛是惊叹号! ——/所凑合拢来的无限长的美文/张开了:一切 Ismes 的 Istes 的/多般的嘴,/一切奇瑰的装束/和一切新鲜的叫喊的合唱啊"! 这中间还杂夹着"从 Radio/和拍卖场上的奏乐"。为了制造动感,诗歌调动电影蒙太奇的手法,长镜头、短镜头和特写镜头交叉回闪。如此,巴黎给读者的印象仿佛不是一座城市,而是一艘巨型轮船,

① 闻一多:《〈女神〉之时代精神》,上海:《创造周报》第 4 号,1923 年 6 月。

带着人们在现代社会性的惊涛骇浪中不停地摇摆、动荡、前进。《ORANGE》捕捉在巴黎爱情的感觉,其中也写道"一辆公共汽车/闪过了/纪念碑/十字街口的广场"。这样的"闪过",如此的迅疾和轻巧。诗人甚至捕捉到这种动态人生的特殊形式——震动、颤动。如《当黎明穿上了白衣》写:"微黄的灯光,/正在电杆上颤栗它的最后的时间。"《巴黎》写:"我是从怎样的遥远的草堆里/跳出,/朝向你/伸出了我震颤的臂"。本雅明认为,"震惊"已经成为现代人感知世界的"一种正式的原则"。如此,艾青的巴黎之歌真正体现了现代都市诗"新的战栗"的审美内涵。

　　之所以指认艾青早期的巴黎之歌凸显了巴黎的创造性,是想强调在诗人的想象里,巴黎主要是一个正面的形象。茅盾认为都市文学分为两种:生产性的与消费性的①,而艾青的诗无疑属于前者。诗人感受到巴黎巨大的历史气魄和能力,如它开拓了新的公共空间:大道、广场;建起了"成堆成垒"的纪念碑、博物馆、歌剧院、厂房、交易所、银行和其他高楼、房屋;有手连手的大商铺;有现代科技作保证的整个生存景观。"巴黎/你是强健的!/你火焰冲天所发出的磁力/吸引了全世界上/各个国度的各个民族的人们""巴黎/你这珍奇的创造啊/直叫人勇于生活/像勇于死亡一样的鲁莽!"艾青写《巴黎》时,艾略特的《荒原》已经发表近 10 个年头。艾略特想象中的伦敦已是"荒原"般的城市、生命趋向死亡的城市,所谓"伦敦塔,伦敦塌也"。菲茨杰拉德的《了不起的盖茨比》也已发表 6 个年头。菲茨杰拉德想象中的纽约是一个日渐物质化、世俗化、人性堕落的城市。艾青《巴黎》虽然也有相近审美反映,但仍然充满"未来启示"的力量。这

---

① 茅盾:《都市文学》,上海:《申报月刊》第 2 卷第 5 期,1933 年 5 月。

大概也是诗人选择未来主义诗风和手段以呈现巴黎的主要原因。

说艾青早期的巴黎之歌是现代主义的,还因为这些诗歌更大胆地想象和书写了巴黎唯美—颓废的一面,并由衷地表示沉醉和迷恋。这也许是更令人震惊的,以至长期以来不为研究者们所正视。

众所周知,艾青开始是学绘画的,后来被国民党反动派逮捕,不得已,才集中写诗。1930 年代,杜衡指认塞纳河畔的艾青是一个"耽美的艺术家",实乃意味深长——虽然艾青并不认同这种评价。其后期诗歌逐渐简化前期诗歌的美学元素,但其前期诗歌中的唯美—颓废主义取向确是不争的事实。《芦笛》中抨击白里安和俾斯麦政治上的贪婪,而讴歌阿波利内尔的"芦笛"精神,并表白心迹:"我耽爱着你的欧罗巴啊,/波德莱尔和兰布的欧罗巴。"波德莱尔是法国现代唯美—颓废主义诗歌的开山祖,兰波也是此后法国唯美—颓废主义的重要诗人。在《发达资本主义时代的抒情诗人》里,本雅明称波德莱尔是一个游荡者、波希米亚人,而艾青在《我的季候》和《画者的行吟》里都以流浪者、波希米亚人自居。在《我的季候》里,诗人说:"秋啊! /……我/已厌倦于听取那些/佯作真理的烦琐的话语——/和我守着可贵的契默,/跨过那/由车轮溅起了/污水的广场,往不知/名的地方流浪去吧!"《画者的行吟》歌唱道:"从蒙马特到蒙巴那司,/我终日无目的地走着……/如今啊/我也是一个 Bohemien 了。"蒙马特和蒙巴那司是巴黎两个最著名的文学艺术家集聚地,无数前卫的文学艺术家如魏尔伦、兰波、马拉美、阿波利内尔、塞弗里尼、王尔德、于斯曼、布勒东、海明威、菲茨杰拉德、施托姆夫人、米勒、马雅可夫斯基、马奈、莫奈、高更、凡·高、塞尚、马蒂斯、特朗、德加、夏加尔、毕加索、达利等都曾长期光顾于此或居住于此,而这些人又都多少带有波希米亚人的精神气质。波德莱尔是第一个提出审美现代性概念的艺术家,他感到在人群中的孤独,感到传统光晕在现代工业人生面前的消失,但是他并不回避现世。他鼓励马奈等人关注现代生活,特别赞扬以现代生活时尚为绘画内容的画家康士坦丁·居伊,他企图抓住"转瞬即逝的现时和那些我们看到一次以后就再也看不到的事物"以完成他审美现代性的创造①。所以他能在"恶"中看出"美",在妓女的生涯中看出比上层资产阶级人生更真实、坦荡的人性,能写出《恶之花》。他在对现存社会人生进行批判和讽刺的同时也在历史的颓废中沉醉。应该说,艾青的《巴黎》一诗也传导着波德莱尔的这种文学精神。诗歌开篇就吟唱道:巴黎是一个"任性的淫荡"的"患了歇斯底里的美丽的妓女"! 但出人意料的是,诗篇结尾还是表现出对这种女子深度的迷恋和认同:我们现在失败而去,但等磨练好筋骨,还要回来,做"攻打你的先锋,/当克服了你时/我们将要/娱乐你/拥抱着你/要你在我们的臂上/癫笑歌唱! /巴黎,你——噫,这淫荡的/淫荡的/妖艳的姑娘!"这里有矛盾,也有张力。

第六节　理性审视的目光:
徐訏、辛笛作品中的巴黎想象

这里所谓理性,不是指传统理性,也不是指早期现代的启蒙理性,而是指此启蒙理性支撑下现代社会危机重重,之后,反思

---

① （法）伊夫·瓦岱:《文学与现代性》,田庆生译,北京大学出版社 2001 年版,第 39 页。

这现代社会文明、文化的一种否定性理性，也可以称为新理性。徐訏(1908—1980)，浙江慈溪人，1931年夏北京大学哲学系毕业后曾短时间内留在北京大学研究心理学，1932年9月至1935年9月，在上海协助林语堂创办《论语》《人间世》《宇宙风》等刊物，1936年秋去巴黎留学，专业还是哲学，但1938年初即回国。辛笛(1912—2004)，祖籍江苏淮安，生于天津，1935年夏毕业于清华大学外文系，1936年至1939年在英国爱丁堡大学英国语文系进修；1937年春，受同窗好友盛澄华邀请，去巴黎逗留，常与钱锺书杨绛夫妇相遇。在中国现代文学史上，徐訏被称为"后期浪漫派"的代表作家，辛笛被称为"九叶诗派"的代表诗人。等到他们正式走上文学创作的道路之时，中国现代文学史即将进入第三个十年；就世界范围讲，日本全面侵华就要开始，第二次世界大战就要爆发，随后，中华民族自卫意识高涨，而法国却出现了贝当维和政权，导致巴黎被德国侵略者所占领。如此语境下，东西方文化的利弊将得到重新评价，一种文化上的平等意识和视角就此养成，表现在文学创作包括现代文学的巴黎想象中，就能更平静、客观地看待审美对象，作为创作者也更容易获得一种超越性视角，从而将对审美对象的书写引向更深远的境界。

一、危机重重的巴黎

西方的现代经过十八、九世纪的启蒙运动、科技进步和社会革命，到20世纪初期的第一次世界大战，再到1930年代席卷全球的经济危机，社会矛盾越来越突出，文化困境越来越严重。这期间，就文学思潮来看，经浪漫主义、现实主义到现代主义，审美现代性与社会现代性的分庭抗礼也越来越分明。就中国现代作家而言，一方面感受中国社会发展落后所造成的被动挨打的局

面(日本正全面侵华),一方面又从局外人的角度看到西方社会、文化的多重危机。具体到巴黎想象和书写,可以从两个方面分解:

首先,巴黎的自由及其危机。如前所述,巴黎的自由举世闻名,中国现代作家对此也一再颂扬有加,直到巴黎被德国侵略者占领之后,一位医学专业的留学生余新恩还在《巴黎的趣味》一文中赞肯巴黎的充分国际化和自由化,指出:在巴黎,吃穿住行、看电影、参观艺术展、旅游度假、坐公交车和地道车等都特别的方便,无论什么肤色、国籍、服装都不会受到歧视,各人有各人的自由①。但也就在这时,独具慧眼的徐訏在《怀巴黎》(后改名为《漫谈巴黎》)一文里,一方面充分肯定巴黎所代表的西方现代文明的优长之处,一方面也充分揭露巴黎所代表的西方文明的弊端及由此带来的严重后果。言:

> 一九三六年与一九三七年期间,我适在巴黎,这大概是法国物极必反的时期,法兰西的自由与民主精神,在那个时期,的确已经发挥到了极点。我在那面看到人民个性的发达,看到各种思想的蓬勃,各种主义的活动;……许多美国人,北欧人,东方人,都在那里游历观光,那时巴黎正忙于筑路,筹备世界博览会。……娱乐场,电影院,剧院都挤满了人,咖啡店亮着全夜的灯光,舞场响着通宵的音乐,千千万万的人从各地各国集拢来。那是最复杂时代的最复杂国家,最动荡时代的最动荡国家,这是一个最丰富国家的最丰富年代,最民主国家的最民主年代。同时这也是最自由国家最自由的都市,最热闹都市的最热闹时期。

---

① 余新恩:《巴黎的趣味》,上海:《西风》第 64 期,1941 年 12 月。

文化到了这样丰富的民主自由，人民的个性发达到这样，这是光荣的时代，但是这也是危险的时代，因为这样繁复的思想与活动，必须有一个伟大的政府来启发，劝诱，领导，组织。可是这是非常不容易得的，在中西历史之中，希腊的雅典时代，中国的战国时代，后来都陷于混乱之中，而沦落在武力强暴的压迫，这可说是巴黎沦亡的前车。

……

陶醉在这自由繁华的空气之中，是人生的乐事，但是生命并不是这样的随波逐流，敷衍了事，但求目前些微的快乐。我们每个人都有个趋赴的目标与理想，一个民族还有一个共同的目标与理想。但是法国与法国人已经没有，这整个的暗影，那时候在巴黎已经是表现得非常清楚了。①

可以作为旁证的是，安德鲁·哈塞的《巴黎秘史》里也说，面对战争危机，"大多数巴黎人，从普通的工人阶级到城市的上流人物，都将他们对于战争的恐惧深深地埋在无休无止的享乐之中。在巴黎，一些歌曲开始流行起来，似乎在宣告人们对战争的蔑视与冷漠，如雷·旺图拉的《我们要把洗好的衣物晾晒在西格弗里德的绳索上》和莫里斯·谢瓦利埃的《巴黎永远是巴黎》。还有一些人们一直谈到的言论，如'为什么我们要为那些我们根本就不认识，也永远不会谋面的陌生人去受尽苦难甚至丧失生命呢？''如果希特勒真的那么渴望得到欧洲的话，那么干脆就把欧洲献给他算了。'等等。即使是在最激进的左翼分子那里，唠叨这些失败主义的陈词滥调也没人觉得丢脸。一篇名为《即刻和平》的政治短文在贝勒韦尔的大街小巷悄然走红，被人们在咖

---

① 徐讦：《怀巴黎》，上海：《西风》第 49 期，1940 年 9 月。

啡馆、酒吧里传阅着。这篇文章由无政府主义者路易·莱科万所作，并得到了一些受人敬重的工人阶级的朋友，如法国小说家让·季奥诺的签名"①。难怪辛笛1937年春写的《巴黎旅意》里深长地感慨："《巴黎夜报》的声音太紧压了／谁能昧心学鸵鸟／一头埋进波斯舞里的蛇皮鼓／就此想瞒起这世界的动乱"。诗篇不无遗憾地宣布："花城好比作一株美丽耐看的树／可是欧罗巴文明衰颓了／簇生着病的群菌"②。

　　"二战"爆发后，艾青的诗《欧罗巴》控诉德国侵略者对法国包括巴黎所犯下的罪恶；同时，诗《哀巴黎》《哭泣的老妇》《玛蒂夫人家》《赌徒》等想象德军占领下法国政府的无能、巴黎及巴黎人的多灾多难。萧乾的《人生采访》中有"二战"期间在欧洲做战地记者时所写的海外通讯报道，其中涉及巴黎，说："还是一九三九年十月经过巴黎的呢，那时是完整的巴黎，是没受玷辱的巴黎"，后来被德军占领；1944夏季，英美法联军逐渐夺回巴黎，"除了轴心国家以外，全球的记者都晃动在这里"，就看到这里存在两种奇观：一是"店铺陈设着伦敦做梦也想不到的奢侈品"，但买不到面包，一是这时"巴黎的真正主人却是美军"，巴黎商铺门上都挂着美国和法国两面旗，且书写："我们说英语"。作者就此感慨："我忽然感到，要人民有骨气，政府得先争气。"③问题在于，面对被欺凌的生存环境，法国政府仍然不顾中国等贫弱民族的利益一味逢迎日本侵略者的卑劣行为，另"一方面则痛诋中华民族

---

　　① （英）安德鲁·哈塞：《巴黎秘史》，北京：商务印书馆2012年版，第375—376页。

　　② 辛笛：《巴黎旅意》，上海：《大公报·文艺》第33期，1946年6月25日。

　　③ 萧乾：《人生采访·进军莱茵》，上海：文化生活出版社1947年版，第123—125页。

之穷,弱,愚,野,该死该亡,恨不得一脚把他踢入地狱。"①难怪辛笛在《巴黎旅意》中又不免遗憾地歌吟:"没来你一味嚷着来/来了,又怎样呢?/千里万里/我全不能为这异域的魅力移心/而忘怀于故国的关山月"②。

其次,巴黎的爱情及其危机。1920年代,中国现代作家将巴黎的爱情神话化。张竞生极力推崇巴黎的情人制。慢说巴黎的良家女子,就是巴黎"一帮自由不自由的私娼及公妓",在他看来也是"多情者……为情爱而牺牲的女子,觉得格外生色,格外活动,觉得男女间彼此生出极大的情感与美感"③。李劼人盛赞:"法国女人——或者也可以说是欧洲女人——从她们老祖太太以来,心里只以为女人是为爱情而生的,男子是为供给女人的爱情而生的,假若男子把爱情冷落了——且不必说是牺牲——便是十恶不赦,死后也必是堕入泥犁地狱的罪人"④。1930年代,左翼作家否定了张竞生的感受,认为巴黎的妓女纯粹是金钱的牺牲品,从她们那里获取爱情只能是异想天开、自作多情,但要进一步解构巴黎的爱情神话,还要到1940年代的徐讦。

徐讦从深远的文化背景出发,认为在巴黎所代表的资本主义唯理、唯金钱是尚的文化语境里爱情是很难实现的。中国的文化是"伦理"的文化,西方的文化是"唯理"的文化。"伦理"的文化是有感情的文化,爱情尚不难实现,"唯理"的文化是金钱、利益至上的文化,爱情往往被眼前的功利所牺牲。"在中国,大

---

① 弱民:《巴黎大学的学潮》,见陶亢德主编《欧风美雨》,上海:宇宙风社1938年版,第185页。
② 辛笛:《巴黎旅意》,上海:《大公报·文艺》第33期,1946年6月25日。
③ 张竞生:《美的社会组织法》,北京:北新书局1926年版,第24—25页。
④ 李劼人:《同情》(续),北京:《少年中国》第4卷第5期,1923年7月。

学生们在杂志中画中看到巴黎街头的歌丐琴丐,咖啡店的画师,街上的异性,终以为这种情调是很可玩味的了;其实这是错的,在这道地的唯理的资本主义社会中,一分钱一分货,什么都是刻板的机械的买卖,没有一点点意趣与感情的。意趣与感情的来源是人与人的接触,在封建社会中,金钱还是人外物,人还有与人,有时以金钱为链锁也还可有真正接触的机会;可是在资本社会中,人与人永远没有接触,中间隔着金钱一条桥,永远永远的,不用说是朋友,甚至是父女,母子,爱人与夫妇,更无论萍水相逢的路人了。这社会弄得个个都感到孤独而后已。"①徐订的意思不是要提倡封建社会,而是说中国没有进入资本主义,所以中国还没有被"唯理"的文化所左右,换言之,巴黎所代表的资本主义现代性暴露了深刻的危机。

二、美的有限性的巴黎

巴黎无疑是西方文明史上一颗最璀璨的明珠,是"花都"、美之都,但在这一时期,真正能跳出西方(巴黎)中心意识,从世界各民族的平等权力和文化个性出发,揭示巴黎之美的有限性,从而真正走出巴黎神话的还是徐订。

徐订北京大学哲学系出身,也自修过心理学,到巴黎大学留学也是主攻哲学。这样的出身形成他偏好理性思辨和刨根问底的习性,而事实上,当时世界哲学(包括美学)也正经历从本体论向认识论、从一元论向多元论的转向。如此语境下,他对巴黎的想象和书写既不同于"五四"时期的单向思维(只肯定不批判,神话化),也不同于1930年代的社会化反思和批判,而是善于从文

① 徐订:《论中西文化》(下),上海:《宇宙风》第44期,1937年7月。

化人类学、人文地理学、心理学、哲学、宗教学和美学等多方面、多角度给予观察和考量，明晰到不同地方有不同民族，不同民族有不同文化，不同文化反映不同民族心理包括审美心理，不同审美心理驱动下就会形成各民族不同的美包括城市美，那么，如此理论视域下，巴黎的美只是人类各种城市美之一种，它既不低于其他民族城市的美，也很难说就高于其他民族城市的美。如此的思维和认知就突破了以往的本质主义窠臼，而趋向于多民族"各美其美"、多美并存的格局。

这一时期，徐讦发表了一系列中西对比的文章如《论中西文化》(后改名为《中西的电车轨道与文化》)、《论中西的线条美》《论中西艺术》《论中西的风景观》《西洋的宗教情感与文化》等，对中西文明及其缺陷进行平行辨析，指出，西方本来是有宗教的，但是人与自然二元对立的价值取向使西方理性—物质文明过分发展，最终导致西方宗教衰落、精神低迷、人性恶化并日益远离人的生存原点和生命家园；中国没有西方那样的宗教，但是中国一直存在儒道互补(后来又有佛教参与)，并始终坚守天人合一，所以中国人的生存始终没有导致西方那样的物质化和精神异化。反映在艺术上，西方的艺术强调简单而具体，自然中有我，动中取静(有具体的可把握点)；中国的艺术强调复杂而抽象，自然中无我，静中有动(讲究"言有尽而意无穷"的余味)。可以说，徐讦的这些文章在进一步给西方文明祛魅，而给中国文明复魅。正是在此理论背景下，他一系列有关巴黎生活的小说总是设置双重甚至三重结构框架，于平行比较不同民族在心理、价值观及行为方式之不同的基础上，为中国人的心理、价值观和行为方式寻找到当然的、自恰的合理合法性。如小说《蒙摆拿斯的画室：巴黎情调之一》写在巴黎，精明的荷兰画家为了节约钱财，

将一个法国女人派作三种用处：法文教师、模特儿和妻子，所以
这个法国女子很快厌恶了他，而爱上待人真诚大度、遇事从容不
迫的中国青年"我"。这一法国女子向"我"发出疑问："你以为爱
一定要结婚的么？""你以为假使有人真爱我，我真不会同一个外
国人结婚么？"其追问的精魂都直指"自由"。而中国女子 K 在是
否接受那位荷兰画家的爱情方面则始终顾虑重重。小说的潜台
词是自由固然很有魅力，但是"矜持"也未必没有价值。《决斗：
巴黎情调之二》写东西方青年同时爱上一个法国姑娘，两个人都
愿意采取决斗的办法一争高低，但是法国姑娘却千方百计去利
用他们对自己的爱打消他们决斗的念头，因为在她看来，一对一
的爱情"都是中世纪变态的爱情"，决斗这种方法也已经是"十八
世纪的落伍心理"的反应。换言之，对于法国姑娘而言，中国青
年与法国青年一样有魅力和吸引力，而且相对于浪漫的爱情，现
世生存更重要。《尼琴与沈沉之婚》（后改名为《结婚的理由》）写
爱狗（爱自由、个性）的法国姑娘与爱猫（爱温柔、顺从）的中国青
年由相识、相爱、结婚，到因文化差异而分离，再因文化了解和融
让而重归于好的过程，表明徐讦一种美好的中西方文化交融并
创化的想象①。

　　女性美无疑是巴黎美的象征，而女性美也是徐讦重点讨论
的对象。同时期，别的观察者还在夸赞巴黎"路上很容易看见一
个美人"②，巴黎的"女子也可算是全世界最美丽的女子"③，但是
徐讦在《印度的鼻叶与巴黎的小脚》（后改名为《巴黎的小脚》）一

---

　　① 左怀建、缪大海：《从迷拜到反思——论中国现代文学中的巴黎书写》，北
京：《中国现代文学研究丛刊》2022 年第 3 期。
　　② 林无双：《巴黎印象》，上海：《宇宙风》第 70 期，1938 年 6 月。
　　③ 詹文浒：《欧美透视》，上海：世界书局 1938 年版，第 107 页。

文中却认为:很多东方女孩像穷人艳羡富人一样艳羡巴黎女人,总"势利"地以为巴黎女人的一切皆是美,其实不然。"我在巴黎日子虽不久,但街上每天看见无数的女子,没有一个可以称得起美的";即使偶尔撞见一个美人,也不一定是真正巴黎人。归根结底,巴黎女子也以普通者居多。国家富裕和文化先进并不保证一定出美人,因为文化与美并不成正比的[①]。言外之意,即便是贫穷的国家民族也可能出美人,"正如穷人也可以有一颗祖传的真珠一样"。事实上,"一个美人,无论男的女的,同天才一样的难得,天才的出现并没有国际的界限,美人自然不会专出在巴黎。天才还有后天的环境,历史的传统,美人则比较更靠先天。美的标准虽然各民族不同,但是各民族有各民族特殊的美点,同时,民族与民族间也有共同的共存的美点。先进的民族不见得多天才,近代自然科学的伟人叫爱因斯坦的是犹太人,社会科学的伟人叫做马克斯的也是犹太人,犹太人是亡国奴,可是天才竟出于亡国奴里。虽然巴黎纽约有几千女子天天用科学方法把身材弄瘦弄胖弄长弄短在锻炼,以求切合于爱神塑像的模型,可是这只是一种努力,努力可以向美发展,但没有天赋还是不行的"[②]。作品重点比较了巴黎女人、中国女人和印度女人的美,认为印度女人有巴黎女人和中国女人的优点,而没有巴黎女人和中国女人的缺点。印度女人唯一的缺陷,"就是嘴唇的颜色太黯,这在他们眼睛特别有光的脸上,是更显得缺少一种均势",作为弥补,她们鼻叶上往往穿孔戴环。如果将这种行为称作野蛮,

---

① 徐讦:《印度的鼻叶与巴黎的小脚》(上),上海:《宇宙风》第 37 期,1937 年 3 月。

② 徐讦:《印度的鼻叶与巴黎的小脚》(上),上海:《宇宙风》第 37 期,1937 年 3 月。

那么中国和巴黎女人的小脚也都是野蛮；特别是巴黎女人，为了取媚于男子，往往要穿后跟很高、鞋帮很窄、鞋头很尖的皮鞋，也许比中国女人的小脚更不人道。作品最后说："历史的演进，或稍稍快点，或稍稍慢点，我国环境不同，使呈现的方式稍异，而其整个的趋势总是一样的。所以挂着五寸长的耳环而笑印度女子的鼻饰为野蛮，捧着巴黎的小脚而讥中国过去小脚为野蛮，这是件多么野蛮而不讲理的事情呢！"①对巴黎女人如是观，那么，对巴黎也应如是观。

---

① 徐訏：《印度的鼻叶与巴黎的小脚》（下），上海：《宇宙风》第 38 期，1937 年 4 月。

第三章　中国现代文学中的伦敦想象

　　公元前 55、54 年,罗马帝国凯撒大帝两次进犯不列颠,第一次未果,第二次进入不列颠,但未到达伦敦所在地。公元 43 年,罗马皇帝克劳狄(Claudius)继凯撒大帝之后第三次出兵不列颠,这次到达伦敦所在地,并因此形成一个商业贸易点,不过这时不名伦敦,而称朗蒂尼亚姆(Londinium)。公元 5 世纪初,罗马帝国衰落,罗马人从不列颠撤退,朗蒂尼亚姆从此荒废两个世纪之久。公元 6—7 世纪,以泰晤士河为天然边界,建立三个撒克逊王国,其中,埃塞克斯王国建立了一个新的贸易基地,名伦迪威克,意为旧港口,考古学家认为这里可能就是当初的朗蒂尼亚姆。从此,这里称为伦敦。公元 597 年,奥古斯汀(Augustine)来到坎特伯雷,开启英格兰的传教之旅。公元 604 年,圣保罗大教堂建立。公元 9 世纪默西亚王国时期,伦敦复兴。之后的伦敦,为维京人与丹麦人轮流占领,成为重要金融城。公元 1057 年,说法语的诺曼人爱德华("忏悔者")登上国王宝座,与伦敦格格不入,便在伦敦西部建造威斯敏斯特教堂和宫殿,从此成为伦敦之外又一个政治中心。"由此开始,伦敦的传奇正式衍生为两个城区的故事,每个城区都有自己的关注点,利益不同、居住的部族不同、建立的生活氛围不同、掌管事物的风格不同。威斯敏斯特区的关键词是君主权力；金融城则掌管了城市的'钱包'，浸泡在市场经济之中。两者不具有可比性，也没有谁比谁更重要这一说，尽管在城市的演变中，经济总是占主导的那一个"①。

"12 世纪之后，伦敦形成了由 24 位选区议员组成的治理委员会。但这个大都市中的顶层权力，不在贵族、军队领袖或机构手中，而是攥在商业协会手中。"1189 年，伦敦第一次有了市长（mayor）。这时，《大宪章》颁布，规定"国王无权将自己的意志凌驾于《大宪章》的条款之上，以发放执照等形式损害城市商人的利益。"②这时，伦敦桥也翻修完成，成为伦敦的地标建筑。1485年，亨利七世登基，标志都铎王朝的开始。1532 年，本来坚定地支持天主教的亨利八世因为信奉天主教的皇后凯瑟琳不能诞下王子、遇到了安妮·博林（Anne Boleyn）、要求离婚而遭到教皇的坚决反对，最终与罗马教廷决裂，从此英格兰脱离罗马教会，而支持路德已经开始的新教改革，"此后，伦敦意外地成为一座'新教之城'"③。

新教将世俗幸福追求提升到宗教信仰的高度，认为能赚钱就是上帝最好的选民，强调节欲、勤劳、实干，"合理、系统地安排整体道德生活"④。认为："时间就是金钱"，"浪费时间是首要的、

---

① （英）西蒙·詹金斯（Simon Jenkins）：《薄雾之都：伦敦的优雅与不凡》，宋佳译，北京：中国人民大学出版社 2021 年版，第 24 页。

② （英）西蒙·詹金斯（Simon Jenkins）：《薄雾之都：伦敦的优雅与不凡》，宋佳译，北京：中国人民大学出版社 2021 年版，第 32 页。

③ （英）西蒙·詹金斯（Simon Jenkins）：《薄雾之都：伦敦的优雅与不凡》，宋佳译，北京：中国人民大学出版社 2021 年版，第 58 页。

④ （美）马克斯·韦伯：《新教伦理与资本主义精神》，彭强、黄晓京译，西安：陕西师范大学出版社 2002 年版，第 111 页。

而且原则上是最该死的罪孽。人的一生无限短暂,无限珍贵,都应该用来确证他的入选与否。把时间损失在社交、闲聊、奢侈生活方面,甚至睡觉超过保证健康所需的时间(六小时,最多八小时),是一定要受道德谴责的。……静居冥想也是毫无价值的"①。这种商业精神的宗教化,经 16 世纪伊丽莎白一世时期文艺复兴和航海大冒险时代、17 世纪斯图亚特王朝时期光荣革命时代、18 世纪乔治王时期启蒙运动和早期工业革命时代、19 世纪维多利亚女王时期晚期工业革命和殖民主义高涨时代,使英国、伦敦焕发出史无前例的创造力和生产力,迎来不列颠的"日不落帝国"时代,也迎来伦敦成为全世界第一大都市的时代。

　　1666 年,一场大火将旧伦敦毁于灰烬,但新的伦敦马上建造起来;1688 年光荣革命使英国成为世界上第一个现代性国家。也就是在这一时期,伦敦的外来人口急剧增加,到 18 世纪末,伦敦成为世界上第一个人口突破百万的城市,到 1900 年初,伦敦人口突破 600 万,成为世界上第一个特大城市;也是这期间,伦敦开始有皇家交易所、银行、煤气、电灯、自来水、铁路(包括地铁)、公共电车、出租汽车,也是这时开始有公园、广场、图书馆、美术馆、咖啡馆、游乐园、歌舞厅、电影院、剧院、博览会、百货公司等。西美尔引英国宪法历史学家的结论说:伦敦从来都是英格兰的智囊和钱袋,而没有成为它的心脏。这句话也许不免夸张,但它确实道破了伦敦作为具有自由精神的现代工商业大都市的内在倾向和复杂属性。当然,伦敦是天堂也是地狱,就政治方面来说,马克思主义就在对英法无产阶级状况考察基础上形成,就文学书写上而言,英国最伟大的现实主义作家狄更斯的创

---

　　① (美)马克斯·韦伯:《新教伦理与资本主义精神》,彭强、黄晓京译,西安:陕西师范大学出版社 2002 年版,第 148 页。

作无疑最有代表性,而作为中国现代作家对伦敦的理解、想象和书写来看,则非老舍、朱自清、王统照、邹韬奋和萧乾等人的创作莫属。

第一节　民族内外:老舍作品中的伦敦想象

老舍(1899—1966),北京人。由于出身贫寒,仅北京师范学校毕业,但是 1924 年在燕京大学旁听时得到艾温士教授赏识,由艾温士教授介绍到伦敦大学东方学院教授汉语,1929 年夏天回国;这期间,自学西方各种知识,1926 年发表长篇小说处女作《老张的哲学》,引起文坛注意,从此走上文学创作。

老舍一生书写伦敦的文字主要有长篇小说《二马》、散文《头一天》《我的几个房东》《英国人》《东方学院》等,集中发表在 20 年代末期和 30 年代初中期,其中,《二马》还是"整个现代文坛上,仅有的一部同类题材的长篇小说"[1]。可以说,这些创作深受英国文化文学影响,但又不乏中国民族特色。具体到伦敦想象和书写,大体可概括为爱恨难断的两个面向:一方面,从世界都市文明发展的角度看,伦敦确实可以作为当时世界现代都市的楷模,作家表示深深的敬佩和爱意,另一方面,从自己所处中华民族的立场上看,伦敦又无一例外地暴露出对贫困、落后民族的傲慢和偏见,且呈现出鲜明的东方主义倾向,对此,作家表示深深的厌恶和憎恨。从此不难发现,一个具有现代(启蒙)意识而又坚持民族立场的灵魂的矛盾和痛苦。

---

[1]　沈庆利:《现代中国异域小说研究》,北京:北京大学出版社 2009 年版,第 104 页。

一、四季如春的都市

按照阿克罗伊德《伦敦传》的梳理,公元前 6 世纪凯撒大帝征战不列颠的时候,当时历史学家塔西佗已经提到伦敦的雾。工业革命以来,伦敦的雾更是广大无垠,笼罩全城,虽然一些文学家要在其中寻找诗意,但总地看给伦敦人的生活带来很大不便。换言之,伦敦的雾不仅是自然形成,也是工业革命以来环境污染所致。伦敦由此成为"雾都"。这一点,在狄更斯《雾都孤儿》《老古玩店》《荒凉山庄》等小说中表现颇为充分。直到 1951 年,莫顿在《寻找伦敦》中还在回忆:伦敦大雾天,"可见度只有一码方圆,将街灯模糊为一个朦胧倒写的 V 字,每碰撞着什么东西,都似噩梦一般地惊惶"①。中国近现代文学中,黄遵宪在《重雾》《伦敦苦雾行》等诗里已生动描写伦敦的雾及其给人们生活带来的特殊影响,所谓:"雾重城如漆,寒深火不红。""苍天已死黄天立,……出门寸步不能行,九衢遍地铃铎声。"1919 年 2 月 12 日("正月十二日中午"②),梁启超带领一个考察团来到伦敦,后来在《欧游心影录》里说,以前不知道黄遵宪《伦敦苦雾行》之所指,现在知道了。1934 年,邹韬奋的观感是:"伦敦的雾是我们所久闻大名的,常常可于倏然间看见全伦敦被厚雾所笼罩,对面不见人,在白天也要全城点着电灯。……本年一月二日英国南部八千方英里内,都被浓雾弄得漆黑。伦敦当然不能例外,电车汽车对碰,伤了不少乘客,同日有七个人因迷路大踏步走入河里去! ……伦敦除夏季外,阴暗是常态,晴天是例外,下雨尤其是

---

① （英）彼得·阿克罗伊德:《伦敦传》,翁海贞等译,南京:译林出版社 2016 年版,第 366 页。

② 梁启超:《欧游心影录节录》,上海:中华书局 1937 年版,第 47 页。

不可测,所以虽在太阳当空的日子,也有人手上拿着洋伞。"①
1941 年,徐讦在《英伦的雾》里交代,刚进"十月初",伦敦的雾就
"浓得三尺内看不见人"②。稍后萧乾也说:"雾中伦敦天色近似
泥浆。"③据安妮·韦查德《老舍在伦敦》考证言,1924 年冬天,老
舍刚到伦敦不久,就遭遇了一场 34 年来最严重、"让整座城市陷
入了瘫痪"的雾④,可见比黄遵宪们所遭遇的还严重;《二马》中所
写伦敦秋天的雾与前面诸作家所述也有不少相近之处,但总地
看,作者并不强调这雾的可怕,也否定了中国传统文化的消极代
表马则仁(老马)那从雾中寻找诗意的可笑行径,而更多突出伦
敦的春风、阳光、绿色。小说以四月的阳春天开篇,又以四月的
阳春天终篇,其象征意不言自明。

　　小说将主人公之一马威(小马)青春的活力和现代思想意识
的觉醒比作四月的艳阳天,这是非常巧妙的情节构置。这种想
象既肯定了马威,也肯定了伦敦。小说叙写,马威于离开其父马
则仁之前,暂时在已经伦敦化的中国留学生李子荣那里住了一
晚,第二天一早便去了德国(也许是法国)。这时,小说通过李子
荣的眼光写窗外的"泰晤士河。河岸上还没有什么走道儿的,河
上的小船可是都活动开了。岸上的小树刚吐出浅绿的叶子,树
梢儿上绕着一层薄雾。太阳光从雾薄的地方射到嫩树叶儿上,
一星星的闪着,只有几支小划子挂着白帆。在大船中间忽悠忽

————————

　　①　韬奋(邹韬奋):《萍踪寄语》(初集),上海:生活书店 1934 年版,第 297—
298 页。

　　②　徐讦:《英伦的雾:海外的情调》(上),上海:《西风》第 47 期,1940 年 7 月。

　　③　萧乾:《老伙计日记》,见萧乾《海外行踪》,上海:东方出版社 2006 年版,第
79 页。

　　④　(英)安妮·韦查德:《老舍在伦敦》,尹文萍译,北京:北京联合出版公司
2022 年版,第 107 页。

悠的摇动,好像几支要往花儿上落的大白蝴蝶儿。/早潮正往上涨,一滚一滚的浪头都被阳光镶上了一层金鳞:高起来的地方,一拥一拥的把这层金光挤破;这挤破了的金星儿,往下落的时候,又被后浪激起一堆小百花儿,真白,恰像刚由蒲公英梗子上挤出来的嫩白浆儿"。显而易见,作家笔下,即使伦敦东区的春天也是美的、充满生机的,正是这充满生机的伦敦的艳阳天激发了马威生命中最原始也是最有生机的那部分的蠢蠢欲动。

小说最后叙写:"四月中的细雨,忽晴忽落,把空气洗得怪清凉的。嫩树叶儿依然很小,可是处处有些绿意。含羞的春阳只轻轻的,从薄云里探出一些柔和的光线。""春色越重,他心里身上越难过,说不出的难过;这点难过是由原始人类传下来的,遇到一定的时令就和花儿一样的往外吐叶发芽。"可以说,马威作为中国即将觉醒、生命复苏的代表,所遭遇到的这一契机,无疑是伦敦给的,伦敦就此转喻为暂时"惨淡""是个死鬼"然"再过一两分钟……就又活了",总地看依然四季如春、生机勃勃的都市——马氏父子初到伦敦,尚未下火车,就看到:"高高低低没有一处是平的,高的土冈儿是绿的,洼下去的地方也是绿的。……看那儿,那儿是绿的。……高低不平的绿地渐渐变成一起一落的一片绿浪,远远的有些牛羊,好像在春浪上飘着的各色花儿";夏天一到,"伦敦居然有了响晴的蓝天",美国人来伦敦旅游,伦敦人到海边休夏;即便是雾气最为浓重的秋冬,小说也写到"圣诞的第二天早晨,地上铺着一层白霜,阳光悄悄的从薄云里透出来。人们全出来了,因为阳光在外面"。元旦的第二天,植物园里"地上的绿草比夏天还绿上几倍,只是不那么光美。……河上几只大白鹅,看见马威,全伸着头上的黄包儿,跟他要吃食"。再一点,小说极力渲染和强调秋冬以来,伦敦人面对丰收的季节,更休闲、兴奋,"听戏,会客,购物",看赛马、赛狗、赛足球,特别是圣诞节前夜,全城狂欢,从而将雾给人们带来的沉重感一扫而光。据李振杰考证,《二马》中出现的 40 多个伦敦地名,"绝大部分都是真实的,经得起核对"①,这更说明老舍对实际伦敦的看重与肯定。

二、社会文明、科技进步和物质繁盛的都市

如上所述,英国最早确立现代民主、自由国家制度。小说开篇就是通过马威的眼光看到,在具有鲜明公共空间性质的海德公园玉石牌楼下,不同的人围成不同的"圈子",各自表达自己的政治主张而互不侵犯,更无警察横加干涉。"打着红旗的工人,伸着脖子,张着黑粗的大毛手,扯着小阉鸡似的嗓子喊'打倒资本阶级'。把天下所有的坏事全加在资本家的身上,连昨儿晚上没睡好觉,也是资本家闹的。紧靠着这面红旗,便是打着国旗的守旧党,脖子伸得更长,(因为戴着二寸高的硬领儿,脖子是没法缩短的。)张着细白的大毛手,拼着命喊:'打倒社会党,''打倒不爱国的奸细。'把天下罪恶都摞在工人的肩膀上,连今天早晨下雨,和早饭的时候煮了一个臭鸡蛋,全是工人捣乱的结果。紧靠着这一圈儿是打蓝旗的救世军,敲着八角鼓,吹着小笛儿,没完没结的唱圣诗。他们赞美上帝越欢,红旗下的工人嚷得越加劲。……紧靠着救世军便是天主教讲道的,再过去还有多少圈儿:讲印度独立的,讲赶快灭中国的,讲自由党复兴的;也有什么也不讲,大伙儿光围着个红胡子小干老头儿,彼此对看着笑。"这里,"讲赶快灭中国"者固然暴露鲜明的帝国主义嘴脸,实非中国

---

①　李振杰:《老舍在伦敦》,北京:国际文化出版公司 1992 年版,第 39 页。

人所能认同,但是撇开此点不谈,这段文字还是可以彰显伦敦公共空间所代表的言论自由、政治自由性质。今后,无论朱自清的《伦敦杂记·公园》、郭子雄(笔名"华五")的《伦敦素描》、胡蝶的《欧游杂记》还是董谓川和孔文振合著的《欧游印象记》、余新恩的《怀伦敦》(下),抑或左翼作家邹韬奋的《萍踪寄语·纸上自由》和王礼锡的《海外杂笔·英伦琐记》等都肯定了海德公园所代表的这种公共空间性质。朱自清说:"英国是个尊重自由的国家,从伦敦海德公园(Hyde Park)可以看出。"①郭子雄言:"英国人,要是他没有到过国外,也许会觉得海德公园的演讲只是一种自然的现象,但在一个外国人的眼中,这是几百年来历史与经验的积累,政治训练所得来的佳果。"②邹韬奋称英国的言论自由为"纸上自由",意为并不真实,但还是看到英国(伦敦)的言论自由对于反对封建专制的重要意义,就现实所指,也有欲借赞扬英国言论自由而抨击当时中国政府对于言论横加干涉之目的。

老舍《二马》写出伦敦在公共空间与私人空间之间的差异。公共空间里,人与人之间是平等的,所以人当尊重人、善待人,这就是人道主义。如小说写老马醉酒街头,温都姑娘和警察一起把他送回家。"外国人见了别人遇难,是拼命去救的,他们不管你是白脸人还是黑脸人,还是绿脸人,一样的拯救。他们平时看不起黑脸和绿脸的哥儿们,可是一到出险了,他们就不论脸上的颜色了!他不因为是'你'的父亲才救,是因为他的道德观念如此。我们是以为看见一个人在地上躺着,而不去管,满可以讲得下去;外国人不这么想。他们的道德是社会的,群众的。"这种人

① 朱自清:《伦敦杂记》,上海:开明书店1943年版,第36页。
② 华五(郭子雄):《伦敦素描》,见陶亢德编《欧风美雨》,上海:宇宙风社1938年版,第54页。

道主义甚至于体现到动物身上，如西门爵士太太办舞会搞募捐，就是为了给穷人办猫狗医院。但私人空间，人的社会地位和财产权还是不平等、有差异的。如温都太太所言："我们英国人在政治上是平等的，可是在社交上我们是有阶级的"。譬如婚姻，门当户对才有乐趣，才可能幸福："一个王子娶一个村女，只是写小说的愿意这么写，事实上是做不到的！就打算这是事实，那个小乡下姑娘也不会快乐，社会，习惯，礼节，言语，全变了，全是她所不知道的，她怎能快乐"！伊牧师女儿也说："人类是不能平等的，永远是普通人随着几个真人物脚后头走。"不能不说，这种寓平等于不平等之中的社会价值理念还是有其复杂内涵和深刻意义的，甚至可以说，整个英国（伦敦）的政治社会架构就是如此组织、安排的，所以，独有在英国（伦敦）可以搞改良主义，而不影响社会优化与进步。

费孝通在上个世纪 40 年代著文言："科学并不是发生于实利的期望，而是起于求真的热忱。"[①]同理，老舍的《二马》也颇欣赏伦敦人对科学的理解和态度，说："科学在精神方面是求绝对的真理，在应用方面是给人类一些幸福。……人生的享受只有两个：求真理与娱乐。只有科学能供给这两件。"小说写伦敦人通过科学技术发明和运用，将伦敦打扮得自然、漂亮而又高效。马威由此得出结论："帝国主义不是瞎吹的！……不专是夺了人家的地方，灭了人家的国家，也真的把人家的东西都拿来，加一番研究。动物，植物，地理，言语，风俗，他们全研究，这是帝国主义厉害的地方！他们不专在军事上霸道，他们的知识也真高！……英国人厉害，同时，多么可佩服呢！"

---

① 费孝通：《眼睛望着上帝》，见费孝通《初访美国》，重庆：美国新闻处 1945 年版，第 137 页。

马克思、恩格斯在《共产党宣言》里说，工业革命不过百年，然所创造的生产力超过人类此前所有世代生产力的总和。工业革命首先在英国发起，工业革命的成果也首先由英国人享受。小说写当时"伦敦有七百万人，……四百个电影院，几十个戏馆子，多少个博物馆，美术馆，千万个铺子，无数的人家……"牛津街上，常年汽车东来西往，大汽车中间夹着小汽车，小汽车后面紧盯着摩托自行车，整条大街变成了"车海"。男女老少特别是妇女，挤满所有的商铺。圣诞节前，全城街道狂欢，每个人都要购买圣诞礼物赠送给自己的亲人、朋友，所有铺子直到半夜才关门，所有汽车电车直到天亮还在街上跑；这时，"人们把什么都忘了：政治，社会，官司，苦恼，意见……都忘了。人们全忽然变成小孩子了，个个想给朋友点新东西，同时想得点好玩意儿。人人看着分外的宽宏大量，人人看着完全的无忧无虑，只想吃点好的，喝些好的，有了富余还给穷人一点儿。这天晚上真好像是有个'救世主'要降临了，天下要四海兄弟的太平了"。无疑，老舍这里的想象中，物质还不具有现代性危机征兆，而对于后发展国家反而具有启发意义。

三、充满独立意识和创业精神的都市

老舍在散文《英国人》《我的几个房东》里言，在英国很少能交到像中国那样的朋友，因为他们个个都是"鲁滨逊"，独立意识强，责权分得清；"正直"、诚恳、有责任感，但又始终与人保持一定的距离。在日常消费领域，就是盛行"AA制"。小说中，马家父子刚来到伦敦，伊牧师请客，最后还是伊牧师主动说出来马家父子该付多少钱。李子荣请吃饭，自己付过钱，然后给马威说：你该出十个便士。李子荣接住钱说："英国办法，彼此不客气。"

温都太太的女儿给母亲说:"妈！你还该我六个铜子呢"。母亲回答:"明天一定还你,一定!"温度姑娘解释:"咱们的祖先也是一家老少住在一块,大家花大家的钱,和中国人一样;现在经济制度改变了,人人挣自己的钱,吃自己的饭,咱们的道德观念也就随着改了:人人拿独立为荣,谁的钱是谁的,不能有一点儿含糊的地方!"

马克斯·韦伯在《新教伦理与资本主义精神》里指出,宗教改革之后,英国人普遍接受能赚钱就是最好的选民的价值观念,与此相适应,所有英国人都建立起强烈的商业意识、创业意识。《二马》中,伊牧师女儿甚至将能挣钱——商业的发展——提高到国富民强的高度来认识,说:"只有你能真明白商业,你才能帮助你的同胞和外国人竞争!"难怪李子荣感慨:"我告诉你,老马,我就佩服外国人一样:他们会挣钱!""他们的挣钱能力真是大,真厉害。有了这种能力,然后他们美术,音乐,文学,才会发达,因为这些东西是精神上的奢侈品,没钱不能做出来。你看西门爵士那一屋子古玩,值多少钱？他说啦他死的时候,把这些东西都送给博物院。中国人可有把一屋子古玩送给博物院的？窝窝头还吃不上,还买古玩,笑话！有了钱才会宽宏大量,有了钱才敢提倡美术,和慈善事业。钱不是坏东西,假如人们把钱用到高尚的事业上去。"在中国现代文学史上,这样正视"钱"的作用的创作,并不多见,特别是老舍创作《二马》的时候。

围绕能挣钱,英国人有三点值得注意:(一)是强烈的时间观念。《二马》通过李子荣之口说:"城市生活发展到英国这样,时间是拿金子计算的:白费一刻钟的工夫,便是丢了,说,一块钱吧。除了有金山银海的人们,敢把时间随便消磨在跳舞,看戏,请客,说废话,传播谣言,打猎,游泳,生病;其余普通人的生活是要和时辰钟一对一的走,在极忙极乱吵的社会背后,站着个极冷酷极有规律的小东西——钟摆! 人们的交际来往叫'时间经济'给减去好大一些,于是'电话'和'写信'成了文明人的两件宝贝。"这让人想起美国著名城市学家芒福德所谓"当今工业时代的核心技术是钟表,而不是蒸汽机"[1]。正是钟表所代表的时间全面重塑了现代人的政治、经济、社会、生活和生命。(二)是讲究实效,不空喊口号。储安平在《英国采风录》里说:"英人最务实。他们大都脚踏实地,实事求是。他们都注意实际的问题而不空谈理论。此或由于英人与拉丁文化接触较短,其抽象能力比较薄弱之故……这种不喜侈谈理论的性格,不仅在英国本国为然,即以英人为核心的几个英帝国自治领(如澳洲、加拿大——引者),亦莫不如此。"[2]如果找一个词描述英国人、法国人与西班牙人,那么,英国人偏于"行动",法国人偏于"思想",西班牙人偏于"感情"[3]。《二马》也让马威看到:"英国的强盛,大半是因为英国人不呐喊,而是低着头死干。"(三)是讲究理性和秩序,不情感冲动。英国人的理性不是抽象理性,而是经验理性。所以,在英国,经验主义和功利主义最为发达。英国人最讲究自由,"但自由与守法在英国是相成的,而不是相反的。何以? 盖英国法律之目的,在保障人民之自由而非束缚人民之自由。……法律之内容既为保障人民之自由,故不守法律之行为亦即侵犯人民自由之行为,不守法之人亦即侵犯人民自由之人。

---

① (英)约翰·哈萨德编:《时间社会学》,朱红文、李捷译,北京师范大学出版社 2009,第 15 页。

② 储安平:《英国采风录》,上海:商务印书馆 1947 年版,第 121—126 页。

③ 储安平:《给弟弟的信 英人·法人·中国人》,南昌:江西教育出版社 2012年版,第 83 页。

故在英国,争取自由的运动亦即为卫护法律的运动"①。所以,
"英人中庸而不极端"②,凡事一极端则走向初衷的反面,其根本
意旨在于自由即所有人的自由,和而不同、多元并存才是正道,
才能促进共同发展。小说也是通过马威的眼睛看到:"英国人是
最爱自由的,可是,奇怪,大学里的学生对于学校简直的没有发
言权。……几百万工人一齐罢工,会没放一枪,没死一个人。秩
序和训练是强国的秘宝。"

就是在伦敦精神招引下,中国留学生李子荣迅速转化。他
讲究实用,不喜浪漫的女人。他不怕其他中国留学生笑话,也不
避老马讥讽之所谓"俗气",而利用业余时间到马家的店铺里打
工挣钱。马威批他"太重事实",他批马威"太好乱想,太不重事
实"。因为他聪明、勤快、能干、有信心,为马氏父子帮了不少忙。
马威要送他礼物,他说:"你要是非送礼物不可呢,给我买个表
吧。"表明他已经认识到时间对于现代人的重要作用,这与老马
懒散的生活时间观恰成对比。马威就是从他那里得到启发和鼓
励,决定与他父亲分离,走新的道路。

四、青年人追求时尚的都市

西美尔说:"时尚是阶级分野的产物"。"作为一种普遍现象
的充满活力的时尚生活在我们的历史中被这些因素所包围。时
尚是既定模式的模仿,它满足了社会调适的需要;它把个人引向
每个人都在进行的道路,它提供一种把个人行为变成样板的普
遍性规则,但同时它又满足了对差异性、变化、个性化的要求。

---

① 　储安平:《英国采风录》,上海:商务印书馆 1947 年版,第 91 页。
② 　储安平:《英国采风录》,上海:商务印书馆 1947 年版,第 127 页。

它实现后者一方面是凭借内容上非常活跃的变动——这种变动赋予今天的时尚一种区别于昨天、明天的时尚的个性化标记,另一方面是凭借时尚总是具有等级性这样一个事实,社会较高阶层的时尚把他们自己和较低阶层区分开来,而当较低阶层开始模仿较高阶层的时尚时,较高阶层就会抛弃这种时尚,重新制造另外的时尚。因此,时尚只不过是我们众多寻求将社会一致化倾向与个性差异化意欲相结合的生命形式中的一个显著的例子而已。"①显而易见,社会较高阶层是时尚的制造者和领跑者,而大众只能是时尚的追逐者和模仿者。时尚具有变化性、趋新性、流行性,所以最能适应时尚这一特点的无疑是青年一代,而如何对待时尚就成为新旧两代人的分水岭。应该说,《二马》通过伦敦具体生活的想象和书写而表现了这一时代面向。

《二马》分别写中国的父子两代和伦敦的母女两代。中国的父子两代之间的差距就不是时尚所能概括的,因为这父子之间的差异问题比一般时尚严重得多。时尚属于消费—享受领域,所以,老年人虽然不时尚,但并不失去令人尊重之处,相反,正因为他们不时尚,也就是不太在乎消费—享受,所以更显示其艰苦守持或创业精神,才更引起人们的尊重。而马氏父子的问题不属于消费—享受领域,而属于创业—守业—生产领域,在勤劳、艰苦、开创、节俭方面,无论男女老少,都应该符合如此要求,而就是在这里,老马跟不上历史的步伐,也就是在这里,马威决定离开他父亲现成的产业,而去新的地方开辟新的局面。如果硬说这是时尚,马威要跟上的是历史的生产的大时尚,而伦敦的母女两代人中,温都姑娘要跟上的是纯粹个人的消费的小时尚。

---

① (德)齐奥尔格·西美尔:《时尚的哲学》,费勇译,广州:花城出版社 2017 年版,第 96 页。

温都太太中年丧夫,靠出租房屋为生,典型的大众阶层;其女儿温都姑娘仅在一个补修班里学习六个月就到一帽铺里上班,在年轻人中也是典型的大众阶层。温都太太自然不再会去追逐时尚,但其女儿则不然,这就构成母女冲突。温都姑娘路上爱看橱窗,所以总赶不上回家用晚餐的时间,母女生气。女儿整天跟着男朋友满世界跑,结婚问题、离婚问题,什么都谈论,一点拘束没有。伊牧师本想劝她周末去教堂礼拜,但终于放弃。温都姑娘不但关于爱情的意见和母亲不同,穿衣裳、戴帽子、挂珠子的式样也都不一样。她的美的观念是:什么东西都是越新越好,只要是新的便是好的,美不美不去管。衣裳越短越好,帽子越合时样越好。据她看:她母亲的衣裳都该至少剪去一尺;母亲的帽子不但帽檐儿大得过火,帽子上的长辫子花儿更可笑的要命。母亲一张嘴便是讲材料的好坏,女儿一张嘴便是巴黎出什么新样子。说着说着,母女又说僵了。

　　"母亲说:'你要是再买那小鸡蛋壳似的帽子,不用再跟我一个桌儿上吃饭!'

　　女儿回答:'你要是还穿那件乡下佬的青褂子,我再不和你一块儿上街!'"

　　"温都姑娘和她母亲站在一块儿,她要高出一头来。那双大脚和他母亲的又瘦又尖的脚比起来,她们娘儿俩好像不是一家的人。…女儿走起道儿来是咚咚地山响,连脸上的肉都震得一哆嗦一哆嗦的。顺着脚往上看,这一对儿长腿!裙子刚压住磕膝盖儿,连袜子带腿一年到头的老是公众陈列品。

　　……黄头发剪得跟男人一样。……

　　温都太太看着女儿又可爱又可气,时常的说:'看你的

腿！裙子还要怎么短！'

　　女儿把小笑涡儿一缩，拢着短头说：'人家都这样吗！妈！"

小说继而写温都太太心里烦闷，去瑞贞公园走走，河里小船上的青年男女看见她戴的帽子就笑，温都太太也笑她们，"身上就穿那么一点点衣裳"！

五、注重传播效果的都市

现代都市的崛起与现代传播的出现息息相关。传统社会包括传统都市里，社会等级森严，人很大程度上是靠固定的社会权力和社会地位生存的，或者靠官阶维护自己的社会权力和社会地位的；知识基本上就是经验，通过身体示范、口头传送。现代社会特别是现代都市乃大众民主、平等社会，人要参与社会舆论建构，就需要依靠传播等公共空间，要维护自己的社会权力和地位，也需要倚重传播所带来的声誉效果；知识不再是直接经验，而更多的是理论建构，人要跟上时代，也需要通过传播获取；另一面，现代社会特别是现代都市里，发展变化迅速，社会分工造成人人属于共同体而又人人处于分离、孤独状态，人要寻找到适合自己的点、位也必须不断关心社会风尚和时代潮流，而关心社会风尚和时代潮流最好的办法就是读书阅报，接受现代传播的引导和重塑。芒福德说："大都市所有的主要活动都和报纸相关联。"①麦克卢汉认为，报纸与书籍还不一样，书籍"是一种个人的呼声"，而报纸是"多种版面或多种信息条目以马赛克的形式排

---

①　（美）刘易斯·芒福德：《城市文化》，宋俊岭、李翔宁、周鸣浩译，北京：中国建筑工业出版社 2009 年版，第 295 页。

列在同一张纸上"。换言之，"书籍是一种个人的自白形式（private confessional form），它给人以'观点'。报纸是一种群体的自白形式（group confessional form），它提供群体参与的机会。报纸可以给事件抹上一层偏见的色彩，因为它既可以借用事件也可以完全不借用事件。然而，正是由于将许多新闻和事件并列于报端使公众每天耳濡目染，才使报纸具有令人感兴趣的多重性的广阔范围"①。《二马》就写伦敦小饭馆里"人人手里拿着张晚报，（伦敦的晚报是早晨九点多钟就下街的。）……差不多没有说话的；英国人只要有报看，是什么也不想说的。""玛力姑娘（即温都姑娘——引者）的经济和伦理的关系是由报纸上看来的，她的讨厌中国人也全是由报纸上，电影上看来的，……"

　　马威爱温都姑娘，温都姑娘爱华盛顿，华盛顿又爱伊牧师的女儿，这时，马威还想再努力一把，李子荣却告诉他："好老马（李子荣总是称马威为老马——引者）……我还是劝你不必妄想！我看她一定把华盛顿给告下来，至少也要求五六百镑的赔偿。她得了这笔钱，好好的一打扮，报纸上把她的照片一登，我敢保，不出三个月她就和别人结婚。外国人最怕报纸，可是也最喜欢把自己的姓名，相片，全登出来。这是一种广告。谁知道小玛力？没人！她一在报纸上闹腾，行了，她一天能接几百封求婚书。"也就是说，温都姑娘一旦上了报纸，身价倍增，马威是望尘莫及的。

　　现代都市是传播型社会人生建构，传播中最主要的形态之一是广告。麦克卢汉说，广告总是给人提供乐观的美好的形象。"广告似乎按一条很高深的原理发挥作用：一个小球、一种模式，

---

　　①　（美）马歇尔·麦克卢汉：《理解媒介——论人的延伸》，何道宽译，南京：译林出版社 2011 年版，第 233—234 页。

经过反复的鼓噪以后,均可以逐渐确立自己的形象。广告把借助鼓噪确立自身形象的原理推向极端,使之提升到有说服力的高度。广告的作用与洗脑程序完全一致。洗脑这种猛攻无意识的深刻原理,大概就是广告能起作用的原因。"①正因为广告具有如此神奇的作用,所以,温都太太提醒马则仁说:"现在作买卖顶要紧的是广告。"马则仁说:"我卖古玩,广告似乎没用!"温都太太再一次强调:"就是卖古玩,也非有广告不行!"圣诞节到来前,李子荣给马威出主意,说:"现在预备一大批货,到圣诞节前来个大减价。所有的货物全号上七折,然后是照顾主儿就送一本彩印的小说明书。我去给你们办这个印刷的事,你们给我出点钱就行。《亚细亚杂志》和东方学院的《季刊》全登上三个月的广告……"李子荣的所想又正应了鲍德里亚所谓:"广告既不让人去理解,也不让人去学习,而是让人去希望"。广告所指物品无所谓真伪(超真伪),而主要在于引导人们一种生活方式②。由于广而告之的作用,马家铺子的生意一度有所兴盛。

传播有正面传播,也有反面传播,但是在对事件的评判不一的情况下,无论哪一种传播都可以造成一定的社会轰动效应,都能帮助事件的当事者出人头地。这就是当今时代,凡事无论好坏,欲出名而先炒作的心理原因。《二马》结尾处,老马不明就里,客串英国人拍的不乏东方主义趣味的电影演出,遭到东伦敦中国人的仇恨,他们来砸马家铺子,引起"各晚报的午饭号全用大字登起来:'东伦敦华人大闹古玩铺。''东伦敦华人之无法无

---

① (美)马歇尔·麦克卢汉:《理解媒介——论人的延伸》,何道宽译,南京:译林出版社2011年版,第259页。

② (法)让·鲍德里亚:《消费社会》,刘成富、全志钢译,南京:南京大学出版社2014年版,第119页。

天!''惊人的抢案!''政府应设法取缔华人!'……马家古玩铺和马威的相片全在报纸的前页登着,《晚星报》还给马威相片下印上'只手打退匪人的英雄'。……这件事惊动了全城,东伦敦的街上加派了两队巡警,监视华人的出入。当晚国会议员质问内务部长,为什么不把华人都驱除境外"。遭此凶险,马家父子束手无策之时,李子荣却"有了主意:叫马家父子不露面,他跟他们对付,这样,不致有什么危险。叫工人们砸破些玻璃,出出他们的恶气;砸了的东西自然有保险公司来赔;同时叫马家古玩铺出了名,将来的买卖一定大有希望。现今作买卖是第一要叫人知道,这样一闹呢,马家父子便出了名,这是一种不花钱的广告"。果然如李子荣所预料,"马家古玩铺外面自午到晚老有一圈人,马威在三点钟内卖了五十多磅钱"。

六、不乏东方主义偏见的都市

东方主义,源于西方的东方学,即对东方的政治、文化、历史进行研究的学问,但在出生于耶路撒冷的美国学者萨义德看来,作为一种话语霸权建构,这种东方学处处充满对东方的偏见。它意欲将中西方对比,为了确认西方优越的自我和"对东方进行描述、教授、殖民、统治",而将东方想象为落后、原始、野蛮的"他者"①。安德森在《想象的共同体:民族主义的起源与散布》中将现代"民族"的概念解释为"它是一种想象的政治共同体——并且,它是被想象为本质上是有限的,同时也享有主权的共同

---

① （美）爱德华·W.萨义德:《东方学》,王宇根译,北京:生活·读书·新知三联书店 2019 年版,第2—7页。

体。"①说"它是想象的,因为即使是最小的民族的成员,也不可能
认识他们大多数的同胞,和他们相遇,或者甚至听说过他们,然
而,他们相互联结的意象却活在每一位成员的心中。当勒南写
道'然而民族的本质在于每个人都会拥有许多共同的事物,同时
每个人也都遗忘了许多事物'时,他其实就以一种文雅而出人意
表的方式,指涉了这个想象"②。吴叡人在《认同的重量:〈想象的
共同体〉导读》中进一步解释:"这个主观主义的定义聪明地回避
了寻找民族的'客观特征'的障碍,直指集体认同的'认知'
(cognitive)面向——'想象'不是'捏造',而是形成任何群体认
同所不可或缺的认知过程(cognitive process),因此'想象的共同
体'这个名称指涉的不是什么'虚假意识'的产物,而是一种社会
心理学上的'社会事实'(le fait social)。"③应该说,东方主义也
是在西方民族大多数成员并没有接触过东方民族而却因为主导
话语提供了一种社会心理镜像而对东方民族产生某种政治社会
文化想象和误读的产物,只不过这种社会心理镜像已经彻底偏
向"虚假意识"。具体到伦敦,20世纪以来由萨克斯·儒默的"傅
满洲系列小说"等所掀起的"黄祸论"一直甚嚣尘上;第一次世界
大战期间,英国媒体经常歪曲中国人的形象,如"经常报道唐人
街发生了赌场抢劫、吸食鸦片、械斗等事件,描述也越来越耸人
听闻,比如英国姑娘'被诱骗落入中国巫术陷阱'或'被迫成为赌

---

① (美)本尼迪克特·安德森:《想象的共同体:民族主义的起源与散布》,吴叡
人译,上海:上海人民出版社 2005 年版,第 6 页。

② (美)本尼迪克特·安德森:《想象的共同体:民族主义的起源与散布》,吴叡
人译,上海:上海人民出版社 2005 年版,第 6 页。

③ 吴叡人:(美)本尼迪克特·安德森著《想象的共同体:民族主义的起源与散
布》中文版"导读",上海:上海人民出版社 2005 年版,第 8 页。

博地狱中的信徒'"等①。显而易见，正如奥威尔所指出，这种"故事书中所描写的……中国人"形象都是"不真实的"②。难怪老舍在《我怎样写〈二马〉》中交代："对于英国人，我连半个有人性的也没写出来"，因为"他们所表现的都是偏见与讨厌"，"他们的偏狭的爱国主义决定了他们的罪案"③。表现在《英国人》等散文中，就是一方面欣赏伦敦人的守时、理性，一方面讨厌他们的大英帝国人嘴脸；表现在《二马》中，就是一方面佩服伦敦的科学、文明、进步和生活的美好，一方面嘲弄伦敦人对中国人的无知、误解和蔑视。

《二马》中，老舍叙写道："在伦敦的中国人，大概可以分作两等，工人和学生。工人多半住在东伦敦，最给中国人丢脸的中国城。"老舍出于民族情感，没有具体写东伦敦的中国城怎么给中国人丢脸，但看邹韬奋在《萍踪寄语》中所写，不外乎两个方面，一是穷，二是不争气。邹韬奋在《大规模的贫民窟》一文里交代了东伦敦中国人的穷，那真可谓人间地狱；在《英国的华侨》一文说东伦敦"中国城"里多为广东人，开的铺子有药材铺、杂货店等，玻璃门上都贴着"内进买摊""入内银牌""内便开皮"等字条，打听才知道那都是"里面有赌摊，请进'内便'"的意思。进去一看，"很脏的小房间里，……有几个塌鼻头的奇相，有几个烟容满面的鬼相"，都在"聚精会神于他们的'开皮'"。作者不觉"抽了一口冷气，心里暗想，倘若外国电影公司又想摄些使中国人丢脸

---

① （英）安妮・韦查德：《老舍在伦敦》，尹文萍译，北京：北京联合出版社 2022 年版，第 126—127 页。

② （英）乔治・奥威尔：《巴黎伦敦冒险记》，田伟华译，沈阳：辽宁人民出版社 2017 年版，第 264 页。

③ 胡絜青编：《老舍生活与创作自述》，北京：人民文学出版社 1982 年版，第 15 页。

的把戏,这岂不又是一幕现成的布景"! 正因为如上原因,《二马》揭示伦敦人总是将中国人想象得很不堪,"人人知道跟中国人在一块儿,转眼的工夫就有丧失生命的危险",连妓女都疏远中国人。一些"没钱到东方旅行的德国人,法国人,美国人",更是为找些"写小说,日记,新闻的材料"而到中国城去看一眼,而后任意想象、肆意宣传,于是中国人的形象被大大地歪曲了。如"中国城要是住着二十个中国人,他们的记载一定是五千;而且这五千黄脸鬼是个个抽大烟,私运军火,害死人把尸首往床底下藏,强奸妇女不问老少,和做一切至少该千刀万剐的事情的。作小说的,写戏剧的,作电影的,描写中国人全根据着这种传说和报告。然后看戏,看电影,念小说的姑娘,老太太,小孩子,和英国皇帝,把这种出乎情理的事牢牢地记在脑子里,于是中国人就变成世界上最阴险,最污浊,最讨厌,最卑鄙的一种两条腿儿的动物"! 如温都姑娘就是看多了这样的电影,才看不起中国人,更不可能接受马威的爱情,甚至看电影上英国人打死中国人,兴奋到欣喜若狂。作者就此感慨:"二十世纪的'人'是与'国家'相对待的:强国的人是'人',弱国的呢? 狗!"小说对伦敦既肯定又质疑、既赞美又讥讽的叙述腔调表达了对伦敦的东方主义的强烈不满,有的学者因此称之为"中国较早的后殖民文本"①。

第二节　文化巡礼:朱自清作品中的伦敦想象

朱自清(1898—1949),祖籍浙江绍兴,从小随家庭在扬州长大,故自称扬州人。1931 年 8 月,朱自清刚与陈竹隐订婚,就按

---

①　耿传明、叶金辉:《老舍〈二马〉:中国较早的后殖民文本》,哈尔滨:《学术交流》2013 年第 1 期。

照清华大学给教授的福利安排，到欧洲出行、考察。他走的是陆路，先是坐火车经过满洲，进入苏联，经莫斯科，到柏林、巴黎，在巴黎停留四天，9月到达目的地伦敦。1932年五、六月间，他与柳无忌一起又去欧洲大陆旅游，游览了十二个地方，其中，"巴黎待了三个礼拜，柏林两个礼拜"。同年7月回国。1932年到1933年在上海《中学生》发表记录他游柏林、巴黎、威尼斯等城市观感的散文，1934年以《欧游杂记》为名结集出版；1934年到1937年又陆续发表记录他旅居伦敦的散文，1943年以《伦敦杂记》为名结集出版。

《伦敦杂记》包括九篇散文，分别是《三家书店》《文人宅》《博物院》《公园》《加尔东尼市场》《吃的》《乞丐》《圣诞节》《房东太太》。从题目可以看出，作家的视域还是比较宽广的，从公共自由空间到家庭日常空间，从社会贫富悬殊到家庭悲欢离合，从吃、玩、逛、节日狂欢到文化追慕和艺术凭吊，从文物收藏到平民教育，从现实到历史，但总地看，文化寻探和思索还是其最主要的凝聚点。如有的研究者所认为，这一系列的篇章为读者提供了"一个远离意识形态透视的人文伦敦"形象①，所以这一节以"文化巡礼"为名。

一、文化多元的伦敦

朱自清是中国现代文学史上有名的谦谦君子，他这些作品多发表在《中学生》杂志上，也首先是写给中学生阅读的，应该是尊重历史和事实的，然而他也知道异域游记应该具有"异域的浪漫感"，他虽深入异域实际生活不够，已近中年，也缺乏足够的浪

①　丁黎辉：《当代中国旅英游记中的英国形象》，见陈晓兰主编《想象异国：现代中国海外旅行与写作研究》，合肥：安徽人民出版社2012年版，第171页。

漫情怀,影响所及,作品写得未免"太认真"、过于"老实"了①,但是从后发展国家民族而来,他的目光中还是把握住了伦敦之所有而中国之所无的一些社会文化面向,引人深思和遐想。譬如伦敦具有言论自由,伦敦文化多元;伦敦历史记忆和文物收藏极为丰富;伦敦也有乞丐,但即使是乞丐也要努力自食其力等。关于言论自由和乞丐问题,前后的作家均有书写,这里略过;伦敦历史记忆和文物收藏极为丰富一节下面再介绍,这里先看他对伦敦文化多元的敏感。

《伦敦杂记》第一篇就是《三家书店》,而所叙三家书店无疑代表伦敦文化的三个层面,实深有韵味。第一家是福也尔(Foyle),在切林克拉斯路(Charing Cross Road)西边,"新旧大楼隔着一道小街相对着,共占七号门牌,都是四层,旧大楼还带地下室——可并不是地窖子。店里按着书的性质分二十五部;地下室里满是旧文学书。这片店二十八年前本是一家小铺子,只用了一个店员;现在店员差不多到了二百人,藏书到了二百万种"。由此不难想象,当时伦敦人求知欲之强烈,读书热情之高涨,图书事业之发达。难怪伦敦《晨报》称这家书店为"世界最大的新旧书店"。这家书店的"生意经"也颇有可圈可点之处,如在四层楼留出一间作美术室,不定期在里面进行绘画展览,如果观者对哪一幅画或哪一种画有兴趣,店员自会介绍观者到馆旁边的艺术部去;也有不定期讲座,经常邀请一些文化人甚至是文化名人来主讲或做主席,如果读者有兴趣,只要"纳了餐费便可加入;英国的午餐很简单,费不会多。假使有闲工夫,去领略领略那名隽的谈吐",也自是一种收获。不难看出,这种就是目前我

---

① 朱自清:《伦敦杂记·自序》,上海:开明书店1943年版,第4页。

国很多大城市知名书店所常常有的开放的现代经营方式，但是这种经营方式，至少在朱自清旅居伦敦的时候，伦敦就很普遍了。

"三家书店"的第二家是牛津街上的彭勃思（Bumpus）。这家店开设于1790年左右，1850年在牛津街开分店，以后全店都汇集在这里。这家店的特点是坐落于伦敦最繁华的街道，有伦敦最知名的文化人如"迭更斯，蓝姆，麦考莱，威治威斯等人"光顾，从此名声大振，迅速扩张，收购附近旧法院、看守所、守卫室等，规模逐渐增大。总共五层大楼，虽然界面没有福也尔宽阔，但陈列书籍依然丰富。"下层卖新书，三楼卖儿童书，外国书，四楼五楼卖廉价书；二楼卖绝版书，难得的本子，精装的新书，还有《圣经》，祈祷书，书影等等，似乎是精华所在。他们有初印本，精印本，著者自印本，著者签字本等目录，搜罗甚博，福也尔家所不及。新书用小牛皮或摩洛哥皮（山羊皮——羊皮也可仿制）装订，烫上金色或别种颜色的立体派图案；稀疏的几条平直线或弧线，还有'点儿'，错综着配置，透出干净，利落，平静，显豁，看了心目清朗。装订的书，数这儿讲究，别家书店里少见。书影是仿中世纪的抄本的一叶，大抵是祷文之类。中世纪钞本用黑色花体字，文首第一字母和叶边空处，常用蓝色金色画上各种花饰，典丽谲皇，穷极工巧，而又经久不变；仿本自然说不上这些，只取其也有一点古色古香罢了。"从这里不难看出，彭勃思书店那些代表性的书多是很有来历、版本颇有考究、印刷质量极为精美的了。

如果说福也尔书店是小家碧玉的话，那么彭勃思书店不妨比为大家闺秀，如果说前者属于平民，那么这里更多地属于贵族。这里也曾举行展出，"一回是剑桥书籍展览，一回是近代插图书展览"。特别是第一回展览，有剑桥、牛津这样最著名大学参加，"由鼎鼎大名的斯密兹将军（General Smuts）开幕，到者有科学家詹姆士金斯（James Jeans），亚特爱丁顿（Arthur Eddington）"等，场面之煊赫、规格之高，也实属罕见。通过展览，不仅让读者充分感受到书香的浸染，也通过展览让读者了解到英国图书及其装饰的历史。

"三家书店"的第三家书店是诗籍铺（The Poetry Bookshop），虽然斜对面就是那无人不晓的大英博物馆，但是它的店面实在太小，又坐落在一条无人知晓的小胡同里，所以很难引起人们注意，然进去后，读者自会发现这里竟是诗人的天堂！店的主人就是诗人赫洛德孟罗（Harold），1912 年创办这个小书店，其目的就是加强"诗与社会"的关系，因此这个书店主要是印刷、出售诗刊、诗集或与诗有关的书籍，并且每"星期四晚上准六点起"开始"读诗会"，"差不多没有间断过"。书店印行的《乔治诗选》（Georgian Poetry）"所收的都是代表作家。第一册出版，一时风靡，买诗念诗的都多了起来，社会确乎大受影响。……一九一九到二五年铺子里又印行《市本》月刊（The Chapbook）登载诗歌，评论，木刻等，颇多新进作家"。"读诗会"往往高朋满座，"前前后后著名的诗人几乎都在这儿读过诗：他们自己的诗，或他们喜欢的诗。入场券六便士，在英国算贱，合四五毛钱"。显而易见，这家店已经不像是一个以营利为主的书店，事实上它也"赚不了钱"，但是它对当时伦敦人特别是青年人精神的建构起着重要引导作用。

如果说福也尔书店属于平民、大众，彭勃思呈现贵族、小众倾向，那么，诗籍铺则属于知识分子、介于大众与小众之间。朱自清这篇文章表面上是在写书店，但实际上是在通过这一独特视角探视当时伦敦三个不同层次的市民的精神价值取向,但无论哪一个层次,都莫不体现出积极参与社会、开放进取的精神气质。

二、历史记忆和文物收藏极为丰富的伦敦

如上所述,英国人特别看重现世实践经验,因为"缺少想象与抽象的能力","法人在十三世纪即有单纯活泼之字眼,借以制作小说,但英人直到十七世纪末叶,尚欠准确表达之能力;……英人在戏剧及小说方面,天赋极薄;英人在绘画音乐建筑雕刻等方面,均无灿烂之花朵"①。戈蒂耶说:"英国人富有、积极、灵活,但说实在的,艺术是他们的缺项……他们不过是些外表光鲜的野蛮人……"②捷克作家恰佩克也说:"英国……是个不太有创造力的国家"③。另一方面,英国人又好古、守旧、保守、重传统④,也有钱,"所以努力从外国收集宝物"(有时可能采取非法掠夺手段)⑤。因此之故,伦敦文化多元丰富,其历史记忆和文物收藏也多元丰富,显示极其深厚的历史文化底蕴,承担着国民教育的重大功能。朱自清《文人宅》《博物院》等文就凸显了这一点。

《文人宅》开头中西对比,感叹在中国,许多名人的故园都烟消云散、无踪无影了,而在英国,不要说莎士比亚这样国宝级的

①　储安平:《给弟弟们的信　英人・法人・中国人》,南昌:江西教育出版社2012年版,第89页。

②　(法)帕特里斯・伊戈内:《巴黎神话:从启蒙运动到超现实主义》,喇卫国译,北京:商务印书馆2013年版,第239页。

③　(日)出口保夫:《大英博物馆的故事》,吕理州译,杭州:浙江大学出版社2018年版,第5页。

④　储安平:《英国采风录》,上海:商务印书馆1947年版,第127页。

⑤　(日)出口保夫:《大英博物馆的故事》,吕理州译,杭州:浙江大学出版社2018年版,第5页。

人物，即便是一般名人，"若有故宅可认的话，至少也在墙上用木牌表明，让访古者有低回之处"。《博物院》开头说，伦敦的博物院没有巴黎的多，但是巴黎的"除卢佛宫外"，其他多半都太小了，而伦敦"只检大的说，足足有十个之多"；"最要紧的，伦敦各院陈列得有条有理的，又疏朗，房屋又高，得看"。这里，不仅显示伦敦人的好古，而且表明伦敦人对文物收藏的重视。

伦敦整个城就是一个博物院。具体到朱自清的《博物院》，它引领读者先从伦敦西南角的"维多利亚亚伯特院"观赏。这家博物院在 1851 年第一届世界博览会展馆的基础上改造而成，目的是为纪念维多利亚女王及其丈夫亚伯特亲王，不免皇家贵族气息，所以装饰"最为堂皇富丽"，收藏也极为丰富多彩。"所收藏的都是美术史材料，而装饰用的工艺品尤多，东方的西方的都有。漆器，瓷器，家具，织物，服装，书籍装订，地道五光十色。"作品特别提醒："这里颇有中国东西，漆器瓷器玉器不用说，壁画佛像，罗汉木像，还有乾隆宝座也都见于该院的'东方百珍图录'里。图录里还有明朝李麟（原作 LiLing，疑系此人）画的《波罗球戏图》，波罗球骑着马打，是唐朝从西域传来的。中国现在似乎没存着这种画。"从此不难想象，作为"日不落帝国"，英国从世界各殖民地或半殖民地掠夺来多少文化艺术瑰宝。

再往西走是"人所熟知的不列颠博物院"，即 1753 年建立，1759 年开始完全免费向全世界人民开放的大英博物院（比卢浮宫向世界开放早，且卢浮宫并不完全免费）。它也是全世界最大的博物馆，其对文物百科全书式的收藏之历史价值巨大，同时也显示现代的知识谱系和学科分类①。这里，一面可以看到英国国

---

① （日）出口保夫：《大英博物馆的故事》，吕理州译，杭州：浙江大学出版社 2018 年版，第 5 页。

力的强势和对全世界的占取,一面又可以看到英国对全世界的回报。关于前者,恰佩克说:"英国很有钱,从全世界收集了很多宝物。英国因为是个不太有创造力的国家,所以努力从外国收集宝物。从雅典卫城(Acropolis)拿来壁画雕刻,从埃及拿来斑岩、花岗岩的巨人像,从亚述拿来浅浮雕,从尤卡坦半岛拿来多节黏土烧的像,从日本拿来微笑佛像、木雕与漆器,以及从各大陆、各殖民地拿来种种艺术品、铁制细工品、纺织品、玻璃制品、花瓶、鼻烟壶、书籍、雕像、绘画、珐琅细工、镶嵌贵金属的书桌、撒拉逊人(Saracen,中世纪欧洲伊斯兰教徒的总称)的剑以及其他种种珍宝,大概全世界稍有价值的东西都被拿到英国来。"①作为左翼作家,王礼锡在《海外二笔·伦敦速写》里更强调其帝国主义掠夺性质。关于后者,这是一个空前的创造,也是一种服务于全人类的观念的贯彻,且今后无论经费多么困难,历经战争炮火等各种灾难,都没有出现过有偿服务的情形②。对此,朱自清强调的是:由于展览空间受到限制,1880 年将自然历史标本分离出去,留下的基本上都是"考古学的收藏,名人文件,钞本和印本书籍,(在世界上——引者)都数一数二",因此其历史文化价值极其丰富。

"考古学方面,埃及王拉米塞斯第二(约西元前 1250)巨大的花岗石像,几乎有自然史院大爬虫那么高,足为我们扬眉吐气;也有坐像。坐立像都僵直而四方,大有虽地动山摇不倒之势。这些像的石质尺寸和形状,表示统治者永久的超人的权力。还

---

① （英)詹姆斯·汉密尔顿:《大英博物馆》,王娩译,北京:北京燕山出版社 2020 年版,第 47 页。

② （英)詹姆斯·汉密尔顿:《大英博物馆》,王娩译,北京:北京燕山出版社 2020 年版,第 12—13 页。

有贝叶的《死者的书》，用象形字和俗字两体写成。罗塞他石，用埃及两体字和希腊文刻着诏书一通（公元前195），一七九八年出土；从这块石头上，学者比对希腊文，才读通了埃及文字。"名人文件、钞本"像莎士比亚押房契，弥尔顿出卖《失乐园》合同（这合同是书记代签，不出密氏亲笔），巴格莱夫（Palgrave）《金库集》稿，格雷《挽歌》稿，哈代《苔丝》稿，达文齐，密凯安杰罗的手册，还有维多利亚后四岁时铅笔签字"等。"荷马史诗的贝叶，公元一世纪所写，在埃及发见的，以及九世纪时希伯来文《旧约圣经》残页，据说也许是世界上最古《圣经》钞本"。另外，"顾恺之《女士箴》卷子和敦煌卷子便在此院中"。"瓷器也不少，中国的，土耳其的，欧洲各国的都有"。而最足以让该博物院自豪的是由英国爱而近伯爵从雅典人手里买来的"希腊巴昔农庙（Parthenon）各件雕刻"。巴昔农庙原在雅典，为奉祀女神雅典巴昔奴，"配利克里斯（Percles）时代，教成千带万的艺术家，用最美的大理石，重建起来，总其事的是配氏的好友兼顾问，著名雕刻家费迪亚斯（Phidias）。那时物阜民丰，费了二十年工夫，到了公元前四三五年，才造成。庙是长方形，有门无窗；或单行或双行的石柱围绕着，像女神的马队一般。短的两头，柱上承着三角形的楣；这上面都雕着像。庙墙上部，是著名的刻壁。庙在一六八七年让威尼斯人炸毁了一部分；一八〇一年，爱而近伯爵从雅典人手里将三角楣上的像，刻壁，和些别的买回英国，费了七万镑，约合百多万元；后来转卖给这博物院，却只要一半价钱"。作品指出，"希腊雕像与埃及大不相同，绝无僵直和紧张的样子。那些艺术家比较自由，得以研究人体的比例：骨架，肌理，皮肉，他们都懂得清楚，而且有本事表现出来"，形成这些雕像"自然""清明""活泼""有力"而"庄严"高贵、"和谐不乱"的审美特征，所以特别受到英国人的喜欢和珍重①。可见伦敦人也深深懂得古希腊艺术的价值。

　　伦敦的博物院还有从不列颠博物院分离出来的"自然史院"，里面有"各种史前人的模型，……中生代大爬虫的骨架，……"显示伦敦人对人和自然进化史的重视；"欧战院"则是通过各种艺术或实物形式记载第一次世界大战的爆发，显示伦敦人对当今世界历史变动的敏感和铭记。"国家画院在西中区闹市口，……院中的画不算多，可足以代表欧洲画史上的各派，……最完全的是意大利十五六世纪的作品，特别是佛罗伦司派，大约除了意大利本国，便得上这儿来了。"国画院旁边还有一国家画像院，"专陈列英国历史上名人的像……全体而论，历史的比艺术的多"。"看英国美术，……得上南边儿泰特（Tate）画院去……画院中还藏着诗人勃来克（Willian Blake，1757—1827）和罗塞蒂（Dante Gabriel Rossetti，1828—1882）的画。……当代英国名雕塑家爱勃斯坦（Jacob Epstein）也有几件东西陈列在这里。"

　　30年代，马宗融在其旅英随笔《伦敦》里说："在伦敦……，你要用书，不必进书店，可进图书馆！你要作科学研究，你不必一定登山，一定入水，你可以往研究院！往博物馆！"②如有的西方学者所认为："大英博物馆这样在启蒙运动中建立的百科全书式博物馆的伟大成就，是建立了博物馆这个概念，让某些单靠研究物品本身所无法得到的真理得以显现；也就是说，对同一文化中

---

①　（英）詹姆斯·汉密尔顿：《大英博物馆》，王兢译，北京：北京燕山出版社2020年版，第172页。

②　马宗融：《伦敦》，上海：新生命书局1934年版，第47—48页。

的单一物品进行研究，是无法得到这些真理的。"①换言之，像大英博物院这样的博物馆是培养世界级学者、通才的地方，当年马克思、恩格斯、列宁及英国著名学者、文学艺术家没有不在大英博物院钻研、学习的。《博物院》一文视线下移，并没有列举世界级人物在大英博物院潜心研究学问的实例，但是作者看到大英博物馆还备有 485 个座位，专为研究者所用；其他博物馆也多不要门票或入场券，即使需要购买，价格也非常低廉；还有定期演讲并各种宣传册和图片廉价出售，其根本目的还是为了方便民众汲取知识，铭记历史，陶冶情操，以普遍提高国民素质。所以，对于后发展国家民族的中国，这不啻又构成一种新的启示。

三、传统光晕逐渐丧失的伦敦

本雅明所谓传统光晕的丧失，主要指现代机械复制技术对于传统艺术的冲击所造成的负面效应②。不过，扩大而言，工业革命给人类生存带来的冲击不仅在艺术创作和艺术价值方面，而是渗透到人生各个畛域。譬如说，狄更斯的小说就是全面描画工业革命以来伦敦世道人心的巨大变化，伦敦人生场域中好的品德的逐渐丧失。巴尔扎克的小说书写巴黎的相关内容，德莱塞的小说书写纽约的相关内容。朱自清本是一个看重现世实存而又心绪极为颓废的作家，他不相信"总体"人生有何意义，但

---

① （英）尼尔·麦克格雷格：《塑造"世界那座大城市"的公民》，见（美）詹姆斯·库诺（James Cuno）编《谁的文化？——博物馆的承诺以及关于文物的论争》，巢巍等译，北京：中国青年出版社 2014 年版，第 40 页。

② （德）瓦尔特·本雅明：《摄影小史：机械复制时代的艺术作品》，王才勇译，南京：江苏人民出版社 2006 年版，第 55 页。

坚持积极面对"刹那"人生①。在此语境下，他那些书写自然风光、人间日常生活和儿女情长的美文在温柔敦厚的道德外衣下，都凸显了一定的颓废主义内蕴。显而易见，他这些想象伦敦日常生活的作品也不例外。

《吃的》一文开篇即言："提到欧洲的吃喝，谁总会想到巴黎，伦敦是算不上的。"伦敦人太热衷（"忙"）于金钱事业了，无暇好好享受一番人间美味。伦敦一女士曾组织一个英国民间烹调社，遍寻民间佳肴食谱，但是整个社会风气决定伦敦人"吃饭要少要快"，"那些陈年的老古董"，终于因为"不合时宜"而被忽略了。伦敦人因为每日下午四点半左右的喝茶而得到神经暂时的放松。《圣诞节》写千万伦敦人狂欢于各种新鲜礼物的时候，一些人生的失意者却在深深品味着旧式日历的图样。《加尔东尼市场》交代这是一个旧货市场，商品有正常售卖的，也有偷来转卖的，"摆摊儿的，男女老少，色色俱全"，也有印度人，却不见中国货。忽然，一个书纸店里发现一大厚本贺年卡，"虽是废物，印得很好"，价钱也不贵，"便马上买了"，回到国内，"让太太小姐孩子们瞧，都爱不释手"。这种叙述下，作者俨然成为传统光晕的打捞者和呵护者。

中国现代不少留学伦敦的作家如徐志摩、邵洵美、老舍、徐訏等都写过"我的房东"这类文章，但基本上都是突出房东居家生活的特别节俭，对待中国留学生的相当苛刻，字里行间是无奈和讥讽，而朱自清也写《房东太太》，却调换角度，深入女房东的内心世界，写出一个善良、幽默、乐观、坚强的英国普通妇女的艰

---

① 解志熙：《美的偏至：中国现代唯美—颓废主义文学思潮研究》，上海：上海文艺出版社 1997 年版，第 98—99 页。

难处境,并从她的遭遇窥视到这世上一些好的品质一去不复返了。

歇卜士太太(Mrs. Hibbs)本是一个阔小姐,结婚时继承了姑母的一大笔遗产,靠着这笔遗产支撑家庭二十多年。她的丈夫是剑桥大学毕业生,"一心想作诗人,成天住在云里雾里。他二十年只在家里待着,偶然教几个学生。他的诗送到剑桥的刊物上去,原稿却寄回了,附着一封客气的信。他又自己花钱印了一小本诗集,封面上注明,希望出版家采纳印行,但是并没有什么回响。太太常劝先生删诗行,譬如说,四行中可以删去三行罢;但是他不肯割爱,于是乎只好敝帚自珍了"。从这里看,她的丈夫是一个空想家,过于单纯了,然而他的诗不被世界接纳却意味深长。要么他的诗写得确实不好,要么就是他的诗的寓意不够新潮,跟不上时代的步履;面对进入工业革命以来越来越世俗化、非诗化的人生,他的落伍成为必然的命运。然而歇卜士太太能守住这样的丈夫坚持婚姻二十多年,不唉声叹气,不怨天尤人,还能做一个"地道的贤妻良母",这在现代社会人生中,确属罕见的人物。换言之,她本人也是越来越赶不上时代并最终将被时代所抛弃的人。

作品述说,歇卜士太太没有来过中国,但她身上却有"中国那老味儿"。"人家笑她母女是维多利亚时代的人,那是古板的意思",她也承认,但不在乎。

她乐观、坚强,也不乏幽默。丈夫病逝,儿子在第一次世界大战中牺牲,都没有吓倒她。为了生活,她需要将房子出租,出租不能满足生活的需要,她只好将之抵押。现在,她唯一的亲人是女儿,为了女儿,她决不改嫁。原来的租户中,有的对着女儿谈起自由恋爱,她立马请之另觅住处。有的企图骗钱骗爱,也被她识破赶了出去。

歇卜士太太有点迷信，但也能看出迷信的虚妄，对于她，与其说她相信这个，不如说生活的单调需要一些调剂。"她爱说话，也会说话，一开口滔滔不绝；押房子、卖家具等等，都会告诉你"；说者眉飞色舞，听着也深感兴味；即便是提起她死去的丈夫和儿子，也说得活灵活现，让作者听了四个多月都不觉得厌倦。"有一回早餐时候，她说有一首诗，忘记是谁的，可以作她的墓铭，诗云：

> 这儿一个可怜的女人，
> 她在世永没有住过嘴。
> 上帝说她会复活，
> 我们希望她永不会。"

作者说："其实我们倒是希望她会的。"

就是这样一个可尊敬也不乏趣味的妇人，她的房子越来越没有租户。男客嫌客人少，女客更少，不够热闹，饭桌上又没有世俗的笑话，"只看歇卜士太太的独角戏，老母亲似的唠唠叨叨，总是那一套"。客人终于还是搬走了。作者去年接到歇卜士太太的来信，说她母女已经做了别人家的管家婆。不待言，"'维多利亚时代'的上流妇人，这世界已经不是她的了"。

第三节　左翼批判：
邹韬奋、王统照作品中的伦敦想象

在世界现代都市史上，伦敦是最早崛起的一个，也是最早暴露现代性危机的一个。邹韬奋前面已有所介绍，受国民党反动派所迫,于1933年7月赴欧美游历和考察,1935年8月回国。这期间,陆续写成《萍踪寄语》初集、二集等各篇,于1934年出版,其中,"初集"收录《从巴黎到伦敦》《华美窗帷的后面》《英伦的休战纪念日》《"巴立门的母亲"》《如此救济》《纸上自由》《大规模的贫民窟》《独立观念的叫化子》《家属关系和妇女地位》《英伦杂碎》《世界新闻事业的一个中心》《英报背景和对华态度》《谈〈泰晤士报〉》等,揭露伦敦残酷的生存竞争、底层人的失业问题及其帝国主义倾向。王统照(1897—1957),山东诸城人,"五四"时期文学研究会著名作家,1930年代著名左翼作家之一,因长篇小说《山雨》暴露了当时社会的黑暗,也为国民党反动派所迫,于1934年3月赴欧洲游历和考察,1935年春回国。这期间,曾到英国剑桥大学研读文学,并陆续写成《欧游散记》各篇,1939年5月出版,其中《失业者之歌》《厨子的学校》等对伦敦的书写表达了与邹韬奋创作相近的题旨。

一、经济恐慌背景下失业者的伦敦

1914—1918年的第一次世界大战中,英国是战胜国之一,举国为之欢庆,伦敦当然也不例外。如同斯坦利·温特劳布在《全球同此寂静:第一次世界大战的结束》中所记述:"街道热火朝天,人群云集。旗帜像是被魔法变出来一样。男男女女的人潮从堤岸区奔涌而来……在最后一记钟声静下来之前,那些被严格控制的,受战争约束的伦敦街道已经变成了一片胜利的混乱海洋。"①彼得·阿克罗伊德在《伦敦传》中也指出:"不能说1914年到1918年的第一次世界大战阻碍了这座城市的增长或者它

---

① 转自(英)彼得·阿克罗伊德:《伦敦传》,翁海贞等译,南京:译林出版社2016年版,第610页。

本质的活力"，相反，"那场战争也孕育出新鲜的活力和目标感。截至 1939 年，大伦敦地区的人口已经上升到八百六十万；这是它至此所达到的最高水平，也恐怕是有可能达到的最高水平。整个不列颠人口中，每五人就有一名伦敦人。这座城市在每个意义上都已经发展扩张，新的双车道和辐射状公路计划通达切斯杭特和哈特菲尔德、切尔赛和斯坦恩斯。就如它向外扩张一样，它的内部构造也得到了更新。新的银行和办公室建筑在城市里拔地而起，同时英格兰银行业重建了。一座新的兰贝斯大桥正在兴建。通过教育和福利方面的新倡导，以及住房和公园的再发展计划，伦敦郡议会维持着这座城市发展的动力。"①但是，另一面，左翼学者却认为，第一次世界大战之后，英国"一下子从债权国变成债务国，它在帝国主义世界的霸权也终于完全为美国所取代。大战结束后，随着战时经济转为平时经济，英国出现了一个短暂的稳定、繁荣局面，但其中隐伏着不祥的预兆。战后青年一代所期待的新时期，距离现实依然十分遥远；卷入二十年代爵士乐狂热的年轻人摇摆扭跳，企图以此来摆脱流行一时的迷惘和厌倦。这一时期印度与埃及的解放运动加重了英帝国主义的困难处境，而持续不断的爱尔兰游击战争更成了英国的心腹大患。给予英国社会最沉重打击的是 1929—1933 年席卷整个资本主义世界的、空前激烈的经济危机。危机造成了严重的失业，在 1921—1935 年期间，英国工人失业率除一年外始终保持两位数。在 1929 年危机之初，失业总人数达到三百万，而最高的 1933 年 1 月竟达职工总数的 23％。经济危机给劳动人民带来了巨大的灾难，直到 1939 年，英国仍有百分之二十到

---

① （英）彼得·阿克罗伊德：《伦敦传》，翁海贞等译，南京：译林出版社 2016 年版，第 610 页。

三十的工人生活在英国医药联合会规定的最低营养标准之下。在这种情况下，英国工人阶级的斗争持续不断，1926年爆发了声势浩大的全国总罢工；接着，靠微薄的救济难以果腹的失业工人又开展了规模广泛的反饥饿示威，从北方向伦敦进军，英国工人阶级的英勇斗争给统治阶级造成了巨大的恐慌。所有这些社会动荡和经济恶化的形势都必然反映到文学作品中来"①。就英国左翼文学来讲，如乔治·奥威尔的《巴黎伦敦冒险记》就通过作者自己的亲身经历书写巴黎、伦敦底层人的无工作、失业及由此带来的生活的艰辛甚至死亡的悲惨命运；就中国现代作家来说，邹韬奋、王统照的有关书写可为代表。

邹韬奋在《由巴黎到伦敦》一文中提供一个细节，他由法国境进入英国境，除例行检查外，还要答应："拿此护照的人在英国境内不得就任何职业，无论有薪的，或是无薪的。……这大概也是他们失业恐慌尖锐化的一种表现。"在《华美窗帷的后面》一文里，邹韬奋主要介绍他们的房东一家在第一次世界大战后的凄凉处境。房东是一位60多岁的老太太，丈夫因发神经病被送进疯人院里，两个儿子都死于大战，女儿嫁给一个钟表匠勉强度日。由于经济不景气，家里家具常年失修，作者所住的房间里，沙发三条腿，沙发的坐面弹簧早已没有弹性；墙上挂的钟表永远指在上午九点半。为了省钱，房东不接有家眷的客人（这有点像丁西林的喜剧《压迫》所写），也不愿意与女儿同住而增加她的负担。她有个邻居女孩才14岁，每周末来帮她打扫卫生等，挣点家庭补贴。特别是在餐馆遇见一个年轻女子，"金发碧眼，笑靥迎人，沉静而端庄，装束也颇朴素而淡雅，从表面看去，似乎无从

---

① 侯维瑞：《现代英国小说史》，北京：商务印书馆2019年版，第451页。

疑心她不是'良家妇女',"但事实上"她的身世凄凉,因受经济压迫而不得不以'皮肉'做'生产工具'"。经过询问,知晓其父在大战中牺牲,母亲改嫁,自己中学没有读完而自谋生路,多次寻找职业未果,才"无路可走,除求死外,只得干不愿干的事情"。《如此救济》从总量上讨论伦敦的经济恐慌和失业问题,说:"英国是欧洲各国里面工业化达到最高度的国家,……大多数人民的生计靠工商业,(占全人口百分之八十以上,)而英国船业和制造业之繁荣,大半倚靠出口贸易,世界既卷入经济恐慌的狂潮,国外贸易大受影响,生意没得做,船业当然也随着倒霉。于是从事船业,制造业,和商业的人民,便有许多陷入失业的困境中。自从大战结束后,英国政府的起伏,可以说全是以这个失业问题为中心。"尽管政府极力压低失业统计数字,但就"英国公家的最近统计,失业人数仍在二百万以上,实际受失业影响的多少人,我们很可以在想象中得其梗概。……谁也想不到在这样繁华的伦敦,竟有这样的人间地狱"! 这是笔者所见最早将伦敦比为"地狱"的文字。难怪另一左翼作家王礼锡在《英伦琐记·失业与贫困》中感慨:"成千上万的工人造就了资本主义的黄金世界,造就了英国绅士们保守的凭借,而他们自己就在黄金世界之中没有遮身之所,甚或无从再卖其劳力以维持其非人的生活",这显然是不公平的①。据有的研究者说,"贫民窟(slum)"一词到"19 世纪 20 年代"才出现,且与伦敦有关②。邹韬奋《大规模的贫民窟》一文就指出:"英国资本主义社会的形形色色,这种社会的内在的矛盾之尖锐化",都可以从伦敦的社会结构看出来。"在这样

---

① 王抟今(王礼锡):《海外杂笔》,上海:中华书局 1936 年版,第 96 页。
② 陆伟芳、余志乔:《蒸汽与商船:19 世纪伦敦的崛起》,上海:光启书局 2021 年版,第 142 页。

大规模的繁华的城市里,同时却也有了大规模的贫民窟,这是很值得注意的一种矛盾的现象。"具体而言,最大的贫民窟在东伦敦,那里也有中国城,很多人家都是挤在一间小屋里或"地室里",常年生病,或常年处于半饥饿状态。这无疑是人间地狱的具体化。《独立观念的叫化子》写伦敦存在大量乞丐,从成人到小孩子都有,但又不好意思显示自己为乞丐,于是只好通过在大街上做点什么间接表示出来,如卖自来火,卖唱,演讲,等等。

王统照直接将自己的有关作品题为《失业者之歌》,开头即提醒读者:"不要为他们的炫耀的城市外表朦蔽了你的观察,更不要只看见那些丰富,整齐的装扮而忘记了在绅士,淑女,商贾,流氓……脚下有另一群人物。"路上,常常遇到穿粗布蓝衫(工人阶级服装)的男子向路人手里塞来一份份印刷物,标题是:

Written by an

UNEMPLOYED

EX—SERVICEMAN.

这分明是失业者求助的哀歌。他们在大战中,不曾暴骨疆场,然而现在却丧失了正常的工作。"他们有筋力,有技能,有历练的头脑与两手,却不能凭空去拿面包。"而且这不是个别现象,"各国失业者日渐加多,他们经过欧战的教训与当前的困苦,更感到弱者的悲哀。/不是么?伦敦,巴黎,罗马,柏林,那些或觉得如地上天堂的大都市中,流浪的无食者,乞人,残废无依者,只要你不是终日倚在汽车里,或常常闭藏于图书馆中,你住的日子略多几天,你就会从那一层的人民身上,从他们的目光中,找到这些虚张声势,'血脉偾兴'的所谓'列强'的病原"。作品为此谴责那些自私自利的政客、善于垄断的党派力量、乃至一味沉浸于莎士比亚剧作人物生活场景而不关心现实中底层人生存冷暖的普通人,同时渴望失业者的人生诉求得到人们普遍的重视。

二、生存竞争压力下注重职业教育的伦敦

英国是一个注重贵族传统和教育的国家,也是因为工业革命需要更多专门实用人才而进一步广泛进行职业教育的国家。前者为社会上层建构服务,后者为社会普遍需要服务。这一点,又集中体现在伦敦的教育体制和教育模式上。

邹韬奋在《英国教育的特点》一文中指出,英国教育明显分为两个类型、两个等级,一面是贵族领袖教育,一面是平民大众教育。"前一种是由婴儿学校(nursery school)而幼稚学校(infant school),由幼稚学校而预备学校(preparatory school),由预备学校而私立或受公家津贴的中学校,由这类中学校而升入老资格的大学校(如剑桥,牛津之类)。后一种便是从幼稚学校完毕后和第一种的分途,入所谓初级学校(elementary school),夹有职业训练;区立中学,也设有职业科;以及提早就业后可入的种种职业补习学校。这两大类学校的分道扬镳,不是以智能为标准,全以家世及财力为标准。所谓'领袖'教育,是养成维持现制度的统治阶级,或统治阶级的工具;所谓'大众'教育,是养成供剥削的被统治阶级。""普及教育原是一件好事,但是资本主义国家对于普及教育却有她的目的,第一是要得到工业上的效率,机器日益进步,运用机器的人,必须有相当的教育程度,才能得到好的效率,做资本家的良好工具;第二是国防,毫无教育其蠢如豕的国民,不知爱国,不能替资本家向国外去抢市场,或替资本家保守已抢得的市场,必须有相当的教育程度,才能了解'爱国'。(此处所谓爱国,当然不是指爱劳动者的国,是指爱资本家的国,换句话说,做资本家的工具而已。)这所谓'相

当',是恰到可以受资产阶级利用为限度,过此则非所许,所以在教育制度上也自然地表现着不平等的现象。"王礼锡在《海外二笔·伦敦速写》里有相近的审美分析和想象。

王统照《厨子的学校》叙述作者专门访问、考察伦敦一个以培养厨师为目标的专科学校。校长说,之所以开办这样的学校,不是为了贪吃、好玩,而是为了给青年们开辟就业之路。当前,"竞争变为过度的尖锐化,在许多职业中可以达到成功者是要有手艺的最高级,并且得经过科学的训练"。"为的易于谋利职业,又为使烹饪科学化,他们创办了这个学校。"目的明确了,那么,学校就要准备师资、设备、烹饪材料,教导学生烹饪技巧,从辨别瓜果蔬菜开始,到生火、配料,不择巨细,不厌其烦,倒也充分体现创业和科学精神。"学生入学的年纪以十四五岁为标准,但稍大者亦可。其掌厨部的课目:烹饪实习十七点,烹饪理论四点,英文五点,算数三点,法文五点,物理实验两点(皆每周的数目)。从礼拜一到礼拜五早九点至下午五点半,除去午饭的一小时外,皆有功课/第二部是饭店训练班,两年毕业。学生年龄的限制与常厨班一样。功课是侍务实习十二点,食单理论五点,烹饪两点,英文与商业地理三点,会计两点,簿记两点,法文三点,西班牙与德文两点半,物理实验两点半(每礼拜的数目)。上课时间与第一同。"此外,也有为成年妇女开设的日班,为旅馆厨师开设的提高班,为成年男女开设的补习厨艺的夜班等。"西洋对于这类职业并不认为都是贱役。自然他们在社会上的地位不及官吏,大学教授,新闻记者,律师,医生,然而这在多难的人类社会中向那里去找,去抢,去用许多金钱弄到那些好地位? 他们认为出劳力与手艺谋生,是凭自己的天赋力量与技能找职业,并非是专门给阔人们寻开心,当奴隶。'作工',这个意义恰等于国内时髦名词叫做'工作',绝不是'小人者役于人'的解释。"而且"只有高深技术的理论家谈理析思是不成的;治水,造房,修路,制造种种物品,有科学的脑筋,熟练的手艺,方能措置裕如。"其《工人与建筑师》一文叙写伦敦一个有三十多年创办历史的建筑专门学校也有初中部和高中部之分,但整个学校"包括了将近一百个课堂与实习的厂子,占了好大的面积"。"你如果不到课堂中去,那么你会觉得到了一所完全的大建筑工厂。石工,铁工,木工,塑造工,砖工,各种机械与各种材料,满屋满地堆积起来,机轮的飞转,电火的闪耀,无论是教师与学生,都穿着工人的服装,手指上沾有各种的色彩,脸上的汗时时下滴,而他们却兴高采烈地去做各人应做的工作。""这所伦敦市立的建筑学校不必论其设备与课程之完善,即就工作与知识打成一片这一点上看,已可使人赞美。"该校收费也不高,适应伦敦多数家庭的经济条件,其"创办之目的在训练青年人,使有建筑师,测量师,构造工程师,钢筋混凝土工程师,与卫生工程师之资格。对于成人则授以各种工程大意,使易于就营造实业的各种职业"。邹韬奋和王统照都是资本主义社会制度严厉的批判者,但是对于英国(伦敦)的教育倒颇多赞美之词。邹韬奋肯定英国(伦敦)大学的研究精神,王统照肯定英国(伦敦)的职业教育方针,中西对比之下,对于国内教育界只知道让学生"读死书",脑子里装满各种"主义,……名词,却少有人作科学上的实地工作",几等于"在那老圈子中实行科举式的教育"之方式无疑构成丰富的批判或否定意味。

三、资本操纵下报纸传播的多样化及其政治偏见的伦敦

邹韬奋在《世界新闻事业的一个中心》里称:"伦敦的新闻事

业，在世界新闻事业里面，素来占着一个很重要的中心地位，这里有一部分的原因固由于英国在国际政治上和经济上都占着很重要的位置（虽则在大战以后，经济上的权威已被暴发户的美国抢去不少），还有一部分的原因也由于英国新闻事业的资格老：发达得早。像《大英百科全书》(*Encyclopaedia Britannica*)所称为'世界第一新闻纸'(The First Newspaper in the World)的伦敦《泰晤士报》(*The Times*)，便有了一百四十八年的历史；代表英国守旧派意见，以'帝国日报老前辈'(The Empire's Senior Daily)自许的《晨报》(*The Morning Post*)，有一百六十二年的历史，那就更'老'了。当然，仅靠老牌子倚老卖老是靠不住的，他们的存在或继续发展，自有他们所以能存在或继续发展的特点——虽则他们的立场和方向尽有种种的差异。"接着指出，伦敦的报纸五花八门，种类繁多，不过大体而言，还是可以分为生活型和政治型两大类。

　　生活型的注重时尚，满足大众读者的好奇心，"像每期销数达二百万份的《每日快报》，向靠登载'惊人消息和男女秘闻'(sensation and scandal)著名的，该报在第一页用大标题描写的'社会新闻'，在注重政治要闻的《泰晤士报》上面，往往连页末小小的地位都占不到"。其《英报背景和对华态度》一文也谈到："英国报纸大概可分两大类，一类是所谓'风行'的报纸，他们称为'national newspapers'或'popular press'，销数比较地最大"；另一类是"仅属一部分人看的报纸"，却"不仅在英国受人注意，并且在国际上也受着严重注意的"，这种报纸在政治上"有左右时局的势力"。《谈〈泰晤士报〉》就专门介绍泰晤士报的发行量不足二十万份，编法也不乏"死气沉沉"，但坚持"不但努力于新闻方面的正确和迅速，同时并注意于社论的精警"，使该报已成为英国乃至世界政治要闻发布的权威。"一个很值得注意的要点，那便是它对于任何新闻不登则已，既登了出来，一定是比较的确实，尤其是关于政治的消息。它因此于无形中养成读者对于它的这种信任心。我有几次对英国朋友或在英国的中国朋友谈起重要的政闻，他们往往要问是不是在《泰晤士报》上看见的，倘说不是，他们还觉有怀疑余地，倘说是，他们便觉得特别重要"。该报登载的政治新闻不仅真实，而且快速。"例如一七八九年七月的法国革命刚刚发生，他（指华尔德，该报的创始人——引者）就预料事变的严重，预派有访员用最迅速方法传递要闻，后来十月路易十六和皇后由凡尔赛移到巴黎，以及后来他们先后被杀的消息，英文报纸就只有《泰晤士报》第一家发表出来。有的重要消息竟比所谓'官报'早四十八小时收到"。

英国（伦敦）素有自由主义传统，享有言论自由和新闻自由的权力。邹韬奋在《纸上自由》里指出：英国（伦敦）"最大的特点可以说人民的确已得到'纸上自由'。这所谓'纸上自由'，也可以说是'嘴巴上的自由'"。因为在英国（伦敦）"无论极左的报或极右的报，对于政府的批评指摘，都尽量地发挥，……从来没有因言论开罪当局而有封报馆捕主笔的玩意儿"。"像工党机关报《每日传知》对于现任首相麦克唐诺之冷嘲热讽，甚至瞎寻他的开心，往往有很令人难看之处；独立工党机关报之《新导报》和共产党机关报之《每日工人》，对于统治阶级之严厉的评论，明目张胆宣言非打倒现政府，非推翻现统治阶级，一切问题都无从解决。这在专制或军阀官僚横行的国家，直是大逆不道，老早把'反动'的尊号奉敬，请贵报馆关门，请贵主笔大尝一番铁窗风味，或甚至非请尊头和尊躯脱离关系不可！但在英国不但这种报纸尽管继续不断地发挥他们的高论宏议，就是研究社会主义的机关,或共产党的出版机关所编行的书籍,直呼现统治阶级为强盗,也得照常发售,从没有听见政府当局说他们有反动嫌疑,非搜查没收不可。"

当然,这也不意味着伦敦的报纸完全地中立和自由;受资本的操纵,无论生活类报纸还是政治类报纸,都维护资本主义制度,都对殖民地或半殖民地国家抱有轻蔑和偏见。《世界新闻事业的一个中心》里就举例说,在伦敦,一个失业工人自杀,除了共产党机关报《每日工人》有报道外,其他报纸都三缄其口,而一个军官的小姐因为雾中将汽车开进泰晤士河里,却惹起所有报纸大惊小怪,大事张扬,纷纷报道,这本身就可以看出这些报纸的政治倾向性。《英报背景和对华态度》就说每日发行量二百万份以上的"风行"报《每日快报》就"极力主张'大英帝国'(British Empire)的巩固,以便'大英帝国'的大资本家得尽量吸收殖民地的膏血"!《每日传知》虽是工党的机关报,也"受资本家的主宰",允许资本家的股份占比超过工党自身,结果总是登载满足普通市民的"惊人消息和风流秘闻"(sensation and scandal),大登广告,大赚其钱,而"赚的钱就往资本家的腰包里送"!《谈〈泰晤士报〉》感慨:《泰晤士报》在英报中确可算为'铁中铮铮'者,不过在骨子里,对外仍是站在帝国主义的立场,对内仍是维持资产阶级势力的立场,却是很显然的事实,所以我们研究该报,仅就技术方面着眼,讲到政治立场,那又是另一回事了。"就对中国的态度讲,"不消说,对中国都存着轻视的态度……""像《泰晤士报》对中日事件的新闻,多登些有利日本的新闻,多登些有害于中国的新闻,在分配中仍可含有厚彼薄此的作用";《每日快报》大肆渲染"中国土匪"之多,这些"土匪"被日本人杀掉,又显示"中国人命之贱"!究其实,他们就"把中国人当作半野蛮'(Half Savage)

看待"！这里，同样暴露了伦敦的东方主义偏见。

近现代以来，中国人惊叹于西方科学技术之先进，而对其社会制度持有保留态度，这里，邹韬奋也不例外。换言之，邹韬奋虽然直指伦敦所代表的西方资本主义制度的诸多弊端，但是对于伦敦报纸传播界的敬业精神和先进技术依然首肯。《世界新闻事业的一个中心》记述："关于机械的设备方面，记者曾参观几家规模特大的报馆，而以每日销路均达二百万份的《每日传知》（*Daily Herald*）和《每日快报》为最宏伟。他们多用电力自动机替代人工，时间迅速，效率增高。例如《每日传知》报因便于全国递送起见，除有一部分报系在伦敦印刷外，还有一部分报系在孟却斯特印刷，两地的消息，每晚都用电力自动机于几秒钟内互相传递。由孟却斯特经无线电直接通到的消息，在伦敦报馆的自动机即在纸条上面戳成小圆洞拼成的符号，这种符号的纸条钻入另一机械，立刻变成用打字机打得清清楚楚的一张一张的新闻稿子，再由电力自动机送到编辑先生的面前。编辑先生和看校样的，看校样的和排字工友们，彼此稿件的收付，也都是用电力自动机运送。稿件一放上去，就像一只老鼠似的，立刻沿着电线溜到目的地。这和上海商务印书馆找钱用的运送机不同，因为这种运送机上放置文件的东西是继续不断的自动地溜着，忙得什么似的，用的人连拉都不必拉。该报馆离电报局有三英里远，他们却在地下通一个小圆管，也用这一类的电力自动机运送电报，每一电报在几秒钟内就可送到。孟却斯特和伦敦之间，（相距约一百八十英里，）不但消息用电力自动机传递得那样迅速而便利，就是相片，也靠电力的作用，最快的可于五分钟内拍过来。《每日快报》的设备更新，排版浇版等等工场内既都用电力，热度特高，同时都装有电机空气管，把外面的新鲜空气输入，所以里面一点并不闷塞，这是其他报馆所不及的。"还有，"新闻里面常常注意插图的加入，以引起读者的特殊兴趣，除'老气横秋'的《泰晤士报》外，各报对这点都很注意，尤其是《每日快报》"。应该说，这意味着视觉文化转向的到来。

第四节　受难的都市：萧乾作品中的伦敦想象

　　萧乾(1910—1999)，北京蒙古人，现代记者、编辑、文学家和翻译家。1929 年秋进燕京大学国文专修班，1930 年秋进辅仁大学英文系，1933 年秋再转入燕京大学新闻系。燕京大学新闻系期间，曾选修美国作家埃德加·斯诺的"特写——旅行通讯"课程，对其今后的通讯报道写作影响很大；同时开始在天津《大公报·文艺》发表小说，并与杨刚一起帮助斯诺编译中国现代作家小说集《活的中国》。1935 年 9 月参与编辑《大公报·文艺》，1936 年春负责创办沪版《大公报》，首倡"大公报文艺奖"；也是这一年出版小说集《篱下集》《栗子》等，从此被视为京派重要作家。1939 年 9 月赴英，任伦敦大学东方学院讲师，兼《大公报》(时已迁居重庆)驻英记者。1942 年转剑桥大学皇家学院做研究生，专攻"英国心理派小说"，兼《大公报》驻欧办事处主任和记者。是第二次世界大战期间欧洲战场上仅有的中国战地记者。期间，陆续在《大公报》重庆版和《大公报》香港版发表战时欧洲特写，1946 年回国后"仅就手头的剪报来编选"①《人生采访》，上部是海外记游，下部是国内记游；海外记游又分子、丑、寅、卯四个部分，其中"寅：英伦(一九三九年秋至一九四〇年)"，包括《剑桥书

---

　　①　萧乾：《我与报告文学》，见萧乾《文学回忆录》，哈尔滨：北方文艺出版社2014 年版，第 157 页。

简《矛盾交响曲》《血红的九月》《伦敦三日记》《银风筝下的伦敦》《一九四○年的圣诞》,向国内报道和想象1939年秋天至1940年年底英国伦敦遭受德国空军飞机大轰炸的情形,次年出版;1983年,文化复苏,萧乾又受湖南人民出版社之邀编选出版《海外行踪》,专收1940年代所写域外题材作品,其中关于伦敦的篇什,《伦敦三日记》扩编为《伦敦一周间》,并添加了《剑桥书简》(二)、《初访伦敦》《老伙计日记》等,构成现代文学史上伦敦想象的独特景观。考虑到《海外行踪》的出版已在1980年代,对原收入《人生采访》中作品进行了部分文字修饰和修改,这里论及时,凡原《人生采访》中所收的,一律采取原《人生采访》中的文本,原《人生采访》中没有的,则适当采取《海外行踪》中的文本。

要分析萧乾作品中的伦敦想象,首先要了解一个背景,就是第二次世界大战的起因。"二战"起因于德国法西斯主义和英法苏德等之间复杂的利害关系。萧乾在自己的回忆录《未带地图的人》里有一句话说得过于坦率,未免刺耳,但也确为历史的事实。言:"十来天参加联合国大会,我不啻上了国际政治的一课。它使我认识到,个人与个人之间,有时兴许会出现利他主义,但国与国之间,则只有赤裸裸的利己主义,连标榜'工人无祖国'的苏联也不两样。"[①]最典型的例子就是1938年9月,英法德意各为了自己的利益而秘密签订《慕尼黑协定》,代价是牺牲捷克斯洛伐克的领土和主权完整;1939年8月,苏德又秘密签订《苏德互不侵犯条约》,代价是牺牲波兰的领土和主权完整。正是这些条约和协议的签订,使德国法西斯主义有恃无恐,悍然发动第二次世界大战,给全世界人民带来空前的灾难。再如1940年7

---

① 萧乾:《未带地图的人》,南京:江苏文艺出版社2010年版,第137页。

月，日本正疯狂侵略中国和东南亚，而英国为了自身利益向日本妥协，不经中国同意，切断中国与海外唯一的通道——滇缅公路，达三个月之久。这种种事件发生的背后，其深层原因究竟何在？利益固然是最重要、最直接的诱因，但人性、民族性的缺陷也不可小觑。作为一生痴爱乔伊斯《尤利西斯》的作者，对历史风云突变中的非理性、反逻辑、荒诞性显然是深知的，所以，套用张爱玲那句被引用到烂俗的语言："因为懂得，所以慈悲"，作家在叙述伦敦和伦敦人面对德军飞机大轰炸时的处境和命运时，自然就多了些对人性、民族性、历史、命运等了然于心的通透，对伦敦和伦敦人的想象和艺术表达就愈益增加了温情和幽默的成分。

一、受难的都市景观

这里，所谓受难的都市指第二次世界大战中伦敦在德国法西斯空军飞机轰炸下所特有的遭遇。1938 年 9 月，英国首相张伯伦在慕尼黑与法德意首脑秘密签订《慕尼黑协定》，以为从此以后，德国不会再侵犯英国，但事实上，这是希特勒的缓兵之计。次年，希特勒通过与苏联签订《苏德互不侵犯条约》进一步消除了后顾之忧之后，就突然侵犯波兰，打破了世界的平衡，粉碎了人们对和平的期盼，第二次世界大战也正式爆发。1940 年 9 月，德国空军开始轰炸伦敦，"每晚从德国本土以及占领下的法国西海岸分别派出上千架机群，接连三个月向伦敦等人口密集的大城市进行地毯式轰炸"[①]。同年 12 月 29 日，130 架德军轰炸机 1分钟内投下 300 枚炸弹，老城区有三分之一遭到空袭。1941 年

---

① 萧乾：《跑江湖采访人生——我的旅行记者生涯》，见萧乾《文学回忆录》，哈尔滨：北方文艺出版社 2014 年版，第 234 页。

4 月 16 日和 5 月 10 日,又遭遇了"有史以来最大规模的空袭",几乎摧毁伦敦人的精神堡垒。之后,德军的侵犯暂时停止,但 1944 年春天,又发动了由 14 次突袭组成的"小型闪电战";同年 6 月,德国空军开始使用最先进的 V1 导弹;同年秋天,德国空军又开始使用更先进的 V2 导弹;直到 1945 年 3 月,德军对伦敦的轰炸才逐渐停止下来。无疑,德军的大轰炸给伦敦和伦敦人带来了历史上从来没有的灾难。据保守性统计,大轰炸中,"几近三万伦敦人遇害,超过十万间房屋被完全摧毁,伦敦城的三分之一被夷为平地"①。

作为《大公报》驻英战地记者,萧乾对当时被轰炸中伦敦的报道基于两个前提:一是日常生活角度,注意以生活细节折射时代风云,二是主体间性角度,即首先站在伦敦人的立场上书写伦敦和伦敦人,凸显灾难中伦敦人的坚强、勇敢、幽默,也就是积极应对战争灾难的可贵品质,但同时作家并不一味沉滞于伦敦人的角度和立场,而是能够跳出来,站在人类、人性的普遍立场上观看,有时也不免站在第三世界国家民族立场上省察,如此,作家笔下的伦敦和伦敦人就有了丰富多元的人性内涵,也有了更值得肯定的文学审美价值。让我们先看作者对受难中的伦敦城市景观的想象和书写。

《初访伦敦》写大轰炸没有到来之前,伦敦就已经感受到战争的气氛,所以已经进行躲避轰炸和防毒训练,有些店铺已经歇业,有些店铺正在廉价处理物品,有的店铺门前堆起了沙袋。夜晚,灯火已经统一管制。《银风筝下的伦敦》说:"真正的空袭始自八月下旬","两个月里,大陆上几乎日夜派遣凶手过来,而且

---

① (英)彼得·阿克罗伊德:《伦敦传》,翁海贞译,译林出版社 2016 年版,第 630—635 页。

时常一天有十次以上的警报"。炸弹分"立刻爆炸与慢性爆炸两种。立刻爆炸的有尖声嚎叫的,细声打哨的,起火的,数种。……时间弹(即定时炸弹——引者)扰乱秩序的作用大于实际的危害,更头痛的是现丢现炸的家伙。究竟丢了几千几百吨,没人敢确言,但说德国曾有过一分吝啬,是扯谎"。遭遇轰炸的结果是,房屋倒塌,被击碎或震碎的门窗玻璃"三个月来,……不知扫出几千吨……有巨厦的贵重厚玻璃,有教堂的古老彩色玻璃,也有平民住屋的廉价普通玻璃"。"一个燃烧弹落在皇家战争博物馆,几乎把张伯伦与老希合签的《慕尼黑协定》烧毁"。有的人被炸死,有的人被埋在废墟下面四十八小时才解救出来。一对新婚夫妇,女的救出时,男的已经死去。"还有一对老夫妇的尸首掘出后,老太婆手中还握着一封信,日子是一八八二年七月某日。是一个教士道歉不能来赴她的婚礼。……炸后的伦敦难题太多了,……活着的得吃,炊饭的煤气没了;得喝,自来水流成河;得住,房子成了瓦砾"。

《矛盾交响曲》:"一只炸弹丢下来,十二世纪名教堂 Temple 钟楼顶上的天马 Pagasus 坠了地,一辆汽车可震上了屋顶。"《伦敦一周间》写博物馆的玻璃拱顶"结构上美极了",但是在防敌机轰炸方面却是致命缺陷,结果炸弹很容易从上穿入,被誉为"书宫"的阅览室里"几千把椅子,四腿都朝了天"。"旅馆的墙壁割下,洗漱台露了天。巍峨的大百货公司,剩作一片烤焦了的颓墙,荒凉有如雅典遗迹,或圆明园的残柱。颓墙下的灰烬,昨天下午也许还是珍珠睡鞋,真丝的亵衣筒袜。救火车摆着铃远远驰来,起重机伸长了脖颈,一嘴嘴叼起劫后残余,又低下头。"

颇有象征意味的是公交车,"这些双层的尖沙嘴红'巴士'的胞兄弟们,在伦敦直流为游荡的无主冤魂,穿了偏僻的小巷呜咽着。这个方场炸了，它们绕半哩；那个十字路口插了黄牌：'Danger Unexploded Bomb!'它们又得绕个大弯"。而地铁道，早已暂时充为防空洞。《血色的九月》写"这是噩梦的开始。安全感的幻灭，席卷了全伦敦，贵族住宅区的南肯森吞，作家云集的 Bloomsbury，和记者这半旷野的哈姆斯提草原都掉了家伙。八号那天早上，房东太太费了好大工夫才为我泡出半壶茶，煤气微得像个临终病人的呼吸。当晚是一个地狱般的夜晚，三次炸弹掉在附近，人几乎被震下床去。电灯不着了，房东太太在楼下嚷：'快逃下来呀！'"结果，中国银行一女打字员被炸死，另一人失踪。

由于伦敦东区多工厂和码头，所以也是重点轰炸的范围，那么伦敦工人阶级也是受难最严重的人群。"先说死亡四百，伤者数千，后又估计是三百八，其中有五人是中国水手"。"死亡的恐怖，是比死亡更为可怕。'时间弹'（Time Bomb）在这场屠杀里，是比毒瓦斯来得还要阴险。它也许掉在僻巷的垃圾里，也许是后园的榆树下，异于那种令人脊骨出汗的'呼哨弹'，它时常是人不知鬼不晓地落下。有人说是系在降落伞上，徐徐飘降如同一个天使——黑天使。……昨天我们附近就先后有过七次'无来源的爆炸'"。

《一九四〇年的圣诞》里说："几世纪来，英国人民没遭受过这么猛烈的袭击。多少人的家成为瓦砾，多少家的子女分散或者死亡。活着的，有的飘在大西洋的军火船上，冒潜艇的危险；有的守在东岸，窥伺随时可进攻的敌人。"萧乾几次将轰炸中的伦敦比作"地狱"，不过这里所谓"地狱"，已经不是指和平时代阶级分野和贫富悬殊所形成的底层人生存的贫困状态，而是指德国法西斯主义给被侵略民族国家带来的生存危机状态。

二、受难的都市人的精神面貌

《伦敦一周间》里有一个细节：作者去舰队街拜访画报大王赫尔顿，赫尔顿"认为英国人是地球上得天独厚的民族，强悍，有教养，富于爱国心，所以前途无虑。后来他提到他曾到过港、沪的事，他说：'中国早晚应正式加入我们的阵线。'我说这意思去年中国也有人提过。他说：'那不成，得等英国自动提议才行。'"这分明是在表现伦敦人的傲慢。《初访伦敦》里也有一个细节：作者去参观"杜素夫人蜡人馆"，发现一楼是多国政界、宗教界、文化界名人的制像，二楼是多国著名历史事件和历史人物的制像。关于西方的，连第二流的网球健将、电影明星都罗列无遗，但是关于东方的，除了印度的甘地之外，没有别的人和事的像。这又说明伦敦人对于东方人的歧视。作者显然通过这样的书写，意欲告诉读者，伦敦人并非十全十美的君子国里的人物，他们的人性和民族性的缺陷也是显而易见的。在《矛盾交响曲》里，作者指出这是一个伟大的英雄的时代、牺牲的时代，但也有人自私、冷酷，如新的征兵法刚刚颁布的时候，婚姻登记所门前一度人山人海，这些人都想成为"已婚人"，以避免被军役抽出，也有的房东不管房子已经被炸，租户已经没法居住，但仍然坚持收房租等。尽管如此，作者并不因此否定更多的伦敦人面对空前的灾难所表现出来的坚强、勇敢、乐观、团结和幽默等优秀品质，相反，作家带着新的启蒙意图对于伦敦人这些优秀品质进行细腻描画和赞美。

作家后来追忆："我在国外写的通讯特写，大多是针对国内的。写伦敦大轰炸那组特写时，我心目中有个明显的意图：那就是让那些正挨着日机轰炸的重庆人以及广大的后方国人看到，在地球那一头的伦敦人也同样在受难。瞧,他们是多么镇定自若,用蔑视和嘲笑对待希特勒的狂轰滥炸。我还特别强调敌机来袭时,民众的纪律和秩序是关键。"①作者坚持:"特写则实际上就是用文艺笔法写成的新闻报导。"②如此以来,作家对轰炸中的伦敦人的书写和报道虽然力求客观、"真实",不"虚构"③,但其主观取舍和想象性还是不可避免的。出于对多元人性、民族性的深刻洞察,萧乾的作品没有提供中国读者所习惯的"高大上"的英雄,也没有提供中国读者所熟识的出卖民族利益的奸贼、败类。可以说,萧乾的此类文字抓住特殊的历史语境而写出了当时伦敦人普通而伟大的灵魂及其丰富的人性内涵。

据詹姆斯·卡瑞和珍·辛顿的《英国新闻史》所载,"二战"爆发初期,英国(伦敦)人民是颇为犹豫和恐惧的,因为"一战"的可怕印象尚记忆犹新,谁也不愿意再面对那同样悲惨的情景。英国政府也并不重视民众的声音,甚至尚有龃龉之处④。但是萧乾笔下,并无如此内容,相反,主要强调英国(伦敦)人民与政府共同面对德国法西斯侵略的英雄行为。1940 年敦刻尔克大撤退取得胜利之后,英国(伦敦)人民战斗的决心终于坚定并高涨,英国政府也开始重视民众的心声,"时时顾及人民自由权利,除非与国家利益冲突,不愿只为办法便利而轻易削减"⑤。萧乾《银风

---

①　萧乾:《回顾我的创作道路》,见萧乾《文学回忆录》,哈尔滨:北方文艺出版社 2014 年版,第 169 页。

②　萧乾:《未带地图的旅人》,见萧乾《文学回忆录》,哈尔滨:北方文艺出版社 2014 年版,第 90 页。

③　萧乾:《未带地图的旅人》,见萧乾《文学回忆录》,哈尔滨:北方文艺出版社 2014 年版,第 91 页。

④　(英)詹姆斯·卡瑞、珍·辛顿:《英国新闻史》(第六版),栾轶玫译,北京:清华大学出版社 2005 年版,第 104—107 页。

⑤　茅于恭:《欧战起后的伦敦》,上海:《西风》第 42 期,1940 年 2 月。

笋下的伦敦》就写为了支持民众对德军轰炸的抵抗，以丘吉尔为首的政府制订了战时统筹政策和民众经济补救措施；民众坚决要将地铁道充为临时防空壕，政府也给以认可，显示"民主政治的胜利"。后来，作者回忆说："丘吉尔上台后，用一个大大的'不'字，粉碎了一切和平幻想。犹如罗斯福总统每星期五对美国广播听众的'炉边恳谈'一样，那时丘吉尔也于每星期一晚上七点，通过电台对广大群众发表亲切谈话。我还记得，他曾用发颤的声调对英国公众说：'我能奉献给你们的，只有热血、汗水和眼泪。'略顿片刻，又带着蔑视和坚定的自信补上一句：'我们正等待着德国人过来呢——连海里的鱼也在等着。'"①这样的文字在 1940 年代的创作中并非没有，如《伦敦一周间》中有一句："轰炸能使一个民族屈服吗？东方西方的答案都是一个响亮的'不'。"《银风笋下的伦敦》写丘吉尔镇静而幽默地说，依德军这样轰炸的力度，要想"毁灭半个伦敦还需要十年工夫"。可以说，正是丘吉尔这样民主、智慧而坚定的领袖极大地激发了英国人包括伦敦人忍受苦难、争取胜利的巨大精神力量。《伦敦一周间》就写一家专演短片的电影院里正在放映一个新闻专题片《伦敦经受得住》，表达了面对灾难，伦敦人的坚强和自信。影片播放期间，警报真的来了，影院老板照例在台上宣布："愿入防空洞的请便"，而影片接着播放。

正如《西风》第 55 期"编者的话"里所说："不列颠帝国的核心在德国空军的猛烈轰炸下，也许遭受了不少无可挽回的物质上的损失，可是其坚毅的精神是永存不灭的，其庄严的轮廓是铭刻于人们心版上的。"具体在萧乾笔下，伦敦军人有三个方面的

---

① 萧乾：《跑江湖采访人生——我的旅行记者生涯》，见萧乾《文学回忆录》，哈尔滨：北方文艺出版社 2014 年版，第 234—235 页。

英勇表现:首先,打击德军飞机。《银风筝下的伦敦》写:"十一月六日邱吉尔首相公布的死亡人数,九月共四千五百名,十月三千五百。然而这两个月里,大陆上几乎日夜派遣凶手过来,而且时常一天有十次以上的警报。什么使伦敦的死亡减少的呢? 哪个认真相信是西寺的祈祷! 是那埋伏在全城各角落的高射炮手,放银风筝(即汽球——引者)的,和冒了枪林弹雨生命危险在黑暗中吹哨的纠察员,救护救火队员们。自然,主要是截迎的战斗员。""迎截的战斗员"就是英国皇家空军战斗员。其次,拯救大火,清理城市地面。《银风筝下的伦敦》交代"六万救火员中,上月底止,殉职的已逾百名。是既苦又危险的差使。烫死,砸死,种种可能的意外。伦敦市民对他们感激至深"。《血红的九月》叙写"救火车出动了,这是生死隔一层纸的日子,但是壮烈的"。再次,排除未炸的定时炸弹。《银风筝下的伦敦》说圣保罗教堂遭到敌机轰炸,附近还有一枚未炸的时间弹,是德威思中尉亲自驾车,带领敢死队"把它运到 Hackney 草沼,炸了个百呎深的大坑。从此,'敢死队'在伦敦成为人所共知的赫赫英雄,竟致有人在货车后写上那三个字来冒充,吃了一场官司"!

对于民众,《矛盾交响曲》肯定伦敦有更多的市民顾全大局,纷纷应征入伍,如"全国三分之二的理发匠不久就应征入伍,现有的理发匠正在把手艺传授给各自的媳妇,大批女理发匠即将出现"。大量民众在做防轰炸服务工作,如警报放哨员、城市秩序的纠察员、救护员、司机、清理工等。《银风筝下的伦敦》写有的市民自愿乘空中气球放哨,最容易被敌机发现遇到生命危险,但是没有人抱怨;有的站在屋顶放哨,敌机一旦出现在视线里,马上吹哨或摇铃,好让群众疏散,或者让需要保护的财产转移。房顶放哨,对于军工厂非常有用,因为工厂不能停工,特别需要有人提前告知敌机轰炸动静,好采取应对措施。"某工厂便有这么个挡前阵的巡风人,不幸在一个阳光灿烂的下午殉了难。厂家通知死者妻子的信是这样写的:'你的丈夫是人中领袖。他事事跑在前面。他什么都先干事后讲话。在工厂中,在运动场上,他都是第一。当本厂征求屋顶巡风人时,他自然又是第一个告奋勇。终于当一颗炸弹投下时,他第一个看到。'"另一种英雄"是那些戴钢盔的'纠察员',他们的功绩日报歌颂不尽,而且他们配。年在六七十的老头老媪时常看见。当警报放了时,我们往地下室走,他们得在街头吹哨,促路人找掩护。'一个空袭纠察员必须勇如狮,强如阉牛,机警如枭鸟,耐烦如毛驴,辛勤如蜜蜂。'这是他们理想的'更夫'。他必须随时准备'挨炸,挨跌,活埋,粉身,压扁。他随时得当干奶妈,产婆,郎中,抬埋的,募捐的。他得活泼而驯顺,有时且得装哑,甚而失知觉,当人们抱怨时。'想想冬夜的黑,冷,这些年迈市民的义勇实可佩服。"《矛盾交响曲》写"十个壮汉用胳膊硬托住了三层楼,让救护队在瓦砾中抱扶老少。一个戏班子巡了二千五百里为军队作义务表演,回程汽车周围落着炸弹,演员们在车里洗着脸上的油粉。空袭既制止不了生育,产婆也戴起钢盔。第一批就是两万顶。一个绰号叫老爹的义勇救护员,上次大战他是炮兵,可全须全尾由法国凯旋。这回他反丢了只眼睛,是右眼,为了救他的邻舍"。"妇女在这战争中,除了维持家小,还做着一切男人能做的事。地道车站的脚侠,军用车的司机,以至架飞机,开高射炮。一个牙医生的太太,婚前在伦敦剧坛上颇享有盛誉,市议会出示征求开垃圾车的司机,专收废铁碎骨或烂纸,她应征了。"《伦敦一周间》写公交车司机和售票员为了保证战时交通,在轰炸中依然保持平静,恪尽职守。"我是偶然乘一次,他们得不分昼夜冒这份险！但二十四路那个卖票的每天早晨还是那么笑嘻嘻地走过来说：'票啊！'/他总在六十五左右了，瘦小，近视，在危急中忠于他那份职守"，不待言，这是又一种"无名英雄"。

面对灾难，伦敦人也会表现出深刻的孤独和焦虑，甚至伤感和软弱，如《血红的九月》写一个母亲将三个儿子都送到前线，一个海军，两个陆军，作为母亲她是骄傲的，但也是寂寞的。喝了多量的啤酒的她在公交车上坐在作者身边，低低地对着作者的耳朵说："上帝祝福你"！"我爱所有人，英国人，美国人，德国人，比利时人……，我都爱。""我喜欢一切人，你懂了吗？"开始作者感到莫名其妙，等了解到她的情况，就不觉肃然起敬，同时一种强烈的悲剧感袭上心头。但总体看，伦敦人始终不失其乐观、坚定和幽默。如《伦敦一周间》写面对轰炸，伦敦尚存的"店铺依然开着门，用白粉画着个滑稽的胖哈代，口中骄傲地吐出一句'照常营业'，破玻璃上端还飘着残旧的英国旗子。一家炸得半个门面全透了天的酒店，幽默地写着'比平时开得更欢'。当铺门上写着：'本店虽炸，押品无恙，当者速来。'旧货铺门前写着：'大小物件，依然收购。'"《血红的九月》写"一家幸免的咖啡馆，女侍正屈了腰拭去门面上的灰尘。真是动人的英勇景象"。《银风筝下的伦敦》写"在最漆黑的日子，伦敦还能笑。破屋栋、送牛奶、举重机上全悬着饱经风霜的国旗，颓壁上写着种种谐句。"地铁道充为防空壕，"自十月十九日号，有夜宵早点卖了。……第一批两千只双层床架起来了。于是，纸牌玩起来，难民带来种种乐器，地狱变成了天堂。十月底，西寺的地下室设起简便图书馆，映起教育电影，北伦敦一个地下室还有了一种报纸，名叫《瑞士草屋人》(*Swiss Cottager*)，……第一期社论是《论打鼾》。文有'本站睡有千五百位难友，打呼者至少有千六百五十人。'某通讯员谓'昨晚一美丽女郎距我近六吋。我正欣赏这朵睡莲时,她忽然鼾声大作,使我大为幻灭。'编者末尾加按语云:'汝应称幸知足。普通男子欲尝此幻灭,尚须先入教堂行礼。'这新闻纸出现后,美国耶鲁大学图书馆闻讯即请按期索寄一份。"在防空壕里,更多的人直接睡地上,有"十个打呼的即可搅得全睡不成。所以难友们自动轮流派一个人当'摇打呼者',一闻呼声立即跑过去推他一把。这里也睡着国难不忘美容的女秘书女店员。睡前照常用发夹把头发卷成乱蛇,用玉容油润了她们的粉颜,……早晨上班前,还先染染手指甲。打呼的少爷和染指甲的闺秀在一片地上起卧,故事自是难免了。……伦敦已经流行了'防空洞的情歌'。……结果呢,是教堂生意兴隆,防空洞常常权充洞房。"

《一九四〇年的圣诞》写这一年的圣诞节,也就是 12 月 29 日最残酷的大轰炸到来之前,伦敦市民依然尽情地欢度节日。教堂地下室不说,"全城凡是房屋依然完整的,都对邻舍打开大门。各城空袭服务员里,有的是名伶,于是今年的哑剧又照常上演《玻璃鞋》(Cinderella)或《阿拉丁的灯》。各百货商店都大做礼物生意。战时的礼物是牙刷,胰皂或刮脸具,一切都以实用为主。……今年的贺年片数目已剧增。为省纸张,政府要求人民少寄。……结果,邮局不但得请军队帮同清理,而且打破了邮政史的记录,每个邮差都把太太带出帮忙。十八号那天,伦敦街上就看到一对对夫妇,每人背个邮袋沿户递信"。《矛盾交响曲》则写面对轰炸,"女钢琴家缪拉·海斯等一批英国音乐家在市中心的国家艺术馆举办起一种'午餐时间音乐会',入场券只一个先令。大家一边嚼着夹肉面包,一边站在那里(没有座位)听三重或四重奏的室内乐。我也是经常参加的一个。其实,外面炸弹与高射炮的'交响乐'音量太大了,与其说是去听音乐,不如说是一种精神上的示威运动"。

即便是孩子们,危难中也不失其天真、可爱、镇静。《银风筝下的伦敦》写"一个十四岁的女孩在乱砖中埋了四日夜。拆卸队发见她后,问她痛吗,仰卧在重梁下的她,还照平时礼数说:'谢谢先生,我很好。'"六小时后,大家把她救出来,她又说:'瞧,我手表打破了,是生日祖母给的呢!'""还有一对夫妇,……那七岁的儿子是埋在土下五尺深。他父亲把他抱上,他揉揉眼说:'爹爹,你开玩笑手太重了。'"读者不难从孩子这里窥视到一个城市、一个民族不可征服的生命力。

第四章　中国现代文学中的纽约想象

据说,西方人没有到来之前,纽约得名于曼哈顿岛一个土著部落 Manates。荷兰人到来之后,称新阿姆斯特丹①。1609 年,英国航海家亨利·哈德逊受雇于荷兰殖民者,带领船队来到曼哈顿岛一带,曼哈顿泊地的河流以后被称为哈德逊河。哈德逊的活动一无所获,但是他认定这里是一片乐土、一个物产丰美的河谷。1626 年,荷兰新成立的西印度公司以 60 荷兰盾(相当于23.7 美元)从当地印第安人手里购得曼哈顿岛 22 平方英里的土地②,命名新阿姆斯特丹。"1664 年 3 月,(英王)查理二世宣布将弗吉尼亚至新英格兰之间的所有土地赠予他的兄弟、王位继承人兼约克和奥尔巴尼公爵雅克,在他眼中,荷兰人在这片土地上并不享有任何权利。同年夏,一支由理查德·尼克尔斯上校指挥的船队停泊在航道附近,要求'岛上叫作曼哈特的城市及其附属的所有要塞'投降。"荷兰的统治者意欲抵抗,"然而,由于担

---

① (美)乔安妮·雷塔诺(Joanne Reitano):《九面之城:纽约的冲突与野心》,金旼旼、许多、刘蕾译,北京:中国人民大学出版社 2020 年版,第 3—4 页。

② (美)乔治·J·兰克维奇:《纽约简史》,辛亨复译,上海:上海人民出版社2020 年版,第 5—6 页。

心城市遭到洗劫或是毁灭,城市当局及居民纷纷对他施加压力,导致斯特维森特最终放弃了抵抗计划。投降书于 1664 年 9 月 8 日正式签署"。于是,"英国人接管了城市"①。1673 年,荷兰人在第三次英荷战争中曾一度夺回这一城市的控制权,并将之命名为新奥兰治,但是英国人在次年通过《威斯敏斯特和约》又将之夺回。从此,真正开始纽约的历史。

英人治下的纽约与荷兰人治下的纽约一样,开始都只是"充当着殖民地区间贸易、环大西洋贸易及安的斯列地区贸易的仓储站",作为独立的城市,力量极其微弱。为了发展,17 世纪末到 18 世纪初中期,纽约默认非法经营,甚至鼓励海盗活动。1755 年,在北美爆发的英法终极对决中,纽约被赋予"杂货商店"的角色,并且成为英人进攻加拿大的大本营。1765 年"印花税法案"激起纽约民众愤怒,从此开始纽约的独立革命之路。1776 年 7 月 6 日,美国宣布独立,1783 年结束英人对纽约的占领,1811 年新的市政厅建成,并制订了新的纽约建设规划,纽约中央大道即第五大道开始成为整个城市的中心。1817 年,坐落在华尔街的纽约证券交易所开张,之后,纽约商业和金融业发展迅速。1820 年,人口已达 12.3 万,居美国城市人口第一。1834 年,直接民主选举开始进行,之后,民主党和辉格党(后改名共和党)分掌纽约。这时,铁路业和保险业都获得大发展,工业部门也在重组,大量商业银行出现。"19 世纪 60 年代,南起运河街,北至休斯顿街的区域,成为纽约工业部门的集中地。百老汇沿线及其毗邻的街道如温泉街、王子街、布鲁姆街上矗立起框架结构、外墙饰有新古典主义金属铸造花纹的大楼。这些五六层高的大楼被分

① （法)富朗索瓦·维耶:《纽约史》,吴瑶译,北京:社会科学文献出版社 2016 年版,第 12 页。

租给多家企业和工厂作为仓库或生产厂房使用。很快,这些跃层建筑成为曼哈顿的特色之一。"[1]1883 年,钢铁框架结构的布鲁克林浮吊大桥建造完成,既解决了某些紧要的海港交通运输问题,也成为纽约现代工业的代表作。20 世纪伊始,电车、空中铁道车、地道车、汽车等陆续出现,将由曼哈顿、布鲁克林、霍博肯、哈德逊市和泽西市合并而成的大纽约连为一体。1886 年 10 月 28 日,由法国人赠送的自由女神像矗立在面向大西洋的曼哈顿岛上,她的火炬照亮了纽约的辉煌前程,也预示着今后纽约将成为新的世界中心。到 1890 年,纽约人口已达 250 万,超过了巴黎;到 1940 年为 750 万,仅次于伦敦。在 160 多国移民中,主要成分为爱尔兰人、德国人、意大利人、犹太人、英格兰人、苏格兰人、法国人等,当然也有总人口已达 46 万的黑人[2]。"1900年,纽约成为世界第一大港口","拥有全国三分之二的大型企业";"20 世纪 30 年代曼哈顿仍是'纽约工业生产偏爱的落脚点'",虽然所占比例在逐渐下降[3],同时,以帝国大厦、洛克菲勒中心为代表的摩天大楼拔地而起;第二次世界大战后,在全世界的城市中,仍拥有"最多的工厂,……也是最大的批发、零售和金融市场"[4],且促使第三产业即服务业普遍兴起,"新的中产阶级"

---

① (法)弗朗索瓦·维耶:《纽约史》,吴瑶译,北京:社会科学文献出版社 2016年版,第 77 页。

② (法)弗朗索瓦·维耶:《纽约史》,吴瑶译,北京:社会科学文献出版社 2016年版,第 161 页。

③ (法)弗朗索瓦·维耶:《纽约史》,吴瑶译,北京:社会科学文献出版社 2016年版,第 146 页。

④ (美)乔安妮·雷塔诺(Joanne Reitano):《九面之城:纽约的冲突与野心》,金旼旼、许多、刘蕾译,北京:中国人民大学出版社 2020 年版,第 184 页。

形成,而更多的人走向"可怖的苦难和令人绝望的贫困"①。"很多工人单身一人,没有实现资产阶级理想住所的条件,大都寄宿在曼哈顿下城的房东家或带家具的公寓里。"②"纽约贫民区的增加引发了真正意义上的'城市问题'。"③早在 1830 年代,乔治·坦普顿·斯特朗就很不情愿地称纽约为"妓女国"④,而今,"青年女工也会充当暗娼,壮大了纽约已然人数众多的色情行业"⑤。民族分歧和阶级分歧使纽约暴力冲突不断,见证纽约的自由、民主,也表明纽约社会深刻的危机。"纽约城中各个社会阶层能够在剧院(意指同一个公共空间、公共场所——引者)汇聚一堂的时代一去不返。"⑥

在文化上,纽约经历了多元而物质化、世俗化的过程。不同民族、国族人的居住区都成为相对独立的文化圈,各不相扰。"'巴黎的每一个外乡人都热切追求着被巴黎同化',而在纽约'热闹的多样化'阻碍了'一切整体效应'。"⑦富人极力向贵族生活靠拢。"城中晚宴、招待会、舞会、长岛和霍博肯的乡间节庆、

① (法)弗朗索瓦·维耶:《纽约史》,吴瑶译,北京:社会科学文献出版社 2016年版,第 125 页。
② (法)弗朗索瓦·维耶:《纽约史》,吴瑶译,北京:社会科学文献出版社 2016年版,第 111 页。
③ (法)弗朗索瓦·维耶:《纽约史》,吴瑶译,北京:社会科学文献出版社 2016年版,第 125 页。
④ (法)弗朗索瓦·维耶:《纽约史》,吴瑶译,北京:社会科学文献出版社 2016年版,第 123 页。
⑤ (法)弗朗索瓦·维耶:《纽约史》,吴瑶译,北京:社会科学文献出版社 2016年版,第 112 页。
⑥ (法)弗朗索瓦·维耶:《纽约史》,吴瑶译,北京:社会科学文献出版社 2016年版,第 117 页。
⑦ (法)弗朗索瓦·维耶:《纽约史》,吴瑶译,北京:社会科学文献出版社 2016年版,第 130 页。

私人音乐会,所有这些活动都为纽约社交季增色",然而,他们"过分夸耀的花费从根基上动摇了新教教化下美国的道德观念"①。"白日梦——这就是很多欧洲游客对此的反应,他们见识过纽约的物质主义。杜弗吉耶·德·奥哈纳观察到,'看上去好像过度的文明和舒适已经扼杀了……知识和对美的感受',以至于'功利的实证主义在这里是绝对的主宰'。"②反映在文学艺术上,带有启蒙主义色彩的惠特曼极力讴歌纽约的崛起及带来的新的审美体验③,资产阶级建立符合自己身份、满足自己审美趣味的大都会博物馆、大都会歌剧院等,百老汇成为大众文化的圣地,时代广场成为纽约夜生活的中心,传播、电影、竞技成为纽约时代风尚的最佳表达,爵士乐完全融入美国文化自然也完全融入纽约大众文化,精英知识分子、现代主义者如"社会主义者和女权主义者,男同性恋者和女同性恋者,超越性别和怀抱自由爱情的人们,抗议者和先锋人士,画家和作家"则以格林威治村为"货真价实的文化起义中心","他们在这里相遇,在这里交往,一致联合起来,反对商业化,追求独立"④。纽约由此也成为一个具有深层结构的都市。

---

① (法)弗朗索瓦·维耶:《纽约史》,吴瑶译,北京:社会科学文献出版社 2016 年版,第 110 页。

② (法)弗朗索瓦·维耶:《纽约史》,吴瑶译,北京:社会科学文献出版社 2016 年版,第 120 页。

③ 薛玉凤、康天峰:(美)杰西·祖巴著《纽约文学地图》中文版"序言",上海:上海交通大学出版社 2017 年版,第 2 页。

④ (法)弗朗索瓦·维耶:《纽约史》,吴瑶译,北京:社会科学文献出版社 2016 年版,第 200—203 页。

第一节　文明批判：孙大雨作品中的纽约想象

孙大雨(1905—1997)，浙江诸暨人，出生于上海，新月派著名诗人。1922 年秋至 1925 年夏在清华学校(清华大学前身)高等科学习，1926 年 8 月至 1928 年夏在美国新罕布什尔州的达德慕斯学院留学，1928 年秋至 1930 年秋在耶鲁大学研究生院专攻英国文学。因为不满于当时清华留美学生监督处官员的歧视，没有等待拿到毕业文凭，而是提前回国①。其间，1929 年夏曾赴纽约，决意自学。在纽约，他除了读书、买书外，最感兴趣的是去纽约市立博物馆和刚成立的现代艺术博物馆(Museum of Modern Art)参观学习，偶尔也去听赏由名家组织、指挥的音乐会。为了广泛接触都市社会人生，他有时"也去参观工厂，走访贫民窟，……逐渐改变原本单纯崇尚古典艺术的审美情趣"②。在纽约这个国际化的大都市里，他充分感受到现代工业文明的魅力和危机，于是写下《纽约城》《自己的写照》等诗歌。

朱自清认为，《纽约城》"具体而微"地"表现现代生活"，"正可当'现代史诗'的一个雏形看"③；《自己的写照》则被当今学者认为"气魄宏大，格局伟岸，采用史诗笔法"，"是中国新诗史上第一首以世界一流大都会现代生活为抒写对象的优秀长诗"④。

---

① 孙近仁、孙佳怡：《耿介清正：孙大雨纪传》，太原：山西人民出版社 1999 年版，第 25 页。

② 黄健、雷水莲：《孙大雨评传》，杭州：浙江大学出版社 2012 年版，第 52 页。

③ 朱自清：《诗与建国》，见朱自清《新诗杂话》，桂林：广西师范大学出版社 2004 年版，第 30 页。

④ 陆耀东：《论孙大雨的诗》，重庆：《重庆师范大学学报》哲社版 2006 年第 4 期。

一、对纽约现代品性的想象

纽约的现代品性究竟是什么？我们不妨先看看桑巴特《为什么美国没有社会主义》一书对美国资本主义及其人格建构的把握。这本书出版于1906年，既是对以往的美国资本主义及其人格建构的总结，也是对未来的美国资本主义及其人格建构的预测。桑巴特认为："美国是资本主义的黄金国度。资本主义充分、纯粹的发展所需要的一切条件首先在这里得到了满足。任何别的国家、别的民族都没有这样优越的条件，能使资本主义发展到最发达的状态。"因为"没有哪个国家有可能如此迅速地积累资本"①。这有几个原因，首先，美国地大物博，矿产资源丰富，交通方便，有无限的发展前景。贵金属，美国有"全世界1/3的银和1/4的金"。"生铁产量几乎等于所有其他各国生铁产量的总和"。"现在的"矿"产量是整个欧洲的3倍"。"它有广阔的沃土：密西西比平原拥有5倍于南俄罗斯和匈牙利黑土区的腐殖土"，"是农业经济能够生机勃勃发展的理想地带，并且交通运输可以在此无限发展"，没有任何障碍；同时，"大西洋沿岸有55个良港几千年来一直等待着资本主义的开发"。"因此，美国有一个广阔的市场，……在扩张远远超越了我们视野的北美，无限扩张的冲动——对每一个资本主义经济来说如此重要的东西——第一次得到了充分的满足。"②其次，美国人口稀少，要提高生产质量必须发展科技。"这迫使他们系统地开发'节约劳动力的机

---

① （德）维尔纳·桑巴特：《为什么美国没有社会主义》，赖海榕译，北京：社会科学文献出版社2014年版，第1页。

② （德）维尔纳·桑巴特：《为什么美国没有社会主义》，赖海榕译，北京：社会科学文献出版社2014年版，第2页。

械'，从而促使技术发展到最完美的高度。"另一方面，持续强劲的移民潮保证美国劳动力的供应①。再次，美国得天独厚的发展条件和移民之所以移民的目的结合，促发强劲的发财致富之梦（美国梦），"贪婪；获利的欲望、为了赚钱而赚钱，这二者也从来没有像在美国那样彻底地贯穿于一切经济活动的全过程，并且是一切经济活动的最终目的。生命中的每一分钟都充满这个冲动，只有死亡才能停止对利润无止境的渴望。……一种不为欧洲国家所知的纯粹的经济理性主义，让人们获利的欲望得到了前所未有的满足。"②反映在人们的价值观上，就是追求数量上的成功大于追求质量的成功。"人们现在不应忽略一个事实，把质量与可衡量的货币价值联系起来从而摧毁质量的习惯也影响到了无论如何都不可能用金钱标准衡量的领域。这个习惯只能唤起人们高度重视数量，使之成为美国人灵魂深处的一个价值观。洞察力敏锐的布鲁斯称之为'将巨大误以为伟大的倾向'"③。

追求数量式价值观必然导致美国人"习惯于将经济生活领域里的一切交换都简化为货币关系或准经济关系"，并且"以货币价值作为衡量事物的标准，尤其用它来评价物品和人"④。这就必然造成人精神的进一步物质化、金钱化、世俗化，乃至异化。这也导致金融业进一步控制社会所有行业。所以，"在美国，最

---

① （德）维尔纳·桑巴特：《为什么美国没有社会主义》，赖海榕译，北京：社会科学文献出版社 2014 年版，第 3 页。

② （德）维尔纳·桑巴特：《为什么美国没有社会主义》，赖海榕译，北京：社会科学文献出版社 2014 年版，第 4 页。

③ （德）维尔纳·桑巴特：《为什么美国没有社会主义》，赖海榕译，北京：社会科学文献出版社 2014 年版，第 17 页。

④ （德）维尔纳·桑巴特：《为什么美国没有社会主义》，赖海榕译，北京：社会科学文献出版社 2014 年版，第 15—16 页。

优秀和精力最充沛的人投身金融业;而在欧洲,他们投入政治领域。"①另外,行业垄断导致托拉斯,且迅速扩张到全美乃至全世界②。社会组织,开始就是不带任何传统意味的纯粹现代理性基础之上的城市化。欧洲城市还有传统的基础,而在美国,即便乡村也是城市化的乡村——"整个乡村本质上是一个缺少城市规模的城市型居住区。一种理性的智慧创造了方盒样的城市,带着单一的整齐划一的计划,随着调查人员的尺子横扫乡村,把巨大的国土分割成完全相同的方块。"③城市是财富最集中的地方,同时必有贫穷,所以极端的城市化又往往导致普遍的贫困化。"只有在伦敦的东郊才能见到与美国大城市的贫民窟完全相同的惨状。"④如费孝通在《贫困的早年》一文中所指出:"在我们的观念中,美国是'千百的大上海,小上海',是都市的集成,典型,标准。在没有亲临其地之前,在银幕上所见到的,在百货商店里所接触的,在收音机前所听到的,凡是可以加上花旗徽号的,那一件那一样不是代表都市生活的?"⑤

　　由于"纽约是最能体现美国精神的城市"⑥,我们不妨认为桑巴特所指认美国资本主义的特征就是纽约的特征,只不过桑巴

---

①　(德)维尔纳·桑巴特:《为什么美国没有社会主义》,赖海榕译,北京:社会科学文献出版社 2014 年版,21 页。

②　这一点,梁启超《新大陆游记》介绍甚详,可参。见《新大陆游记》,上海:商务印书馆 1916 年版,第 26—43 页。

③　(德)维尔纳·桑巴特:《为什么美国没有社会主义》,赖海榕译,北京:社会科学文献出版社 2014 年版,第 11 页。

④　(德)维尔纳·桑巴特:《为什么美国没有社会主义》,赖海榕译,北京:社会科学文献出版社 2014 年版,第 13 页。

⑤　费孝通:《初访美国》,重庆:美国新闻处 1945 年版,第 13 页。

⑥　(美)乔治·J·兰克维奇:《纽约简史》,辛亨复译,上海:上海人民出版社 2020 年版,第 283 页。

特所谈论还多限于社会历史层面,涉及思想文化、文学艺术层面不多。而事实上,孙大雨诗歌中所想象和书写也主要集中在历史社会层面。

孙大雨短诗《纽约城》"以形象而又高度概括的笔触写出纽约作为钢铁机械城、高楼大厦城和高速运转城其物化、动态的特点"及给人之生存带来的威压。

诗篇开头"纽约城纽约城纽约城/白天在阳光里垒一层又垒一层",说明纽约高楼大厦甚多,而事实上,19 世纪末到 20 世纪中,纽约的各种商业大厦一幢比一幢高。1896 年,缝纫机制造商胜家公司建造了第一座高达 10 层的大楼,数年后又建造一座 14 层的大楼,1906 年两大楼连接起来,上面又增加楼层,最终高达 47 层。也是 1906 年,50 层的大都会保险公司大楼建成。1913 年,60 层的伍尔沃斯大楼建成。1928—1931 年,77 层的克莱斯勒大厦建成。1930—1931 年,高达 102 层的帝国大厦将纽约的高楼建造推向顶端。之后,洛克菲勒中心 12 幢大楼从第五大道到第七大道,占据三个纵向区域,最高 69 层,为世界最大私人建筑群。有资料记载,"1913 年,曼哈顿共计有 51 幢高度介于 21 和 60 层之间的大楼,近 1000 幢 11—20 层高的建筑。1929 年,据统计有 188 幢超过 20 层高的大楼,2291 幢 11—20 层的建筑。1920 年,城市的办公空间已经达到 700 万平方米,到 1925 年又增长了近一倍"[①]。"入夜来点得千千万万盏灯"说明纽约人口稠密,华灯初上,万家灯火,好不热闹。下面,就主要表现机械化交通设置及其危险性。"无数的车轮无数的车轮"说明车辆之多。事实上,1920 年代纽约有汽车 21.3 万辆,仅略低于法国全境的

①　(法)弗朗索瓦·维耶:《纽约史》,吴瑶译,北京:社会科学文献出版社 2016 年版,第 140 页。

汽车拥有量 23.6 万辆①。城市学家吴景超也深有感触地交代："美国都市的交通机关真多，有地上电车，有空中电车，有地下电车，此外还有汽车，有火车，有自备汽车。因为交通方便，那在市心做工的，可以在十几里外住家。"②"卷过石青的大道早一阵晚一阵"，是说汽车不分昼夜的行驶；"不论晴天雨天清晨黄昏"，还说明汽车的行驶不受天气的限制；"永远是无休无止的进行"，是说汽车的运行突破了人力的限制。"那地道里那高架上的不是潮声"，是说高空中有轨道车，隧道里有汽车，其形成的声音广大深远，好像大海里的潮声。"打雷却没有这般律吕这般匀整"，是说现代机械是遵循着现代理性原则运行的，这里面自然的意志已经让位给人的意志。后面"有千斤的大锤锥令出如神"还是说人工胜于神功。"有锁天的巨链有银铛的铁棍/辘轳盘着辘轳摩达赶着摩达"是说桥梁、隧道将城市连成一体，汽车连成一片，好不壮观，肯定了人巨大的创造力，然而危机也随之而来。最后三句："电火在铜器上没命的飞——飞——飞奔/有时候魔鬼要卖弄他险恶的灵魂/在那塔尖上挂起青青的烟雾一层"，是说电气化时代的到来让机械运行更加快捷神速，然而如果电线设备经受不住长期的高强度的使用而发生线路走火，如同魔鬼要卖弄一下他险恶的灵魂，就有可能引起火灾、电灾等灾难；即使不至于造成多大的灾难，也给人带来危险、担心和恐慌。20 世纪二三十年代去过纽约的欧洲人由此产生了"文化忧郁主义"③。从此

---

① （法）弗朗索瓦·维耶：《纽约史》，吴瑶译，北京：社会科学文献出版社 2016 年版，第 155 页。

② 吴景超：《都市意识与国家前途》，北京：商务印书馆 2020 年版，第 13 页。

③ （奥）赫尔嘉·诺沃特尼：《时间：现代与后现代经验》，金梦兰、张网城译，北京：北京师范大学出版社 2011 年版，第 17 页。

可知,中国现代文学中的纽约想象,很早便不再有神话色彩。

《自己的写照》可视为对《纽约城》的扩写。诗篇开头也在强调纽约城的物质化、机械化、高速化,如:"你起了这无数巨石压巨石,/又寂寞又骇人的建筑底重山,/外山围绕着内山,外山外/再圈一层连天的屏障;——/我说你这个丛山似的大都会呵! /两山间,三山间,千山万山间"。这是说纽约高楼大厦多而且广大无边,似群山绵延。"你不准那川流不息的轮轴们/去休劳,也不让它们去睡,/一清早,就有百万个树胶/轮子碾压着笔直的市街;/晚上满耳朵雄浑的隧道车/咬紧了铁轨通宵歌唱:——"这是说纽约的汽车多而且昼夜不停地高速运转,形成独特的现代交响乐。"早晨曳着不掉的长尾/一枝,在屋巅上懒懒地蛇行;/地阴下东西二线的隧道车/却同两队喷火的虬龙/一般,当头是红灯两盏,/赶着节洞里的黑暗飞驰。/快列车,慢列车,列车快,/列车快。/一行开花的电火沿着/铁轨从球北画直线一条,/(一路上钢轮底队伍大踏步,/踏出一道贯耳的喧哗,)/穿过泰姆士方和十四街,十四街;/同时另一支欢呼的电火/护卫着南来的车辆和车下/响雷似的喧哗,喧哗,飞渡/一座铁桥,向大中央进发。"这是说,空中轨道车和地下隧道车齐发,逶迤如两道长蛇;空中的电火不停地闪烁,是现代工业文明开出的璀璨之花,也饱含潜在的威胁。

《自己的写照》在审美想象上一个重大的转向是,虽然也努力把握纽约城恢弘、深沉、激荡因而不乏生气的状态,显示现代工业机械文明的威力,但是不再具有"五四"那种启蒙视角,相反,诗篇写出充分的工业机械文明之后,人的精神也机械化、物质化了。所谓:"健康在她们眉眼间开光,/健康在她们挺秀的长身/当捷足的向导;健康的双肩/主持着她们如花的行动;/健康

在她们圆浑的乳峰上/说句话,能点破五千年来倡言/禁欲者的
巨诳;健康抱着/她们底厚臀,在她们阴唇里/开一朵慑人魂魄的
鲜花。/可是她们健康的脑白/向外长,灰色的脑髓压在/颅骨和
脑白之间渐:/缩扁,——所以除了打字/和交媾之外,她们无非/
是许多天字一等的木偶。"从物质化、机械化的角度看,这群女子
是健康的、充满光辉的,但是从精神建构的角度看,这群女子又
是异常病态、反常的,人性因而也是异化了的。这一点,从米尔
斯对美国办公室中产阶级女性工作状况及其精神面貌的揭示也
可以得到佐证①。难怪邵洵美当时即高度评价说:这首诗"捉住
了机械文明的复杂"②。

二、对纽约发迹史的想象

纽约的发迹,除了欧洲人带来的现代器物、精神和品性外,
还有三个方面的因素不可忽视:

首先,是无数移民的到来。美国压根是一个移民国家,纽约
也是一个移民城市——被称为"无国籍的城市""小型联合国"。
惠特曼曾说:"这里汇聚了世界上所有种族,他们都为这里做出
了贡献。"③有的历史学家也言之:"在世界上所有的大都市中,只
有纽约的声望可以主归因于移民,这是独一无二的。"④这一点,
孙大雨《自己的写照》里也写到。诗篇述及的移民至少有"大英

---

① (美)C.莱特·米尔斯:《白领:美国的中产阶级》,周晓红译,南京:南京大学
出版社 2016 年版,第 208—209 页。
② 邵洵美:《诗二十五首·自序》,上海:上海时代图书公司 1936 年版,第 5 页。
③ 转自(美)乔安妮·雷塔诺(Joanne Reitano):《九面之城:纽约的冲突与野
心》,金旼旼、许多、刘蕾译,北京:中国人民大学出版社 2020 年版,第 101 页。
④ 转自(美)乔安妮·雷塔诺(Joanne Reitano):《九面之城:纽约的冲突与野
心》,金旼旼、许多、刘蕾译,北京:中国人民大学出版社 2020 年版,第 101 页。

西班牙"人、法兰西人、"犹太波兰意大利底移民/黑人和黄帝子孙"。这种"全球民族大杂烩"的都市格局孕育了纽约的多元、自由、宽容精神,但也形成纽约各方面的剧烈冲突、矛盾和动荡①《自己的写照》开头便是:"森严的秩序,紧乱的浮嚣。""秩序"而至于"森严",说明文明而又存在剧烈冲突,非严酷法度不办;"紧乱的浮嚣"更能说明纽约的动荡不安而又充满物质主义。这是城市的活力之所在,也是城市的危机之所在。

其次,是当地印第安人即今天所谓美国原住民的被剥夺、杀戮和制服。在欧洲人没有到来之前,印第安人在纽约这个地方至少已经居住 500 年②。在一般人的想象中,印第安人代表一种原始、落后的人类文明形态,之后,欧洲殖民者对他们的征服意味着一种新的高一级的文明形态对一种旧的落后的文明形态的胜利,是人类文明的进步,然而,无论从历史的角度看,还是从孙大雨对纽约历史的书写看,结论都不那么简单。事实上,从超越现代性或曰反现代性的视角看,印第安人的生命存在本在现代性规约之外,而代表着一种自然、本色、坦荡的生命作风、公共的生命意识和元气淋漓的生命活力。

根据文字记载,印第安人的体貌并不比白人相差多少。他们"个子大多高高的,腰背很直,体格健美且比例匀称。他们步伐坚定而灵巧,走路时大多是高昂着头。除了皮肤黝黑,他们的着装打扮就像英格兰的吉卜赛人。他们用去除杂质的熊脂油把身子涂得油亮亮的,不采取任何遮阳或避雨避寒的措施,所以他

---

①　(美)乔安妮·雷塔诺(Joanne Reitano):《九面之城:纽约的冲突与野心》,金旼旼、许多、刘蕾译,北京:中国人民大学出版社 2020 年版,第 48—49 页。

②　(美)乔安妮·雷塔诺(Joanne Reitano):《九面之城:纽约的冲突与野心》,金旼旼、许多、刘蕾译,北京:中国人民大学出版社 2020 年版,第 9 页。

们的皮肤才会这么黑"①。"他们相信所有的生灵都是伟大的神灵所赐予的礼物,所以他们从来不索取超过自己所需的东西,而且在杀死动物之前总是请求宽恕。然后,他们物尽其用,……他们的语言中不存在表示垃圾的词汇。"②他们的生活简单而快乐。他们看见一只苹果就是一只苹果,没有一只苹果以外"可欲望"的东西。"他们慷慨大方,对朋友好得没有底:你要是给印第安人一把好枪、一件外套或是别的什么东西,可能要转手 20 次才会最终留在一个人手里。他们无忧无虑,感情热烈,但消磨得也很快;他们是最快乐的动物,欢宴不断,跳舞不休;他们从来就没有很多财产,也从来不多求。……如果说他们不了解我们的欢乐,那么他们也没有我们的痛苦。他们不必为提货单和汇款单感到心烦,也没有法庭诉讼和财税部查账将生活搅成乱麻。"③"美国原住民的生活完全和自然融为一体不可分离,因此他们对于自然世界的真实态度也和经过现代的热爱自然的人或者自然保守主义理想化后的所谓态度差上了好几光年的距离。"④"那些把印第安人情感化、浪漫化的美国人,通常深深地也很绝望地感触到美国人生活的许多地方的反人性之处。他们渴望高贵而亲切的精神,而他们在原住民身上找到了。印第安人恢复了柏拉图口中的'不顾一切的奋斗直至达到高贵'。在白人的精神世界

---

① (美)佩吉·史密斯 PAGE SMITH:《悲剧遭遇:美国原住民史》,郭旻天译,上海:上海社会科学院出版社 2018 年版,第 10 页。

② (美)乔安妮·雷塔诺(Joanne Reitano):《九面之城:纽约的冲突与野心》,金旼旼、许多、刘蕾译,北京:中国人民大学出版社 2020 年版,第 9 页。

③ (美)佩吉·史密斯 PAGE SMITH:《悲剧遭遇:美国原住民史》,郭旻天译,上海:上海社会科学院出版社 2018 年版,第 11 页。

④ (美)佩吉·史密斯 PAGE SMITH:《悲剧遭遇:美国原住民史》,郭旻天译,上海:上海社会科学院出版社 2018 年版,第 137 页。

中,理性/智力必须主宰一切——即'智性'(Nous)——但在野蛮人看来,生活和生命力的核心恰恰是'血气'(Thymos)——它是勇毅而高尚生活的要件。"[1]本杰明·富兰克林由此受到启发,欲提出全新的人类发展理论。他自忖,既然人类在自然世界中能过得如此满足,奈何文明还要兴起? 文明一定是生活条件稀缺造成的,诞生文明之处,那里的人是被从可以简单生活的土地上赶出来的,所以他们必须建立起复杂多样的经济和社会生活。富兰克林在给友人的信中写道:印第安人"并不缺乏对自然的认识,他们看上去一点也没兴趣为了我们改变生活方式,或者学习我们的艺术"[2]。然而,欧洲殖民者出于自我的目的,凭靠狡黠的现代智慧、现代武器、现代器物而不断逼迫、诱惑印第安人一再远离自己的生命初衷、生命家园(部族、地盘),一再修改自己的生命存在方式,最终结果是使印第安人丧失自己的本性和生命存在价值系统,而向欧洲殖民者靠拢和臣服。譬如居住在纽约一带的印第安人是蒙西族人,他们那种天然、坦然、自给自足、和谐共处的生活方式被打破。欧洲水手带来流感、水痘和麻疹,他们对这些疾病缺乏免疫力,很多人丧失生命[3]。欧洲人利用欺骗的手段购买他们的土地,他们一点一点地丧失更多的土地,"直到印第安人开始明白欧洲人想要他们所有的土地"[4]。"蒙西族

---

① (美)佩吉·史密斯 PAGE SMITH:《悲剧遭遇:美国原住民史》,郭旻天译,上海:上海社会科学院出版社 2018 年版,第 222—223 页。

② (美)佩吉·史密斯 PAGE SMITH:《悲剧遭遇:美国原住民史》,郭旻天译,上海:上海社会科学院出版社 2018 年版,第 9 页。

③ (美)乔安妮·雷塔诺(Joanne Reitano):《九面之城:纽约的冲突与野心》,金旼旼、许多、刘蕾译,北京:中国人民大学出版社 2020 年版,第 11 页。

④ (美)乔安妮·雷塔诺(Joanne Reitano):《九面之城:纽约的冲突与野心》,金旼旼、许多、刘蕾译,北京:中国人民大学出版社 2020 年版,第 16 页。

人成了第一群被卷入变革漩涡的纽约人,直到被各种事件的漩涡所吞没。"①

孙大雨《自己的写照》第二章就是写印第安人原来充满生机的生活及现代欧洲人对他们的毁灭。在曼哈顿岛两侧,有两条河流:东江和赫贞江(即哈德逊河),充当了历史的见证人和时间流逝的侍者,带走了印第安人昔日的生气和荣光。印第安人原系黄色人种,但因为身上、脸上爱好涂抹红色,所以又称红种人。如托克维尔在《论美国的民主》里称"红色人是强大的",开始白人的先人与他们的先人和平商议,后来局面就改变了②;冰心《寄小读者·二二》言:"红人身躯壮硕,容貌黝红而伟丽,与中国人种相似,只是不讲智力,受制被骗于白人,便沦于万劫不复之地!"③《自己的写照》这样叙写:"红人,不知在多少/年前,搂紧了不透风的神秘,/春花似的开着来,又霜天的木叶/一般,全然退去:他们/当时成千的战士和姣娃,/禽装羽氅地密集在林原间,/(鹰羽底高冠,雕翘的大帽,)/在搥搥震耳的播鼓中,舞畅了/报喜鸣丧和祭天的社舞,/追猎野犊羚羊和新花/小鹿的百兽姿,还有那药草/老人承担天命的大典;/如今是去了去了,不留/一瞥儿刀光,半蹄的马迹。"诗中抒情主人公由此深感"一坑沉痛"。

再次,非洲黑人的被迫远离家园、沦为奴隶和无尽牺牲。纽约是自由、民主之都,但它也是美国最大的蓄奴之都。1626年,第一批非洲黑人奴隶被带到新阿姆斯特丹。"1665年,纽约大约

---

① (美)乔安妮·雷塔诺(Joanne Reitano):《九面之城:纽约的冲突与野心》,金旼旼、许多、刘蕾译,北京:中国人民大学出版社2020年版,第16页。

② (法)托克维尔:《论美国的民主》上卷,董果良译,北京:商务印书馆1981年版,第430页。

③ 冰心:《寄小读者》,上海:北新书局1926年版,第177页。

有 120 名奴隶,1712 年为 960 名,到 1710—1730 年,每五个纽约人中就有一个是奴隶。"①到 1790 年,由于忌讳黑人暴动,奴隶主体由成年男性转为妇女和小孩②。美国独立战争期间,奴隶分别加入双方阵营,以换取人身自由。之后,开始出现黑人自由群体,但是他们依然摆脱不了被歧视、被边缘化的地位。他们没有政治选举权,也"被排除在熟练技术工和白领职位之外",没有"在社会阶层中上升的机会"③。可以说,纽约是控制黑人奴隶、镇压黑人奴隶反叛最严酷的城市。"纽约陷入了与自身的'战争':白人对黑人,富人对穷人,新教徒对天主教徒,英国人对荷兰人、西班牙人和爱尔兰人。多样性的确是纽约最为突出的优点,但因此带来的不平等和不宽容也成为纽约的软肋。"④

《自己的写照》第一章有三分之一的篇幅叙写黑人在纽约的命运。说:"烟火里冲锋夺阵的黑人,/他们底衣衫尽管褴褛,/肤色尽管焦黄;可是,/他们红钢似的意志,沉潜里/总涵着一脉可惊奇的悲壮。/……黑种的女子,黑种的男儿!/五百年前你们底大无畏的祖先们,/背负着可以熔金的烈日,/在烟瘴封锁的尘荒上死,/生生:——斑马,沙狼,食蚁兽,/花鳞的蟒蛇,长喙的青鳄,/犀牛,狮子,和茂林中呼天/唤地的猿猩,是他们底伴侣;/他们底战争是游戏,舞蹈/是宗教;他们削一截乌木/做命运神,洗

---

① (法)弗朗索瓦·维耶:《纽约史》,吴瑶译,北京:社会科学文献出版社 2016年版,第 39 页。

② (法)弗朗索瓦·维耶:《纽约史》,吴瑶译,北京:社会科学文献出版社 2016年版,第 39 页。

③ (法)弗朗索瓦·维耶:《纽约史》,吴瑶译,北京:社会科学文献出版社 2016年版,第 165 页。

④ (美)乔安妮·雷塔诺(Joanne Reitano):《九面之城:纽约的冲突与野心》,金旼旼、许多、刘蕾译,北京:中国人民大学出版社 2020 年版,第 31 页。

剥一只头颅/作馈礼;他们底少年男女/在浓绿里裸着紫酱的精肌,/和两颗丰腴的小鹿,舞一番/交阳,便缔结百年的爱好",可是自从白人统治这片土地之后,他们的"尊严""被大英西班牙底奸商"以上帝的名义践踏,他们的"宴安"被贪得无厌的"盎格罗撒克逊大嘴/炎炎的妄人们吞噬",他们也慢慢失去了"祖先当年的啸傲和自由"而沦为奴隶,从而为美国包括纽约做出了无尽的牺牲和特殊的贡献。从此之后,可以看到,南北战争中,黑人成为被火车载去南方的"不鸣号鼓不唱战歌的勇士",和平年代,黑人造桥、修路、凿沟渠、烧煤火和充当仆役,不少女人还要流浪街头,靠卖身为生,所谓"母亲……还得靠/晚上走街去贴补"家用。

这首诗多次出现这样的诗句:"大站到了,大站/到了,……/大站到了,大站到了。"这很容易让人想起艾略特著名长诗《荒原》中相近的诗句,但不难发现,艾略特主要表达以伦敦为代表的现代性危机,可这首诗除了表达现代性危机外,还应有从被歧视、被压迫和被剥削民族(人种)角度表达的对殖民强国之民族(人种)的不满和愤怒。这里,"大站到了"的声音就是殖民强国之民族(人种)趋于世界末日的警醒,至少表达了尽快结束黑人奴役人生的良好愿望(所谓"将来/最后一天的全盘凯旋")。诗篇想象黑人的子孙后代将"想起你们底辛苦/天样高,和你们海样深底,义愤,/怎能不赞颂,怎能不祈祷!/"诗篇也想象广大的黑人将像"旧约里吓死圣人的大蝗灾,/过路处绿野化作焦原"。

三、对人类现代都市文明的感思

50年后,孙大雨追忆:"我那首《自己的写照》只开了一个头未完成的残篇,诗行脉搏里冲击着一个现代人在一个现代化的大都市中的意识、感受和遐想,奔腾飞扬,磅礴浩瀚,气象万千,化恣肆纷扰为绵密的协调，在严峻的和谐中见杂乱繁芜，正如第一行所总括的：'森严的秩序，紧乱的浮嚣'。这首未能完成的长诗，它的题目和它所咏叹的现象之间的哲理方面的关键，是法国十六世纪末到十七世纪中的哲学家笛卡尔的一句妙谛：'我思维，故我存在。'思维的初级阶段是耳闻、目睹等的种种感受，即意识，用凝思和想象深入、探微、扩大、张扬而悠远之，便由遐想而变成纵观古今、念及人生、种族和历史的大壁画和天际的云霞。"①"它有西方哲学史、西方音乐交响乐章、西方歌德式（Gothic）建筑、西方绘画艺术的壁画、西方歌剧、舞蹈艺术等等的影响在内……因为意识和感觉是思维的起点，从我所目睹耳闻及亲身的经历中，我生出各种感受和遐想，进而感触到古往今来的未来的种种联想和幻念。——这一切都是我当时在二十四小时内的感觉、联想和纪念的写照，故曰《自己的写照》。"②诗人颇为自负，说："这首残缺的诗，未经它的作者解释，五十多年前发表它的片段时，能领略以及欣赏它的人恐怕只有三五人。有人因为茫然不懂它，讥之为'炒杂烩'。我敝帚自珍，惋惜他炒不出这样的杂烩。"甚至说："这样写法我不知西方有哪一位现代诗人曾企图写作过。"③难怪诗篇刚刚在《诗刊》发表第一章，主编徐志摩就在《诗刊·前言》里高度评价："我个人认为是十年来（这就是说有新诗以来）最精心结构的诗作。第一他的概念先就阔大，用整个纽约城的风光形态来托出一个现代人的错综意识，这需要的不仅是情感的深厚与观照的严密，虽则我们不曾见到全

---

①　孙大雨：《我与诗》，上海：《新民晚报》第八版，1989 年 2 月 21 日。
②　孙大雨：《致蓝棣之信件，1982 年 4 月 12 日》，转自蓝棣之《若干重要诗集创作与评价上的理论问题》，北京：《中国现代文学研究丛刊》2002 年第 2 期。
③　孙大雨：《我与诗》，上海：《新民晚报》第八版，1989 年 2 月 21 日。

部,未能下精审的按语,但单就这起势,作者的笔力的雄浑与气魄的莽苍已足使我们浅尝者惊讶。"①接着,陈梦家在《新月诗选·序言》里又沿用了这一评价。

当今学者李丹认为,这首诗虽然在谋篇布局上受艾略特《荒原》影响,但仍然具有鲜明的前现代主义倾向。(一)因为诗人不具有在纽约实际生活的经验,只是一个短暂在纽约居住的留学生,一个匆匆过客,他对纽约的现代感受不足,所以他只有从神话、传统中寻找诗的材料和灵感。"孙大雨将异域现代都市的现状更多地拉向过去,即前现代的状况,形成都市历史的回顾,将传说与现实骈列,也构成都市神话的诗意,而其间没有映现自己的影子,也未听闻他挣扎于都市生存的声音,就是说,《自己的写照》只是一个在场而不属于的旁观者对于都市纽约的构想。"(二)从语言运用和叙述方式上看,诗篇也不乏古典主义色彩。孙大雨"敏锐地发现都市里先进的、发达的现代化工业机器,却沿用熟悉而古老的称呼命名之,如'铁锤'、'辘轳';而采用'马达'、'引擎'这样的外来词,是由于此前汉语里没有对应的词语;奇异的词语组合,显示着前现代社会的经历与都市感受的融合"。另一方面,"由于抒情表现为铺叙的展开方式,诗体形式亦呈现叙事诗的样式,整齐的音组配合跨行,便映现着古典主义的理性原则。在此意义上,孙大雨的都市诗更接近早期的惠特曼的现实主义,而不是晚近的艾略特的现代主义"②。笔者基本赞同李丹的观点,但是,有些问题还需要辨析:

首先,这首诗还是表达了审美现代性对社会现代性的质疑

①　徐志摩:《诗刊·前言》,见上海:《诗刊》第 2 期,1931 年 4 月 20 日。
②　李丹:《留学经验与都市诗的生成——以孙大雨的都市诗为例》,上海:《上海师范大学学报》哲社版 2008 年第 3 期。

和反抗,如诗篇中所歌吟:"要说痛苦,我是全纽约/居民痛苦底精华……所有那成万的电匠机师,塔尖上的铁工,隧道里的车手,/洗涤全城中汗臭的支那人,/和蚂蚁一般繁的打字女工,/(她们打字机震动的总量/能轰坍纽约球任何一座/高楼,)——我可以想像他们/眼见自己神工的创造/矗立在天光下,磐石上,/顷刻间/欢腾的愉快。/那密布的电流,/那可以绕地的明线,可以/通天的暗线,还有以太中/箫鼓呀呀的电浪:它们/高呕急唱中都带着几分/我底含辉的志望但是——/假如这无数千唱的歌喉/方能诉出我底情欲,我底理想;/什么才能申序清楚/我底大失望? /哦! 我不知道。"其次,诗篇为弱小民族发声,与艾青的长诗《巴黎》一样,也体现鲜明的民族现代性。换言之,诗篇从欧美现代性内部走出来,站在更广大的全球化视角,也看到世界、历史、人生常常有被遮蔽的面向,已经带有强烈的反殖民意旨。如抒情主人公所言,如果这些弱小民族需要他为他们"歌颂……撼天的愤怒/和牢骚,只须幽幽地召我/一声,我即使在天东,在海北,/在梦中或是在黑土里给蚂蚁/蝼蛄争逐,也要差遣/我底潜意识,或潜意识底那两瓣/花纹的贝壳,赶到纽约城来/应和一曲少年人底古调"。再次,诗篇中的理性、传统与艾略特诗歌中的理性、传统一样,应是一种否定之否定的古典主义,一方面是对浪漫主义和新浪漫主义(如颓废主义)情感泛滥的反拨,一方面是对现代的矫正。穆旦在评价卞之琳诗歌时指出:"在二十世纪的英美诗坛上,自从为艾略特(T. S. Eliot)所带来的,一阵十七、十八世纪的风吹掠过以后,仿佛以机智(wit)来写诗的风气就特别盛行起来。脑神经的运用代替了血液的激荡,拜伦和雪莱的诗今日不但没有人模仿着写,而且没有人再肯以他们的诗当鉴赏的标准了。这一个变动并非偶然,它是有着英美的社会背景做基地的。我们知道,在英美资本主义社会发展的现阶段中,诗人们是不得不抱怨他们所处在的土壤的贫瘠的,因为不平衡的社会发展,物质享受的疯狂的激进,已经逼使着那些中产阶级掉进一个没有精神理想的深渊里了。在这种情形下,诗人们并没有什么可以加速自己血液的激荡,自然不得不以锋利的机智,在一片'荒原'上苦苦地垦殖。"①孙大雨的诗当然还无法归入这种机智诗,但是其理性也可以这样理解,至少有几分相近。黄健、雷水莲也认为这首诗有"一种对现代工业文明的哲理思考"②,它"已然摆脱了纯情的浪漫抒情风格,呈现出较强的写实特点,并带有叙事诗的某些特征"③。

第二节　左翼批判:邹韬奋作品中的纽约想象

邹韬奋 1933 年 7 月去欧洲考察访问,撰写大量通讯作品发表在当时国内刊物上,随即结集为《萍踪寄语》初集、二集出版;1934 年夏,又去苏联考察访问,撰写的文章后来结集为《萍踪寄语》三集出版。1935 年 5 月又从伦敦出发,去美国考察访问,历时三个月,同年 8 月回国,1937 年 5 月出版《萍踪忆语》,记述其在美国所见所闻所思所感,其中多涉及纽约,这里我们就作一初步梳理和分析。

---

① 穆旦:《〈慰劳信集〉——从〈鱼目集〉说起》,见穆旦《穆旦诗文集》(二),北京:人民文学出版社 2007 年版,第 53 页。
② 黄健、雷水莲:《孙大雨评传》,杭州:浙江文艺出版社 2012 年版,第 62 页。
③ 黄健、雷水莲:《孙大雨评传》,杭州:浙江文艺出版社 2012 年版,第 60 页。

一、机械化、电光化程度最高的都市

如果用"感性"概括巴黎的文化特性,用"理性"概括伦敦的文化特性,那么,纽约的文化特性庶几可以用"物性"来概括。"物性"距离"感性""神性"越来越远;在"物性"那里,"理性"越来越从"价值理性"变成"工具理性"。其具体表现形态就是高楼大厦拔地而起,机械设施运用于生活各个领域,金钱进一步成为社会、人生的最高主宰。这一趋势,在当时美国作家菲茨杰拉德的《了不起的盖茨比》、帕索斯的《美国三部曲》(《北纬四十二度》《一九一九年》《赚大钱》)等作品中已有充分的表现。具体到中国现代作家的审美反应,孙大雨的作品已从历史到现实给以宏观的诗性把握和想象,那么,邹韬奋的相关书写则更具体,也更全面,从建筑、生产到生活,莫不仔细观察,准确描述。现在,先就其作品对纽约高度机械化、电光化的景观和人生的审美书写而论之。

首先,都市建筑高层化、电光化的普遍性。16 世纪,世界进入殖民或半殖民历史进程以来,地球上的空间生产主要是横向平面化扩张,但是大约三百年之后,全球殖民达到极点,空间生产逐渐由横向平面化转向立体垂直化。具体到纽约,"只因它的根据地,只是几个岛,不能像伦敦或柏林般地随着人口的增加,向四面扩充,它只能在有限的岛屿的面积上图谋它的发展。因而高大的房子出现了,——把纽约的面积扩充到天空去"①。加上,纽约崛起的时候,世界混凝土技术的改进,钢筋水泥建材质量的提高,垂直升降电梯的发明和运用,纽约的摩天大楼拔地而

① 詹文浒:《欧美透视》,上海:世界书局 1938 年版,第 29 页。

起，竞相角逐，成为全世界最雄奇的都市景观，便成为自然而然的事情。这一点，邹韬奋从伦敦到纽约，对比中感受特别强烈。

其《从伦敦到纽约》一文记载："从欧洲来，尤其是从守旧著名屋宇陈旧的伦敦来，使人感到伦敦无所不小，纽约无所不大的印象……在百老汇路的 Woolworth，六十层，高七百九十二尺，以前已算是世界上第一高的高楼了；而现在最高的却要推第五路第三十四街的 Empire State，一百零二层，高达一千二百五十尺。高达一千尺以上的还有勒辛吞路第四十二街的 Chrysler。（七十七层。）此外有八九百尺高的，有七八百尺高的，有五六百尺高的。这却是纽约特有的现象。这不仅是由欧洲到美游历的人所注意的现象，即美国各处的人民到本国东方游历的也要看看纽约的摩天高楼。在美国繁荣的时代，像最高的 Empire State，每日游行者平均达四五千人，（这高楼第八十六层和第一百零二层都有瞭望的设备，四面有石栏，全城一望无余，其余为各种店铺，）租户达两万户。……这种摩天高屋的可能，是由于钢骨建筑和电梯造法之精进，依记者所见到的内部建造情形，都是用很精美的人工大理石造成地板和墙壁，乘着一千尺高度上下的电梯只须三分钟的时间，而且非常安定平静，毫不使人感到不舒服。科学技术的进步，实可惊羡。"

如前所述，左翼作家不认同资本主义制度，但认同资本主义制度下的科学技术，其中的矛盾这里无需多言，只待指出，如此思想背景下，纽约的摩天楼群就显示强大的现代化力量，对于后发展国家、民族的来客而言，依然构成震惊和启示。而更令纽约流光溢彩的是霓虹灯饰的大量运用，如《从伦敦到纽约》所叙写，当时纽约很多商家都不惜本钱安装霓虹灯饰，如此，置于夜晚，但见"在第四十二街以上到第五十几街，在那广阔的马路和广阔的人行道旁，无数摩天高屋上装满了形形色色的霓虹光，在夜里辉煌如昼。"无疑，这种书写凸显了纽约天堂性的一面。

其次，日常生活服务自动化的普遍性。纽约的摩天楼群已能充分显示纽约强大的现代化力量，而纽约日常生活服务中出现的大量自动化现象，更令后发展国家、民族的来客惊讶和艳羡。邹韬奋在《物质文明与大众享用》一文里指出："就我们所看到的欧美的生活状况"，虽然英、法、德的科学技术已经相当发达，但是在"利用机器的程度"上，还是"以美国为最显著"。接着，文章主要举了五个方面的例子：其一，关于"自助菜馆"。说，这种菜馆，"在伦敦只见过一家，在纽约却随处都是"。这种菜馆"把一叠一叠客人用过的杯盏，从墙上的一个方洞里放入，这方洞里好像有个小电梯，继续不断地自动地把这些待洗的杯盏送下去，瞬息间又自动地把这些杯盏从隔壁另一个方洞里送上来，便是已由蒸汽洗得干干净净的杯盏，拿出来便可应用。几千人用膳的大菜馆，如用人工来洗碗，怎样地费时间费工夫，可以想见，但是有了这样的机器，不但有消毒的功效，而且迅速简便得多了"。其二，"自动菜馆"。这种菜馆"在墙上装有许多白铜制的小格厨，外面装有玻璃，你可以看见里面排着的食物，有的是一盘布丁，有的是一盘'三明治'，有的……里面有电光烘托着。小格厨旁边有价目，并有放入'尼枯'（nckel，美国最小的镍角子，值五仙）的小洞。你要吃什么，只须把一个或几个'尼枯'放入，用手把格子旁的一个小柄子一拉，那小玻璃门即豁然展开，你把那盘菜拿出来，自己拿到一张桌上去吃。那个小格厨空了之后，厨内会转动的后壁拍达一转，又有一盏食物放在格子里面，那小玻璃门也会自动地关上，等第二客人来选取（这是限于冷盘，关于烧热的菜肴，办法不同，兹避烦不赘）。像牛奶或咖啡等饮料也有相类的装置，不过不是小格厨，却是在墙上装有好像自来水龙头（构造讲究，好看得多），你只须把'尼枯'放入这龙头旁的小洞里，把龙头上的小柄一拉，一面拿一只杯子盛着（这杯子是排置好，任你取用的），那牛奶或咖啡会汩汩流出，流到你投入的价值所能买的分量，便突然中止（大概可盛满一杯）。倘若你要再来一杯，便须再投一次'尼枯'。总之利用机器以省却人工，这种'自动菜馆'亦可作一个例子"。其三，自制煎饼。有的咖啡馆里还有一种可以自制煎饼的装置，机件自动把面粉液料送入油锅，饼煎好后又有自动机件把饼送到机器内的另一部分把它排列起来，一会有人来取走即可。其四，地铁自动售票。坐地铁，没有人卖票，也不用人查票，只在进站口设一小机关，旅客将一"尼枯"投进去，就可推开那十字交叉形的铁架子进去①。其五，汽车里安装有无线电收音机。作者说，这是最令他惊讶的，因为以往在欧洲从来没有见过这种装置，所以"是美国在利用机器方面特别发达所给我的第一个印象"。进一步言之，这也是以往中国现代文学的东京想象、巴黎想象和伦敦想象等所极少出现的。

再次，大机器生产的普遍性。西方工业革命经历两个阶段，第一个阶段由高明的技师引领，实现从手工业向现代工厂业的转变，第二个阶段由发现了"发现的方法"的科学家引领，实现了轻工业向重工业的转变②。不难发现，与以往现代文学的东京书写、巴黎书写和伦敦书写不同的是，邹韬奋这一时期的纽约想象，不仅对日常生活消费品进行审美批判，而且对大机器生产特

---

① 这一点，梁实秋小说《上海人到纽约》也写到，参见《梁实秋文集》第 6 卷，厦门：鹭江出版社 2002 年版，第 121—122 页。

② 王毓敏：《科学管理的理论与实践——美国工业中的泰勒制》，北京：中国书籍出版社 2015 年版，第 23 页。

别是汽车制造业、钢铁制造业等重工业生产进行审美批判。如邹韬奋在《物质文明与大众享用》一文里指出:"英国为世界工业国的先进,这是我们所知道的,但是英国利用机器以作大规模的生产,其程度终不及美国;这是因为美国是比较新的国家,一切好像从新做起,没有旧的东西值得他们的顾虑,要用最新的机器就用最新的机器,……"关键在于美国新机器的生产和运用是当时世界上规模最大、最为系统的,并且提升为一种生产模式和价值取向,即福特主义。

福特主义以大规模集约化生产为目的,引进泰勒制管理方式,在专业化、技能化和合理化分工基础上,形成系统的流水线式生产模式①。泰勒制强调人的功能化和机械化,从经济效益出发,研磨出一套最经济亦最有效(也成为最科学)的所谓"标准操作方法",严格规定人在生产中所应该有的责任、岗位、动作和用时(一种机械系统的体现),在此基础上,严格挑选、训练和配备人工,并按照生产效率制订差异性工资标准,体现奖惩意向,不断扩大生产规模并提高生产利润②。不难发现,在当时,福特主义和泰勒制都是人类现代性生产和管理发展到最新程度的结果。这时,劳动的分工和人的功能化、机械化决定人已经不再是人,他只是社会现代性大生产机器上一个部件,甚至只是一个螺丝钉。这时,已经不再是人使用机器,而是机器使用人。如梁启超在《新大陆游记》中所明示:"近世之文明国。皆以人为机器。且以人为机器之奴隶者也。"机器生产分工之"至精至纤"的结果

①　罗钢、王中忱主编:《消费文化读本·前言:探索消费的斯芬克斯之谜》,北京:中国社会科学出版社 2003 年版,第 4—7 页。

②　王毓敏:《科学管理的理论与实践——美国工业中的泰勒制》,北京:中国书籍出版社 2015,第 44—54 页。

是，"如制针工磨尖者不知穿鼻之事。穿鼻者不知磨尖之事。而针以外之他工无论矣。而工以外之他事业他理想更无论矣。"①无独有偶，费孝通在《机器和疲乏》中也指出："现在，……人成了整个（机器——引者）配合中的一部分，甚至是从属部分了。……在生产活动过程本身，参加活动的劳工却是在简单的从属动作中去服侍机器。"②如马克斯·韦伯所说，这就是"理性"的工具化，在马克思和卢卡奇看来，这就是人的"物化"和"异化"③。

这一点，邹韬奋《"赶快"》一文揭示得非常清楚。曰："'赶快'是'资本主义合理化'（Capitalistrationalization）的核心。""赶快"就是要效率和速度，而要达到这效率和速度，就必然在机器设备和管理模式上想办法。"所谓'赶快'，是由雇主所聘用的专家依着所计划的方法，在机器上增加种种特制的机件，在工厂的布置上增加种种紧凑的安排，使工人的工作速度非常地增加，也就是使工人对工作特别'赶快'。"譬如，"在皮带和运送机用得普遍的地方，……这些皮带和运送机的迅速流动不息，就自动地强迫着工人不得不按照高度速率做，自然地限定在每小时必须做完若干件工"，否则就不符合生产要求，就可能失业。"这样的'赶快'法，使每个工人都得不到丝毫的松懈，使每个工人都在极快的速度中做得筋疲力尽，劳瘁而死"；特别是童工最容易受到伤害④。《金圆王国的劳动青年》就指出："在纽约州十六岁以下

---

① 梁启超：《新大陆游记》，上海：商务印书馆 1916 年版，第 64 页。

② 费孝通：《初访美国》，重庆：美国新闻处 1945 年版，第 62 页。

③ （匈）卢卡奇：《历史与阶级意识》，北京：商务印书馆 2012 年版，第 154—171 页。

④ 费孝通《初访美国·劳资的鸿沟》里也谈到：在美国，"一九三〇年还有二百万在十八岁以下的儿童在做工"，纽约应该也不在少数。可参。见《初访美国》，重庆：美国新闻处 1945 年版，第 78 页。

的劳动儿童因工作时受伤害而送命的，一九二九年比一九二八年多至百分之五百六十七！在一九二九年，有一千二百个劳动儿童在工作下受到伤害，这记录还只是一部分，因为有许多比较小的伤害连记录也没有。"更严重的问题是，机械的发明运用，工作效率的提高，理应增加工人的收入，改善工人的生活，但事实上，工业愈合理化，工人所受剥削和伤害愈严重，失业的可能性愈大，而更多的人压根就没有就业的机会。进一步言之，邹韬奋想象纽约大机器生产的视角重点还是阶级性的，也就是昭示，从根本上讲，还是资产阶级的自私、贪婪和资本主义制度先天的缺陷造就了广大工人阶级的悲惨命运，所以，作者为工人阶级指明的出路只能是"争取解放的更激烈的斗争"！

二、工商业、金融业发展最充分的都市

在《劳工侦探》一文中，邹韬奋说："美国素以'大量生产'闻于世"。在《物质文明与大众享乐》一文中，他又指出："英国利用机器以作大规模的生产，其程度终不及美国"。纽约作为稍晚崛起的现代性大都市，直到 20 世纪 30 年代，仍然有大量工厂和工人，而且与伦敦的工业生产相比，它有更先进的生产机器、更大的生产规模、更高的生产质量和生产效率及更科学的生产管理。其具体的表现形态即福特主义和泰勒制。

福特主义是西方工业革命达到峰巅的结晶，泰勒制又引发西方的管理革命，其结果就是工业生产效率的大大提高和工业管理的日益科层化。泰勒在《科学管理原理》里，开篇即谈："在过去人是第一位的；在将来，体制必将是第一位的。……任何一个好体制的第一目标就是发掘和培养一流的人才，而且在系统的管理下，最优秀的人才将比过去更有把握、速度更快地晋升到

高层。"①注意,这里,泰勒所说的"人才"只是人"才"而不是人,因为这"人才"是为体制、管理服务的,不具有本体性。所以,帕索斯说,泰勒"根本不顾会使谁蜕一层皮"②。培养"人才"的目的是要效率,培养"人才……晋升到高层"的结果是严密的科层组织架构,也可谓"科学管理机构"。这应该就是邹韬奋在《"赶快"》一文中所提出的"合理化"的内涵。

《"赶快"》一文指出:"自世界大战以来,美国工业的合理化有着长足的进展。最显著的是在大规模的制造工业方面。自一八九九年至一九一九年的二十年间,每个工人的生产量的增加,只较前多百分之四点七;而在一九一九年后的八年间,竟较前多至百分之五十三点五。就平均说,在一九二七年每个工人的生产量要比一九一九年的时候增加半倍以上。这种统计数字虽然已可惊异,但还只是'赶快'的开始。自从不景气愈益尖锐化后,'赶快'法也紧随着开始它的更残酷的力量。/资本主义的'赶快'法,汽车工业是一个很好的例子。……据丹田(Robert W. Dunn)在他所著的'劳工和汽车'(Laborand Automobiles)一书里所报告关于汽车工业的情形,在一九一九年的时候,每小时经过一根皮带的马达有四十二个之多;在一九二五年的时候,每小时经过一根皮带的马达有六十个之多。你可以想象,站在这类皮带旁边做工,有怎样手忙脚乱的紧张情形!在福特的一个汽车工场里,曾把三条皮带并成一条迅速的皮带,以前每分钟要九个人造成十二个气缸,这样一来,只须六个人。在一九二○年,

①　(美)弗雷德里克·温斯洛·泰勒:《科学管理原则·前言》,朱碧云译,北京:北京大学出版社2021年版,第5—6页。

②　(美)约翰·多斯·帕索斯:《赚大钱》,姚永彩、左宜译,北京:作家出版社2021年版,第17页。

一个福特汽车工场每星期可造成两万五千辆汽车；在一九二五年，用同样的机器，每星期可造成三万一千二百辆汽车。"就钢铁工业而言，"一九一九年以前的二十年间"，每个工人每小时的生铁生产量"只增加百分之九十三"，而"在一九一九年至一九二七年间"，则"较前增加至百分之一百三十九之多"。此外，纺织工业、矿工、运输工业等，都明显扩大了生产规模，提高了生产效率。

纽约的工商业与金融业往往是纠缠在一起的。办工厂赚取利润，然后扩大再生产，同时进入证券交易市场，进行投机活动；为了自如地调控自己的金钱，就开办银行。所以很多工业家也是金融家。而且为了扩大再生产和提高市场竞争力，这一历史时期，纽约工商业和金融业开始出现托拉斯，即垄断组织。《梅隆怎样成了富豪？》交代，美国天字第一号的大资本家梅隆就是"工业的资本家和金融资本家混合的一个完全的例子。他的拥着二万万五千万金圆资本的大银行，叫做联合托辣斯公司（UnionTrust Co.）控制着不少基本工业的金融权，所获得的现款红利，为全世界的银行所望尘莫及，竟达二百分的利率。他还有一个拥着二万万五千万金圆的银行叫做梅隆全国银行（Mellon National Bank），也操纵不少工业的金融权。此外还有二万万五千万金圆的金融资本，散在宾夕法尼亚西部的一大串的银行。最后他和华尔街的摩根和洛克菲勒的银行业，也有很密切的联系，对于这两系的银行业所控制的许多公司，也有着不少的资本参加在里面"。《掌握全美国经济生命的华尔街》指出："摩根银行的一班人""是国外投资的'领袖'，同时在美国的银行业，保险业，以及许多各种各类的工业公司，都有他们的最巩固的势力。摩根自己虽仅在五个大公司的董事部里占着一把交椅,但是他有二十个合伙者——即靠着他的大资本而合股经营的大公司领袖,每个领袖都各有其特殊部门的活动——银行,公用事业,铁路,零售商业,重工业,乃至国际外交等等。据说他的合伙者至少在一百廿一个大公司里占有一百六十个董事的重要位置;除了这许多在各业里占着重要位置的董事以外,在各银行和各大公司居重要首领地位的,至少有一百五十人,都是在各业里代表着摩根的利益。有人估计,在一九二九年美国资本主义的各公司财富的全部,竟有六分之一是和摩根公司或摩根派所包办的银行有直接的关系。"可以作为旁证的是,帕索斯在小说《一九一九年》里,专设一节"摩根家族",开头就交代,摩根财团的创始人约翰·皮尔庞特·摩根 1913 年撒手人寰时,"他将摩根财团在纽约、巴黎和伦敦的控制权,四家全国性银行,三家信托公司,三家人寿保险公司,十条铁路线,三家有轨电车公司,一家捷运公司,国际航空公司,/通过连锁董事会,根据悬臂梁的原则/对十八条其他铁路线,美国钢铁公司,通用电气公司,美国电话电报公司,五个主要工业部门的控制权/全部交到/以他的儿子为代表的摩根家族的手中"①。显而易见,摩根家族的产业关涉到欧美现代工商业和金融业的各个主要方面。

《从伦敦到纽约》指出:"纽约包括……五郡,但是在一般美国人心目中所说的纽约,实际却只是门赫吞,这大概是因为最热闹的部分都集中于门赫吞。且说这几乎取纽约而代之的门赫吞,它的面积,南北的长只有十三英里,东西的阔只有两英里。"《掌握全美国经济生命的华尔街》又明示:门赫吞的中心是华尔街。

---

① (美)约翰·多斯·帕索斯:《一九一九年》,朱世达译,北京:作家出版社2021年版,第 270 页。

"华尔街，……是一条狭而且短的马路。这条马路在纽约（门赫吞）的南部，从百老汇路到东河；我略微计算一下，两边的屋子合起来不过四五十家。"然而就是这么不起眼的弹丸之地，却"握着全美国经济权，统制着全美国经济生活的金融资本家的大本营"。其中，最有代表性的即摩根银行（J. P. Morgan Co.），虽房屋破旧，却为华尔街金融实力最大者。"在这个金融区里，拥挤着美国最有势力的大银行，大托辣斯的总机关，各大工业的大公司的总机关。华尔街这条短短的街道，有人说它是世界上最长的街道，因为它的势力不但由亚美利加州的东岸直伸到西岸，由北直伸到南，而且直伸到美洲以外的各国里面去！/华尔街在金融上执全美国经济生活的枢纽，其主要的原因是工业和金融打成一片。因为大规模工业的发展，在大公司的资本集中，金融资本家的威权随着突增，华尔街便成为可以左右全国经济生活的中心机关。就原来的界限来说，金融资本家似乎仅有权于操纵证券和公债票，允准或拒绝借款，和企业家竞争利润的获得，但在实际上已分不清这个界限；重要的企业家都已成了金融资本家，而所谓银行家也者，也和工业发生直接的关系。华尔街的绝大势力就根据于银行家和工业的混合，使掌握几家关系密切的大银行和大公司大权的少数人掌握着全美国的经济生活。他们凭借着经济的无上威权，控制着'共和'和'民主'两个政党的机构，指挥着全国的政治策略，所以号称'公仆'的德谟克拉西的大总统，以及无数的大小官吏，都不过是这些'大亨'们的在后面牵着线的舞台上的傀儡罢了！"这种书写，无疑揭示了资本主义社会"金钱政治"的内在属性。

三、贫富悬殊最严重的都市

1856 年,马克思就深刻地指出:"在我们这个时代,每一种事物好像都包含有自己的反面。我们看到,机器具有减少人类劳动和使劳动更有效的神奇力量,然而却引起了饥饿和过度疲劳。新发现的财富源泉,由于某种奇怪的、不可思议的魔力而变成了贫困的根源。技术的胜利,似乎是以道德的败坏为代价换来的。"①城市越大,技术越先进,生产效率越高,贫富悬殊问题越严重。难怪梁启超在 20 世纪初考察过纽约后感慨:"天下最繁盛者宜莫如纽约。天下最黑暗者殆亦莫如纽约。……纽约伦敦……财产分配之不均。至于此极。"②可以说,纽约的繁荣就是它的罪恶,它的鼎盛就是它的危机,它的天堂性必然带来其地狱性。作为左翼作家,邹韬奋不否认纽约的辉煌、繁荣,但是对于它的罪恶和危机揭露也更加自觉、用力,这是显而易见的。

《梅隆怎样成了富豪?》一文以个案形式向读者介绍纽约的资本家是如何通过剥削工人起家的。"铝大王"梅隆是"美国天字第一号的大富豪""美国资产阶级的象征"。1933 年,汽车大王福特的财产"值六万万二千八百万金圆",煤油大王洛克菲勒的财产"除已用去的几千万"外,"还值一万万五千万金圆",但梅隆一个大公司如格尔夫煤油公司(Gulf Oil Co.)的财产就值"七万万四千三百万金圆"。"他的许多公司的财产总计约达一百零五万万金圆!"他因为铝的发明专利而发财,从此"侵入工业部门之

---

① (德)马克思:《在〈人民报〉创刊纪念会上的演说》,见《马克思恩格斯选集》第 1 卷,中共中央马克思恩格斯列宁斯大林著作编译局译,北京:人民出版社 2012 年版,第 775 页。

② 梁启超:《新大陆游记》,上海:商务印书馆 1916 年版,第 60—62 页。

多"令福特和洛克菲勒都相形见绌。他所榨取的财富来自"地产，银行，钢，铁路设备，煤油，煤和无数由煤得来的附产物，铝，以及其他种种公用事业"，以至于几乎每个工人都在为他创造财富、每个市民都在为他消费产品。问题是，他对待工人又是如此苛刻。1933 年，他工厂的女工夜班要做到"十一时半"，而"工资每小时只有一角八分"。南北战争和第一次世界大战期间，他利用战争的需要大发其财。

《物质文明与大众享用》里指出："尽量利用机器以代人工，照理不但可以增富一般人的物质生活，而且可以减少各人的工作时间，多多享受文化所给与的种种愉快生活"，但同时，工作机会的减少必然造成大量工人失业（所谓"技术的失业"）。《美国的失业救济》里记述："在华尔街最繁荣的时代，据最低的估计，至少也有两百万的失业者。""在一九三〇年二月和三月间，在纽约因参加失业示威而被拘入狱的就有一千余人之多。"《"德谟克拉西"的教育真相》透露："自从一九二九年（经济恐慌开始）到一九三四年的五年间，……有超过四百五十万的男女青年踏出学校就加入了失业群；……纽约有个最大的百货商店叫做美西（Macy），……每遇着该公司的雇佣部招工的时候，在门口列队自荐，鹄候数小时待见的大学生们，总是一两千人。"问题在于，美国制度的先天缺陷决定他们无法从根本上解决失业问题。《物质文明与大众享用》一文交代："曾任美国复兴管理处（即执行罗斯福总统就任后所标榜的美国复兴计划所谓 N. R. A.）的领袖章生（Hugh Johnson）近被美国总统特任为纽约的失业救济专员，他最近公开宣言，说：'住在纽约——不但是美国而且是世界上最富有的城市——的每五个人里面，便有一个人不能赚得他的每天的面包。'……换句话说，据这位亲任纽约救济失业专员的经验，在世界最富有的城市纽约的居民中，每五个人里面便有一个人失业，这形势的严重，可以想见。他在这同一宣言里并有几句很有意味的话，他说美国政府关于救济失业的制度在目前是过于耗费了，但是假使就把这个制度废除，'叛乱和革命在两星期内就可在美国爆发起来！'在利用机器最显著而成为世界上最富有的纽约，五人中竟有一人失业，而要凭借救济失业来暂时抑制'叛乱和革命'，这是很值得我们玩味的现象。"

1929年经济危机爆发以来，美国也在积极采取所谓"新资本主义"措施，如让工人参加工厂或公司的股份投资，美其名曰"使个个人都发财"，且采取"分期付款"大众消费方式等，但这仍改变不了美国包括纽约整个社会的贫富结构。《工资和利润》一文指出，人们常说"美国工人所得的工资是在世界上最优越的，……但即在美国繁荣的时期里，工人的实际平均工资，每星期也仅仅二十五圆，仍在资产者群自己的机关所认为标准之下。而且每星期二十五圆的平均收入，并不是大多数工人所能得到的工资，不过是最高最低的工资之平均数，而美国工人的工资有种种的差异，比任何国都来得复杂。只有少数的熟练工人——不超过全体工人十分之一的数量——在经济恐慌未发生以前，而且做得全部时间的工作，才能每星期得到四十圆美金或略超此数的工资；而且这少数最高工资的职务包括农业和建筑业的工人，而这类工人被雇佣的时期是有时季的，或是不确定的，所以他们在实际上也并不能都得到全部时间的工作做。这不过占全体工人中十分之一的算为最高工资的工人，便构成美国的所谓'劳工贵族'。传统的经济学者喜欢替美国高工资吹牛的，也是指着这占着全体工人中最少数的'劳工贵族而言。'"《金圆王国的劳动妇女》说得很清楚，"女工的平均工资没有达到十七圆的"，而黑人女工的收入尤其少。这是越来越多的成年女性最后走上"堕落的危险的"道路的主要原因。

《世界上最富城市的解剖》认为，纽约"一是天堂，一是地狱。这两方面的人，一方面是靠着剥削他人血汗所获得的利润；一方面是靠着出卖劳力来勉强过活。第二路一带的破陋房屋里拥挤不堪，第五路公园路的大厦不但是很宽舒，而且到了夏季有许多是空着，因为阔人们还嫌不风凉，还要离开这些大厦到更风凉的名胜之区去避暑。其实纽约最大的公园——中央公园（Central Park）——所占区域之广，由第五十九街到第一百零十街，就紧贴着公园路和第五路，占着最好的区域，可是贫民窟的人们苦了还要苦，阔人舒服了还要舒服"。在这种情况下，女性作为弱者，其处境和命运也可想象出来。《从伦敦到纽约》一文透漏，纽约的私娼逐年在增加。"在百老汇路最热闹的一段的旁路里就有五十多处'私窟'"。"在戏院方面，歌舞戏院，影戏院是普通都知道的，也许有人还听到纽约的'大腿戏'，这在他们称为'Burlesques'，沿着百老汇路或附近有几处。在这里面，你可以看到在不合理的社会制度里性的诱惑之尽量的被人作为剥削的一种工具。在这里你可以看见成群的年青女子几乎是完全裸体，在台上作各种舞蹈，还有单独的女子最初穿着舞衣在台上依音乐步行，逐渐把衣服脱去，脱得几乎一丝不挂。这些女子为着生计，每天自午时到深夜要很吃力地舞蹈歌唱无数次。你可看出她们的憔悴的容态，强笑的哀音，涌流的热汗，使你感觉到她们是在悲惨的情况中受人利用为谋利的工具……在惊慕纽约繁华世界的人们，也许还认为这是纽约的一个特色，我看后所得的印象，是好像处身屠场，和我以后在芝加哥所看见的杀猪宰羊的屠场，竟不觉得有什么两样！"

四、民族歧视最强盛的都市

16世纪世界航海大冒险以来，几大洲民族开始相遇、碰撞，西方发达国家、民族凭着制度的独特性和科学技术的先进性迅速成为世界霸权国家、民族，另一面，这些国家、民族开始对世界落后国家、民族进行殖民统治，意识形态上则不断建构一个落后愚昧的他者，以印证自己的优越和强大。就西方与中国的关系而言，稍微翻阅一下中西文化交流史，则不难发现，此前，中国在西方人认知中是一个文明、强大的国家，而之后，随着西方的强大和对世界征服欲的不断膨胀，中华民族在西方人眼里地位逐渐下降，直至近代以来在与西方的对抗和交涉中屡屡失败，遂从文化的角度被确认了一个落后愚昧的形象。最极端的例子是，在美国白人看来，中国人的人种也发生了问题。他们认定，"中国人斜眼睛，猪尾巴，与金发碧眼的白人格格不入，认定中国人的这些外部'缺陷'与'古怪'是其民族低等的表现和明证"①。他们看不起中国人，又对中国人存在恐惧，反映在文学上，便是对宣传"黄祸论"的英国通俗小说家萨克斯·儒默于20世纪初创作的"傅满洲系列小说"的极大欢迎，然后再将这些小说改编成电影，在英美世界乃至西方世界产生了极大影响，严重歪曲了中国人的形象。如果说老舍《二马》对伦敦东方主义的批判还带有较多文化商榷的意义，那么，邹韬奋作品对纽约东方主义的批判则带有更多社会政治辩驳的内涵。

《萍踪忆语》第一篇作品就是《帝国主义麻醉下的种族成见》，其中谈到，在纽约，"私人方面，虽随时随地地可遇到诚挚的

---

① 姜智芹：《西镜东像：姜智芹教授讲中西文学形象学》，北京：中央编译出版社2014年版，第58页。

友谊，但一涉及民族的立场，谈到中国的国事，乃至因为是做了'材纳门'（Chinaman），就一般说来，随时随地地可以使你感到蔑视的侮辱的刺激，换句话说，便是种族的成见，把中国人都看作'劣等民族'的一分子。除了思想正确，不赞成剥削的社会制度的一部分人外，……受惯了帝国主义统治阶层的麻醉的一般人，对于种族成见，根深蒂固，几已普遍化。在这一点，各国对中国人的心理，原都没有什么根本上的差异，所不同者，有的摆在面孔上，有的藏在心里罢了。在欧洲各国里，以英国人的种族成见较深"，但美国人对中国人的成见还在英国人之上。美国人不愿意与中国人跳舞，不愿意与中国人共租一户人家。中国人到美国去，签证要比其他国家人的签证复杂得多。美国人之所以对于中国人如此蔑视和不相信，就是因为帝国主义长期将中国东方主义化的结果。"平心而论，我们对于这种民族成见，如作进一步的分析，明白它的来源，对于有这样成见的一般人的本身，却也用不着怪他们，因为他们只是受了长时期的帝国主义的麻醉作用。帝国主义者利用他们所直接间接控制的教育，书报，电影，以及其他种种方式的宣传机关，把被压迫的民族——尤其是'材纳门'——形容得如何如何的卑鄙，龌龊，野蛮！同时可以反映出他们自己的'文明'，以'证实'他们的'优越民族'确有侵略剥削'劣等民族'的当然权利，使久受他们麻醉的本国民众俯首帖耳做他们的侵略剥削的工具。关于这类事实，举不胜举。像英国的小学里，教师对小学生谈到'材纳门'，还是灌输妇女裹脚，溺女孩，抽大烟的印象。像美国在新闻界占很大势力的赫斯特报纸（Hearstnewspaper）就利用它分布全国的数十种日报和刊物，尽量糟蹋'材纳门'，把中国人写成卑劣不堪的该死的民族。"

　　《世界上最富城市的解剖》不仅从阶级视角对纽约的贫富悬殊进行解剖,而且从民族视角对纽约的民族歧视和民族压迫进行剖析。说,在这"人间地狱"里,华人居住的唐人街被称为"有趣的地点"(Points of Interest),这个"有趣"与人到动物园观看猴子相近。中国人固然也有不争气之处,如吸鸦片、赌博等,但这也与纽约人对待中国人的态度有关。因为中国人生活路面窄,"五千人"已经有"百分之三十左右"的人失业,极易走向堕落。唐人街一颇有姿色的女子,趁着年轻靠卖身挣钱回家乡置田产,但是再回到纽约,被七十余嫖客同时糟蹋,终于跳楼自杀,也算一典型事件。此外,这篇文章还特别详细地分析了黑人在纽约的处境和命运,说:"东边纽约的贫民窟还是穷苦的白人的区域,比这些白人的贫民区域还要苦的是纽约的黑人区。这黑人区叫哈尔冷姆(Harlem),所占区域颇广,由第一百零十街起到第一百三十街,东边达第二路,西边达第七路和第八路的东边。哈尔冷姆的黑人居民约三十万,可算是世界上最大的一个黑人区。这些黑人穿的也是西装,说的也是英语,一切都极力模仿西方的所谓'物质文明',但是处在这样生活程度很高的社会里,越穷的就越苦,现在他们有百分之八十以上是在失业队伍里面,其窘状可以想见。……黑人区的房屋尽管比东边纽约的还要坏,而租金却比较大得多。据调查的结果,黑人所得的工资比白人少百分之七十,而房屋租金却要比白人多出百分之二十。因此他们往往要用收入的一半到租金上面去。在别的地方,房屋坏了,房东有修理的责任,在哈尔冷姆却不然,房东只知道坐领租金,房屋需要修理的时候,完全不关他们的事情!据说这黑区的房屋有一半是没有浴室的,还有一半虽有浴盆,却非修理不能用,而房东却永远无意修理。"黑人居住在这极其拥挤而又不卫生的环境里,"死亡率当然特别的高,试以肺痨病为例,在哈尔冷姆黑人的死亡率就约五倍于白人的死亡率。因贫穷的缘故,黑女卖淫的遍地都是,黑人患梅毒的竟九倍于白人的数量"!

五、传媒业最发达的都市

安德森称资本主义为"印刷资本主义",是为了从积极角度探究"想象的民族共同体"的形成,居伊·德波称资本主义社会为"景观社会",是为了从消极角度讨论资本主义社会里资本积聚的新方式及其所导致的现代人生中主观与客观的分离、镜像与经验的分离,本雅明和法兰克福学派对"文化工业""机械复制"的批判则进一步揭橥现代大众文化的伪真性、模式化和娱乐化。应该说,这些理论对于洞察现代传媒业及其内在属性都具有重要的参考价值。由于纽约相对于巴黎、伦敦,属于后起的都市,所以,它的历史渊源不够深厚,它更容易迎合新时代的潮流。就传媒业而言,它显得更自由、更活跃、规模更大、花样更多,传媒技术也更先进,以至于有邹韬奋《杂志国》一文所谓:"提起美国的定期刊物,我们很容易想到美国所出杂志的繁多和销数的巨大,很够得上'杂志国'的徽号,在其他资本主义的国家,也许没有和它比得上的"。邹韬奋的美国考察主要以纽约为根据,对美国传媒业的考察也不例外,所以,他谈及美国传媒业种种,应该也就是纽约传媒业种种的症候。如果说,美国可称为"杂志国",那么,纽约也可称为"杂志城"。1947 年,严仁颖出版《旅美鳞爪》,称纽约为"新闻城",言:"美国地位最高,销路最广的报纸杂志都在纽约,而美国报纸杂志记者最多的城市也是纽约。"①

---

① 严仁颖:《旅美鳞人》,天津:大公报馆 1947 年版,第 99 页。

在邹韬奋的理解里，报纸和杂志都属于"杂志"。在他的书写中，纽约的传媒业至少具有以下三个新的特点：

首先，政治上，更加反动。《杂志国》一文指出，在纽约，除个别正义团体主办的报刊外，绝大多数报刊都宣传资本主义制度怎样具有优越性、美国人生活怎样幸福，而公然反对苏维埃政权和美国的工人运动。如最普通人所阅读的三种"贱价的月刊"《美国人》（*American*）《国际化》（*Cosmopolitan*）《红书杂志》（*Redbook Magazine*）"常常表示美国大多数人民（?）生活程度的高，'普通'美国家庭都有两辆汽车和一切近代化的物质享用等，和所捏造的苏联工农生活比较，借此证明美国民主政治和资本主义的优点"。主要为"美国各城市的下层的中产阶级"所阅读的《星期六晚报》（*Saturday Evening*）"对于劳工阶级和苏联都存着敌视的态度；公然地反劳工，激烈地反苏联"。就是为"中等阶级以上的职业界中人"所阅读的《时报》（*Time*）表面上"以'公正'自居"，但"骨子里是存着'反劳动阶级'的偏见，……文字方面常用冷嘲热讽的态度攻击苏联"。《美国的新闻事业》一文从办报人的角度言，当时纽约报界大王赫斯特（William Randolph Hearst）和斯克利浦—霍华德（Scrips-Howard）分别在整个美国办"连环报"，相当于报界托拉斯，两人相互竞争，一方面看谁办得更低俗，一方面看谁办得更反动——赫斯特的报刊是公然"对内拥护资本主义，对外主张帝国主义"，反对苏联，霍华德的报刊在这些方面则更隐蔽——其实都是为了争取读者。据迈克尔·埃默里等人的《美国新闻史》所述，"赫斯特在政治斗争和报纸中对工人、小商人和其他普通老百姓表示了强烈的支持，他对'罪恶的托拉斯'——制冰、煤炭和煤气托拉斯——和不正派的政客头子发动猛烈攻击。……然而，……当时知识界的领袖人物对他在新闻事业方面和政治方面的动机仍普遍持有怀疑态度"①。实际上他是完全从自己的利益出发,以自己的意愿为标准,将"那些不同意"他观点的人都视为"共产党分子"②。所以,邹韬奋在《"公敌第一号"》中引美国进步界的观点,直接称他为美国"公敌第一号"。

其次,文化上,更加大众化、多元化。《杂志国》一文开头就介绍:在纽约,"他们所谓'普通杂志'(Popular Magazine),就有九十种之多。这九十种里面,有周刊,有半月刊,有月刊,每期销数通算起来,共达三千五百万份"! 应该说,这数量之多就足以令人震惊。说明当时纽约大众传媒业的活跃程度,堪称世界传媒业的奇迹。这些普通杂志往往采取"小报"的形式,插图更加漂亮,发行更加机动灵活,而内容上,对外多半体现帝国主义思想倾向,对内则大量制造通俗传奇故事。作者说,"在这九十种的刊物里面,有六十四种是用粗糙报纸印的(他们叫做'Pulps'),取价特廉,广布的力量也特大。这六十四种里面有三十八种是由五个大公司出版发行的,可见金圆王国里不仅金融资本集中,出版业也有同样的倾向。这六十四种的杂志内容,大概可分为四大类:即(1)恋爱,(2)侦探,(3)西方探险,(4)战争和飞行。这些杂志只登载小说,但是在小说里面即含着麻醉大众的很厉害的作用,使读者于不知不觉中受到很深入的影响。例如关于恋爱的刊物,取材特别注重描写穷苦的女子怎样交上了

---

①　(美)迈克尔·埃默里、埃德温·埃默里、南希·L·罗伯茨:《美国新闻史:大众传播媒介解释史》(第九版),展江译,中国人民大学出版社 2004 年版,第 273 页。

②　(美)迈克尔·埃默里、埃德温·埃默里、南希·L·罗伯茨:《美国新闻史:大众传播媒介解释史》(第九版),展江译,中国人民大学出版社 2004 年版,第 387—388 页。

好运,嫁给富人,一旦大享其福。当然,这是中心的旨趣,另外还要加上许多有声有色的悲欢离合的动人的经过。这类文字显然是为着许多在工厂和商店里工作的苦女子,以及在各种机关里薪金微薄的女职员而写的……"这些杂志的销量都特别大,就妇女刊物而言,"《妇女家庭月刊》(*Ladies' Home Journal*)每期销数达二百五十余万份(2567064);《妇女家庭伴侣》(*Women's Home Companion*),每期销数也在二百五十万份以上(2557450)。"《"公敌第一号"》以个案形式向读者介绍"报界大王"赫斯特怎样为了发财,大量制造"黄色新闻",并且到处搜罗、刊登各种可以引起"轰动"效果的关于"性"和"盗"的传奇故事。

多元化表现在,纽约毕竟是一个更加国际化的大都市,面对社会各阶层,它都有呼应。就报刊而言,还有三类值得注意:一类以社会上层和精英知识分子为阅读对象,代表是《纽约时报》(*New York Times*)、《纽约先驱论坛报》(*New Hearld Tribune*)和《今日的中国》(*China Today*)等。《美国的新闻事业》一文介绍:《纽约时报》《纽约先驱论坛报》都受华尔街资本的控制,前一种接近民主党,特别重视政治社会新闻的真实报道,类似伦敦的《泰晤士报》,后一种接近共和党,以辛辣的议论、迅速的时评胜出。《杂志国》一文说《今日的中国》是极表同情于中国革命的美国人所组织的"中国人民的美国朋友社"所办的。该报"对于中国革命进展的最近实况,尤富有探询和研究的浓厚兴趣"。作者曾接触到它的一位编辑,这位编辑"认为中国的革命成功必然地要影响到全世界的革命运动,也必然地要影响到美国的革命运动,因此他们对于中国的革命运动具有异常诚挚的希望"。作者由此感到中国的革命绝不是孤立的,"我们在这方面实有伟大力量的无数的友军"! 不待言,这种书写印证了中国革命的合理性和合法性。二类以进步青年和工人阶级中的知识分子为阅读对象，代表是《新群众》(*New Masses*)和《每日工人》(*Daily Worker*)等。《杂志国》一文指出，《民族》《新共和》《新群众》都是新社会运动的产物，其中《新群众》"是最前进的革命组织所主持的，极得革命青年的拥护，它的销数每期虽是不过二万七千份左右，但是它的迅速推广必然地要随着美国革命运动的进展而俱增的"。《美国的新闻事业》一文称赞，《每日工人》是"美国最前进的政治集团所主持"的"工人日报"系列中的一种，它有几位"编辑和社评的记者"都是"美国新社会运动的言论界的权威作者，所以很得一般前进分子的信仰和重视"，而尤深为广大进步青年所欢迎。这些进步青年不仅阅读《每日工人》，而且自愿帮助销售《每日工人》。三类以中产阶级为阅读对象。中产阶级中偏下层的代表是《星期六晚报》(*Saturday Evening*)、《柯立尔周报》(*Collier's*)和《自由周报》(*Liberty*)，偏上层的代表是《文汇周报》(*Literary*)和《时报》(*Time*)等。《杂志国》一文指出，偏下层的刊物刊载小说与刊载专论各占一半的篇幅，勉强贴近现实，销量"每期都在二百万份以上"；偏上层的刊物常被称为"新闻消化的刊物"(News Digest Publications)，因为它们的主要"内容是对国内外的时事及评论作有系统的叙述"。《文汇周报》"素以公正自居，在表面上对于每个问题的各个方面都装做面面顾到，无所偏私，其实在字里行间还是处处袒护着特权的阶级。在'公正'的烟幕下作祟，尤其是有着危险的势力。该报在比较下层的知识分子，中等学生和大学生里面，颇受欢迎。《时报》在骨子里是存着'反劳动阶级'的偏见，但在表面上也学着《文汇周报》，以'公正'自居。该报很受中等阶级以上的职业界中人所欢迎"。《时报》文字"流利畅达"，编法"显豁明了"，"把世界的新闻写成编成极易读的材料，尤其是合于'疲倦的商人'（'Fired Businessmen'）的需要"。《文汇周报》"销数达九十六万余份（962953）"，《时报》"销数达四十四万份（440056）"。

再次，传播形式上，技术条件更先进。纽约不仅是"杂志城"，也是"广播城"。20年代末，美国最早出现的两家广播公司全国广播公司（NBC）和哥仑比亚广播公司（CBS）都坐落在的洛克菲勒中心之内。或直播或转播，纽约很快成为全美国的广播中心。在此前此后的异域都市想象中，只有艾青的《巴黎》和萧乾的《初访伦敦》里偶尔提及无线电传播，但是到了邹韬奋的纽约想象中，无线电传播成为很重要也很显明的现象。《听众六千万人的无线电牧师》专门记述美国牧师壳格令（Charles E. Coughlin）利用无线电广播来宣传他的虚伪的"废除贫困"论。"据美国的《幸运》（Fortune）杂志在一九三四年二月间最低的估计，认为每星期日这位牧师的播音演讲的听众，平均总在一千万人。最近他每次的播音演讲扩充到二十八个播音站的网络，听众总在六千万人，几及全国人口的一半了。"尤其是他利用当时美国正处于经济恐慌时代，张扬在"技术政治"前提下通过"分享利润"来"废除贫穷"，竟得到广大熟练工人和农民，以及所谓白领工人（White-collar Workers，等于英国所谓 black-coated workers）的赞肯，简直大有"把他看作被压迫者的真正代言人"之势，实在是一种危险的趋向！邹韬奋是在表明资本主义制度的先天缺陷决定再先进的技术也改变不了美国民众的命运，因而这一牧师背靠资本家的供养，在行欺骗广大民众之能事；牧师的宣传活动不足挂齿，但是牧师却利用最先进的科学技术达到向全国民众行骗之目的，这其中的讽刺意味实值得深长思之。

六、革命事业最有希望的都市

桑巴特认为"美国工人受到的资本主义的剥削比世界上任何其他国家的工人都更严重,没有哪个国家的工人像美国工人那样被资本主义的利用所苦,没有哪个国家的工人像美国工人那样快地工作到死",但是美国却没有走上社会主义道路,因为美国的资本主义也成功地为工人阶级提供了较丰富的物质生活和向社会上层流动的机会,在政治上也可以通过正规的民主程序表达诉求①,而在左翼的认知方式里,美国是资本主义发展到最后阶段即垄断阶段的代表,处处显示其反动、没落的本质,自然也是无产阶级革命最佳的土壤。邹韬奋《从伦敦到纽约》记述:清醒的欧美人都认识到美国的制度是"人剥削人的制度",因而也是不合理的制度,应该推翻、除掉。《金圆王国的前途》提出问题:"美国的前途怎样?劳工运动的怒潮一天一天地在继长增高着,没落中的资本主义者是否能起来作最后的挣扎,挽救没落中的资本主义",尚是一个未知数。《由马塞尔回到北明翰》说:"劳工运动的大本营是在美国的北方,尤其是纽约。"《物质文明与大众享用》也透露:"在资本主义没落的社会里","纽约却是美国革命运动进行最猛烈的区域,在南方的反动区域的分子,倘若听见你是从纽约来的,往往对你要另存戒心!"

在邹韬奋的想象中,纽约的阶级斗争很尖锐。大量工人失业,为了赚取更多的利润,工厂主违背国家规定,雇佣童工。即使得到失业救济的工人,要领取到救济款,也是手续繁杂,并不容易。《劳工侦探》记述,为了防止工人罢工或其他斗争,资本家

① (德)维尔纳·桑巴特:《为什么美国没有社会主义》,赖海榕译,北京:社会科学文献出版社 2014 年版,第 164—174 页。

都豢养着大批"劳工侦探"。"在有些时期,尤其当工人正在组织工会和罢工的时候,这一部门的侦探营业更是大获其利。""这些劳工侦探在表面上往往好像是工会里很热心的会员,而且在嘴巴上还装作很'革命'似的,但在实际上却用种种阴谋来破坏工会政策的成功。"而广大工人则在工会组织下去向政府或资本家示威。

《世界上最富城市的解剖》指出:"我和诸位谈过世界上最富的城市的华尔街,天字第一号的美国富豪,现在又略略解剖了这个最富城市的几个可以特别注意的区域,诸位想可恍然于资本主义社会代表型的城市的大概了,但是还有一点也很重要的,那便是美国社会革命运动的推动力,也是以纽约为最紧张。他们的大本营都在东边纽约南段第十三街和第十四街一带。例如他们的机关报《每日工人》,他们的书店工人书店,以及其他机关,都在这些地方。近第十四街的联合方场(Union Square)是他们示威运动的大广场。这种示威运动几于每星期六(都)有。他们的最前进的组织的分子,在纽约的虽然不过几万人,但是同路人和同情者竟因一二年来的飞跃进展而在百万人以上。所以每遇重要示威运动,往往数万人或数十万人,具着满腔热诚来参加。那声势的浩大,好像海倒山崩似的!遇着这种时候,你倘有机会亲到联合方场去看看,便可以知道他们新运动的滂湃汹涌的气概。……那样团结的奋发的精神,……""创造财富的工人阶级一天一天地抬头,历史是在剧变的时代了。""尤其使我得到非常深刻的印象,是那些热心革命的男女青年和壮年对于有关革命运动的各种事物的'服务精神'。无论是在《每日工人》报馆里做编辑,做访员,做女书记,或在工人书店里做职员,或在其他附属机关里做职员,比起其他资本主义性质的机关,薪水尽管少得多，而工作却反而劳苦得多，大家却非常兴奋地干着，都当作自己的事情很认真地不顾辛苦地干着。"甚至"不少男女学生，穿得很体面"，却也利用"校课余暇"，帮助售卖《每日工人》，因此很令人感动。

《美国的失业救济》交代："由前进的政党来在各地组织'失业会议'，领导着工人们对于失业救济作积极的斗争，举行无数的'饥饿队'，每次示威，多到十来万人，少亦一两万人，藉集体的力量作伟大示威运动。在'失业会议'组织下的工人常常要和警察冲突，被捕入狱的往往以千计，打伤的更不可胜数。尤其是领导这种运动的领袖们，受着种种威胁和蹂躏，仍冒险进行，毫不退却。例如在一九三〇年二月和三月间，在纽约因参加失业示威运动而被拘入狱的就有一千余人之多。……在同年三月六日举行国际失业运动大示威以前的一个月中，纽约当局防卫异常严密，屡用武装军警和催泪弹的乱射，繁重的罚金和拘捕监禁的严厉执行，可是参加这示威运动的工人群众还达一百万人之多。"《金圆王国的劳动妇女》指出，美国"整千整万"的劳动妇女与男性工人一样英勇"参加罢工的斗争，和军警的枪杆，催泪弹，作奋不顾身的抗战"，她们"参加工人纠察队（在美国劳工运动中最常听到的一个令人兴奋的名词，他们叫做 picketline），比男子还要认真而勇敢"，作者由此"感觉得美国的劳工运动乃至新社会运动的前途有着无限的光明。而'娘子军'实为这伟大运动中一大队很重要的生力军"！《黑色问题》看到"在纽约"，也有很多"黑色的男女青年"与"白色的男女青年同志共同工作着"。

正因为纽约广大工人和底层人声势浩大、排山倒海似的革命运动，《世界上最富城市的解剖》里甚至想象，有些资本家"外面虽装作镇定的模样，心里也许在那里感到发抖吧"。

第三节　文化认同及其超越：
林语堂作品中的纽约想象

　　林语堂(1895—1976)，福建龙溪(今漳州)人。1912 年入上海圣约翰大学学习文学，毕业后在清华大学任教。1919 年秋赴美国哈佛大学文学系，一年后，因留美督学人员的徇私舞弊，助学金被停止发放，不得已到法国打工，继而到德国耶拿大学读书，1922 年获哈佛大学硕士学位，后又到德国莱比锡大学攻读语言学博士，1923 年夏回国，旋任北京大学英文系教授。1924 年底始为《语丝》主要撰稿人，1926 年任北京女子师范大学教务长，支持学生运动，同年秋赴厦门大学任文科主任兼国学院总秘书，1927 年春赴武汉任国民政府外交部秘书。1928 年赴南京任中央研究院国际出版品交换处处长兼东吴大学英文系教授。1932 年 9 月至 1935 年 9 月，陆续在上海创办《论语》《人间世》《宇宙风》，立志"两脚踏东西文化，一心评宇宙文章"，并提倡"以自我为中心，以闲适为格调"的小品文，成为 30 年代论语派的代表人物。1935 年受美国作家赛珍珠鼓励用英文写作《吾国与吾民》，并在美国出版，大获成功，位列当年美国畅销书榜首；1936 年 8 月听从赛珍珠建议赴美讲学，1965 年春定居香港，结束旅美生涯；期间，主要在纽约生活、写作，偶尔到巴黎、新加坡逗留，也曾两次回到重庆；用英文撰写《生活的艺术》《孔子的智慧》《老子的智慧》《中国印度之智慧》《美国的智慧》、长篇小说《京华烟云》《朱门》和长篇传记《苏东坡传》《武则天传》等，其中《唐人街》写自 1948 年，是林语堂唯一一部以美国纽约为题材的长篇小说。

一、对纽约的文化认同

文化认同(Culturae Identity)是全球化的产物,因为只有到了全球化时代,人们从本土自然经济的熟人社会进入市场流通全球的契约社会,才真正面临自己是谁和自己属于什么群体的问题[①]。因此,文化认同属于跨文化行为,指来自一种文化的人向另一种文化价值取向的归属和认同。文化认同不是简单的丧失自我的文化膜拜,相反,文化认同是主体自觉后文化选择的结果。结合中国现代历史语境言,文化认同与"五四"以来的文化启蒙同中有异。同,都表示对西方文化价值的赞同和肯定,异,则在于文化启蒙往往以一种"西方主义"的思路和价值取向,压倒了中国传统文化价值,而文化认同则只是在同级多元并存的文化场域中表达对异域文化的认同而已,并不意味着以一种异质的文化代替自己的文化,即也并不陷入西方"东方主义"的泥潭。在这种情况下,我们看到,林语堂《唐人街》总是在中西文化对比和对话中想象纽约[②]。

小说仍然具有近现代以来"乡下人进城"叙述模式,叙写福建人汤姆一家进入纽约后生命的新感受和生活方式的巨大变化。通过这一家人的眼光,小说让人们看到:

纽约发达的机械文明。(一)纽约机械化建筑的雄奇。这可以从汤姆眼中的火车和桥梁建筑折射出来。汤姆所住父亲的家不远处就有火车轨道铺展开来;火车迅疾而过,震颤声巨大,显示机械文明时代特有的气势。"昆恩斯保罗桥,在他头顶六十尺

---

①　韩震:《全球化时代的文化认同与国家认同》,北京:北京师范大学出版社2013年版,第76页。

②　这里,以唐强翻译本为根据,湖南文艺出版社2016年出版。

高的地方。桥面由巨大的钢架构成,钢架下是巨大的黑色石柱。这些石柱不管是它们的高度或大小,都比中世纪时代的城堡或国王的墓碑更为壮观。汤姆穿着宽松的运动衫,在桥的阴影处边走边玩。抬头仰望这座桥,它具有大海的气势,傲然而挺拔的个性,简直就是一件美丽结实的伟大艺术品。那高耸入云的石柱起码有一百二十尺高。来来往往的卡车、汽车、巴士等几千吨的重量,在桥面上穿梭不停,而它还是稳如泰山,没有丝毫震动的现象。这座桥是人类智慧的产物,其他任何的文明都不可能造出这种伟大的建筑。如果它是在一千年前造成的话,它就会成为目前世界最伟大的奇迹,比金字塔更大,比比萨塔更奇,比亚述帝国的王宫更庄严。"小说将这座桥视为"人类知识领域神奇、秘密的一部分,……机械时代力量的象征,也是推动现代文明巨轮的力量"。(二)纽约生活方式的快速和动态。纽约是一个车的海洋,也意味着是一个速度和动态的海洋。汤姆由此感到:"美国是一个制造机器的国家,……机器当然是很吵的!所以,美国一定是很嘈杂,机器不停地忙碌地快速地运转着,前往某地——按开关——停止——按开关——继续前进——按开关,咔嗒!"现代都市人生就是在按按开关的瞬间稍纵即逝,或天翻地覆。(三)纽约生活方式的自动化和电气化。汤姆兄妹及其母亲没有来到纽约的时候,汤姆的父亲冯老二就经常通过写信的方式给汤姆兄妹介绍纽约生活方式的自动化和电气化。"老冯所说过的故事中,最叫人难忘的是美国有些餐馆没有任何侍者,你只要在投币口放下一个银币,然后'咔塔'一声,你就可以看到一只烤得焦黄的鸡蹦了出来。……你可以透过玻璃,看到你所要的东西,投入镍币,它就会跳出来。"这无疑增强了汤姆兄妹及其母亲对纽约的文化认同和向往。这种叙述与李劼人《死水微澜》对成都的叙述、丁玲《阿毛姑娘》对杭州的叙述相接近，都使人物在没有置身都市之前就对都市产生了"神话"般的想象。汤姆兄妹与母亲一起来到纽约父亲的家，第一个晚上，面对因电灯而满屋通明的房间，两人就兴奋得无法入睡。父亲说："那是电！'电'是常常可听到的字，它仿佛是这世界中所有新的、奇妙东西的象征。整个下午，汤姆和伊娃兄妹两人都在玩电灯的开关。汤姆还仔细地观察灯泡中的灯丝。他在广东和船上都看过电灯，可是他们家里并没有这种装置，所以，他们的好奇心还是很强烈。"第二天，汤姆又"对餐馆中的电动榨汁机产生了很深刻的印象。美国人用机器榨橘汁，用机器调巧克力饮料，用机器贩卖邮票、花生、可口可乐，用机器铲泥土，用机器吊运货物，用机器清除街上的雪，宾夕法尼亚火车站的门，也是电动门"。在汤姆看待，"机器似乎是一个可以操纵的幽灵"，并由此断定这是一个"神话中的纽约市"。汤姆后来立志学习机械工程技术，并成功考上纽约的技术专门学校，就意味着汤姆将像新世纪以来无数中外青年一样，走上一条科技兴邦、科技兴城、科技成全新时代人生的道路。事实上，如人们所熟稔，20世纪40年代以来，美国引领了全世界的科技发展方向和人生发展新方向，而纽约又引领了美国的科技发展方向和人生新方向。

纽约先进的物质文明和消费文化。机械文明本就是物质文明的重要表征之一，而除此之外，物质的丰富及人们对它们的占有、享受也充分体现出新的社会风气和价值取向。如果说机械文明显示生产领域的新气象，那么同样反映物质文明症候的消费文化则呈现日常生活领域的新趋势。

小说叙写到纽约百货公司规模之巨大，设施之先进，物品之丰富，不啻是购物者的人间天堂。冯太太领着一家人去百货公司添置物品,可是女儿伊娃竟在四楼与大家走散了,是百货公司的服务员帮助他们找回来。百货公司里有电梯,"他们觉得电梯真是一件有趣的美国玩意儿,电梯一直往上升,他们却站着不动,仿佛是坐在骄子里飞上天去了"。"百货公司……里从花园用的铲子到苏打饮料,从打蛋器到整套的卧房家具都可以买到。百货杂陈应有尽有,简直就是购物者的天堂。"结果,虽然冯太太不来自富裕人家,但还是"失去了所有的抵抗力。她忍不住买了一套新茶具,有茶壶、茶杯和一只调味瓶。她忍不住又买了一打玻璃杯,全部都是美国制的。她喜欢新东西的感觉。"

小说通过一些细节折射纽约的消费文化倾向。百货公司的商品不仅品种繁多,而且包装精美,对于购物者构成巨大诱惑。难怪冯太太感慨:"美国的东西实在太好了","每样东西都是如此的新奇,如此美好"。冯太太的大儿媳佛罗拉"买了钟还免费赠送一只盒子","盒子印刷得很精美,盒盖更是银光闪闪,而钟本身是铬金属制的"。佛罗拉置身这样的生活环境,已经习以为常,留下钟,将盒子扔掉,而在新来乍到的冯太太看来,这无疑是巨大的浪费。"你这样浪费东西,是会折寿的!"冯太太将这个盒子用来盛针线竟达两年之久。冯太太不解的是:"为什么美国如此奢侈,如此浪费而不会受天谴呢?在这里一个小城市所丢弃掉的食物,可以养活中国一整个村子的村民。"

纽约独特的政治文明和社会文明。美国是法治国家,自由和民主因此可以并行不悖。具体而言,美国一方面鼓励自由竞争,尊重个人权利,一方面又限制政府的权利,强调社会民主和关系平衡。小说通过一个中国移民代表老杜格的嘴说:"我大半都住在这里,所以我知道。我十八岁那年来旧金山,我一直眼看着这个国家在成长、茁壮。……我看着他们变了。你可以免费受教育,你可以做你想做的事。你不需要害怕别人,可是你得激励自己。"汤姆的老师给他解释著名的《独立宣言》的精义:"生命、自由和追求快乐"这些权利"当你出生的时候它们就是你的了";"没有人能把自由从你这里拿走";"所有美国人都相信"(这一点)。汤姆问:"如果有人想把你的权利剥夺掉呢?"老师答:"你可以把他们甩掉。……如果有任何政府破坏了这些人权,人民有权利来改变政府,推翻他们并建立一个新政府。……在美国,纳税人是最重要的。他缴纳他应缴的税,他可以选择他所要的政府。……这就是美国民主政体的基础。"汤姆的父亲也告诉他,在纽约,只要不犯法,勤劳就能致富,没人干涉,也没人有权力干涉。纽约的政府官员是真正的平民化,纽约的警察也始终注意为市民服务。如小说叙写汤姆的大嫂要生产,是警察主动将之送至医院,以至于汤姆的母亲感慨:"我以为小偷跑到我们家里来了。这真是一个奇怪的国家,你可以把他当作家仆一样,在三更半夜叫他送人到医院去,他还是个警官呢!不是吗?"汤姆由此产生想象性认知:"这就是美国,这是他们的习惯,人们根本就不怕官员。"

纽约人强健的身体与自立的精神。小说多次通过汤姆二哥的口提醒人们,美国人身体健康,其中一个重要原因就是经常喝牛奶。"你应该多喝牛奶,对你有好处。我一天喝三杯牛奶,所以我从来就没有感冒过。我有足够的维生素。"美国小学里游戏多于读书,小孩子整天在外边跑,所以身体都很健康。美国人勇于接受挑战,即使失败,但精神在。美国人看重"自己站起来"。其实,这倒是很接近存在主义对人生的诠释,即自由就是责任,逃避责任就是逃避自由。正因为美国人具有强烈的自主精神,所以,心理阳光,性情坦荡,不善于掩饰自己的喜怒哀乐,以至于连女孩子都可以随意说笑，走起路来都"昂首阔步，毫不畏缩"。伊娃看到"她们的世界是谈天，说话，跳跃，说悄悄话的美好世界，……也看到许多穿着短裤的女孩子，在打排球，她看到她们两手叉腰，双腿叉得开开地站着，她觉得她们看起来又美丽又健康，一副毫无所惧的样子"。应该说，这是颇多自由、男女平等而充满希望的生命世界。难怪汤姆对颇富象征意义的美国国旗（广东话即"花旗"）那么充满想象和敬意，说："哇！它真是这世界上最美的旗子了。"

二、对纽约文化危机的警觉

在林语堂笔下，西方的现代，行进到纽约的崛起，其危机暴露也越来越严重了。具体可总结为以下几个方面：

首先，机械文明的弊端。林语堂曾言，我们并不反对机械文明，但要说"今日美国是机械文明的先驱者，大家都以为在机械控制之下的未来世界，一定会倾向于美国的生活形态。我却怀疑这种理论"[1]。因为林语堂分明看到，由于工业生产的机械化，"我们不再把人当人看了，我们当他做轮上的一个轮齿"[2]；"机械控制下"人们用数理逻辑来思考人生，用数理"方程式"来分解"人类个性"，严重违背了人性[3]；机械文明也破坏了人类生存空间的自然倾向，密密麻麻的高楼大厦对人产生巨大压抑，所以他说"我看不出纽约的摩天大楼的美点"[4]。再一点，机械文明时代，"进步的步伐太快"，人被驱遣到一个"迷宫里"，既"找不到出

---

① 林语堂：《生活的艺术》，黄嘉德译，上海：西风社 1941 年版，第 168 页。
② 林语堂：《生活的艺术》，黄嘉德译，上海：西风社 1941 年版，第 98 页。
③ 林语堂：《生活的艺术》，黄嘉德译，上海：西风社 1941 年版，第 99 页。
④ 林语堂：《生活的艺术》，黄嘉德译，上海：西风社 1941 年版，第 170 页。

路",也筋疲力尽①。为显豁机械文明的弊端,《唐人街》专门设置了一个重要细节,就是在曼哈顿大桥,一辆货车为了避免与一辆汽车相撞,迅疾冲向人行道,结果汤姆的父亲冯老二受创重伤,送到医院不久即去世。过去不理解80年代阅读琼瑶小说,里面为什么总是叙写发生车祸,总是让人物突然死去或伤残,现在终于明白,那是在揭示现代性危机。中国现代文学中的东京想象、巴黎想象和伦敦想象,尚没有这种情节叙述,而到《唐人街》开始出现,这无疑在表明20世纪40年代纽约汽车文明的高度发达及其危机。

其次,物质主义人生的危险性。汤姆的二哥自认为是一个纽约通,他常说"我的情况不错,薪水不算少,美国人喜欢我","纽约待我不错",但他接受的主要是纽约物质主义和平面化的一面,包括从来不读书、不往深处思考问题,而像众人一样爱慕虚荣、贪图物质享受等。小说叙写他认识唐人街所有的人,也经常与白人吃喝来往;一次在一个消费场所,认识了百老汇夜总会的一个歌舞演员席茵·透伊。席茵·透伊与汤姆二哥一样精神品位上都是世俗大众的一员,作为女性、歌舞演员,她的穿着特别暴露,晚礼服的低胸口令汤姆兄妹感到非常难以接受——"汤姆和伊娃从来没有和穿着如此低胸礼服的人这么靠近过,这使得他们非常不自在。"她还要搔首弄姿,"礼服的肩带不时滑下肩头,她常以优美的姿势扶起一边的肩带,而另一边又滑了下去"。"她的化妆也是近乎舞台式的浓妆,嘴唇涂着深红色的口红,眼皮上也加了眼影,挺而翘起的睫毛,给人一种极牵强的端庄之感觉。她的牙齿整齐,头发向上拢起,前面留着刘海儿,这些刘海

---

① 林语堂:《奇岛》,张振玉译,长沙:湖南文艺出版社2017年版,第236页。

儿使她看起来好像中国娃娃。这种浓妆很明显地极易引起麻烦，它使男人兴起非分之想，使女人为之侧目。"除此之外，席茵·透伊还像那些不正经的女人一样"涂着绿色的指甲油"。就是这样一个女人，却引起汤姆二哥的崇拜和迷恋，而她也"热心于取悦别人、招待别人。……她很了解二哥——她叫他佛莱迪——对她的崇拜心理"。之后，她就做了汤姆二哥的情人，汤姆二哥也颇以此为荣；为了讨好她，汤姆二哥千方百计套取家里的存款，甚至克扣父亲的捐款，为她租房、买首饰，最后买汽车。汤姆兄妹也在美国化，但那是朝积极的路上走，汤姆二哥和席茵·透伊却是往消极的路上走。汤姆爱思考、钻研，最后考上大学，走向认同纽约文化而又超越纽约文化的路，而其二哥却一路懵懂、险些淹没在纽约的物质主义世俗漩流之中。汤姆二哥爱听爵士乐，这是一个象征，表明一个快感的物质主义时代的到来。结果，小说叙述，汤姆二哥的上司看中席茵·透伊，以让汤姆二哥发财升职为由将其调开，而自己则与席茵·透伊混在一起。等到汤姆二哥明白过来，他已人财两空。

再次，家庭伦理的危机。林语堂曾经说："据我看来，任何文化的最后试验是：这种文化所产生的是哪一类的夫妻父母？与这么一个简单而严肃的问题比较起来，其他的各种文化的产物——艺术、哲学、文学和物质生活，都变成不甚重要的东西了。"①理想的家庭，每个成员各尽其责，各担其职，父慈子孝，母爱女善，烟火延续，可见永生②。可是，事实上，纽约的家庭存在诸多问题，其中之一就是每个人都是一个独立而孤立的单元，"儿女长大了不肯和年迈的双亲住在一起，而双亲也不愿和长大

---

① 林语堂：《生活的艺术》，黄嘉德译，上海：西风社1941年版，第185页。
② 林语堂：《生活的艺术》，黄嘉德译，上海：西风社1941年版，第209—214页。

的子女住在一起。孩子不奉养他们的父母，而父母也不要孩子的奉养。这就是为什么我们常常可以看到老年人在担任电梯服务员和洗衣妇了。按照林语堂的标准，这样的家庭肯定不是"理想家庭"。其中之二是父母甚至不想生养孩子。通过银幕，汤姆发现，美国（纽约）人可以随时随地上床亲吻、做爱，但是从没有看到美国的母亲哺乳他的婴儿。"美国人渲染、夸示性的乐趣并以此为赚钱，他们在任何东西上都画上了女人的乳房；但是他们却羞于看到母亲哺乳幼儿，公开展示女人的裸体不算猥亵的事，但是母亲哺乳幼儿反而被认为见不得人。汤姆的结论是：纽约人并不以性为耻，而是以婴儿的出生为耻。"问题在于，人类的"性"如果丢弃生命养育功能，那么，也就从根本上贬损了它的价值，因为从此以后，人类的生命也就失去了她丰厚的有机的土壤。

最后，自由和民主的不完全性。纽约自由和民主的享受者主要是白人，至于黄种人、黑人和当地印第安人，多数都不具备这种资格。换言之，有色人种和弱小民族成员，在纽约仍然受到歧视和排斥，这决定纽约到底不是真正的人间天堂。

三、一种超越式想象

30 年代，林语堂在上海编辑《论语》《人间世》时，徐訏是助手，1936 年，徐訏到巴黎留学，"二战"开始，徐訏回国，而林语堂在抗战前去美国，直到晚年才定居中国香港。这两人今后的命运不同，但有一点是相同的，即都从文化的角度看世界、审中国。徐訏以平视视角和多元标准看待和想象巴黎，从而还巴黎以真正面貌，标志中国现代作家异域都市审美的成熟。其实，林语堂的《唐人街》也是如此。不过，徐訏从个人角度想象巴黎，林语堂从家族角度想象纽约；徐讦的想象有更多西方色彩，林语堂的想象则更多东方色彩。或者这样说，林语堂这部小说面对中国家族困境而张扬个人自由，面对中国"务虚"文化精神而提倡西方科学技术和社会组织；反过来，面对西方个人主义危机而提倡儒家家族精神，面对西方社会现代性危机而提倡道家个人超越精神。正如周可所认为："很显然，林语堂已经在辨明现代化过程真正本质的基础上向我们表明了：尽管现代化这一必然的选择可能使我们为了获得某种前所未有的实际好处，而不得不付出一些代价，但是在这一过程中保持原有传统中有价值的东西并根据现代化的需要对传统做出恰如其分的调整，仍然是有可能和有必要的。"如是，林语堂小说"基本上化解了现代化与传统之间的紧张关系，并恰如其分地把这两个看似对立的价值有条件地统一起来，从而使自己成为胡适所说的那种'有选择性的现代化道路'的探索者。"①赛珍珠为林语堂《吾国与吾民》所做"序"言，民国初期，为应对西方列强给民族带来的生存危机，中国"父一代"多英勇决绝、慷慨激昂的革命志士，很快推翻中国传统的政权、财权、教育权等，相应地，传统文化的魅力和优势反被遮蔽了。一个能平等对待中西方文化，从而弘扬中国传统文化精神的作家需要出现，而事实上，他出现了，便是林语堂，《吾国与吾民》就是他站在中西方文化反思立场上对中国传统文化人生的叙述和介绍②。不待言，在赛珍珠看来，林语堂就是一个能综合中西方文化优长之处而又避免中西方文化弊端的作家。无独有

---

① 周可：《走出现代化的"迷思"——析林语堂文化观念中的一个核心命题》，见子通主编《林语堂评说七十年》，北京：中国华侨出版社 2003 年版，第 363—370 页。

② （美）赛珍珠：林语堂著《吾国与吾民》"序"，郑陀译，上海：世界新闻出版社 1938 年版，第 1—8 页。

偶,陈平原也撰文言:"不管是对中国人讲外国文化,还是对外国人讲中国文化,林语堂都力图从东西互补的角度进行文化综合。这种综合也许成效不大,但其探索精神却相当可贵。"①

美国学者列文森总结中国近现代知识分子的精神结构为"理智上接受西方,情感上面向传统"②。其实,林语堂也说过:"自我反观,我相信我的头脑是西洋的产品,而我的心却是中国的。"③基督教催生西方现代文明,同时又超越于西方机械文明,它本身构成一个自反的系统。换言之,基督教催生西方社会现代性,但也催生西方审美现代性。这应该是林语堂晚年又皈依基督教的主要原因。其在《从人文主义回到基督信仰》里说:"三十多年来我唯一的宗教乃是人文主义:相信人有了理性的督导已经很够了,而智识方面的进步必然改善世界。可是观察二十世纪物质上的进步,和那些不信神的国家所表现出来的行为,我现在深信人文主义是不够的。人类为着自身的生存,需与一种外在的、比人本身伟大的力量相联系。这就是我回归基督教的理由。"④这也是小说叙写佛罗拉率领全家人去教堂礼拜,所生冯家的后代也接受教堂的洗礼的主要原因,它表明这个中西合璧的家庭没有否定和中断与西方的血肉相连。但是基督教也有弊端,它重视了来世,忽视了人间,影响所及,西方世界更多地关注

---

①　陈平原:《林语堂东西综合的审美理想》,见子通主编《林语堂评说七十年》,北京:中国华侨出版社 2003 年版,第 307 页。

②　(美)约瑟夫·阿·列文森:《梁启超与近代中国思想》,刘伟、刘丽、姜铁军译,四川人民出版社 1986 年版,第 4 页。

③　林语堂:《与西方文明的初次接触》,见林语堂《我这一生:林语堂口述自传》,沈阳:万卷出版社 2013 年版,第 19 页。

④　寇晓伟编:《林语堂文集》第九卷(散文),北京:作家出版社 1995 年版,第 444 页。

个人理性公共承担,而或多或少忽略了个人的感情和家庭伦理。
而这一点,正是中国儒家文化之擅长。所以,《唐人街》格外用力
书写汤姆一家人的家庭(私人空间)亲善伦理关系,使之几乎成
为纽约孤独个体之外的沙漠中绿洲。正如吴景超在其著作中所
指出:"许多人可能会认为这种种族隔离聚集带有强制性。虽然
确实有许多第二代华裔想迁出唐人街,而在其他地区很难找到
住所。然而,这种隔离聚集在开始时却完全是自愿的,在今后长
时期内,即使对那些能够迁出的华人来说,唐人街仍将是一个虽
不完全称心但也还过得去的住地。理由很简单,生活在亲戚朋
友之间,比生活在陌生人中间会感到更温暖、更自在、更富于人
情味。"在更多的中国人看来,"唐人街就是中国",就是他们的
家。① 小说由此纠正了西方人对中国的"东方主义"偏见。

小说中,佛罗拉率领全家人去基督教教堂礼拜,但小说更多
情节叙写她作为儿媳在家庭中的情、理表现。她虽是美国人,但
意大利裔,而意大利家庭传统与中国家庭传统相近,所以,作家
有意将中国传统文化包括儒家文化搬到纽约试炼,而又有意将
佛罗拉放在中国家庭里试炼。试炼的结果是佛罗拉充当了汤姆
成长过程中的辅导老师,中国家庭伦理让佛罗拉感受到一个家
庭的温暖和支持。

中国的儒家,应该分为原儒和后来被传统统治阶级所利用、
所修改的儒家。原儒本来就有张扬封建等级制的致命缺陷,后
来这一缺陷经过历代专制统治者不断放大,并在此基础上对原
儒不断修改,早已背离原儒整体文化精神,在现代自由和民主理
论视域下,显然是极其虚伪、陈腐、有害甚至是反动的。"毫无疑

---

① 吴景超:《唐人街:共生与创化》,游宝谅等译,北京:商务印书馆 2022 年版,
第 169—170 页。

问,'圣王'是中国儒家的最高理想,而实际上的表现,则是政治化的儒家,即不是用道德理想转化政治,而是在通过其他途径取得政治权力后,用政治来干预、歪曲学术,使'道统'变为统治者对人民进行思想控制的工具,这种'王圣'的现实,显然和儒家发扬人性精神的意愿是根本相违背的。"①儒家最足以骄傲的是"仁",但在孙隆基看来,儒家的这个"仁"某种意义上也是调节君臣父子夫妇"二人关系"的貌似高尚实则仍然折射中国以君主一人为核心的专制社会结构——裙带关系网络的集中反映——的一种极重要而又极隐秘的手段,如此前提下,它将不再具有西方那种公德、公法、公共价值诉求的性质②。

显而易见,林语堂深知儒家学说的复杂性,所以在小说中,叙述者多次告诉读者,来自中国的汤姆"对孔子的学说还是一点概念都没有"。这里,可以作两个方面的理解:一是汤姆对于原儒真的不懂,因为经过几千年专制统治者的不断篡改,原儒早已难现真身;漫谈汤姆对于真正的孔子学说一窍不通,就是一辈子皓首穷经的传统书生又有多少人能真懂!作者这样叙写的潜台词是对几千年专制统治者最严厉的批判和最幽默的嘲弄。二是对于被专制统治者所篡改的儒家学说,作者又不愿意汤姆染指,因为一旦染指,就必将深受其荼毒、伤害。但有意思的是,作家又将中国儒家重家庭、重人伦的传统搬到世界上最现代的都市——纽约演绎、试炼,写出中国式家庭伦理在现代大都市语境下所遭遇的考验及可能有的价值。小说还带有"五四"以来现代

---

①　岳华编:《杜维明新儒学论著辑要:儒家传统的现代转化》,北京:中国广播电视出版社 1992 年版,第 54 页。

②　孙隆基:《中国传统文化的深层结构》,北京:中信出版社 2015 年版,第169 页。

文学"弑父"痕迹,写汤姆的父亲突然去世,这可理解为对中国传统"三纲五常"价值标准和社会架构的进一步清理,不过汤姆父亲的突然去世,不是因为"子一代"的叛逆、伤害,而是因为纽约因过于发达而带来的社会现代性危机。这里,父亲的突然去世,表达了纽约所代表的去一人专制、自由和民主取向,另一方面也表明现代物质财富的积聚是以牺牲人的家庭和亲情为代价的。

正是因为要反对这种现代性危机,所以,林语堂"重审"中国家庭伦理,让汤姆的父母在纽约语境里失去传统权威,给"子一代"较大的自由空间和人生选择权,同时,也改写"五四"以来家庭叙述的模式,给家庭伦理以应有的地位和价值。肖百容就发现,林语堂小说中的家庭叙述,其家庭结构都是完整的,至少有父子、母女。《唐人街》里父子母女都是齐全的,虽然父亲最后"缺席",但父爱和对父亲的尊重没有离去;母亲既不受压抑而疯狂,也不受禁言而"失语",相反,她呈现出应有的母爱和对"子一代"生活上无微不至的关心、关怀及照顾。父亲是"子一代"精神的安慰,母亲是"子一代"情感的慰藉。家庭成员之间也是和谐、容让的[①]。小说叙写两点家庭不和谐因素,一是二哥因自私和爱慕虚荣娶了歌舞演员席茵·透伊,无礼动用了家庭的经济,伤害家人的感情,暴露美国式个人主义的弊端,但他遭受打击后迷途知返,并且深深认识到"没有一件事比得上回家来和家人在一起"(幸福)。佛罗拉因为二哥擅自给席茵·透伊买钻戒而嫉妒,但因为家人对她的信任和来自家庭的温暖,她也没有做出任何对不起家人的事情,以至于连最善于挑剔儿媳的女人——婆婆也不得不承认:"你真是我的好媳妇。"本雅明感慨,现代(都市)

---

① 肖百容:《林语堂小说研究》,北京:知识产权出版社 2019 年版,第 102—112 页。

社会,传统光晕不再,林语堂也指出"人性的优美与光明已经过去"①,但林语堂仍执意将儒家家庭伦理模式搬进纽约这样的大都市,其以东补西的意图昭然若揭。

另一面,《唐人街》的叙述越到后来越显豁中国道家精神。道家的产生应有两个背景因素,一是春秋战国时代长达几百年的战乱,令当时所有人对于世道人心彻底失去希望和信心。所以,孔子主张恢复三代的古礼旧制,老子主张"无为"、归隐山川田野,庄子无数次猛烈攻击孔子及其弟子的学说,特别是所谓"圣人"说,而进一步主张"道法自然"和心灵的"逍遥游"。二是当时已产生的机器代人力的思想和做法引起人们警惕。如《庄子·天地》所言:"有机械者必有机事,有机事者必有机心。机心存于胸中则纯白不备。纯白不备,则神生不定;神生不定者,道之所不载也。"所以,当孔子的弟子子贡劝说"为圃者"利用机器灌溉土地时,"为圃者"说:"吾非不知,羞而不为也。"显然,这里,"为圃者"代表道家的精神和态度。如果说,这第一个因素主要体现在中国传统政治社会人生上,那么,这第二个因素则典型地体现在西方现代政治社会人生上。机械文明时代,生产领域,机械成为主宰,人成为机器的奴隶;政治社会领域,经济组织和科层社会架构使每一个人感到压抑和控制;日常生活领域,生活节奏加快,且浮躁的功利心代替了无功利的朴素心。所以,小说叙述节奏的缓慢,可以理解为作家对现代快节奏的故意对抗;小说人物的缺少英雄气概,可以理解为作家对日常朴素人生的肯定;而汤姆父亲之死,还有汤姆的恋人、来自大陆的艾丝的父亲之

---

① 林语堂:《物质主义的挑战》,见林语堂《我这一生:林语堂口述自传》,沈阳:万卷出版社2013年版,第241页。

死,又可以进一步理解为理性原则和理性权威之死。小说后半部分明显加重了女性叙述,相伴而来的,就愈益加重对道家精神的强调。艾丝给汤姆说:"我父亲是个崇信老子的伟人",而汤姆自从读了老子之后,好像遇见"一道耀眼的光芒",懂得了"随遇而安""以柔克刚"。不待言,道家这种辩证思维使人们能够得到应对人生的新向度,从而达到对充满危机的现实世界的疏离和超越。激动之中,汤姆给艾丝说:"你想到任何地方去,我都会跟着你一道去",让人不免想起徐訏小说《吉普赛的诱惑》里中国青年跟着吉普赛女郎浪迹天涯的叙述;不过,林语堂之叙述与徐訏不一样的地方就在于,他并没有真的让人物离开现代(都市)社会人生,躲进荒野蛮林之中,而是让汤姆考上工业技术专门学校,让艾丝领着汤姆全家参加唐人街以杨太太为代表的女性(也是她母亲一样的女性)民族爱国运动。换言之,林语堂小说中的道家精神并不彻底,在张扬道家精神时还有儒家济世忧国精神,而这一点与纽约为代表的现实人生也是一致的。所以,第十八章,来自中国大陆的艾丝说汤姆整天要"动",未免"太美国化了",而汤姆说艾丝偏于"静",又未免"太中国化了"。两人是恋人关系,换言之,"美国化"与"中国化"恋爱,可见作家企图寻找超越于中西方文化弊端以再创新的文化、新的文明的路径之良苦用心。正如钱锁桥所指出:"林语堂的跨文化实践……开启了一种合情合理的、超越了西式普适性和中国特性之二元对立的现代性方案。……他的文学实践勾勒出一幅跨文化有机融合的景观:既拥抱西式普适性,又不失对其之批评;在阐释中国特性的同时,强调其适用于现代文化的普适性功能。"①

① 钱锁桥主编:《林语堂的跨文化遗产》,桂林:广西师范大学出版社 2021 年版,第 7 页。

结　论

　　记得蒋梦麟在《西潮》中曾经描绘他的浙东家乡,"五百年前",基本上都是"保守,原始,宁静",堪称典型的中国江南乡土人生,但是"现代"到来以后,这种宁静被打破,一个伟大的现代过程催生无数人生困境——乡土中国的美好时代结束了①。研读中国现代文学,沈从文笔下的湘西、沙汀笔下的川西、赵树理笔下的山西都与鲁迅、茅盾及王鲁彦笔下的两浙不同。毋庸置疑,两浙人承受中国从传统向现代分裂、转换中的矛盾、困惑和痛苦最复杂、最持久亦最多。

　　从文学地理学的角度看,进入民国以后,中国现代作家队伍的组成也发生了很大变化。近代,开风气者主要在广东、福建,文学的代表康有为、梁启超、黄遵宪、严复、陈季同等也在广东、福建。经"南京条约"之后的五口通商,到民国以后,特别是到"五四"新文化运动的时候,上海代替广州成为中国与西方通商、文化交流的主要窗口,那么,新文学作家队伍逐渐以江浙和安徽人为核心,广东、福建人虽仍然是重要力量,但已经不再是决定

---

　　①　蒋梦麟:《西潮》,沈阳:辽宁教育出版社 1997 年版,第 5—6 页。

方向者。如彭晓丰、舒建华所说,文学的产生和发展发生了空间位移①。就本著作所涉及的主要作家看,张竞生是广东人,林语堂是福建人,老舍、萧乾是北京人,张若谷是上海人,王统照是山东人,王礼锡、邹韬奋是江西人,朱光潜是安徽人,陶晶孙、刘海粟、储安平、辛笛、朱自清是江苏人,郁达夫、徐志摩、邵洵美、艾青、郑振铎、陈学昭、徐訏、孙大雨是浙江人。无疑,江浙作家是主体。它的意义在于,这不仅仅是一个空间转向的问题,更是一个社会、文化、审美根本价值全面转向的问题。经过鸦片战争以来半个多世纪的历史教训和理论探索,事实证明,器物革命不能救中国,政治革命不能只推翻坐在龙座上的皇帝,文化革命不能只传统内部反传统,而必须同时将西方的精神文明、政治—文化核心价值也"拿来",必须站在传统以外反传统,即像鲁迅一样站在超越于中西方文化偏至、与世界先进文化真正接轨的最高度反传统(反思传统)。可以说,中国现代文学中的异域都市想象的价值也只有在此语境下比照、评定,才能充分显现出来。众所周知,近代以外交使官和旧式知识分子为主体的作家队伍,他们对异域主要是西方的想象重点还在西洋器物上、城市景观上、国家政治制度上(然心里装的还是"天朝上国"的使命和对"天朝上国"的习惯性臣服)②,现代都市意识还在其次。他们虽生活在西方的都市,但他们并没有真正现代的都市意识,也甚少接触西方都市的内部如平民的日常生活和私人空间,不具有西方都市人

---

① 彭晓丰、舒建华:《"S 会馆"与五四新文学的起源》,杭州:浙江大学出版社 1995 年版,第 21 页。
② 李军锋:《想象西方:近代文学中的域外城市镜像研究》,上海师范大学 2018 年度博士学位论文;杨梓:《近代域外游记中的欧洲城市——以伦敦和巴黎为中心(1840—1911)》,上海:上海师范大学 2014 年度硕士学位论文,可参。

那样的文化、心理机制,因此他们往往无法提供具体生动完整的西方都市人物形象和典型的西方都市生活范型。归根结底,他们没有更先进的思想价值理念包括审美理想,无法赋予所描写生活和人物以更先锋、前卫的审美内涵,不能给它们以真正现代的光芒;语言上还是半文言,文体上则几乎都是游记体、日记体散文,甚至是政务类报告,也很少有新的开创。相比之下,中国现代文学中的异域都市想象无疑发生了巨大的甚至是根本的变化,自然亦开辟了新的篇章。

斯宾格勒说:"一个结论性的事实——但迄今还没有人认识到——就是:所有伟大的文化都是城镇文化。"①但是,在他看来,工业文明时代的都市已经由钢筋水泥、"石头和理智主义"所主宰,由此现代文明包括都市文明都进入了"不育"(危机)状态。西方审美现代性及波德莱尔的"恶之花"文学艺术就此诞生。

不难发现,几乎所有讨论现代都市文学和现代主义文学艺术的著述,都不约而同地先从波德莱尔论起,因为"波德莱尔在美学上是一个现代性的捍卫者,同时也差不多是现代艺术家同其时代的社会和官方文化相疏离的良好范例"②。本雅明在《波德莱尔笔下的第二帝国的巴黎》一文中,较早系统梳理了现代主义文学艺术家面对现代都市的审美态度:"在"都市而又超越于都市。作家以城市游荡者的姿态专注于老巴黎的消失、新巴黎的堕落,着力表现新旧巴黎转换之际给古典审美留下的最后的可能和给现代审美带来的新的机遇。这离艾略特所写"荒原"的

① (德)奥斯瓦尔德·斯宾格勒:《西方的没落》第2卷,吴琼译,成都:四川人民出版社2020年版,第99页。

② (美)马泰·卡林内斯库:《现代性的五副面孔:现代主义、先锋派、颓废、媚俗艺术、后现代主义》,顾爱彬、李瑞华译,北京:商务印书馆2002年版,第62页。

伦敦已经不远了。波德莱尔、艾略特都是典型的西方都市的产儿,显然属于精英之列;他们不屑于以大众通俗形式如小说、戏剧等书写他们面对都市的审美体验,只用诗,而诗是最形象也最抽象、最单调也最丰富、最显朗也最隐晦的话语形式。他们以此表达对大众的拒绝,然而他们对整个社会审美的影响又是如此广博和深远。可以说,今后的浪漫主义、现实主义和现代主义都与波德莱尔及其文学艺术有割不断的血肉关联。作为"世界进步文学的一支流",中国现代文学也不例外。换言之,中国现代文学中的异域都市想象在审美观念和价值诉求上,也以现代主义为重要学习目标。最典型的还是浙江作家,郁达夫的《沉沦》近于颓废主义,徐志摩的《巴黎的鳞爪》近于唯美主义,艾青的《巴黎》近于未来主义,孙大雨的《自己的写照》近于以艾略特为代表的新古典主义。特别是艾青的诗歌达到"左翼现代主义"[①]的高度,实值得大书而特书。

复杂性在于,由于中国历史的滞后性,当越来越多的西方学者和文学艺术家都在检讨西方启蒙主义的诸多弊端[②]时,中国现代作家的异域都市想象却不同程度地打上启蒙主义的烙印,即便是以批判为主要意旨的左翼文学也不例外。东京想象,主要在爱情和民族意识上启蒙;巴黎想象,除了爱情、艺术启蒙之外,还有自由、革命启蒙;伦敦想象,主要是政治自由、科学发展、独立创业启蒙;纽约想象,主要是科技文明、政治文明、工人运动启蒙。而且,随着历史进程的推移,中国现代文学之异域都市想象

---

① 解志熙:《摩登与现代——中国现代文学的实存分析》,北京:清华大学出版社 2006 年版,第 138 页。

② (美)理查德·利罕:《文学中的城市:知识与文化的历史》,吴子枫译,上海:上海人民出版社 2009 年版,第 277 页。

中的启蒙意识越来越广泛,也越来越深入;不少与国内题材都市想象构成对比或互文,从不同方面呼应了乃至推动了中国历史、文化、人生的社会性建构,而审美性反不够充分。这方面左翼作家的创作暴露问题更显豁。尽管如此,与近代异域文学中的西方想象相比,它仍然有对现代根本价值理念的认同,即便是反思和批判,也都是在现代内部反思和批判(批判的武器不再是传统的中华中心论,而是马克思主义和其他现代理论)。一般而论,民主主义、自由主义作家如郁达夫、老舍、朱自清、孙大雨、张竞生、徐志摩、刘海粟、徐訏、林语堂等主要从文化、文明的角度揭示异域都市的弊端,左翼作家如邹韬奋、王礼锡、王统照、郑振铎、艾青等主要从阶级区隔、政治制度和社会道义角度暴露异域都市的弊端。这一点,与西方两种现代性之间相反相成的逻辑关系倒也吻合。当然,所有作家又都坚持民族立场,不少创作控诉异域都市所暴露的东方主义面向。

随着西方都市历史进程的变化,中国现代文学中的异域都市想象之审美及其主体性生成也发生变化。20 年代初期的东京想象和巴黎想象,因为与西方都市接触时间不长,一切都处于新鲜、震惊之中,所以明显带有沉醉、迷恋和膜拜性质,如王独清后来所回忆的:"我记得我初和巴黎接触的时候,我底两眼几乎是要眩晕了去。我第一次在那塞纳河边走过,我的心胸填满着说不出的一种膨胀的快感——这是不消说的,一个久处在文化落后的东方的青年,一旦能走到资本主义文化发达的中心,他底愉快,是怎样也禁不住的。"[①]可以说,这一时期几乎所有作家的异域都市想象均带有这种"眩晕"症候,即便郁达夫也不例外。这

---

① 王独清:《我在欧洲的生活》,上海:光华书局 1932 年版,第 1 页。

种"眩晕"状态一直持续到 20 年代末 30 年代初。邵洵美 1928 年发表的小说《搬家》叙写在巴黎,舞厅诱人,女人诱人,特别是当女人尖叫、喘息时,你无法判断她是在求救,还是在诱惑。朱光潜在 1928 年发表的《旅法通讯》里赞美巴黎的儿童教育(关涉民族未来)、工业文明(关涉社会发展)和环境卫生(关涉生活质量),说:"工业比上海发达数百倍的巴黎,反较上海清新卫生得多。想想我们的中国吧!"[①]即便是后来成为革命作家的陈学昭(笔名野渠),在 1929 年出版的散文集《忆巴黎》里依然盛赞巴黎"是全世界旅人之心的结晶,可爱的巴黎"[②]!说自己的"躯体"离开了巴黎,但"我的心,却越是向着她的"[③]。30 年代伊始,受整个世界经济危机、国内反动势力的压迫及国际左翼形势的影响,以邹韬奋、王礼锡、王统照、郑振铎和艾青为代表的左翼文学中的巴黎想象、伦敦想象和纽约想象崛起,其在不否定现代文明积极价值的同时,重点揭露和批判西方现代文明的弊端及带来的一系列社会人生问题,对异域都市进行审美意义上的疏离、反思、批判和超越则成为主要诉求。具体而言,巴黎的自由和艺术出了问题,伦敦的社会和公正出了问题,纽约的金钱帝国和机械文明出了问题。特别是邹韬奋的创作,受马克思主义思维方式和话语方式影响,张竞生笔下那种自由女神在他这里却被表述为:她们那"在经济压迫下的'自由',其真义如何也可想见,在表面上虽似乎没有什么人迫她们卖淫,……实际还不是受着压迫——经济压迫——才干的?这也便是伪民主政治下的借来作欺骗幌子的一种实例!"这是一定要透过现象看本质。再如:在

---

① 傅雷:《旅法通讯》,上海:《贡献》旬刊第 4 卷第 1 期,1928 年 3 月。

② 野渠(陈学昭)《忆巴黎》,上海:北新书局 1929 年版,第 2 页。

③ 野渠(陈学昭)《忆巴黎·代序》,上海:北新书局 1929 年版,第 1 页。

美"帝国主义"的国度里，"人剥削人的制度"该结束了，"时代的巨轮一天一天更猛烈地向前推进着，只有革命和反革命的两条战线，没有什么中立的余地了。"这种二元对立的思维方式和价值判断应对当时国际国内尖锐的阶级矛盾和劳资斗争固然简捷有效，但也不免失之于简单、直线。事实上，美帝国主义虽然危机重重，但要短时期内消亡也是不可能的。尽管如此，左翼想象颠覆了 20 年代初期的自由主义式"神话"建构，在将中国现代文学中的异域都市想象从"神话化"经"去神话化"转换到"非神话化"之过程中做了很好的疏通和铺垫。40 年代，世界战争背景下，无论是巴黎想象还是纽约想象，都出现跨文化综合现象，如此，徐讦的想象走出巴黎中心论，而趋向于中西方之美的和而不同、多元并存，林语堂的纽约想象更进一步，企图熔中西方文化于一炉，创造出一种新的文化和人生方式来。即便是为了激励国内民众，萧乾特别发掘了大轰炸中伦敦人民的英勇气概、智慧幽默和团结奉献精神，但也揭示他们的傲慢与偏见，没有粉饰、美化的意图，力求符合新闻特写的客观真实，从而留下难得的战时伦敦剪影。如此，从迷拜到反思，再到客观与超越，中国现代作家异域都市审美之自觉性大大提高了，审美主体也日渐成熟。

与此相适应，在审美范式上，不同时期作家的异域都市想象也不尽相同。具体的，东京想象里，郁达夫的作品浪漫主义、现实主义与新浪漫主义成分均有，陶晶孙的则是较典型的新感觉主义；巴黎想象里，张竞生、徐志摩属于唯美主义加浪漫主义，张若谷、邹韬奋、王礼锡属于现实主义，刘海粟、徐讦属于现实主义加现代主义，艾青属于现实主义加未来主义和唯美主义；伦敦想象里，基本上都是现实主义，纽约想象里，现实主义、现代主义加古典主义。如此一来，现实主义是底色，对应启蒙主义，唯美主义、现代主义是创新,作为鼎盛时期审美现代性的表征强烈地表达对同时期社会现代性的疏离、反思和对抗,而新古典主义则表明面对现代性危机回归传统的意向。

从对审美对象把握的深浅度上和对艺术体式的选取、运用上讲,中国现代文学中的异域都市想象具有较大的局限性。就小说讲,所写人物多为中国人和自己居住的人家的房东,活动场所或唐人街或自己熟悉的某个公园、某条大街和某所学校,总之,多公共场所,而深入异域都市日常生活的肌理不够;诗歌和散文—游记更是从大处远观和审判整个都市,所提出的问题差不多均是整体性的重大社会问题,离都市日常生活的肌理更远——这一点,可以解释为什么异域都市想象和书写的女作家如此之少,而事实上,这样的创作条件和境况更适合男性。从文学体式上,主要是小说、诗歌、散文—游记,几乎没有戏剧。其实,小说、诗歌也不多,主要是散文,散文里主要是游记。小说,虽属虚构,但也需要生活体验做基础,而多数现代作家在西方都市居留时间都较短,特别是作为弱国子民,都不同程度地受到民族歧视,与周围环境接触有限,相互了解和融洽更是一个很难达到的目标,所以小说创作就受到很大限制。小说中,长篇小说也极少。戏剧,不仅需要叙事,更需要对话,这种艺术的舶来品,中国作家本来就不熟稔,而要通过具体的对话触探西方都市人的心理、形象和生活,则更是难上加难。因为具体的对话是近距离、深层次书写西方都市人的方式,而这正是中国现代作家有所不逮的。中国人习惯于作诗,但是有限的诗歌语言和紧致的诗歌艺术形式很难适应万众杂沓和迅速流转的现代都市人生,所以,没有极大的创作激情和高明的技巧,诗歌也是很难把握异域都市形象和都市人生的。相对来说,散文—游记,松弛的结构形式,贴己而随意的叙述、描绘语言,倒是应和作家对于西方都市极不完整的观感印象。如此说来,中国现代文学中的异域都市想象还有待进一步扩展和深入,但是另一面,在全球化语境下,它还是及时把握了中国人面对异域都市人生所产生的诸多复杂的心理、情感、人生诉求,形象而较准确地表现了异域都市在20世纪前半期发展、流变的过程,特别是触及到其政治、社会、文化、审美的差异性和诸多弊端,开创了中国现代文学都市想象的新范型,从而填补了中国现代文学都市想象和书写的空白,为今后中国人想象世界、想象西方和想象现代都市人生提供了可资借鉴的途径,因而对中国现代文学所做出的独特贡献是有目共睹,不可抹杀的。

主要参考文献

除了具体作家作品、作家传记、作家研究资料外,主要有:

一、报刊

上海:《创造季刊》《少年中国》《新文化》《新月》《狮吼》《真美善》《良友》《新文艺》《现代》《宇宙风》《人间世》《光明》《北斗》《萌芽》《文艺新闻》《一般》《申报月刊》《新诗》《万象》《杂志》《风雨谈》《大众》《西风》《春秋》《文潮》《文艺复兴》《中国新诗》《大公报·文艺》

北京:《晨报副刊》

天津:《大公报·文艺副刊》

二、著作

汪民安、陈永国、马海良主编:《城市文化读本》,北京大学出版社 2008 年版。

罗钢、王中忱主编:《消费文化读本》,中国社会科学出版社 2003 年版。

汪民安、陈永国、张云鹏主编:《现代性基本读本》上下卷,河南大学出版社 2005 年版。

薛毅主编：《都市文化研究读本》1—4 卷，广西师范大学出版社 2008 年版。

杨剑龙编：《都市文化》，上海人民出版社 2014 年版。

包亚明主编：《现代性与都市文化理论》，上海社会科学院出版社 2008 年版。

陈立旭：《都市文化与都市精神》，东南大学出版社 2002 年版。

（德）马克思、恩格斯：《马克思恩格斯选集》1—4 卷，中共中央马克思恩格斯列宁斯大林著作编译局译，人民出版社 1995 年版。

（德）马克思、恩格斯：《共产党宣言》，中共中央马克思恩格斯列宁斯大林著作编译局译，人民出版社 1997 年版。

刘士林：《都市美学》，上海交通大学出版社 2016 年版。

周宪：《视觉文化的转向》，商务印书馆 2008 年版。

（美）马歇尔·伯曼：《一切坚固的东西都烟消云散了——现代性体验》，徐大建、张辑译，商务印书馆 2003 年版。

（美）马泰·卡林内斯库：《现代性的五副面孔：现代主义、先锋派、颓废、媚俗艺术、后现代主义》，顾爱彬、李瑞华译，商务印书馆 2002 年版。

（英）约翰·哈萨德编：《时间社会学》，朱红文、李捷译，北京师范大学出版社 2009 年版。

（奥）赫尔嘉·诺沃特民：《时间：现代与后现代经验》，金梦兰、张网成译，北京师范大学出版社 2011 年版。

（美）马歇尔·麦克卢汉：《理解媒介——论人的延伸》，何道宽译，商务印书馆 2000 年版。

（法）皮埃尔·布尔迪厄：《艺术的法则——文学场的生成与结构》，刘晖译，中央编译出版社 2011 年版。

邓正来主编：《国家与市民社会》，中央编译出版社 2002 年版。

马长山：《国家、市民社会与法治》，商务印书馆 2003 年版。

（美）唐·E·艾伯利主编：《市民社会基础读本——美国市民社会讨论经典文选》，林猛、施雪飞、雷聪译，商务印书馆 2012 年版。

（美）马克斯·韦伯：《新教伦理与资本主义精神》，于晓、陈维纲等译，生活·读书·新知三联书店 1987 年版。

（美）马克斯·韦伯：《儒教与道教》，洪天富译，江苏人民出版社 2010 年版。

（英）理查德·H.托尼：《宗教与资本主义的兴起》，沈汉等译，商务印书馆 2019 年版。

（美）丹尼尔·贝尔：《资本主义文化矛盾》，赵一凡等译，生活·读书·新知三联书店 1989 年版。

（德）西美尔：《时尚的哲学》，费勇等译，花城出版社 2017 年版。

（德）西美尔：《货币哲学》，陈绒女、耿开君、文聘元译，华夏出版社 2018 年版。

（德）西美尔：《金钱、性别、现代生活风格》，顾仁明译，刘小枫编，学林出版社 2000 年版。

（德）维尔纳·桑巴特：《奢侈与资本主义》，王燕平、侯小河译，上海人民出版社 2005 年版。

（美）凡勃伦：《有闲阶级论》，蔡受百译，商务印书馆 2011 年版。

（匈）卢卡奇：《历史与阶级意识》，杜章智、任立、燕宏远译，商务印书馆 2012 年版。

（英）迈克·费瑟斯通：《消费文化与后现代主义》，刘精明译，译林出版社 2000 年版。

（法）亨利·列斐伏尔：《空间的生产》，刘怀玉译，商务印书馆 2021 年版。

（法）让·鲍德里亚：《消费社会》，刘成富、全志钢译，南京大学出版社 2014 年版。

（法）居伊·德波：《景观社会》，张新木译，南京大学出版社 2017 年版。

（美）C. 莱特. 米尔斯：《白领：美国的中产阶级》，周晓虹译，南京大学出版社 2016 年版。

（德）奥斯瓦尔德·斯宾格勒：《西方的没落》上下卷，吴琼译，四川人民出版社 2020 年版。

（英）安东尼·吉登斯：《现代性的后果》，田禾译，译林出版社 2011 年版。

（美）赫伯特·马尔库塞：《单向度的人》，刘继译，上海人民出版社 2008 年版。

（德）尤尔根·哈贝马斯：《合法化危机》，刘北城、曹卫东译，上海人民出版社 2009 年版。

（美）詹明信：《晚期资本主义的文化逻辑》，张东旭译，生活·读书·新知三联书店 2013 年版。

（美）理查德·桑内特：《肉体与石头：西方文明中的身体与城市》，黄煜文译，上海译文出版社 2016 年版。

（法）汉娜·阿伦特：《人的境况》，王寅丽译，上海人民出版社 2009 年版。

（美）塞缪尔·亨廷顿:《文明的冲突与世界秩序的重建》,周琪、刘绯、张立平、王圆译,新华出版社2019年版。

（以）S. N. 艾森斯塔特:《反思现代性》,旷新年、王爱松译,生活·读书·新知三联书店2006年版。

夏光:《东亚现代性与西方现代性:从文化的角度看》,生活·读书·新知三联书店2005年版。

（日）藤本箕山、九鬼周造、阿部次郎:《日本意气》,王向远译,吉林出版集团有限责任公司2012年版。

（日）竹村民郎:《大正时代:帝国日本的乌托邦时代》,欧阳晓译,上海三联书店2015年版。

（英）斯蒂芬·曼斯菲尔德:《东京传》,张旻译,中译出版社2019年版。

（美）爱德华·赛登施蒂克:《东京百年史:从江户到昭和1867—1989》上下,谢思远、刘娜译,上海社会科学院出版社2018年版。

（美）鲁思·本尼迪克特:《菊与刀——日本文化的类型》,吕万和、熊达云、王智新译,商务印书馆1990年版。

江波、史晓婷:《日本城市与城市文化》,中国社会科学出版社2011年版。

郝祥满:《日本人的色道》,湖北人民出版社2012年版。

冯玮:《日本"风情"志》,上海人民出版社2020年版。

（美）大卫·哈维:《现代性之都——巴黎城记》,黄煜文译,广西师范大学出版社2010年版。

（法）帕特里斯·伊戈内:《巴黎神话:从启蒙运动到超现实主义》,喇卫国译,商务印书馆2013年版。

（英）安德鲁·哈塞:《巴黎秘史》,邢利娜译,商务印书馆

2012 年版。

（法）贝纳德·马尔尚：《巴黎城市史（19—20 世纪）》，谢洁莹译，社会科学文献出版社 2013 年版。

（法）奥斯曼著、弗朗索瓦茨·舒艾和文森特—圣玛丽·戈蒂耶编：《奥斯曼，巴黎的守护者》，陈晓琳译，商务印书馆 2020 年版。

（日）三宅理一：《巴黎的宏伟构想》，薛翊岚、钱毅译，清华大学出版社 2013 年版。

（英）鲁伯特·克里斯琴：《光之城：巴黎重建与现代大都会的诞生》，黄华青译，北京燕山出版社 2020 年版。

（法）热拉尔·勒塔耶尔：《巴黎咖啡馆史话》，刘宇婷译，西南师范大学出版社 2018 年版。

刘继稷：《奶油王国：巴黎时尚风情史（1921—1971）》，中国纺织出版社有限公司 2021 年版。

（英）戴维·德雷克：《巴黎烽火：1939—1944》，李文君、王玥玄译，上海人民出版社 2019 年版。

（英）彼得·阿克罗伊德：《伦敦传》，翁海贞译，译林出版社 2016 年版。

（英）西蒙·詹金斯：《薄雾之都：伦敦的优雅与不凡》，宋佳译，中国人民大学出版社 2021 年版。

（美）约翰·卢卡斯：《伦敦博弈：改变"二战"进程的五个日夜》，王志欣译，新世界出版社 2018 年版。

（英）E. P. 汤普森：《英国工人阶级的形成》上下卷，钱乘旦译，译林出版社 2013 年版。

（英）克里斯蒂娜·科顿：《伦敦雾：一部演变史》，张春晓译，中信出版社 2017 年版。

（法）弗朗索瓦·维耶:《纽约史》,吴瑶译,社会科学文献出版社 2016 年版。

（美）乔安妮·雷塔诺:《九面之城:纽约的冲突与野心》,金旼旼、许多、刘蕾译,中国人民大学出版社 2020 年版。

（美）乔治·J·兰克维奇:《纽约简史》,辛亨复译,上海人民出版社 2020 年版。

（美）佩吉·史密斯:《悲剧遭遇:美国原住民史》,郭旻天译,上海社会科学院出版社 2018 年版。

（美）卡尔·休斯克:《世纪末的维也纳》,李锋译,北京:光明日报出版社 2022 年版。

（美）刘易斯·芒福德:《城市发展史:起源、演变和前景》,宋俊岭、倪文彦译,中国建筑工业出版社 2005 年版。

（美）刘易斯·芒福德:《城市文化》,宋俊岭、李翔宁、周鸣浩译,中国建筑工业出版社 2009 年版。

（美）凯文·林奇:《城市意象》,方益萍、何晓军译,华夏出版社 2017 年版。

（英）詹姆斯·卡瑞、珍·辛顿:《英国新闻史》（第六版）,栾轶玫译,清华大学出版社 2005 年版。

（美）迈克尔·埃默里、埃德温·埃默里、南希·L·罗伯茨:《美国新闻史:大众传播媒介解释史》（第九版）,展江译,中国人民大学出版社 2004 年版。

（法）居斯塔夫·勒庞:《乌合之众:群体心理研究》,胡小跃译,浙江文艺出版社 2015 年版。

（西）何塞·奥尔特加·伊·加塞特:《大众的反叛》,张伟劼译,商务印书馆 2021 年版。

赵林:《基督教与西方文化》,商务印书馆 2013 年版。

（法）白吉尔：《上海史：走向现代之路》，王菊、赵念国译，上海社会科学院出版社 2005 年版。

忻平：《从上海发现历史：现代化进程中的上海人及其社会生活》，上海人民出版社 1996 年版。

吴景超：《都市意识与国家前途》，商务印书馆 2020 年版。

费孝通：《乡土中国》，人民出版社 2008 年版。

高瑞泉：《中国现代精神传统——中国的现代性观念谱系》（增订本），上海古籍出版社 2005 年版。

张凤阳：《现代性的谱系》，江苏人民出版社 2022 年版。

韩震：《全球化时代的文化认同与国家认同》，北京师范大学出版社 2013 年版。

顾准：《顾准文集》，华东师范大学出版社 2014 年版。

（美）费正清：《美国与中国》（第四版），张理京译，世界知识出版社 2008 年版。

（美）林毓生：《中国意识的危机》（增订再版本），穆善培译，贵州人民出版社 1988 年版。

（美）列文森：《儒教中国及其现代命运》，郑大华、任菁译，中国社会科学出版社 2000 年版。

（美）吉尔伯特·罗兹曼主编：《中国的现代化》，国家社科基金"比较现代化"课题组译，江苏人民出版社 2010 年版。

（美）柯文：《在中国发现历史：中国中心观在美国的兴起》，林同奇译，社会科学文献出版社 2017 年版。

（美）理查德·利罕：《文学中的城市：知识与文化的历史》，吴子枫译，上海人民出版社 2009 年版。

（英）雷蒙·威廉斯：《乡村与城市》，韩子满、刘戈、徐珊珊译，商务印书馆 2013 年版。

（意）伊塔洛·卡尔维诺：《看不见的城市》，张密译，译林出版社 2006 年版。

（法）伊夫·瓦岱：《文学与现代性》，田庆生译，北京大学出版社 2001 年版。

（德）本雅明：《发达资本主义时代的抒情诗人》，张旭东等译，生活·读书·新知三联书店 2007 年版。

刘波：《波德莱尔：从城市经验到诗歌经验》，北京大学出版社 2016 年版。

（美）普利西拉·帕克赫斯特·克拉克：《文学法兰西：一种文化的诞生》，施清婧译，译林出版社 2019 年版。

（英）蒂姆·阿姆斯特朗：《现代主义：一部文化史》，孙生茂译，南京大学出版社 2014 年版。

（英）马·布雷德伯里、詹·麦克法兰编：《现代主义》，胡家峦等译，上海外语教育出版社 1992 年版。

袁可嘉：《欧美现代主义文学概论》，广西师范大学出版社 2003 年版。

盛宁：《现代主义·现代派·现代话语——对“现代主义”的再审视》，北京大学出版社 2011 年版。

赵澧、徐京安主编：《唯美主义》，中国人民大学出版社 1988 年版。

刘英：《书写现代性：美国文学中的地理与空间》，商务印书馆 2017 年版。

吴岳添：《法国现当代左翼文学》，华东师范大学出版社 2017 年版。

（英）大卫·沃特金：《西方建筑史》，沈在红译，北京美术摄影出版社 2019 年版。

（加）罗斯·金：《印象巴黎：印象派的诞生及其对世界的革命性影响》，冯璇译，社会科学文献出版社 2019 年版。

（美）露丝·E.爱斯金：《印象派绘画中的时尚女性与巴黎消费文化》，孟春艳译，江苏美术出版社 2010 年版。

上海博物馆编：《三十二个展览：印象派全景》，北京：北京大学出版社 2013 年版。

（美）H. H. 阿纳森、伊丽莎白·C. 曼斯菲尔德：《现代艺术史》，钱志坚译，湖南美术出版社 2020 年版。

（法）米歇尔·柯罗：《文学地理学》，袁莉译，福建教育出版社 2021 年版。

（法）丹纳：《艺术哲学》，傅雷译，北京大学出版社 2017 年版。

吴福辉：《都市漩流中的海派小说》，湖南教育出版社 1995 年版。

（美）李欧梵：《上海摩登——一种新都市文化在中国（1930—1945）》，毛尖译，北京大学出版社 2001 年版。

（美）张英进：《中国现代文学与电影中的城市：空间、时间与性别构形》，秦立彦译，江苏人民出版社 2003 年版。

（美）王德威：《想象中国的方法：历史·小说·叙事》，生活·读书·新知三联书店 1998 年版。

张鸿声：《文学中的上海想象》，人民出版社 2011 年版。

蒋述卓等：《城市的想象与呈现》，中国社会科学出版社 2003 年版。

陈晓兰：《文学中的巴黎与上海：以左拉和茅盾为例》，广西师范大学出版社 2005 年版。

陈晓兰主编：《想象异国：现代中国海外旅行与写作研究》，

安徽人民出版社 2012 年版。

陈晓兰:《中西都市文学比较研究》,复旦大学出版社 2012 年版。

陈思和:《中国现当代文学名篇十五讲》,北京大学出版社 2004 年版。

李俊国:《都市审美:海派文学叙事方式研究》,中国社会科学出版社 2015 年版。

陈平原:《想象都市》,生活·读书·新知三联书店 2020 年版。

郑春:《留学背景与中国现代文学》,山东教育出版社 2002 年版。

沈庆利:《现代中国异域小说研究》,北京大学出版社 2009 年版。

李军锋:《想象西方:近代文学中的域外城市镜像研究》,上海师范大学 2018 年度博士学位论文。

傅建安:《中国现代域外纪游文学与城市文化》,中南大学出版社 2020 年版。

苏明:《域外行旅与文学想象:以近现代域外游记文学为考察中心》,中国社会科学出版社 2016 年版。

杨汤琛:《晚清域外游记的现代性考察》,中国社会科学出版社 2020 年版。

蒋磊:《在东方与西方之间:现代旅日作家的文化体验》,社会科学文献出版社 2014 年版。

尹德翔:《东海西海之间:晚清使西日记中的文化观察、认证与选择》,北京大学出版社 2009 年版。

汪文娟:《跨文化视野下晚清中国人欧美游记研究》,广陵书社 2016 年版。

孟华主编:《比较文学形象学》,北京大学出版社 2001 年版。

周宁:《跨文化形象学》,复旦大学出版社 2014 年版。

赵炎秋:《形象诗学》,中国社会科学出版社 2004 年版。

姜智芹:《西镜东像:姜智芹教授讲中西文学形象学》,中央编译出版社 2014 年版。

张志彪:《比较文学形象学理论与实践:以中国文学中的日本形象为例》,民族出版社 2007 年版。

李今:《海派小说与现代都市文化》,安徽教育出版社 2000 年版。

李楠:《晚清、民国时期上海小报研究——基于文化、文学的综合考察》,人民文学出版社 2005 年版。

杨扬、陈树萍、王鹏飞:《海派文学》,文汇出版社 2008 年版。

王宏图:《都市叙事与欲望书写》,广西师范大学出版社 2005 年版。

李永东:《租界文化与 30 年代文学》,上海三联书店 2007 年版。

张林杰:《都市环境中的 20 世纪 30 年代诗歌》,中国社会科学出版社 2007 年版。

刘永丽:《被书写的现代:20 世纪中国文学中的上海》,中国社会科学出版社 2008 年版。

张生:《时代的万华镜——从〈现代〉看 20 世纪 30 年代初中国文学的现代性》,同济大学出版社出版 2008 年版。

张屏瑾:《摩登·革命——都市经验与先锋美学》,同济大学出版社 2011 年版。

陈啸:《海派散文:婆婆的人间味》,中国社会科学出版社

2015 年版。

黄健:《"两浙"作家与中国新文学》,浙江大学出版社 2008 年版。

杨春时:《现代性与中国文学思潮》,生活·读书·新知三联书店 2009 年版。

程文超等:《欲望的重新叙述》,广西师范大学出版社 2005 年版。

解志熙:《美的偏至:中国现代唯美—颓废主义文学思潮研究》,上海文艺出版社 1997 年版。

解志熙:《摩登与现代:中国现代文学的实存分析》,清华大学出版社 2006 年版。

严家炎:《中国现代小说流派史》,人民文学出版社 1989 年版。

程光炜编:《都市文化与中国现当代文学》,人民文学出版社 2005 年版。

荣跃明主编:《中国城市文学研究读本》1—4 卷,复旦大学出版社 2018 年版。

左怀建、吉素芬:《中国现代都市文学读本》,浙江大学出版社 2017 年版。

左怀建:《边缘游走——中国现代文学分析》,中央编译出版社 2010 年版。

左怀建:《古典的与现代的》,浙江大学出版社 2018 年版。

左怀建:《论浙江现代文学的都市书写》,浙江大学出版社 2019 年版。

后　记

项目终于要完成了，书稿总算写出来了。心里不免一松。特别是年来，经常熬夜，好像又回到 30 年前，那年轻时候。

因为积淀时间还不够长，书稿肯定还存在不少需要改进的地方，如整体理论水平还需要再提高一些，综合研究和探讨还需要再深入一些，个别作品解读还需要再到位一些，与异域同样内容的都市想象的比较还需要再丰富一些，等等。但是本论著也有一些可以肯定之处，具体如下：

首先，目前为止，这是唯一一个以异域都市想象为研究中心内容的课题。本课题立项时，相同或相近课题尚无。近年来，由于国内学术指导思想的转移，比较文学形象学和跨学科研究逐渐引起重视，若干课题也关涉到异域都市，但显而易见，其研究重心并不在都市本身，而只在作为"集体想象物"的国家民族形象或国家民族视域下某些人物、器物形象类型及其价值的探讨。如探究中国人的西方形象建构，研究者重点讨论的只是"西方"，而不是"西方都市"；这里，"都市"肯定无法忽略，因为中国人在西方生活主要还是在都市，但此种语境下，都市并不具有独立的本体的意义。研究近代文学的，大量的论文、论著都是在谈论中国作家的"西方"观,文学中所提供的"西方"形象,如手边有的乐黛云主编《文学传递与文学形象》、姜智芹《西镜东像:姜智芹教授讲中西文学形象学》、陈晓兰主编《想象异国:现代中国海外旅行与写作研究》(所收论文论题涉及到当代)等,而探究中国近代文学中的西方都市形象(也是想象)的成果,笔者所能检索到的只有上海师范大学博士李军锋、硕士杨梓等有限的几篇硕博学位论文。而研究现代文学的,人们更多地是探讨文学中的上海想象,注意到文学中的异域都市想象的,只有周翔华、张海明的论文《巴黎的时光流转——论艾青诗歌中的巴黎意象》,谢昭新的论文《论老舍笔下伦敦都市文化景观》,李丹的论文《留学经验与都市诗的生成——以孙大雨的都市诗为例》,笔者的论文《开放的现代意识与严肃的左翼立场——论艾青早期诗歌中的巴黎书写》《论 1930 年代左翼文学中的巴黎想象》《从迷拜到反思——论中国现代文学中的巴黎书写》,童亮亮的硕士学位论文《近现代中国异域题材游记中的伦敦都市形象》、周娜的硕士论文《论老舍文学中的"城市叙事"——以北京和伦敦为中心》等。还有一些研究现代作家异域文化体验和现代文学中异域形象的论文论著里或有关作家传记里设置某些章节介绍文学中的异域都市形象,如蒋磊的论著《在东方与西方之间:现代旅日作家的文化体验》里有一章论述"旅日作家的都市文化体验",张志彪的博士论文《中国文学中的日本形象研究》中有一节谈"现代化都市形象"的,黄健、雷水莲《孙大雨评传》有部分内容是评价孙大雨《自己的写照》对纽约的书写的,但究竟不多。不难看出,研究既不全面也不够系统、深入。如此说来,本课题的完成仍然具有丰富当前现代文学研究之意义。

其次,本课题从整体上系统探讨中国现代文学中的异域都市想象,对已有成果力求辨析、突破,研究再出新意,对少有人研究的作家作品进行细致梳理、分析,力求挖掘出其文学史价值。可以说,对于中国现代文学中的异域都市想象研究是一个较大的推动。总地看,论著基于跨文化视域,强调不同历史阶段作家不同文化身份和审美兴趣对于不同异域都市想象的决定性影响,其整体结构框架还是合理的,分析、阐释的逻辑关系还是清晰的,主脉还是突出的:随着时代的变迁、作家审美主体意识的成长和成熟,从东京想象、巴黎想象、伦敦想象到纽约想象,不仅是一个空间并置关系,也是一个时间承继关系;不仅显示异域都市文化类型,也总体呈现一个由震惊、艳羡、迷恋、膜拜以神话化到冷静审视和辩证分析以去神话化,再到质疑、疏离、批判、超越以非神话化,之过程,从偏于展示异域都市所体现的社会现代性的优长之处到有更大能力从多元审美的角度揭橥异域都市所体现的社会现代性的弊端和罪恶,使得中国现代作家的审美想象在与异域都市发展、变迁的历史契合的同时也显黟了自己独特的个性。这中间,有些作家如李劼人、张竞生、张若谷、王礼锡、邹韬奋、刘海粟、萧乾等作家作品中的异域都市想象第一次被纳入"都市想象"研究范围,学界很少有研究成果可以参照,本论著理论阐释和分析可能还不够到位,但是其拓展性还是显在的。而其他作家如郁达夫、徐志摩、老舍、徐讦、孙大雨、林语堂等作品中的异域都市想象,前人研究成果也不够丰富,探讨也有待深入;本论著的梳理、分析和论述则努力弥补既有的缺陷,提出新的看法,从而深化相关研究。为了配合本论著的写作,研究者还发表了《从迷拜到反思——论中国现代文学中的巴黎书写》《论都市与现代都市文学》《论1930年代左翼文学中的巴黎想象》等论文,其中,《从迷拜到反思——论中国现代文学中的巴黎书写》

系统梳理、分析、论述了现代作家巴黎想象的发生、变迁及最后的成熟，发表在《中国现代文学研究丛刊》2022年第3期上，显示了一定的研究实力，在学界产生了较好的影响，为中国作家网、浙江作家网等所转载。论文《民族、身体、审美——论郁达夫小说对于日本东京的现代性想象》参加了2022年3月由郁达夫研究会、杭州师范大学文艺批评研究院和华东师范大学《现代中文学刊》共同举办的"郁达夫研究国际学术论坛"，受到同行专家的好评。

再次，研究方法上，坚持"知识考古"和在反复研读作家作品及相关文献的基础上完成著述，使用材料优先考虑第一手材料，实在不能搜罗到第一手材料才使用第二手材料，也有值得肯定之处。记得刘增杰老师曾谆谆告诫笔者：不要管别人怎么说，你要说自己的话。研究过程中，由于不少作品都是以往所不被重视或者干脆就少有人阅读过，前期可参考的资料甚少，这时，为了推动研究，只有一方面不断研读作品，一方面秉持所掌握的都市文化和审美想象理论，大胆对作家作品进行历史的和美学的判断。可能有些论述还不那么充分、深刻，但也不乏细腻和新意。如关于郁达夫作品中的日本东京想象，本论著认为它不仅契合现代都市境况，更重要的是它契合日本都市传统，因此他笔下的东京镜像是现代与传统交融的结果。换言之，郁达夫笔下的东京想象是有根的，所以也取得了较大成就。还有，《沉沦》中三部小说并不存在一般意义上的灵肉冲突，退一步，可以说是好灵魂（健康灵魂）与坏肉欲（病态肉欲）的冲突。作品中所谓理想家的"世纪末的病弱"其实已经开启后来张爱玲所谓"凡人的软弱"的先河。再如论著凸显了徐訏相关作品在中国现代文学中的巴黎想象之变迁、成熟中的标志性意义，认为中国现代文学中的巴黎想象,到他这里,才完成从 20 世纪 20 年代的神话化到 30 年代的去神话化再到 40 年代的非神话化的过程。还有论著揭示左翼作家邹韬奋的巴黎想象、伦敦想象特别是纽约想象带有鲜明的二元对立政治化思维方式,但也确实暴露了西方现代性特别是纽约的社会现代性的弊端,将中国现代文学对西方金钱世界和工业机械文明的批判推向峰顶,等等。

为了保证研究的历史现场性,绝大多数作品均选初刊的或初版的,只有个别作品实在搜罗不到原刊本或原版本才用今人所编、权威出版社出版《全集》或《文集》中的;阅读这种《全集》或《文集》也先尽量鉴别它所收作品是否为原刊或原版作品,这个可以通过对比别的作品在原刊或原版中的文本与该《全集》或《文集》中的文本得到确证。有的作品经过修改有两个或两个以上的文本,那么,再想法找到原刊或原版作品作为根据。譬如刘海粟的《欧游随笔》和萧乾《人生采访》,其中不少作品都经历过后来的加工、修改,如果拿今人出版的文本做立论的根据,就有可能与历史原意相左。对待其他回忆性资料和研究性材料也尽量如此处理。为此,除以往在国家图书馆、北京大学图书馆、上海图书馆等所搜罗和积累外,近几年来,经常去浙江省图书馆,长期坚守在国家图书馆网络版、上海图书馆"全国报刊索引"网络版、浙江省图书馆网络版,还经常请自己在外地攻读研究生的同学帮忙寻找资料等。花费了大量时间与精力,但也多少保证了研究的正常进行和研究成果的质量。在研究过程中,笔者还接触到大量的近代域外题材日记、游记,现代的作品还有陈春随(陈登恪)《留西外史》、段可情《巴黎之秋》、野渠(陈学昭)《忆巴黎》、李伯贤《巴黎游记》、盛成《海外攻读十年纪实》、徐霞村《巴黎游记》、王独清《我在欧洲的生活》、徐仲年《十年如梦忆巴黎》

《彼美人兮》、程万孚《欧游杂忆》、仓圣《欧行杂记》、庄伍《美国风光》、沙鸥《欧行观感录》、郭子雄《伦敦素描》、董渭川和孔文振合著《欧游印象记》、吴琢之《欧美旅途随笔》、詹文浒《欧美透视》、西风社编《欧美印象》、杨瑞编《爆击伦敦》、沁明《欧美采风记》、邓传楷《旅美见闻录》、黄觉寺《欧洲之什》、何凤山《欧美风光》、赵敏恒《伦敦来去》、徐钟珮《伦敦和我》等。综合起来考察，都极有利于本论题的开展。

　　研究者不才，成果尚有不少缺陷，但因需要出版，也只有先如此了。在此过程中，受到刘增杰、钱理群、陈子善、解志熙、黄健、沈卫威、曹禧修、赵卫东、赵思运、张晓玥、何玲华、方爱武、张勐等先生和同行的关心、指导和帮助，特别是黄健先生为素芬老师在浙江大学做访问学者时的指导老师，平时接触较多，除做学问上经常受他教诲和启发外，生活上也多承他垂爱和帮助，本著作即将付梓之际，他又不辞辛苦，欣然为书作序，在此，笔者一并表示深深的敬意和谢意！真诚感谢教育部、自己所在学校和学院对此项目的大力支持！除教育部资助外，浙江工业大学社科院以校人文社科重点项目资助，浙江工业大学人文学院以中文重点学科建设项目和浙江省哲学社会科学重点研究基地浙江工业大学浙江学术文化研究中心主要成果资助。同时，真诚感谢浙江大学出版社王荣鑫编辑的不懈支持！

2022 年 8 月 12 日午潮山脚下

图书在版编目(CIP)数据

论中国现代文学中的异域都市想象 / 左怀建,吉素芬著.
—杭州:浙江大学出版社,2023.6
ISBN 978-7-308-23827-4

Ⅰ.①论… Ⅱ.①左…②吉… Ⅲ.①中国文学－
现代文学－文学研究 Ⅳ.①I206.6

中国国家版本馆 CIP 数据核字(2023)第 092964 号

论中国现代文学中的异域都市想象

左怀建　　吉素芬　著

责任编辑	王荣鑫　牟琳琳
责任校对	周烨楠
封面设计	项梦怡
出版发行	浙江大学出版社
	(杭州市天目山路 148 号　邮政编码 310007)
	(网址:http://www.zjupress.com)
排　　版	浙江大千时代文化传媒有限公司
印　　刷	杭州宏雅印刷有限公司
开　　本	880mm×1230mm　1/32
印　　张	11.75
字　　数	274 千
版 印 次	2023 年 6 月第 1 版　2023 年 6 月第 1 次印刷
书　　号	ISBN 978-7-308-23827-4
定　　价	68.00 元